비탄의 문

2

HITAN NO MON
by MIYABE Miyuki

이 도서의 국립중앙도서관 출판예정도서목록(CIP)은
서지정보유통지원시스템 홈페이지(http://seoji.nl.go.kr)와
국가자료공동목록시스템(http://www.nl.go.kr/kolisnet)에서 이용하실 수 있습니다.
(CIP제어번호: CIP2018031012)

비탄의 문

미야베 미유키 장편소설

김은모 옮김

2

문학동네

차례

4장

사냥

1

"오빠, 괜찮아?"

텔레비전 앞에 다리를 쭉 뻗고 앉아 있던 가즈미가 물었다.

고타로는 식탁 의자에 앉아 양손을 내려놓고서 손가락을 움직이고 주먹을 쥐었다 폈다 했다. 그 움직임을 좇으며 왼눈의 상태를 확인하기 위해서다.

잘 깜박여진다. 자꾸 눈물이 나거나 반대로 건조해지거나 욱신거리는 등의 문제는 전혀 없었다. 그저 보이지 않았다. 눈 안쪽에 검은색 종이를 붙이기라도 한 것처럼, 어둡다기보다 말 그대로 새카만 벽이 가로막고 있는 느낌이었다.

"오빠, 듣고 있어?"

가즈미가 계속 종알거렸다. 눈길을 주자 좁아진 시야 속에서 여동생이 언짢은 듯 고개만 틀어서 이쪽을 보고 있었다.

"내가 뭐?"

"그러니까, 이런 방송 봐도 괜찮으냐고."

가즈미는 명색만 뉴스인 버라이어티 방송을 보고 있었다. 아까부터 사건 해명을 위해 야마시나 아유코라는 인물을 낱낱이 파헤치겠다는 헛소리를 하며 거침없이 사생활을 폭로하고 있다.

"그런데 너 학교는?"

"오늘 일요일이잖아. 머리에 문제 생긴 거 아니야?"

요즘 들어 날짜 감각을 잃어버렸다.

"어제는 한밤중에 들어오나 싶더니만, 지금은 넋 나간 것처럼 앉아 있고."

넋이 나간 게 아니다. 갑자기 한쪽 눈이 안 보여서 매사에 신중할 뿐이다. 주의하지 않으면 금방 어딘가에 발이 걸리거나 물건을 떨어뜨리거나 가구나 기둥에 부딪힌다.

"일요일이라도 동아리 활동은 하잖아."

"중간고사 전이라서 쉬어."

"그럼 공부나 해."

"오빠야말로 아르바이트만 하지 말고 학교 좀 가!"

가즈미는 갑자기 버럭 소리지르더니 텔레비전을 껐다.

"오빠, 이제 그 아르바이트 그만둬."

그리고 매섭게 고타로를 쏘아보았다.

"연초부터 내가 보기에도 계속 이상했어. 아르바이트에 미쳐서 점점 선을 넘는 느낌이야."

고타로는 의자를 당겨 자세를 고치며 가즈미에게서 눈을 돌렸다. 식탁에 양 팔꿈치를 짚고 턱을 괴었다.

그때였다. 흐릿하게 빛나는 실 같은 것이 온통 새카만 왼쪽 시야를 스치고 지나갔다.

놀라서 턱을 들었다. 실 같은 것은 금세 사라졌다.

"내 말 제대로 들어!"

가즈미가 뒤집어진 목소리로 고함쳤다. 고타로가 눈길을 돌리자 동생의 입에서 아까 보았던 빛나는 실 같은 것이 튀어나오더니 둥실거리며 다가왔다.

눈을 뗄 수 없었다. 뭐야, 이거.

손을 들어 손가락에 걸쳐보려고 했다. 그러자 빛나는 실은 덧없이 사라졌다. 손가락으로 허공을 갈랐을 뿐인데, 그 정도도 견디지 못할 만큼 약하다. 도대체 이게 뭐지.

가즈미는 여전히 뭐라고 말하고 있다. 어느새 울고 있었다.

"오빠, 죽은 사장님을 좋아했지?"

울면서 말하느라 숨쉬기 힘든 것 같았다.

"나, 다 알아. 엄마도 눈치챘어."

떨리는 입에서 또 빛나는 실이 나왔다. 이번에는 훨씬 짧다. 그냥 떠 있지 않고 살아 있는 것처럼 몸을 구불거리며 공중을 헤엄쳤다. 또 고타로에게 다가올 줄 알았는데 아니었다. 구불거리며 가즈미의 얼굴 주변을 돌다가 오른쪽 귀를 통해 몸속으로 되돌아갔다.

고타로는 그 광경을 물끄러미 관찰했다.

"왜 날 그런 표정으로 보는데?"

널 보는 게 아니야.

"우리가 오빠를 얼마나 걱정하는지 모르겠어? 엄마도 걱정이 태산이라 밤잠도 제대로 못 자지만, 오빠 마음을 이해한다며 상복을 사주겠대. 격식을 차려서 사장님과 작별할 수 있도록."

이번에는 고타로가 동생의 얼굴을 바라보았다.

"너야말로 왜 울고 그래?"

"오빠가 이상하잖아."

정신 차리라고 소리치더니 일어서서 식탁으로 다가왔다.

"풀죽어 있는다고 사장님이 돌아오진 않아. 어차피 오빠 혼자 짝사랑한 거잖아. 사장님은 아무 생각도 없었을걸. 어른이고 약혼자도 있었으니까. 오빠를 남자로 보지 않았어. 아르바이트 대학생은 안중에도 없었다고. 그런데 진짜 연인을 떠나보낸 것처럼 자기 연민에나 빠지고, 무슨 꼴불견이야!"

말을 끝내는 순간 양손으로 식탁을 쾅 내리쳤다.

고타로는 소리의 여운이 가라앉기를 기다렸다가 말했다. "네가 뭘 안다고 참견이야."

가즈미는 기가 죽어서 몸을 움츠렸다.

"……왜 그래, 오빠."

떨리는 목소리로 중얼거리듯이 물었다. 빛나는 실이 가즈미의 입술 사이로 늘어지다가 툭 끊어져서 바닥으로 떨어지며 사라졌다. 바로 그때 가즈미가 몸을 떨며 흐느꼈다.

—저 실은 가즈미의 감정인가.

생각해보면 감정은 유령이나 환각과 다르지 않다. 존재하지만 실체는 없다. 그것이 가상의 실체를 얻어 고타로의 왼눈에 보인다.

즉, 이것이 가라의 능력인가.

"난 오빠를 생각해서."

"시끄러워."

고타로가 말을 자르자 가즈미는 숨을 삼키고 순간 멈칫했다가 부엌을 뛰쳐나갔다. 2층 자기 방으로 뛰어올라갔다.

난 동생에게 이런 소리를 하는 오빠였나.

평소 같았다면 가즈미에게 곧장 사과하고 반성하며 다정한 오빠의 역할을 다했을 것이다. 시시한 일이든 진지한 일이든 말싸움이 벌어지면 늘 고타로가 져주었다. 그것이 남매 사이의 암묵적인 규칙이었다.

왜 오늘은 그러지 못했지? 가즈미가 걱정한 나머지 나름대로 오빠를 위로해주려 했다는 걸 알고 있었으면서.

그 실이 보여서? 뭐야, 그런 걸 뱉어내면서 잘난 척 잔소리나 하고.

고타로는 다시 식탁에 팔꿈치를 짚고 이번에는 양손으로 얼굴을 감쌌다.

혹시 가라와 거래하면서 왼눈의 시력 말고 다른 것도 내준 걸까. 말을 눈으로 볼 수 있는 대가로 뭔가를 잃어버린 걸까.

일어서서 가즈미가 소파에 던져둔 리모컨으로 텔레비전을 틀었다. 방송에서는 이제 반짝 인기를 누리는 연예인들의 열애설을 떠들어대고 있었다.

고타로는 눈을 깜박였다. 손으로 쓱쓱 비벼보았다. 꾹 감았다가 번쩍 떴다.

보인다. 이 정도로 화면 가까이 다가가야 보일 만큼 흐릿한 형체지만.

얼핏 보기에는 주사선* 같았다. 하지만 텔레비전 화면을 좌우로 가로지르며 흘러가는 그 선들은 주사선과는 명백히 다르게, 물결치듯 위아래로 너울거렸다. 굵기와 길이도 제각각이다.

이것도 '말'이다.

고타로는 좀전의 가즈미만큼 재빨리 방으로 뛰어올라갔다. 곧장 노트북을 켰다. 그리고 인터넷 대형 게시판에 접속했다.

아래층의 텔레비전 화면과 비교도 되지 않을 만큼 수많은 말의 실이 꿈틀대고 있었다. 너무 빽빽해서 각각의 미묘한 차이를 구분할 수 없다. 벌레 무리를 보는 기분이라 속이 메슥거렸다.

가라는 이 말의 무리 속에서 연쇄절단마를 찾아내려는 걸까. 범행성명의 내용과 일치하는 '실'을 골라낼 수 있을까.

꼭 과학수사 같다. 채취한 지문을 데이터베이스에 등록된 수십만 개의 지문과 조합하며 'match found' 표시가 뜨기를 기다린다. 그리고 말한다. "범인은 이놈이다."

말로 이루어진 실의 색깔과 혼잡한 정도는 사이트에 따라 미묘하게 달랐다. 묵묵히 키보드를 두드리고 마우스를 움직이며 고타로는 홀린 것처럼 그것들을 바라보았다. 아니, 바라보는 사이 그 광경에 홀려버렸다.

연쇄절단마사건을 정리한 글이 올라온 사이트에서는 말의 실

---

* 텔레비전이나 컴퓨터 화면의 화소를 조립해 빠르게 나열한 선.

이 구불거리지 않고 긴 바늘처럼 화면을 휙휙 가로질렀다. 색깔도 강렬하고, 빛난다고 표현해도 될 만큼 아름다운 것도 있었다.

여기 있는 말에는 상식과 이성, 엽기적인 사건을 두려워하지 않고 해결하고자 하는 인간들의 강한 의지가 담겨 있다. 그래서 곧고 아름답다.

창꼬치 무리처럼.

—왜 그런 생각을 하는 거야.

머리가 어지러웠다. 한꺼번에 너무 많은 '실'을 봤다. 난 아직 초보인데.

현재 야마시나 사장 살해사건에서 주목되는 점은 시신으로 발견되기 전날 오후 여덟시, 도쿄역에서 수행원 모로하시와 헤어져 혼자 택시를 탄 그녀가 바로 집으로 가지 않았다는 사실이다. 사장을 태운 택시 기사의 증언으로 전후 사정이 밝혀졌다.

택시가 긴자거리 교차로에 접어들었을 때 야마시나 아유코에게 전화가 걸려왔다. 그녀는 기사에게 양해를 구한 뒤 전화를 받고, 어머, 안녕, 어떻게 지냈어? 응, 방금 도착해서 택시 탔어, 하며 친숙하게 통화한 뒤 목적지를 시부야의 도겐자카로 변경했다. 급한 볼일이 생겼나보다 짐작한 기사가 "일하러 가세요?"라고 묻자 사장은 웃으며 이렇게 대답했다.

—아니요, 친구 만나러요.

그리고 도겐자카에서 내려 인파 사이로 사라진 게 마지막이다.

—친구 만나러요.

그 '친구'가 그날 밤 야마시나 아유코와 마지막으로 접촉한 인물일 가능성이 매우 높다. 휴대전화는 발견되지 않았지만 번호는 알고 있으므로 경찰은 이 시간대의 수신 기록을 조사중이다.

야마시나 사장이 웃는 얼굴로 친숙하게 통화하고, 바쁜 와중에도 일정을 바꾸어 만나려 했던 '친구'.

그 사람이 범인인가.

범인은 그렇게 가까이 있었나.

이 인물이 만약 사건과 관련없다면 놀라고 당황하고 슬퍼하면서도 곧장 경찰에 출두해 증언하거나, 마키에게 연락해 전날 밤 야마시나 아유코를 만나서 어디 갔고 언제쯤 헤어졌는지 기꺼이 정보를 제공할 것이다. 지금껏 침묵을 지키는 것은 아무리 생각해도 친구다운 행동이 아니다.

연쇄절단마가 야마시나 사장의 친구?

가라가 답을 찾아낼 때까지 기다리는 수밖에 없다.

2

고타로는 새로 산 상복을 입고 악몽 속에 서 있었다.

'고故 야마시나 아유코 경야'

나고야 시내 절의 부속 장례식장이었다. 큰 절이다. 위풍당당한 것이 교토나 나라의 유명 사찰에 뒤지지 않는다.

긴 참배길이 조문객들로 북적거렸다. 이렇게 멀리 떨어진 접수처에도 선향과 조화 냄새가 풍겼다.

마코와 가나메와 함께 사전에 배운 대로 접수 업무를 담당했다. 기계적으로 머리를 숙이고, 카드 형식의 방명록을 내밀고, 조의금을 받고, 감사인사를 한다. 여자 조문객들은 보통 여기서부터 눈물을 글썽거렸다.

이십 분도 지나지 않아 가나메가 포기했다. "미안" 하고 작게 중얼거리더니 울면서 접수처를 떠났다. 남은 두 사람이 가나메의 몫까지 대신했다.

접수처 책임자는 나리타 팀장이다. 전체 상황을 확인하며 스마트폰으로 본사와 지사에 수시로 연락을 취했다. 일은 쉴 수 없다. 내일은 오늘 도쿄 지사에 남아 있는 마에다 팀장이 와서 교대할 예정이다. 고타로도 끝까지 이 자리를 지킬 수는 없고, 내일 고별식은 다른 동료들이 와서 참석한다.

경문을 읽는 소리가 들려왔다. 조문객의 행렬이 끊이지 않아 고타로는 연신 고개를 숙여야 했다. 쿠마 사원들은 경야가 끝나 조문객들이 돌아갈 때까지 분향을 미뤘다.

차라리 분향을 못하면 좋겠다. 고타로도 현실을 받아들이지 못하기는 매한가지였다. 이건 악몽이다. 잠에서 깨어나면 야마시나 사장이 있는 쿠마로 원상 복구되고,

—미시마 군, 요즘 어때?

사장님이 그렇게 말을 건다. 그리고 맛있는 걸 사주러 간다. 잔뜩 이야기를 나누고 웃으면서 시간 가는 줄 모르고 즐거워하다가 고타로가 사장을 배웅한다. 그 예쁜 다리에 감탄하느라 택시가 배기가스를 뿜어내고 떠날 때까지 정신을 못 차린다.

제단 옆에 야마시나 사장의 부모님과 나란히 앉아 있는 마키 세이고는 마치 죽은 사람 같았다. 경야에 참석한 사람들도 죄다 그렇다. 생기를 발하는 사람은 영정 속에서 눈부시게 웃고 있는 야마시나 아유코뿐이다.

누가 어깨를 가볍게 두드렸다. 나리타가 뒤에 와 있었다.

"너희, 여기는 이만 됐으니까 분향하고 와. 끝나면 저쪽 안내를 도와주고."

이제 접수처는 꽤 한산해졌고 장례식장 본당에서 오른쪽으로 길게 뻗은 건널 복도에 사람들이 줄지어 있었다. 조문객들에게

음식을 대접하는 장소로 이동하는 것이다.

"고타로, 괜찮아?"

나리타 팀장도 죽을상이었다. 야마시나 사장이 죽자 우리의 세상도 함께 죽어간다.

접수처 천막에서 나왔다. 비틀거리자 마코가 부축해주었다.

"가나메 씨는 어디 있으려나. 좀 찾아보고 올게요."

접수처에서 본당으로 이어지는 길에는 포석이 깔려 있다. 잘 다듬은 화단과 키가 똑같은 나무들이 양옆을 둘러싸고 있다. 석등롱에 불이 켜져 있다. 그 끝에 본당 건물이 검정 일색의 조문객들 위로 우뚝 서 있고, 제단의 불빛과 조화들이 장소에 어울리지 않게 화사하게 빛났다. 말 그대로 이곳이 천국이라는 듯이.

—사장님이 올라갈 천국.

제단에서 눈을 돌려 중후한 본당 기와지붕을 올려다보았다. 밤하늘에 별이 드문드문 떠 있었다.

그곳에 밤보다 더 까만 어둠이 서 있었다.

사람 모양의 어둠, 사람치고는 너무 큰 어둠. 가라다.

낫을 등에 멘 전사는 본당 지붕 위에 서 있었다. 날개를 접고 한 손을 허리에 댔다. 지금 다른 손을 들었다.

검은색 손등 보호대. 기다란 손톱. 얼굴 앞에 집게손가락을 세웠다.

—조용히.

거리가 이렇게 먼데도 고타로에게는 똑똑히 보였다. 아주 가까이 보였다.

왼눈에. 왼눈에만. 가라와 연결된 어둠의 눈동자에만 비치는 광경.

가라는 새하얀 얼굴 앞에서 손을 돌리더니 손가락을 펼쳤다. 우아하게 춤추듯이 손을 움직여 땅의 한 지점으로 뻗었다.

저 손등 보호대에는 송곳 같은 무기가 장착되어 있다. 처음 마주쳤을 때 고타로와 쓰즈키는 그 무기에 위협당해 옴짝달싹도 못했다.

가라가 무언가를 조준했다.

손등 보호대에서 가라의 긴 집게손가락을 따라 송곳 하나가 튀어나왔다. 선향 연기와 경문을 읽는 목소리, 오열하고 속삭이는 사람들 사이를 소리 없이, 밤공기를 가르며 힘차게 날아갔다.

고타로는 보이는 오른쪽 눈 대신, 보이지 않는 왼쪽 눈으로 그 궤적을 좇았다. 어둠을 잘라내고 깎고 벼려서 완성한 칠흑의 빛. 그 끝에—

건널 복도. 상복을 입은 조문객들. 그중 한 사람. 고타로의 왼쪽 눈에 옆얼굴이 보였다. 여자다. 울고 있다. 손수건을 얼굴에 대고 있다. 옆 사람과 서로 부축하듯이 팔짱을 낀 채 입가를 떨면서 뭐라고 말하고 있다.

그 여자의 등 한복판에 칠흑의 송곳이 꽂히더니 사라졌다.

고타로는 저도 모르게 숨을 삼켰다.

여자의 발밑에 주르르 흘러내리듯이 한 덩어리의 그림자가 생겼다. 순식간에 커지더니 키와 몸집이 여자와 완전히 똑같아졌다. 본당의 불빛과 멀리 떨어진 저곳에 저런 그림자가 생길 리 없다.

저건 그림자가 아니다.

—우인偶人이다.

고타로의 왼눈 속, 시커먼 시야를 은빛 화살이 오른쪽에서 왼쪽으로 가로질러 사라졌다.

—저것이 말의 주인이다.

고타로에게는 가라의 목소리가 보였다.

고타로는 제자리에 우두커니 서서 천천히 눈을 깜박였다.

고개를 숙인 채 숙연하게 이동하는 조문객들 중 단 한 명, 그 여자만이 보였다.

그림자를 끌면서 걸었다. 불빛이 어디 있어도, 여자가 그늘에 들어가도 결코 사라지지 않고 모양도 바뀌지 않는 그림자를.

수많은 조문객 사이에 섞여도 분간할 수 있다. 자신의 음침한 우인과 함께 있는, 상복 입은 여자의 하얀 얼굴을.

—네 사냥감이다.

다시 가라의 목소리가 보였다. 고타로의 머릿속을 은색 화살이 가로질렀다.

“알았어.”

소리내어 대답하자 본당 지붕 위에서 가라의 모습이 사라졌다. 동시에 부드러운 것이 등에 닿는 느낌이 들었다.

“고타로, 왜 그래?”

돌아보자 마코가 부은 눈으로 구깃구깃한 흰색 손수건을 움켜쥔 가나메의 어깨를 감싸고 서 있었다.

“……아무것도 아니야.”

고타로는 두 사람에게 미소지었다.

“분향하러 가자.”

여자가 범인이라니.

야마시나 사장에게 그렇게 끔찍한 짓을 저지른 범인이 또래 여자라니.

지금까지의 경험이 없었다면 설령 신의 계시였다 해도 믿지 못했으리라.

실은 가라의 말이니 믿어도 된다는 보장은 없다. 고타로 입장에서는 얼마든지 망설일 만하다. 의심하고, 고민하고, 부정해야

마땅한 상황이다.

하지만 그럴 기분이 전혀 들지 않았다. 그게 이상하다고도 생각지 않았다.

음식을 나르는 일을 거들며 검은 우인이 달린 여자를 관찰했다. 그녀는 또래로 보이는 남녀와 같은 테이블에 앉아 있었다. 서로 어깨를 감싸안고 울다가도 가끔은 조심스럽게 웃기도 했다. 허물없는 사이로 보였다. 분명 사장님의 학창 시절 친구다.

빈병과 잔을 정리하며 은근슬쩍 다가가 비로소 가까이서 그녀의 그림자, 가라가 만든 그녀의 우인을 보고 고타로는 놀라 소리를 지를 뻔했다.

그림자가 움직이고 있다. 아니, 꿈틀거린다고 해야 할까.

영화나 만화책에서밖에 본 적 없는 검은색 시신 운반용 자루가 연상됐다. 그 속에 시신이 아니라 꿈질거리는 기분 나쁜 생물과 상한 음식, 쉰내가 풍기는 헌옷 등을 채워넣어 사람 모양을 만든다. 그러면 이 여자가 끌고 다니는 그림자가 완성된다.

실제로 이 여자의 그림자 속에서는 대체 뭐가 꿈틀거리고 있는 걸까? 당장이라도 자루를 찢고 튀어나올 듯이 격하게 움직이는 것도 있었다. 가만히 바라보면 그림자 너머로 비쳐 보일 듯한 것도 있었다.

그리고 보였다. 왼눈에. 검은 우인 속에서 무수히 움직이는 것들이.

—말이다.

가즈미와 대화할 때, 텔레비전과 인터넷 게시판을 보았을 때, 그리고 아까 가라와 이야기를 나누었을 때와 똑같다.

실 모양. 화살 모양. 끈 같은 것도 있다. 구불거린다. 서로 쿡쿡 찌르고 얽힌다. 색채는 풍부하다. 따뜻한 색에서 차가운 색까지. 한 인간이 내포한 말의 집합을 시각화하면 이렇게 각양각색이구나.

"저기, 왜 그러시죠?"

정신을 차리자 테이블에 앉아 있던 남녀가 미심쩍은 눈으로 고타로를 보고 있었다. 우인이 달린 여자의 얼굴이 놀랄 만큼 가까이 있었다. 여자는 몸을 비틀어 고타로를 피하려고 했다.

왼눈으로 보는 데 집중하느라 현실을 잊고 너무 가까이 다가간 것이다.

"오게이, 아는 사람이야?"

옆에 앉은 여자가 우인이 달린 여자에게 물었다.

"모르겠는데."

우인이 달린 여자는 의자를 움직여 고타로에게서 더 멀어지려고 했다. 노골적으로 불쾌감을 드러내는 동작이었다.

고타로는 즉시 자세를 고치고 예의바르게 고개를 숙였다. "죄송합니다. 실례했습니다."

오게이라고 불린, 우인이 달린 여자를 정면에서 바라보았다. 미인이지만 화장이 짙다. 만들어낸 얼굴이다.

"사람을 착각했나봐요. 사장님의 대학교 학회 친구분들 아니신가요?"

테이블의 남녀가 저마다 아아, 아니에요, 하고 대답했다.

"우리는 고인의 동아리 친구예요."

"오토바이 여행 동호회."

그러시군요, 하고 고타로는 과장되게 고개를 끄덕이고 말을 이었다.

"그럼 정말로 사람을 잘못 봤네요. 사장님의 학회 친구였던 사토 게이코 씨라는 분을 찾고 있었거든요."

"여기 오게이의 이름은 다시로 게이코."

옆에 앉은 여자가 우인이 달린 여자의 뺨을 가리키며 말했다.

"아유코랑 함께 우리 동호회의 양대 얼굴마담이었죠. 오토바이 여행에 흥미도 없는 남자들이 두 사람을 노리고 얼마나 많이 가입했는지 몰라요."

주위에서 잔잔한 웃음소리가 들렸다. 다시로 게이코는 딱히 싫지는 않은 표정으로 눈을 내리깔았다.

"그렇군요. 옛 추억을 들려주셔서 감사합니다."

고타로는 다시 한번 머리를 숙인 후 빈 맥주병을 고쳐 쥐고 재빨리 테이블에서 물러났다. 심장이 마구 춤추었다.

다시로 게이코. 대학교 동아리 친구. 그 정도 단서만 있으면 신원을 알아내기는 간단하다.

그뿐만이 아니다. 더 굉장한 걸 알았다.

—나는 말을 읽을 수 있다.

가즈미 때는 마주하고 주고받는 말이 보였다. 가라 때는 은빛 화살 같은 그녀의 말이 보이고, 이어서 그 말의 의미가 보였다.

거기서 한 단계 더 변화하고 진보했다. 고타로는 다시로 게이코의 그림자 속에 형태를 지니고 꿈틀거리는 말의 무리에서 의미를 읽어낼 수 있었다.

물론 전부 완벽하게 읽어낸 것은 아니다. 그 그림자 속에는 삼십대 초반 여성이 지금까지 살아오며 경험하고 축적한 말들이 담겨 있다. 왼눈을 빌려 쓰는 초보자 고타로가 한 번에 읽어내기는 불가능하다. 비유하자면 잡음이 심한 라디오에 열심히 귀기울이다가 몇몇 단어를 알아들은 셈이다.

하지만 알아들은 말에는 그만큼 강한 마음이 담겼다고 봐도 되지 않을까.

친구들이 오게이라고 친근하게 부르는, 우인이 달린 여자.

그녀의 그림자 속에서 가장 뚜렷하게 몇 번이나 되풀이된 말이 있다. '세이.' 이름을 부른 걸까, 아니면 그를 화제로 삼은 대화의 잔재일까. 세이. 마키 세이고다. 야마시나 사장도 그렇게 불렀다.

그리고 '결혼' '사랑해' '나도' '거짓말쟁이' '어쩔 수 없어' '욕심쟁이' '후련하다' '이제 다시는'.

꿈틀대는 말들 속에서 한 덩어리로 뭉치고, 떨리고, 얽혔다가 다시 풀어지면서, 속삭였다. 호소했다. 고타로의 왼쪽 눈 속에.

'세이, 세이, 세이, 세이, 세이, 세이, 세이, 세'

그 여자는 마키 씨를 좋아한다.

그 사실을 깨닫자 눈앞이 확 밝아지는 것 같았다. 독해하기, 한 번에 여러 가지를 읽어내고 그렇게 얻은 정보를 이어붙인다. 그것이 바로 '이야기를 읽는' 것이 아닐까. 모리사키 유리코가 고타로에게 한 것처럼. 가라가 쓰즈키에게 한 것처럼.

그렇다면 한 인간을 파악하는 데 이보다 확실한 방법은 없다.

그 여자 짓이다.

고타로의 심장이 여전히 요란하게 춤추고, 왼눈 안쪽이 타오르듯 뜨거워졌다.

회사장이 아니었기 때문에 회사 관계자들과 친구들, 친척들까지 한꺼번에 장례식에 참석해서 구분이 힘들었다. 그래서 쿠마 도쿄 지사에서 조문객 데이터베이스를 만들기로 했다.

고타로는 그 작업에 자원해서 손쉽게 '다시로 게이코'의 주소와 연락처를 알아냈다. 본인이 접수처에서 적은 방명록을 직접 보았으니 이 이상 확실할 수는 없다.

다시로 게이코. 오른쪽이 올라가는 독특한 글씨였다. 힘주어 꾹꾹 눌러썼다. 주소는 도쿄도 아다치구. 맨션 이름과 호수. 연락처로는 휴대전화 번호가 적혀 있었다.

왼손 약지에 반지가 없다는 건 경야에서 확인했다. 이런 장례식 방명록에 집전화가 아닌 휴대전화 번호를 썼다면 미혼일뿐더러 가족과 따로 살 가능성이 높다.

장례식 다음날, 고타로를 비롯한 사원들이 서둘러 데이터베이스를 만들고 있을 때 야마시나 아유코의 사인이 질식사라는 보도가 나왔다. 끈 같은 물건에 목을 졸렸다. 혈액에서 수면유도제 성분도 검출됐다. 약을 먹여 인사불성으로 만들고 목을 졸라 죽인 후 열 손가락을 잘랐다는 뜻이다. 수사본부는 현재 야마시나 아유코의 휴대전화 수신기록을 조사하는 한편 그녀가 도겐자카에서 택시를 내린 뒤의 행적을 추적하고 있다. 시부야는 번화가다. 감시카메라가 무수히 많다. 그중 하나에 범인과 함께 있는 아유코의 모습이 남아 있을지도 모른다.

그 영상이 발견되면 수사는 단숨에 진전될 것이다. 꾸물댈 때가 아니다.

하지만 고타로는 잠시라도 좋으니 그전에 마키와 이야기를 하고 싶었다. 마키에게 그와 야마시나 아유코, 다시로 게이코가 어떤 사이였는지 듣고 싶었다.

장례식을 치르고 사흘이 지나도록 회사 어디서도 마키의 모습을 찾아볼 수 없었다. 공동경영자이자 약혼자 입장에서 사후처리에 분주한 것이다.

사후처리. 여신이 살해당하고 파괴된 세상의 뒤처리.

나흘째 아침, 오늘도 마키를 못 보면 포기하고 계획을 실행할 작정이었는데, 사무실 입구에서 ID를 입력하고 있자니 누군가 뒤에서 어깨를 두드렸다.

"안녕. 여러모로 고마워."

돌아보자 양복 차림의 마키가 수척한 얼굴로 서 있었다. 야마시나 아유코가 죽었을 때 그의 절반도 죽었다. 남은 절반도 서서히 죽어가고 있다. 1초마다 1센티미터씩 영혼이 죽어간다.

그래도 부하에게 "수고했어"가 아니라 "고마워"라고 인사한다. 죽어가고 있어도 마키 세이고는 여전히 마키 세이고다.

"……안녕하세요."

"힘들었지? 몸은 괜찮아?"

"저야 괜찮은데 마키 씨는."

고타로가 위로의 말을 찾는데 마키가 손을 뻗어 자기 ID를 입력했다.

"고대시, 계속 회사에 붙어 있느라 수업 많이 빼먹었지? 집에서 뭐라고 안 하셔? 해명이 필요하면 언제든 말해. 내가 부모님 찾아뵙고 사과드릴 테니까."

왜 그런 걱정을 하는 거야.

"부모님은 이해하니까 걱정 마세요."

"그러냐."

마키는 인상을 찡그리고 넥타이를 살짝 풀더니 말했다.

"오늘은 은행을 돌아다녀야 해. 일주일도 넘게 양복을 입다니, 대기록이네."

무리하게—아니, 고타로 눈에는 무참하게 보이는 웃음을 짓고 마키는 자기 자리로 향했다.

"마키 씨."

마키를 부르는 제 목소리가 이상하게 뒤집어지는 느낌이었다.

"경야 때 사장님과 마키 씨 친구라는 여자분과 이야기를 나누었어요."

마키는 묵직해 보이는 서류가방을 다른 손으로 바꿔 들고 걸음을 멈추었다.

"대학교 때 사장님과 같은 동아리였던 분이에요. 오토바이 여행 동호회."

아아, 하듯이 마키의 굵은 눈썹이 움직였다.

"친한 분들인가요?"

"아유코의 친구야."

"마키 씨는 그 동호회가 아니었고요?"

"아유코가 졸라서 몇 번 같이 라이딩을 갔지 싶은데."

고타로는 마키의 얼굴을 보았다.

"다시로 게이코 씨라는 분은 기억나요?"

한순간 마키의 시선이 허공을 헤맸다.

"다시로 게이코?"

시치미떼는 것처럼 보이지는 않았다.

"…… 게이코 씨라."

다시 가방을 다른 손으로 바꿔 들고 고개를 갸웃했다.

"아유코는 대학교 친구랑 쭉 친하게 지냈거든. 아아, 오게이라고 부르던 그 사람인가."

생각났는지 고개를 끄덕였다.

"몇 번 같이 술 마셨어. 얼굴이 갸름한 미인이지?"

"눈초리가 좀 매섭고, 화장이 진했어요."

"그래, 맞아. 늘 풀메이크업이었지."

"조문객들 식사 자리에서 일을 거들고 있는데, 다시로 씨가 저한테 쿠마 사람이냐, 마키 씨는 잘 지내느냐고 물어봤거든요."

그렇구나, 하고 중얼거리고 마키가 눈을 내리깔았다.

"여기저기 걱정을 끼쳤군."

고맙다고 한 손을 들어 인사하고 자리를 뜨려 했다. 고타로는 황급히 물었다.

"어떤 사람이에요? 사장님과 많이 친했어요?"

마키가 돌아보고 어렴풋이 의아하다는 표정을 지었다.

"말했잖아, 친했던 것 같다고."

"인터넷 관련 일을 하는 분인가요?"

"글쎄…… 무슨 일을 하더라. 나는 잘 몰라."

마키의 양복 안주머니에서 휴대전화가 진동했다. 고타로는 고개를 끄덕이고 물러나서 자기 자리로 향했다. 마키는 전화를 받으며 자리에 앉았다.

다시로 게이코와 마키 세이고는 직접적인 연관이 없다. 중간에 야마시나 아유코가 끼어야 비로소 친분이 생기는 사이였다—

'세이, 세이, 세이, 세이, 세이, 세이, 세이, 세'

다시로 게이코에게는 그렇게 많은 '말'이 있었는데.

—일방통행이었나.

단순한 집착과 미련? 이런 걸 뭐라고 하더라.

나 홀로 삼각관계다. 그때 옆에서 한숨 섞인 목소리가 들렸다.

"마음 아파. 이렇게 마음 아픈 일이 또 있을까."

최근 자주 보는 약물섬 여자 사원이었다.

"마키 씨, 사장님이 돌아가시고 나서야 회사에서 '아유코'라고 부르잖아. 좀더 일찍 그러면 좋았을걸."

듣고 보니 그랬다. 아까 이야기할 때 몇 번이나 아유코라고 말했다.

"범인이 빨리 잡혀야 할 텐데."

늘 맨얼굴로 다니는 여자 사원의 눈시울이 빨갰다. 손가락으로 자꾸 훔친 탓이다.

"재판이 열리면 범인은 온갖 변명을 늘어놓겠지. 변호단이 붙고, 정신감정도 받을 거야. 보통 사건이 아니니까."

연쇄절단마니까.

"정신감정도 한 번으로 끝내지 않고 몇 번씩 계속할 거고, 의사에 따라 다른 결과가 나올 거야. 어떻게 될지 벌써부터 뻔해."

고타로는 고개를 끄덕이고 업무를 시작했다. 마음속으로 이렇게 대답하면서.

―걱정 마세요.

다시로 게이코는 얼토당토않은 변명을 늘어놓지 않는다. 살인의 동기가 될 만큼 강한 갈망이 빨려나간 그녀에게는 그럴 만한 기력이 남아 있지 않다. 순순히 자백하고 감옥에 갈 것이다. 두

번 다시 원래와 같은 인간으로 돌아오지 않는다.

그날 밤은 날짜가 바뀌기 직전에 집에 도착했다. 어머니가 기다리고 있다가 야식을 차려주며 한바탕 설교를 했다. 고타로는 얌전히 고개를 숙이고 있었다.

"너, 엄마 말 제대로 듣는 거야?"

갑자기 어머니가 식탁을 쾅 때렸다. 어머니한테 이런 식으로 야단맞는 건 중학생 때 이후로 처음 같았다. 고타로는 손이 많이 가지 않는 장남이었다.

"응, 응, 건성으로 대답만 하고 마음은 딴 데 가 있잖아! 아빠도 엄마도 가즈미도 네가 정말로 걱정돼. 걱정하니까 화내는 거라고!"

어머니 얼굴이 눈앞으로 다가왔다. 식탁 맞은편에서 몸을 내밀었다.

그 입가에서 피처럼 붉은 실이 늘어진 것이 보였다. 어머니가 식탁에 짚은 한쪽 팔꿈치가 식탁에 그림자를 드리웠다. 그 속에서 꿈틀대는 것들도 보였다.

고타로는 그것을 '읽었다'.

"……엄마, 오늘 하나코 아주머니랑 싸웠구나."

어머니는 깜짝 놀란 듯이 눈을 크게 떴다.

"아주머니한테 나쁜 뜻은 없었어. 대형 쓰레기로 안 내놔도 그 정도라면 수거차가 가져갈 거라고 믿었을 뿐이야. 엄마 딴에는 친절하게 주의를 줬겠지만, 아주머니 성격에 순순히 받아들이지 못한 거지."

소노이 하나코. 미카의 할머니. 결코 나쁜 사람은 아니지만 옹고집이라 가끔은 성가신 노인.

어머니가 몸을 뒤로 물리더니 의자에 털썩 앉았다. 그러고는 고타로를 뚫어져라 보았다.

"가즈미한테 들었니?"

고타로는 말없이 어머니 얼굴에서 눈을 돌리고 식은 오차즈케를 마저 먹었다.

"그럴 리 없지. 가즈미는 벌써 잠들었으니까."

억양 없는 목소리로 혼잣말처럼 중얼거렸다.

"잘 먹었습니다."

고타로는 빈 밥공기와 접시를 포개어 들고 일어서면서 빠르게 말했다.

"수업은 안 빠지고 잘 들을게. 사장님 장례식이 끝났으니까 근무시간이 지금처럼 빡빡하진 않을 거야. 너무 걱정 안 해도 알아서 잘하고 있어."

밥공기와 접시를 싱크대로 가져가서 물을 받아놓은 설거지통에 담갔다. 그리고 몸을 돌리자 어머니가 바로 옆에 서 있었다.

"헉! 뭐야."

어머니는 여전히 눈을 크게 뜬 채 고타로를 바라보았다. 노려보거나 응시하는 것이 아니다. 그저 보기만 했다.

"고타로, 너 아니?"

나지막하게 묻는 어머니의 숨결에서 커피 향이 풍겼다.

"가끔 네 왼눈 안쪽에서 빛이 나. 꼭 그 안에 납이 쌓인 것처럼 이상하게 빛난다고."

아주 뜨거운 물건을 건드리듯이 어머니가 고타로의 팔꿈치를 잡았다.

"어디 아픈 거 아니니?"

고타로는 어머니의 눈을 들여다보며 천천히 미소지었다. 팔꿈치를 잡은 손을 자기 손으로 감쌌다.

어머니가 반사적으로 손을 빼려는 것이 느껴졌다. 자기 자식의 손인데. 미시마 아사코라는 한 인간의 동물적인 직감이 강력하고 정확하게 발휘되어 고타로의 손을 강하게 거부한 것이다.

이 세상 존재가 아닌 것과 연관된 아들.

"아픈 데 없어, 엄마."

수도꼭지에서 물방울이 똑 떨어졌다. 그 소리에 제정신이 든 것처럼 어머니가 손을 빼내고 한 발짝 뒤로 물러섰다.

"나 이만 잘게."

고타로는 계단을 올라가 방으로 들어가서 문을 닫았다. 눈을 감고 잠시 제자리에 가만히 서 있었다.

'준비는 됐나.'

은색 빛 알갱이가 왼눈 속을 스치자 고타로는 고개를 들었다.

가라다. 어디 있지?

고타로는 불을 켜지 않고 창가로 다가갔다. 속커튼을 젖히고 창문을 열었다.

모두 잠들어 조용한 동네. 심야의 주택가. 졸린 듯이 빛나는 가로등. 드문드문 뜬 별. 장마 시작 전, 일 년 중 제일 상쾌한 계절.

'결심은 변함없나.'

변함없다. 고타로는 소리내어 중얼거렸다. "준비됐어. 내일 결행할 거야."

침묵이 흘렀다.

'그렇다면 나는 너와 함께 있겠다.'

나를 찾지 마라. 가라의 목소리. 빛 알갱이는 반짝이는 은모래 같았다. 빛의 형태를 띤 말이 울려퍼졌다.

그것은 마음을 표현하고 전하고자 하는 의지의 힘이다.

'나는 네 그림자다. 너와 함께 있다.'

존재하지만 현실에는 없는 것이 고타로에게 다가붙었다. 존재하지만 현실에는 없는 '영역'이 고타로가 있는 현실에 겹쳐졌다.

'너는 내 그림자다. 나와 함께 있다.'

알았어, 고타로는 대답했다.

—힘을 빌려줘서 고마워.

잠시 후 가라가 말을 이었다.

'네 사냥감을 밤의 어둠으로 유인해라.'

"그러기만 하면 돼?"

대답은 없었다. 고타로는 알았다는 뜻을 전하려고 고개를 끄덕였다.

그때 들렸다.

'너는 후회할 거다.'

빛 알갱이는 보이지 않았다. 방금 그 말은 어둠 속에 피어오른 칠흑의 안개였는지도 모른다.

3

방돔 아다치 제2캐슬.

척 보기에도 싸구려 티가 나는 원룸 임대맨션에 거창한 이름이 붙어 있었다. 그래서 도리어 싸구려 티가 강조된다. 다시로 게이코는 이곳 201호에 살고 있었다.

입구에 오토록 장치가 있었다. 상주하는 관리인이 없는 듯 커튼이 쳐진 관리실의 작은 창문에는 관리회사 연락처가 적힌 팻말만 걸려 있었다. 이쪽 입장에서는 다행이다.

입구 안쪽에 줄지은 우편함 중 'TASHIRO'라는 표시가 보였다. 시험 삼아 인터폰으로 201호를 호출했다. 응답은 없었다.

고타로는 오전 수업을 듣고 학생식당에서 점심을 먹은 후 여기로 왔다. 가장 가까운 지하철역에서 거의 도보 이십 분. 근처에는 민가와 맨션, 편의점이 간간이 눈에 띄었다. 건물들이 비좁게 들어찬 데 비해 생활감이 희박한 지역이다.

늘 메고 다니는 백팩은 지하철역 보관함에 넣어놓고 꼭 필요한 물건만 재킷 호주머니에 챙겼다. 그리고 균일가 생활용품점에서 산 도수 없는 안경을 끼고 검은색 야구모자를 썼다. 이 모자도 학교 근처 마트에서 산 것이다.

그런 차림새로 근처를 돌아다녔다. 다시로 게이코를 불러내기 적당한 장소를 물색하고, 방범카메라가 설치되어 있을 만한 지점도 확인했다.

밤이 되면 결행한다. 사냥감을 밤의 어둠으로 유인한다. 다시로 게이코를 맨션에서 데리고 나와 불빛을 피해 어둠으로 들어간다. 도쿄 시내에서는 쉽지 않은 일이지만 그것이 고타로의 역할이다.

—그후에는 가라가 어떻게든 해줄 거야.

보통의 범죄 계획이라면 웃음이 나올 만큼 엉성하다. 하지만 이번 일은 처음부터 끝까지 '보통'과 다르다.

방돔 아다치 제2캐슬에서 50미터쯤 떨어진 곳에 적당한 빈터가 있었다. '건축 계획 통지서'가 붙어 있었다. 새 건물을 올리는 모양이다. 아직 땅을 고르는 단계인 듯 건축자재는 보이지 않았다. 부지 가장자리에 작업용 가건물 한 채가 덜렁 서 있고, 그 옆에 간이화장실 두 개가 있었다. 부지 둘레에는 밧줄만 쳐놓고 울타리는 없다. 주위에서 훤히 들여다보이지만 가건물과 화장실 뒤편으로 돌아가면 바로 옆 1차선 도로에서도 보이지 않고, 맞은편은 낡은 함석지붕이 기울어진 금속 가공 공장에 면해 있다. 주택가니 야간에는 작업하지 않을 것이다.

좋아, 여기로 하자. 마음을 정하고 일단 역으로 돌아가 백팩을 찾았다. 그리고 카페에서 노트북을 켜고 다시로 게이코의 블로그에 새 글이 올라오지 않았는지 확인했다.

그녀가 이용하는 소셜 네트워크 서비스는 보안이 철저해서 지정받은 곳만 크롤링하는 고타로의 실력으로는 들여다볼 수 없었다. 가령 성공했다 쳐도 지금까지 한 번도 쿠마의 감시 대상으로 올라온 적 없는 청정한 SNS 계정을 왜 독단으로 감시했는지 마에다 팀장에게 핑계를 대야 한다.

그래서 꾀를 내어 그제 오후 근무중, 쿠마에서 야마시나 사장을 추모하기 위해 만든 공식 홈페이지 게시판에 글을 올렸다.

'장례식 때 대학교 동호회 회원 여러분들이 모여서 사장님과의 추억을 돌이켜보고 계셨습니다. 사장님이 되기 이전의, 저희가 모르는 야마시나 아유코 씨의 모습을 상상하니 더욱 슬프더군요. 오토바이 여행 동호회 여러분, 그때 뵈었던 쿠마의 아르바이트생입니다. 경야에 참석해주셔서 감사합니다. M'

그러자 마치 마술처럼 바로 반응이 왔다. 다시로 게이코가 직접 댓글을 남긴 것이다.

'자리에 있었던 오토바이 동호회 회원입니다. 오게이라고 해요. 글을 남겨주셔서 고마워요.

제 블로그에 아유코를 추억하며 옛날 사진을 올려놨으니, 괜찮으면 쿠마 여러분도 와서 보세요.'

바라 마지않은 결과였다. 고타로는 이 일을 약물섬 동료와 가나메에게 알렸다. 마침 같이 있던 마코와 함께 오게이 씨의 블로그에 들어가보았다.

"사장님, 젊었을 때는 귀여운 타입이었네요. 지금이 훨씬 미인이에요."

올라온 사진들을 보고 마코가 반쯤 울상을 지었다.

"세월이 쌓여 미인이 되다니 굉장하네요. 사장님이 인생을 아주 훌륭하게 사셨다는 증거죠."

마코에게 맞장구를 치며 고타로는 블로그에 적힌 아름다운 추억담에서 거짓말과 겉치레의 냄새를 맡아냈다. 과도한 감상이 코를 찔렀다. 이 여자가 사장을 죽인 범인인 줄 모르고 읽었더라도 똑같은 느낌을 받았을 것이다. 나는 마코처럼 순진한 철부지가 아니니까.

다시로 게이코는 쿠마의 동태를 살피고 있다. 다시 말해 마키 세이고의 동태를 살피며, 다가갈 기회를 노리고 있다. 한편으로 겁도 먹었다.

아무리 뻔뻔하다 해도 사람을 죽였다. 마음에 동요가 없을 리 만무하다. 주변에 무슨 변화가 생기면 민감하게 반응한다. 누가 의심하지는 않는지 늘 조마조마하기 때문이다. 죄를 지은 자는 쫓기지 않아도 도망치며 뒤를 돌아본다.

그러므로 아무런 의심도 받지 않고 고인의 친구 중 한 명으로 추모의 물결에 안주하게 해주는 '미끼'를 던지면 바로 덤벼들 것이다.

한 군데 가게에 한 시간 이상 머물지 않으면서 지하철로 여기저기 옮겨다녔다. 그동안 감상적인 추억담 뒤편에서 슬쩍슬쩍 고개를 내미는 다시로 게이코의 자기과시욕에 혀를 내두르며 오후 다섯시까지 시간을 때웠다. 그리고 사전에 봐둔 역 구내 공중전화로 갔다.

혼자 사는 여자는 '공중전화'라고 발신자 표시가 뜨는 전화를 무시하는 게 보통이다. 받지 않는다. 계속 전화가 오면 더 경계한다.

하지만 현재 다시로 게이코의 상태는 '보통'이 아니다. 고타로의 계획이 보통이 아니듯이, 현재 그녀는 평범한 인간과 거리가 멀다.

방해자를 없앴다는 목적을 달성해 승리의 기쁨에 취해 있는 한편 두려워한다. 혹시 어딘가에서 꼬리를 잡히지 않을까 하고.

그런 심리상태라면 누가 어디서 거는지 분명치 않은 전화라도, 아니, 그런 전화라면 더더욱 받게 되어 있다.

신호가 가기 시작했다.

다시로 게이코가 야마시나 아유코처럼 바쁜 커리어우먼이라도 이런 시간대에는 한 번쯤 휴대전화를 확인할 것이다. 야마시나 아유코와 달리 매일 정해진 시각에 끝나는 일을 한다면 더욱 그렇다. 다섯시 이후가 하루 중 제일 여유 있는 시간이니까.

신호가 세 번쯤 가자 전화가 연결됐다. 고타로는 숨을 삼켰다.

"……여보세요?"

나지막한 목소리가 조심스럽게 말했다.

다시로 게이코가 미끼를 물었다. 고타로는 어금니를 한 번 꽉 깨물고 입을 열었다.

"갑작스레 전화드려서 죄송합니다. 주식회사 쿠마 도쿄 지사의 미시마라고 합니다."

맨션이 들어설 예정인 빈터 구석에서 고타로는 깊이 머리를 숙였다.

"이렇게 늦은 시간에 죄송합니다."

밤 열시 이십분. 오늘은 흐리고 북풍이 분다. 별도 달도 보이지 않는다. 쌀쌀하다. 얇은 재킷 너머 고타로의 몸에 밤기운이 스몄다.

다시로 게이코는 차려입은 모습이었다. 실내복은 아니고, 퇴근 후 옷을 갈아입지 않고 바로 나온 것도 아니다. 모노톤이지만 화려한 무늬가 들어간 원피스와 검은색 에나멜 하이힐. 액세서리는 진주로 통일했다. 야마시나 아유코를 애도하는 차림임을 나타내려는 거겠지. 하지만 화장은 여느 때처럼 진했고 향수 냄새도 독했다.

"자, 이쪽입니다."

고타로는 가볍게 손을 들어 가건물과 간이화장실이 있는 쪽을 가리켰다.

"이런 시간에 나오시라고 해서 정말로 죄송합니다."

미안한 척 머리를 긁적이며, 굽 소리를 내며 다가온 다시로 게이코와 나란히 섰다. 가까이 서서 보니 꽤 키가 컸다. 7센티미터 하이힐을 신으니 고타로보다 약간 클 정도였다.

"괜찮아요. 세이—마키 씨는 우리집으로 와도 상관없는데."

"아무래도 이런 시간에 여자분 집을 찾아가긴 좀 그러니까요."

"친구인데요, 뭐."

낙낙한 원피스 소매가 그녀의 허리 언저리에 그림자를 만들었다. '친구'라고 할 때 그 그림자가 꿈틀거렸다.

"마음은 감사합니다."

앞장서서 걸어가는 고타로를 잡듯 다시로 게이코가 말했다.

"이렇게 어두운 곳에 차를 댔어요?"

"죄송합니다."

"맨션 앞으로 오는 게 어때요?"

"그게……"

고타로는 또 머리를 긁적였다. 그렇게라도 몸을 움직이지 않고 가만있으면 '진짜' 감정이 드러날 것 같았다. 이 살인자. 자꾸 종알거리지 마.

"매스컴이 지금 마키 씨를 노리고 있거든요. 누가 보는 곳에서 뵈었다가 귀찮은 일이 생기면 안 되니까요."

어두침침한 가운데 다시로 게이코의 흰자위가 빛났다. "매스컴이 노리고 있다고요? 그게 무슨 뜻이에요?"

그리고 조급하게 덧붙였다. "설마 아유코 일로 의심이라도 받는 거예요?"

매스컴이 노린다. 고작 그런 말을 비약해 되묻지 않고는 못 배긴다. 죄를 지은 자는 의심이 많다.

"천만에요! 그런 뜻이 아닙니다."

고타로는 과장되게 양손을 내저었다.

"야마시나 사장님은 방송에도 출연하고 여러모로 주목받는 분이셨어요. 그러니까 매스컴 입장에서 사장님 유족이나 약혼자 마키 씨는 딱 좋은 표적인 거죠."

"아아, 그런 뜻이구나."

다시로 게이코가 두 어깨를 축 늘어뜨렸다.

"그럼 어쩔 수 없네요. 하지만 난 정말 상관없어요."

그 입가에 일그러진 웃음이 맺혔다. 펄 립스틱을 바른 입술이 젖은 듯이 번들거렸다. 꼭 흡혈귀의 그것처럼.

"조금만 더 가서, 저 모퉁이를 돌면 돼요."

하이힐 소리가 바로 뒤따라왔다.

고타로가 저녁 다섯시쯤 전화로 던진 미끼는 이랬다.

—주식회사 쿠마 도쿄 지사의 미시마라고 합니다. 부사장 마키 씨의 지시로 연락드립니다. 마키 씨가 돌아가신 야마시나 사

장님과 친했던 분들께 고인의 유품을 나누어드리고 있습니다. 그래서 다시로 님께도 하나 전해드리러 찾아뵈려고 하는데, 괜찮을까요? 마키 씨가 현재 몹시 바빠서 오늘밤 늦게야 시간이 납니다. 그래도 가능한 한 빨리 유품을 전해드리고 싶어서요. 다시로 님만 괜찮다면 열시 이후 마키 씨가 댁 근처로 갈 겁니다.

―그러신가요! 받아주시겠다니 참으로 감사합니다. 그럼 만날 장소를 정하실까요? 죄송하지만, 다시로 님 댁 근처에 빈터가 있죠? 네, 밧줄을 둘러친…… 네, 역 방향으로 50미터쯤 가면 있는 곳입니다. 그 부근에 차를 댈 수 있으니 거기서 기다리겠습니다. 네, 늦은 시간이지만 다시로 님만 괜찮다면 거기서 다른 곳으로 이동하겠습니다. 마키 씨가 시간을 내서 함께 야마시나 사장님을 추억해주시면 고맙겠다고 했습니다.

마키, 마키, 마키. 이 여자에게는 그 무엇보다도 맛있는 미끼다. 세이가 온다. 아유코의 유품 따위는 아무래도 상관없다. 세이가 나를 만나러 온다. 유품을 전해준다는 건 어쩌면 핑계일지 모른다. 그 정도 일은 다른 사람을 시키면 그만이니까. 택배로 보내도 되잖아. 그런데 굳이 직접 오겠다고 한다.

다시로 게이코의 그림자 속에서 온갖 말이 몸부림치고 꿈틀거리는 모습이 보였다. 그리고 새삼 깨달았다. 고타로의 왼눈에 '보이는' 말은 그 사람의 입에서 목소리로 나온 '말'만이 아니다.

소망, 희망, 염원, 망상, 회의, 의혹, 공포. 다양한 감정이 그 사람의 마음속에 '말'로 쌓여서 존재한다.

생각해보면 당연하다. 사람은 언어 없이 사고할 수 없으니까.

"나눠준다는 유품은 뭐예요?"

아마 눈치채지 못했을 테고, 알아도 억제가 안 될지 모른다. 다시로 게이코의 목소리는 들떠 있었다.

"아유코는 패션감각이 좋았으니 옷이나 액세서리도 좋겠네요."

가건물과 간이화장실이 밤의 어둠 속에서 한층 어둡게, 잘라 붙인 것처럼 두드러져 보였다. 고타로는 모퉁이를 돌았다. 그리고 돌아섰다.

다시로 게이코가 놀란 듯이 걸음을 멈췄다. 어두운 데서 봐도 피부가 뽀얗다. 진주 장신구도 하얗다.

하지만 그 안쪽은 시커멓다. 죄의 색깔이다.

"왜 그래요?"

그녀의 등뒤에 소리 없이 가라가 내려섰다. 고타로는 가라가 땅에서 솟아오른 것이 아닌가 착각했다. 그림자로 땅에 달라붙어 있다가 방금 몸을 일으켰다—

"세이 차는 어디 있어요?"

고타로는 여자의 질문에 대답하지 않고 말했다. "자, 가죠."

두 사람은 가라의 칠흑 같은 날개에 감싸였다.

—여기는 어디지?

어둡다. 무릎이 아프고 손바닥에 까끌한 감촉이 느껴졌다.

이 지면—아니다. 이 콘크리트 바닥의 색깔은 몇 번 본 적이 있다.

고타로는 고개를 들었다.

여기는 차통빌딩 옥상이다. 창문에 불을 밝힌 니시신주쿠의 고층빌딩들이 밤하늘을 배경으로 서 있다. 묵직한 구름이 머리 위를 뒤덮었다. 흐린 날씨 탓에 늘 현란하던 야경이 불투명 유리 너머처럼 약간 흐릿해 보였다.

북풍이 옥상을 휩쓸고 지나갔다. 고타로는 양팔을 문지르며 일어섰다. 1미터쯤 떨어진 곳에 다시로 게이코가 쓰러져 있었다. 웅크리고 양손으로 얼굴을 가린 것은 가라의 날개에 감싸일 때 재빨리 몸을 보호하려고 했기 때문일까.

가라는? 고타로는 눈을 깜박이며 주위를 둘러보았다.

칠흑의 전사는 가고일 조각상 자리에 가고일 조각상과 똑같은 자세로 앉아 있었다. 낫자루를 쥐고, 끝부분에 달린 사위스러운 초승달을 머리 위로 높이 쳐들었다.

오늘밤은 달도 별도 없다. 차통빌딩 옥상에는 조명기구가 없고 주변에 불빛을 직접 비출 만큼 높은 건물도 없다.

하지만 도시 한가운데 진정한 어둠은 없다. 가라의 모습도, 꼴사납게 누워 있는 다시로 게이코도, 고타로 자신의 몸도 어렴풋한 그림자처럼 보였다.

정신이 드는지 다시로 게이코가 작게 신음소리를 냈다. 고타로가 말을 걸 필요도 없이, 튀어오를 듯한 기세로 벌떡 몸을 일으켰다.

"뭐, 뭐, 뭐야? 도대체 뭐냐고? 여기는 어디야?"

잠꼬대하듯이 외치더니 부들부들 떨며 주위를 둘러보았지만, 너무 혼란스러운지 아무것도 눈에 들어오지 않는 모양이었다.

"여기 어디냐고! 살려줘, 누가 좀 구해줘!"

다시로 게이코가 옥상 가장자리로 달려가려고 해서 고타로는 반사적으로 발을 내밀었다. 그리고 고꾸라지는 다시로 게이코를 받아냈다.

키 큰 여자는 의외로 무겁다. 하마터면 함께 넘어질 뻔했다. 두 사람은 부둥켜안고 비틀비틀 몇 발짝을 내디뎠다. 다시로 게이코가 하이힐 앞쪽으로 운동화를 신은 고타로의 발등을 밟았다.

"너, 너는?"

"괜찮습니까?"

스스로도 놀랄 만큼 냉정한 목소리가 나왔다.

"서둘지 말고 천천히 숨을 쉬어요. 진정하고…… 서 있으면 바람에 몸이 식으니까 앉는 게 나아요."

다시로 게이코는 고타로에게 반쯤 기댄 채 눈을 부릅떴다.

"세, 세이는 어디 있어? 당신 쿠마 사람이지? 근처에 차를 대 놨다면서?"

"자자, 차례대로 설명할게요. 일단 앉아요."

이 옥상에 의자나 벤치 같은 건 없다. 원래 여기 있던 진짜 가고일 조각상의 파편이 흩어져 있을 뿐이다. 다시로 게이코는 으스스한 듯이 움츠리고 주변을 둘러보더니 큼지막한 조각상 파편 옆에 무릎을 구부리고 앉았다. 사람은 이런 때 뭐든 좋으니 뭔가와 붙어 있고 싶어하는구나, 고타로는 생각했다.

신기하게도 그녀는 가라가 있는 줄 모르는 듯했다. 아직 못 본 건가.

이렇게 큰데—웅크린 가라 쪽을 보려다가 고타로는 하마터면 소리를 지를 뻔했다.

가라가 아니었다. 거기 있는 것은 가고일 조각상이었다.

위장. 아니, 이런 경우는 의태라고 해야 할까. 고타로는 눈을 깜박거리는 것으로 모자라 손가락으로 비비고 다시 보았다. 역시 가고일 조각상이다. 가라가 가고일 조각상으로 변했다.

즉, 이것이 쓰즈키가 조사를 시작한 계기인 움직이는 가고일 조각상의 정체인 셈이다.

"이봐, 대체 어떻게 된 거야?"

다시로 게이코는 다리를 세우고 앉아 양팔로 무릎을 감싸안고 치뜬 눈으로 고타로를 올려다보았다.

"세이는 어디 있어? 아유코의 유품을 전해준다며?"

일단 혼란에서는 벗어난 모양이다. 말투에 불만이 가득했지만 분노나 공포는 느껴지지 않았다. 고타로의 말에 그럴싸하게 속아넘어간 걸까, 아니면 그저 얕보는 걸까.

가라는 이 상황에서 거들어줄 마음이 없는 듯했다. 나는 네 요구에 응했다. 이제 네가 할 일을 해라. 가고일 조각상으로 변해 시치미떼고 있는 것은 그런 의미다.

"미시마라고 했나? 너, 심부름 온 거지? 빨리 세이한테 데려다줘."

조바심 내듯이 내뱉는가 싶던 다시로 게이코의 목소리가 갑자기 밝아졌다.

"아니면 이거 깜짝 이벤트야? 세이가 여기로 와?"

아이참, 그렇구나, 하고 멋대로 납득하더니 어처구니없게 더 들뜬 목소리로 말했다.

"세이는 하나도 안 변했네. 대학교 때부터 누구 생일이거나 축하할 일이 있으면 깜짝 파티를 열었어. 아주 교묘했지. 연출력이 대단했다고."

고타로는 그녀를 바라보았다. 다리를 세우고 앉은 어렴풋한 형체. 그 빛깔이 조금씩 짙어졌다. 어두운 회색에서 검은색으로. 더 진한 검은색으로. 다시로 게이코 자체가 암흑의 그림자로 변했다.

앉아 있는 시신 자루. 그 안쪽에서 '말'이 꿈틀댔다. 시체에 끓는 구더기처럼.

고타로는 오른눈을 감았다. 눈앞의 광경이 달라지지 않았다. 왼눈을 감았다. 캄캄해서 아무것도 보이지 않았다.

그렇구나. 지금은 왼눈만 '보인다'.

"빨리 끝내지 않으면 감기 걸리겠어. 세이, 어디 숨었어?"

"……다시로 게이코 씨."

고타로가 이름을 부르자 다시로 게이코 모양의 그림자가 재잘거림을 멈췄다.

"당신이 야마시나 사장님을 죽였죠."

키 큰 여자 모양을 한 암흑의 그림자. 어둠의 덩어리. 밤바람에 머리카락이 휘날리지도 않는다.

"왜 사장님을 죽였죠? 사장님과 마키 씨의 결혼을 받아들일 수 없어서?"

당신, 마키 씨를 좋아하죠?

그렇게 물었을 때 다시로 게이코라는 자루 속, '말'이라는 구더기들이 난리치기 시작했다. 고타로는 그것을 보았다. 보고 있는데 들린다. 들은 것이 보인다.

'어떻게, 이애가 어떻게 아는 거지, 어쩌다 들통났지, 어떻게 된 거야, 내가 무슨 실수를 했지, 이애가 어떻게 내가 아유코를, 나는 세이, 세이, 세이, 세'

고타로는 일단 눈을 꼭 감아서 그 말들을 마음속에서 쫓아냈다. 그러지 않으면 선 채로 토할 것만 같았다.

"너, 정신 나간 거 아냐?"

다시로 게이코라는 암흑의 그림자, 말이 가득한 자루가 몸을 일으켰다. 당장이라도 달아날 태세로 엉거주춤 일어나 고개를 살짝 숙였다.

'들킬 리 없는데 어떻게, 이애 위험해.'

"증거가 있어요. 발뺌할 생각 마세요."

다시로 게이코의 그림자가 엉거주춤한 자세로 멈칫했다.

'들킬 리 없어, 난 안전해, 누구도 의심하지 않아, 아무도 몰라, 진상을 알 턱이 있나, 왜냐하면, 왜냐하면, 왜냐하면.'

암흑의 그림자가 두 눈을 번쩍 떴다. 구더기의 배 같은 흰자. 그 배에 뚫린 끝없는 구멍 같은 눈동자. 그 눈동자가 고타로를 꿰뚫을 듯이 도전적인 눈빛을 뿜어냈다.

"증거가 있을 리 없어. 난 그렇게 멍청하지 않아. 전부 깨끗하게 처분했어."

고타로는 몸이 부르르 떨렸다.

—이 여자, 인정했다.

아니다. 다시로 게이코라는 인간이 인정한 것이 아니다. 그녀의 죄를 아는, 그녀의 '말'이 인정했다. 시체에 들끓는 구더기가 입을 열었다. 다시로 게이코라는 인간에게서 태어난 죄의 화신인 구더기의 증언이다.

"택시로 이동중인 사장님에게 전화를 걸어서 도겐자카에서 만난 뒤, 사장님을 어디로 데려갔죠?"

그림자는, 시신 자루는, 꿈틀거리는 구더기는 대답이 없다.

"어디서 죽였어요?"

말이 없는 그림자를 보고 고타로는 고개를 기웃했다.

"당신 혼자 시신을 옮기기는 힘들었겠죠. 하지만 공범자는 없었으니 차를 이용했겠군요. 당신 차였나요?"

'들킬 리 없어, 전부 씻고, 버리고, 처분했'

"아아, 차 안에서 죽였나? 도겐자카에도 차를 타고 갔고. 사장님한테 데리러 가겠다고 했죠?"

어떻게 죽였죠? 고타로의 귀에 사무적으로 질문하는 자기 목소리가 들렸다.

멈춰 있던 그림자가 신문에 답해 움직였다. 다시로 게이코의 손이 무의식적으로 반응하듯이 제 목을 눌렀다.

"목을 졸랐군요."

대학교 친구와의 만남. 그녀가 운전하는 차. 뭘 경계하겠는가. 야마시나 아유코는 안심하고 차에 타서 편하게 있었으리라. 음료수를 권하면 기꺼이 마셨겠지.

"연쇄절단마의 소행으로 위장하려고 사장님 손가락을 잘랐죠?"

그림자는 말이 없었다. 자루의 내용물이 대답했다. '전부 버렸어, 휴대전화도, 지갑도, 아무도 못 찾아내, 그런 곳은 아무도 안 찾아봐, 아유코도 버릴 걸 그랬어, 그년 얼굴도.'

"그 사실을 더욱 확고하게 하려고 범행성명문을 써서 사장님의 유품과 함께 방송국에 보냈고요. 그런 거죠?"

그림자는 여전히 제 목을 누르고 있었다. 겨우 그 손이 떨어져서 다시 그림자의 일부로 되돌아갔다.

"아니면 혹시 당신이 진짜 연쇄절단마인가요? 도마코마이, 아키타, 미시마, 도쓰카. 앞선 네 건의 살인사건도 전부 당신 짓이에요?"

다음 순간 느닷없이 그림자가 인간으로 되돌아왔다. 시신 자루에서 다시로 게이코로 돌아왔다. 신주쿠 밤거리 한구석의 빈

건물 옥상에 원피스와 하이힐 차림으로 서 있는 여자. 독한 향수 냄새가 풍겼다.

"너, 좀 모자란 것 아니니?"

그것은 다시로 게이코의 목소리였다. '보이는' 것이 아니라 고타로의 귀에 들렸다.

"괴상망측한 소리 그만해. 연쇄살인이라니, 내가 왜 그딴 변태 같은 짓을 해야 하는데!"

고타로는 바로 받아칠 수 없었다.

"시골에서 누가 사람을 죽이고 다니는지 알 게 뭐야. 난 그냥 편승했을 뿐이라고."

인간으로 돌아온 다시로 게이코가 야마시나 아유코를 죽였다고 인정한 순간이다. 이번에는 정말로 인정했다. 이 여자가 인정했다.

'말'이 담긴 자루로서가 아니라, 한 인간으로서 살인자임을 인정했다.

항변은 아직 끝나지 않았다. 뭐가 거슬렸는지 아니면 그저 추워서인지 양팔로 몸을 꼭 감싸고 발을 동동 구르며 침을 뱉듯이 말을 이었다.

"어차피 벌써 네 명이나 죽였잖아. 아유코를 죽인 걸로 뒤집어씌웠다고 크게 달라지는 것도 아닌데, 뭘. 사건이 요란해져서 좋잖아. 사람들도 재미있어하고."

사람들도 재미있어하고.

그래, 확실히 그렇다. 다들 몰입했다. 텔레비전 시청자도, 네티즌도. 착실한 사람도, 허랑방탕한 사람도. 현명한 사람도, 어리석은 사람도. 모두 범죄를 즐긴다.

"……그렇다고 범행성명문까지 날조하다니 너무 지나쳤어."

고타로의 말에 다시로 게이코는 멈칫했다. 의아하다는 듯이 이쪽을 보았다.

"뭐가 지나쳐?"

"그런 짓을 하면 진짜 연쇄절단마가 기분 나빠할지도 몰라. 당신한테 대항할 셈으로 야마시나 아유코는 자신이 죽이지 않았다고 공개적으로 주장할지도 모른다고. 그럴 가능성은 생각 안 해 봤어?"

다시로 게이코의 어렴풋한 형체가 고타로를 빤히 보았다. 그녀의 흰자위는 그리 희지 않다. 시커먼 자루에 생긴 두 개의 눈은 그녀 내면의 눈이었나. 영혼의 눈이었나. 구더기처럼 하얀 그 눈알은.

"……변태 살인자가 뭘 어떻게 생각하든 내 알 바 아니야."

그럴듯해 보였으면 해서 범행성명을 냈다. 단지 그뿐이다.

"진짜 절단마는 지금까지 성명문이나 메시지 같은 걸 발표한 적이 없잖아. 그래서 내가 대신 분위기를 띄워준 거야. 기분 나쁠 이유가 어디 있어?"

고타로는 잠자코 있었다. 정확히 말하면 잠시 말문이 막혔다.

"아유코는 유명인 행세를 했잖아? 시골 사람만 죽이는 절단마는 손댈 수 없는 거물이었어. 그런 의미에서 보면 내가 수고해서 절단마의 명성을 높여준 셈이지."

이 여자, 뭐라고 지껄이는 거야.

목을 졸리는 것처럼 답답한 심정에 고타로는 물었다.

"왜 사장님의 손가락을—전부 잘랐죠?"

지금까지 절단마가 쓴 수법과는 다른 짓을 일부러 저질렀다. 무슨 의미가 있어서 그런 거지? 당신, 뭔가 생각이 있었던 거지? 부탁해.

너무 이상하다. 도착적이다. 하지만 애원하고 싶었다. 조금이라도 생각하고 저지른 짓이기를. 위장공작이기를.

"그게—그래야 눈길을 끌고."

다시로 게이코가 대답했다.

"아무래도 그때 감정이 격해졌나봐. 자르다보니 어쩐지 흥분되더라고."

고타로의 몸속 가장 깊은 곳에 있는 심지 같은 것이 천천히 부서졌다.

"당신은 잡힐 거야."

목소리에 귀울음처럼 희미한 금속음이 섞여 있었다. 이성의 부품이 빠지는 소리다. 빠져나온 파편이 고타로 인격의 가장 깊은 부분으로 떨어지며 여기저기 부딪혀 잡음을 냈다.

"지금까지 경찰이 주목하지 않은 게 이상할 정도야."

아니, 실은 주목했을지도 모른다. 머릿속이 엉망진창인 이 여자가 눈치채지 못했을 뿐. 그렇다면 이 여자에게 접근할 때 신중하게 공을 들이길 다행이다.

"왜 그런 소리를 하는 거야?"

다시로 게이코는 입을 삐죽이며 대꾸했다.

"난 완벽했어. 지문이 남지 않도록 엄청 주의했고, 범행성명문을 쓸 때도 내 글씨를 숨겼어. 그리고 일부러 나와 아유코랑 아무 상관 없는 곳까지 가서 우체통에 넣었다고."

늘어놓는 말과 표정에 '살인' '시신 손괴'라는 행위에 어울리는 무게는 없었다.

"어디선가 목격됐을걸. 방범카메라에 찍혔을 거야. 시부야 같은 번화가에 있었으니까."

다시로 게이코를 타이른다기보다 제 정신의 균형을 잃지 않기 위해 고타로는 말을 이었다.

"사장님과 함께 목격됐을 거야. 분명 찍혔을 거라고."

"그게 무슨 상관인데?"

난 머리 모양과 옷차림을 바꿨어. 차도 렌터카를 빌렸고—

"차를 빌릴 때 면허증은 어떻게 했지? 직원에게 당신 걸 보여줬을 텐데. 아니면 위조 면허증이라도 준비했나? 그럴 만한 연줄이 있을 것 같지는 않은데?"

살짝 겁먹은 듯이 다시로 게이코는 입을 다물었다.

"당신은 정말 멍청해. 렌터카도 차종과 번호판으로 추적이 가능해. 경찰은 당신이 차를 빌렸다는 사실을 금방 알아낼 거야."

그래? 내가 실수한 거야? 다시로 게이코의 예쁘장한 얼굴이 불안으로 일그러졌다.

고타로는 분개와 기막힘을 넘어서 절망에 가까운 감정을 맛보았다. 이 여자의 머릿속은 엉성하기 짝이 없다. 지성은 나무로 만든 모형비행기보다 가볍고, 양심은 개미 심장보다 작다.

이런 쓰레기의 손에 내 여신이 죽고 말았다.

"하지만 난, 의심받을 만한 짓은 전혀 안 했어."

쓰레기 같은 여자는 진심으로 의외라는 듯이 말했다.

"아유코하고 친한 사이처럼 위장했고 세이와의 관계는 철저히 숨겼거든."

혼이 빠지도록 놀란 탓에 인격의 깊은 부분에서 잡음을 내던 이성의 파편이 입 밖으로 튀어나왔다. 고타로는 그것을 분명히 보았다. 튀어나온 이성의 파편은 허공에서 산산이 부서져 사라졌다.

"마키 씨와의 관계?"

네가 마키 씨와 무슨 관계라는 거야?

"세이가 정말로 사랑한 사람은 나야."

다시로 게이코는 자랑스러운 듯 고개를 들고 내뱉었다.

"쭉 그랬어. 대학교 때부터 쭉. 하지만 아유코가 세이에게 기생충처럼 들러붙어서 떨어지지 않았어. 세이는 착하니까 아유코를 내치지 못했지."

그래서 우리는 일단 헤어졌어—

"난 결혼했지만 세이는 독신으로 기다려줬지. 결혼해보니 알겠더라. 이런 짓으로 스스로에게 거짓말해도 아무 소용 없다는 걸. 내가 사랑하는 사람은 마키 세이고뿐이라는 걸."

그래서 삼 년 전 이혼했다. 마키 세이고와의 '관계'도 그때 다시 되살아났다.

"변함없이 아유코가 끼어들어 우리 사이를 방해했지만—"

아유코는 세이와 함께 회사를 차리는 방식으로 그를 옭매려고 했어. 하지만 세이는 날 사랑했지. 그래서 아유코가 아무리 졸라도 결혼하지 않았어.

저 좋을 대로 하는 소리다. 고타로는 자기도 모르게 정면으로 반박했다.

"두 사람은 곧 결혼할 예정이었어."

"다 거짓말이야!"

뾰족한 가시가 돋친 반박이었다. 다시로 게이코가 눈초리를 매섭게 치켜세웠다.

"아유코의 음모야. 세이는 궁지에 몰려 도움을 청했어. 그래서 나도 더이상 참기만 해서는 안 되겠다고 결단을 내렸지."

그 말에는 힘이 있었다. 더는 추워하지도 않았다. 생기가 넘치고, 희미한 오라의 빛을 발하고 있다.

"더는 아유코에게 친절하게 대하지 말아야 한다, 걔한테 진실을 알려줄 때가 왔다고."

나는 그 말을 그대로 당신 면상에다 내던지고 싶어.

고타로는 깨달았다. 눈앞의 여자를 감싸고 있는 것은 광기의 오라다. 단단한 현실이 뒷받침하는 '진실'을 똑바로 볼 수 없어서, 대신 오랜 시간을 들여 자신의 소망을 망상으로 키워냈다. 내면에서 잘 숙성된 망상은 어느 틈엔가 그녀의 마음을 차지하고, 그녀에게는 최고의 미식으로, 하지만 그 망상을 받아들이지 못하는 사람에게는 치명적인 맹독으로 변했다.

그것이 동기다. 진저리나는 '진실'이 여기 있다.

마키 세이고는 이 여자의 집착과 연애감정을 모를 것이다. 알아도 일부러 무시했으리라. 그게 정상적인 반응이며, 보통은 그걸로 끝난다. 대학교 때부터 세이고에게는 아유코가 있었고, 두 사람은 콤비이자 커플이었으며, 주위 사람 모두 그 사실을 알고 인정했으므로.

다시로 게이코가 끼어들 틈은 없었다. 그래서 그녀는 스스로를 감추었다. 본인의 말을 빌리면 그녀가 감춘 것은 '세이와의 관계'가 아니라 '자신의 본심'이다.

그리고 동시에 주위 친구들을 속였다. 그중에서도 야마시나 아유코에게는 절대 본심을 들켜서는 안 되었다.

그 위장은 잔혹할 만큼 교묘했다. 계속 그렇게 살아왔다.

—친구 만나러요.

눈곱만큼의 의심도 없이 즐겁게 웃으며 전화를 받고 목적지를 바꾼 그녀의 친구 아유코.

경야에 참석해 친구들과 식사하던 이 여자는 멀쩡한 사회인으로 보였다. 고타로가 가라의 눈을 나눠받지 못해 아무것도 몰랐다면 그저 사장의 절친한 친구로 보였으리라.

남학생들이 아유코와 게이코를 노리고 동아리에 가입했다고 한다. 사이좋은 미인 한 쌍. 그중 한 명의 마음속에 이런 암흑이 깃들고 종양처럼 점점 커져갔음을 대체 누가 알 수 있었겠는가.

다시로 게이코 본인조차 자신이 언제 이성의 끈을 놓아버렸는지 기억 못하지 않을까. 나는 언제부터 세이에게 끌린 걸까. 왜 끌린 걸까. 어째서 포기하지 못할까. 세이에게 뭘 원하는 걸까.

그런 건 아무래도 상관없어. 아유코가 아니라 날 원해, 세이.

—갈망.

고타로는 이해했다.

이것이 바로 인간을 좀먹는 갈망이 초래한 결과다.

다른 어떤 힘보다 크고 강하다. 양심보다도.

왜냐하면 갈망은 굶주렸기 때문이다. 그 마음을 품은 인간을 통째로 집어삼키고도 모자랄 만큼 배가 고프기 때문이다.

다시로 게이코의 이 몸은 그녀의 갈망에 잡아먹히고 남은 잔해다. 먹고 남은 찌꺼기다.

"……가라."

고타로는 가고일 조각상을 등지고서 불렀다.

"다 들었지?"

다시로 게이코는 다시 무릎을 끌어안고 앉아 지금껏 자신이 토해낸 말의 여운에 취했는지 묘하게 얌전하면서도 교태스러운 눈빛으로 고타로를 올려다보다가 눈을 깜박였다.

"누구한테 말하는 거야?"

고타로는 그녀를 무시했다. "나, 이 여자를 감싼 오라가 보이는데."

다시로 게이코가 주변을 두리번거렸다.

고타로의 왼눈에 가라의 '말'이 보였다.

—네가 보고 있는 것은 갈망의 빛이다.

들리는 소리에 고타로는 고개를 끄덕였다.

"그렇구나. 당신은 이걸 모으고 있는 거야."

그럴 만큼 강한 빛이다. 에너지다.

어깨 너머로 슬쩍 돌아보았다. 가고일로 의태한 가라는 아직 꼼짝도 하지 않았다.

"저기, 가라. 이 여자는 조만간 경찰에 체포될 거야. 내가 사는 이 나라—이 영역에서 이렇게 어설픈 범죄자가 경찰의 수사망을 피하기는 불가능해."

다시로 게이코가 무릎을 꿇고 상체를 세우더니 혼잣말하는 고타로를 수상쩍다는 듯이 바라보며 물었다. "얘, 괜찮니?"

나는 괜찮다. 당신은 괜찮지 않지만.

"가라, 그래서 걱정이 하나 있어. 당신이 갈망을 완전히 앗아가면 이 여자는 자기 심정을 잊고 가장 중요한 '동기'를 상실해버리지 않을까?"

그래서야 취조하는 형사도 곤란하다.

—나더러 어쩌라는 말이냐.

고타로는 어깨를 움츠렸다. "미안해. 내 사정만 앞세워서 정말 미안하지만, 좀 기다려줄 수 없을까? 이 여자가 체포돼서 자신이 어설프게 저지른 살인과 시신 유기의 증거를 산더미만큼 제시당하고 자백할 때까지."

단 한 번이라도 자백하고 여기서 고타로에게 떠들어댔던 말을 형사에게 늘어놓고 난 뒤에는 꿔다놓은 보릿자루처럼 있어도 상관없다. 쓰즈키처럼 이빨 빠진 호랑이 꼴이 되어 얌전해져도 괜찮다. 더는 이 여자의 얼토당토않은 궤변과 망상을 듣지 않아도 되니 차라리 편할지 모른다.

가라가 장중하게 되물었다.

—넌 그것으로 만족하나.

"응. 이 여자가 적어도 한 번은 지금 상태로 형사에게 시달리면 좋겠으니까."

얘, 나 좀 봐. 귀에 거슬리게 새된 목소리가 끼어들었다. "미시마랬나? 왜 자꾸 헛소리만 하고 있어."

고타로는 살인자에게 웃었다. "볼일은 끝났어. 돌아가도 돼. 내가 아무 짓 하지 않아도 당신은 곧 끝이야."

다시로 게이코의 눈이 가늘어졌다. "나한테 뭘 원하는 거니?"

고타로는 소리내어 웃었다. "딱히 원하는 거 없는데. 당신은 지금 그대로 있으면 돼. 그 별 볼 일 없는 머리나 잘 간수하고."

"날 경찰에 넘기겠다는 거야?"

"그런 짓 안 한다니까. 다시로 게이코 씨, 남이 하는 말은 주의깊게 들어요. 나는 아무 짓 안 할 거라고 했잖아. 그래도 곧 경찰이 당신을 찾아갈걸."

"내가 무슨 실수를 했는데?"

그 순간 고타로는 격정을 억누르지 못하고 외쳤다. "전부 다! 전부!"

처음부터 끝까지 전부 다. 너라는 여자가 살아 있다는 것부터가 실수다.

"너 같은 인간의 목숨을 백 개 모아본들 야마시나 사장님 발톱의 때만큼의 가치도 없어."

목숨만 부지한 채 텅 빈 상태로 교도소에서 썩으라지.

고타로는 살인자와 눈싸움을 벌였다.

갑자기 다시로 게이코가 웃음을 터뜨렸다. 손으로 입을 가리고 몸을 흔들며 웃었다.

"저기, 미시마."

일어서더니 스스럼없이 다가와 고타로에게 기대려고 했다.

"너, 아유코 때문에 화내는 거야? 아유코의 원수를 갚으려고 날 이런 곳에 데려왔어? 아니면 세이 때문에? 내가 아유코를 죽여서 세이를 괴롭혔으니까?"

마키 세이고를 괴롭혔다고? 뭐야, 본인도 알고 있잖아.

"그래." 고타로는 목소리에 힘을 주어 대답했다. "마키 씨와 야마시나 사장님은 멋진 분이야. 너 같은 인간과는 비교도 안 될 만큼—"

"참 훌륭도 하셔라. 대단해, 대단해."

다시로 게이코는 실실 웃으며 손뼉을 쳐서 고타로의 말을 막았다.

"말해두는데, 너한테는 솔직하게 다 털어놨어. 왜인지는 모르겠지만…… 네 말솜씨가 좋아서 그랬나. 아무튼 너도 멍청해."

아니, 생각이 얕다고 해야겠지—

"너, 내가 경찰에 붙잡혀서 이러이러한 이유로 아유코를 죽였다고 자백하면 네 멋진 마키 씨가 어떻게 여길지 생각해봤어?"

다시로 게이코는 숨결이 느껴질 만큼 고타로에게 바싹 다가왔다. 그 눈동자 속에서 시커먼 기쁨의 불길이 타오르는 것을 고타로는 분명히 보았다.

"세이는 이게 다 자기 탓이라고 여길 거야."

아유코가 끔찍하게 살해당한 것도.

아유코를 잃은 것도.

"그게 그 사람 성격이니까. 난 잘 알아. 그래서 아유코가 기생충처럼 들러붙는데도 버리지 못한 거고."

착실하고 다정하다. 주위 사람을 잘 지켜보다가 그 사람에게 필요한 배려를 해준다. 남의 장점을 알아내 격려해준다.

—네 가슴속에는 아주 조금이지만 이 세상과 다른 사람을 위해 일하고 싶다는 마음이 있어.

"어쩌면 세이는 내가 이런 짓을 저지른 것도 자기 책임으로 돌릴지 모르지."

고타로는 그 말의 끝부분은 알아듣지 못했다. 피가 굉음을 내며 역류해서 귀가 먹먹했다.

다시로 게이코가 마키 세이고에게 품은 마음은 일방적인 망상이지만, 그를 제대로 관찰했다는 것은 인정하지 않을 수 없다.

분통 터지고 못마땅하지만 그녀의 판단이 옳다. 진상이 밝혀지면 마키는 자책할 것이다. 자신이 알아차려야 했다고. 다시로 게이코에게 무슨 수를 써야 했다고. 아유코와 빨리 결혼했다면 이런 일은 없었을 거라고.

다시로 게이코는 간들대는 웃음을 띤 채 뭐라고 계속 말했다. 고타로의 온몸에서 피가 요란한 소리를 내며 흐름을 거스르고, 혈액이 가장 필요한 곳에서 점점 빠져나갔다.

심장이다. 고타로의 심장은 따스한 혈류를 잃고 식어갔다. 10분의 1초마다 식어갔다. 그런데 심장박동은 오히려 빨라졌다. 얼어붙으며 폭주했다.

"네 소중한 마키 씨에게 그런 괴로움을 줘도 괜찮겠어? 세이를 존경하잖아. 그럼 세이가 행복해질 수 있도록 날 도와주는 편이 낫지 않을까?"

나를 지켜.

"잘해냈다고 생각했는데 실수가 제법 많았던 모양이네. 나 위험하지? 너는 정말로 그렇게 생각하는 거지? 그럼—"

고타로는 소리를 질렀다. "가라!"

이성적으로 그 말을 떠올린 것은 아니다. 어린아이가 부모에게 어두워서 무서우니 불을 켜달라거나 창문에 이상한 벌레가 붙어 있으니 쫓으라고 소리 높여 조르는 것처럼, 고타로는 외쳤다.

"가라, 이 여자를 처리해줘!"

자기보다 강하고 든든한 어른에게 매달리는 아이처럼 외쳤다.

"이 여자를 없애줘! 통째로 낫에 먹여도 돼! 이딴 여자는 이 세상에 있으면 안 돼!"

갑자기 발밑이 흔들렸다.

거대하고 묵직한 것이 발을 굴렀다. 그 진동이 전해졌다.

가고일 조각상이 일어섰다.

따스한 피가 발끝 혈관에서 심장으로 돌아오는 것처럼 회색 몸체의 색깔이 서서히 변했다. 생생한 암녹색. 파충류의 피부 색깔로. 동시에 그저 매끈한 금속이나 주물 같던 표면이 생물의 피부로 변했다. 변하면서 부풀어올라 커졌다.

무기물에서 유기물로. 조각상에서 생물로 바뀌어갔다.

그 변화가 허리에 이르자 몸 아래쪽에 말려 있던 긴 꼬리가 뱀처럼 고개를 쳐들었다. 팔꿈치에 다다르자 두 주먹을 들어올렸다. 어깨까지 다다르자 오른손에 움켜쥔 낫의 자루를 고쳐 잡고 머리 위로 높이 쳐들더니 칼춤을 추듯이 멋지게 휘두르기 시작했다. 그동안에도 계속 조각상에서 생물로 변하며 등에서 한 쌍의 거대한 날개가 펼쳐졌다. 날개가 일으킨 바람을 정통으로 맞은 고타로는 무심코 팔을 들어 얼굴을 가렸다.

사진이나 그림에서 본 가고일의 날개는 마치 박쥐 같았는데, 눈앞의 날개는 얇은 검은색 비단을 씌운 백골 손가락처럼 보였다. 그 손가락이 뭔가를 만지려는 듯 날개옷 속에서 펼쳐졌다. 뭔가를 만져서 치명적인 죽음의 병균을 옮기려는 것처럼.

목이, 턱이, 코가, 마지막으로 뾰족하고 추악해 보이는 두 귀 끝까지 미끈하게 빛나는 보호색으로 변했다. 키가 3미터는 됨직한 마물이었다.

고타로와 다시로 게이코는 할말을 잃고 가고일 조각상이 변화하는 모습에서 눈을 떼지 못했다.

또다시 진동이 전해졌다. 마물이 한 발짝 성큼 내디디더니 몸을 웅크리고 그 추한 얼굴을 내밀어 다시로 게이코와 마주섰다. 흰자위가 금색이었다. 검은 눈동자는 손에 들고 있는 무기 끝에서 시퍼렇게 번뜩이는 초승달 모양 칼날과 똑같이 생겼다.

악마의 눈동자.

한순간 후에 마물이 입을 벌리고 포효했다. 멋지게 뻗은 송곳니가 어둠속에서도 새하얗게 빛났다.

다시로 게이코가 놀란 듯 비명을 지르면서 달아났다. 하지만 다리가 마음대로 움직이지 않았다. 꼴사납게 엉덩방아를 찧더니 양손으로 바닥을 벅벅 긁으며 뒤로 물러나려고, 조금이라도 마물과 거리를 두려고 발버둥쳤다. 그리고 연신 소리질렀다. 말이 아니었다. 비명과 절규였다. 고타로는 왼눈으로 그 목소리를 '보았다'.

'싫어, 싫어, 싫어, 무서워, 무서워, 무서워, 살려줘, 살려줘, 살려줘, 세이 살려줘, 이거 뭐야, 나는 왜, 싫어, 싫어, 싫어.'

거대한 마물이 가볍게 몸을 날려 다시로 게이코를 덮치는 동시에 낫도 움직였다. 공중에 원이나 반원이 아니라 나선 모양으로 회오리바람을 일으키며 다시로 게이코를 베었다.

고타로는 보았다. 두 눈에 보였다. 키가 훤칠한 다시로 게이코의 몸이 두 동강 나는 모습을. 소리는 나지 않았다. 피가 솟구치지도 않았다. 당장이라도 튀어나올 것처럼 휘둥그레진 눈이 고타로의 눈과 마주쳤다. 거기에 고통이나 공포는 보이지 않았다. 놀라움만이 있을 뿐이다.

눈 한 번 깜박할 정도의 짧은 시간 동안 그녀는 두 동강 난 상태 그대로 있었다. 홀린 듯이 마물에게서 눈을 떼지 못한 채 하반신은 어떻게든 도망치려 몸부림쳤다. 다리가 풀려 주저앉은 채 발버둥치던 하반신에서 하이힐이 반쯤 벗겨졌다. 오른쪽 장딴지가 경련하는 것이 묘하게 뚜렷이 보였다.

한 번 더 눈을 깜박임과 동시에 다시로 게이코는 사라지기 시작했다. 낫의 날이 닿은 단면부터 아주 자잘한 모래—아니, 차라리 안개라고 해야 할 법한 미세한 수증기와 얼음 입자로 바뀌어 마물이 들고 있는 낫의 날로 흡수됐다. 완벽히 사라지기까지 역시 눈 한 번 깜박일 정도의 시간밖에 걸리지 않았다.

지금 상황과 어울리지 않는 옛날 일이 고타로의 머릿속을 스쳤다. 어렸을 때 가즈미가 좋아했던 그림책. 엄마가 청소기로 도깨비를 빨아들였어. 도깨비는 일반 쓰레기일까?

다시로 게이코는 가정용 청소기로 빨아들인 도깨비처럼 마물의 낫에 흡수되어 사라졌다—

푸르스름한 섬광이 번쩍였다. 낫 끝의 초승달 모양 칼날이 살아 있는 것처럼 윙윙거렸다. 한 번, 두 번, 세 번. 윙윙거릴 때마다 섬광이 번쩍였다. 칼날의 앞쪽에서 뒤쪽으로. 뒤쪽에서 앞쪽으로. 무슨 화학반응이 일어나는 것처럼. 혹은 좀더 생생하게 표현하자면,

—으득으득 씹어 삼키고 있다.

다시로 게이코의 갈망을.

섬광이 멈췄다. 마물은 낫의 날을 올려다보더니 낫자루를 휘둘러 다시 나선을 그렸다. 이번에는 자신의 거대한 몸을 감싸는 나선이었다.

다시로 게이코가 그랬듯이 고타로도 다리가 풀려 주저앉았다. 낫의 날이 한겨울 밤 켜진 형광등 불빛처럼 푸르스름한 궤적을 그리며 바로 코앞을 지나갔다.

마물은 나선을 그리며 가라로 되돌아갔다. 칠흑 같은 흑발. 검은 날개 한 쌍의 크기는 달라지지 않았지만 가라의 날개는 밤의 어둠 속을 날아다니는 새의 날개와 같다. 얇고 검은 비단을 씌운 백골 손가락이 아니다. 전사의 날개는 그렇게 불길한 것을 닮아서는 안 된다.

고타로는 숨을 몰아쉬었다. 폐가 쪼그라들었나 싶을 만큼 숨이 잘 쉬어지지 않았다. 목에서 그르렁거리는 소리가 났다. 어깨를 들썩이고 등을 웅크렸다가 폈다. 그 동작을 몇 번 되풀이하자 조금씩 편해졌다.

온몸이 식은땀에 흠뻑 젖었다. 얼굴이 젖은 건 눈물과 침 때문일지도 모른다.

가라는 변신을 마치고 원래 모습으로 돌아왔다. 낫의 날을 얼굴 가까이로 가져가서 찬찬히 살펴보았다.

"—강한 갈망이었다."

그건 고타로도 알 수 있었다. 칼날이 한층 커졌다. 아마 날카로움도 더해지지 않았을까. 날 끝부분에 북극성 같은 냉랭한 빛이 깃들었다.

"살인자의 갈망이니까."

내뱉듯이 말하고 고타로는 일어서려고 했다. 다리가 저리고 힘이 들어가지 않았다.

가라는 낫을 등에 메고 소리 없이 다가와 고타로에게 오른손을 내밀었다. 그 손을 잡고 겨우 일어섰다. 하지만 바로 비틀거리며 무릎을 꿇고 다시 주저앉았다. 안 되겠다, 조금 쉬면서 몸과 마음을 진정시켜야겠다.

"미안. 나, 충격이 꽤 심한 것 같아."

가라는 고개를 끄덕였다.

"그게 내 본래 모습이다."

그 목소리—가라의 육성이 처음으로 다정하게 들렸다.

"요전에 늑대를 만났을 때 들었어."

—그 영역의 존재가 본래 모습으로 나타나면 보통 사람 눈에는 괴물로 보일 거야.

모리사키 유리코가 해준 말이다.

"그래서 막연하게나마 각오하고 있었지. 그렇게 놀라지는 않았어. 그 모습에 충격받은 게 아니야."

오히려 가라의 본모습이 가고일을 쏙 빼닮았다는 게 신기했다.

"가고일은 우리가 사는 이 영역, 중세 유럽에서 탄생한 마물이야. 당신이 사는 '말이라는 정령이 태어나는 영역'은 중세 유럽과 문화가 비슷해?"

어쩐지 판타지 소설이나 영화 속 유사 중세 유럽 같지 않은가.

가라는 웃었다. 비꼬는 느낌은 아니다. 상냥하고 담백한 웃음이었다.

"순서가 반대다."

"뭐?"

"내 영역이 먼저야. 말이 시작되는 땅이 먼저 있었지. 거기 사는 우리 모습을 이 영역에 사는 너희가 모방해 가고일을 만들어 낸 거야."

상상 속 마물은 대부분 그렇다고 한다.

"이 영역에 사는 인간들의 상상력에, 다른 영역의 존재와 접촉했을 때 느낀 놀라움과 공포와 경외의 감정이 가미되어, 수많은 이형의 존재가 탄생했어."

선한 것은 신, 정령, 요정으로 불렸고 악한 것은 마물이나 괴물로 불렸다.

"그렇구나……"

그러나 가라의 영역은 이야기로 만들어진 상상의 산물이잖아? 존재하지만 실제로는 없는 곳이다. 그쪽이 현실 세계의 문화보다 먼저라니 이상하지 않나?

고개를 갸웃하며 발치에 눈길을 주니 뜻밖의 뭔가가 눈에 들어왔다. 고타로의 뇌가 보았다고 인식하기를 거부할 만한 것이었다.

진분홍색, 다시로 게이코의 손톱 색깔을 띤 조그마한 것.

벗겨진 손톱이 떨어져 있었다. 가라에게서 도망치려 할 때 다리가 풀려서 일어서지 못하고 두 손으로 바닥을 벅벅 긁다가 벗겨진 것이리라.

"네가 가져가라."

머리 위로 가라의 커다란 몸이 솟구쳤다.

"사냥 기념품이다."

사양한다. 이런 건 손도 대기 싫다. 기념품은 필요 없다. 아무것도 없어도 오늘밤의 경험은 잊지 못한다.

"그 여자는—악인이었지?"

강한 갈망을 이기지 못해 죄를 지었다. 고타로의 영역, 현실 세계에서는 그런 짓을 저지르는 사람을 악인이라고 부른다.

"선악을 규정하는 것은 내 역할이 아니다."

가라가 무뚝뚝하게 말했다.

"이제 와서 양심의 가책을 느낄 거면 그 왼눈을 돌려줘."

가라가 손가락을 뻗었다. 갈고리 같은 손톱이 당장이라도 고타로의 왼눈에 닿을 것 같았다.

"오늘밤부로 네 갈망은 이루어졌다."

아마시나 아유코를 죽인 범인을 찾아내 복수하고 싶은 갈망.

"부족함이 없을 테니 이만 손떼라."

고타로는 반사적으로 손을 들어 왼눈을 가렸다.

가라가 말한 대로 목적을 달성했다. 볼일은 끝났다. 하지만, 하지만—고타로는 아직 이 왼눈을 능숙하게 다루지 못하고 '말'을 보는 힘의 정체가 무엇인지도 모른다.

고타로는 허둥지둥 엉덩이를 움직여 뒤로 물러났다. 가라의 긴 손가락이 어중간한 위치에서 멈췄다.

"다시로 게이코는 연쇄절단마가 아니었어."

오히려 절단마를 얼간이로 취급했다.

"난 당신에게 거래를 제안하면서 '연쇄살인범의 갈망을 사냥하게 해주겠다'고 했어. 하지만 다시로 게이코는 그 사람이 아니었어."

진짜 절단마는 따로 있다. 지금 이 순간에도 다른 희생자를 노리고 있을지 모른다.

"약속했으니까 내가 직접 연쇄절단마를 찾아내고 싶어. 반드시 찾아낼게. 당신이랑 나라면 할 수 있어. 그렇지? 당신도 그렇게 생각하지 않아?"

칠흑의 전사는 암흑의 벽처럼 서 있다. 고타로의 눈앞을 가로막고서 우뚝. 희다 못해 투명한 얼굴이 몹시 멀어 보였다.

"그렇지? 난 당신을 도울 수 있어."

"왜 나를 돕고 싶은 거지?"

"그야 약속했으니까."

"그렇군."

높고 멀리 있는 흰 얼굴에 희미한 웃음이 맺혔다.

"나와의 약속이 네 새로운 갈망이 된 셈이군."

"연쇄살인범을 잡겠다는데 뭘 자꾸 따져! 선한 일이잖아."

"갈망에 선악은 없다. 그러므로 난 선악을 판단하지 않아."

하지만 너는 그것으로 만족하는가.

냉정하게 물음과 동시에 다시 칠흑 같은 날개가 고타로를 감쌌다. 고타로는 세찬 어둠의 물결에 휘말려 빙빙 돌며 한없이 떠내려갔다―

정신을 차리니 집 앞 길가에 서 있었다.

어느 집 창가에 라디오를 틀어두었나보다. 5월 말 밤공기 속에 자정을 알리는 시보가 상쾌하게 울려퍼졌다.

몸을 움직이면 현기증이 날 것 같아서 가만히 호흡을 가다듬으며 잠시 서 있었다. 그때 길 건너편 전봇대 뒤쪽에서 움직이는 사람 형체가 얼핏 눈에 스쳤다.

미카 집 앞이다. 아주머니인가? 이런 시간에 쓰레기를 내놓으면 또 말이 나올 텐데. 고타로가 눈을 깜박이며 시선을 모으자 자연스레 발도 조금 움직였다.

그 순간 사람 형체도 반응했다. 전봇대 뒤에서 뛰쳐나와 쏜살같이 달아났다.

너무 순식간이라 우두커니 지켜보기만 했다. 체격으로 보아 젊은 남자인 듯했다. 손에 뭔가 들고 있는 것처럼 보이기도 했다. 저런 데서 뭘 하고 있었던 거지?

혹시 가쿠 선배일까. 여학생들에게 인기를 끌다가 이제 관심 밖으로 밀려난 남자. 또 미카에게 집적대러 왔나?

그러고 보니 모리사키 유리코가 말했다.

—미카가 휘말린 문제는 아직 끝나지 않았어.

손으로 오른눈을 가리고 수상한 사람이 숨어 있던 전봇대를 왼눈으로 살펴보았다. 흩뿌려진 은모래가 전봇대에 휘감긴 채 희미하게 감돌다가 금세 밤공기 속에 흩어졌다. 저거, '말'의 잔재 아닌가.

하지만 오늘밤 고타로는 너무 지쳐서 다른 문제를 더 생각하기 힘들었다. 집 현관으로 걸음을 내디디자 다리가 휘청했다. 눈앞이 빙빙 돌 만큼 배가 고팠다.

정신 차리자. 사냥은 끝나지 않았다. 강해져야 한다.

미시마 고타로는 연쇄절단마를 쫓는 사냥꾼이니까.

4

쿠마는 평소 모습을 찾았고 마키도 업무에 복귀했다. 복귀 첫날은 이슬비가 내렸다. 누군가가 '눈물 같은 비'라고 했지만 사장님을 위해 흘릴 눈물은 마른 지 오래다. 이것은 그냥 6월의 비다. 계절의 흐름에 지나지 않는다. 곧 장마가 시작된다.

다시로 게이코를 '사냥'한 지 일주일이 지났다. 그동안 고타로는 숨죽이고 지냈다.

쿠마 주위에서 그녀의 실종이 어떤 형태로든 문제시될 낌새는 없었다. 마키에게 달라진 점도 없다. 긴장했던 만큼 김이 새는 기분이었다.

경찰은 다시로 게이코의 존재를 모르는 걸까. 그 조잡한 범행성명에 현혹되어, 야마시나 아유코 살해가 별개의 사건이라는 것조차 눈치채지 못한 걸까.

그렇다면 사냥하길 잘했다. 경시청의 수사력을 믿고 그 여자를 내버려뒀다면 속에 천불이 날 뻔했다.

이날은 오후 세시에 일을 시작해 일곱시에 저녁식사 휴식을 얻었다. 고타로는 편의점에 가려고 엘리베이터를 탔다가 문득 생각나서 지하 2층 버튼을 눌렀다.

지하 2층은 쿠마 도쿄 지사의 심장부, 서버실이다. 대형 컴퓨터 본체가 자리잡고 있다.

고타로의 출입증으로는 엘리베이터 앞에서 실내로 이어지는 첫번째 관문인 회색 금속문도 통과할 수 없다. 문 옆에 보안 단말기가 설치되어 있을 뿐, 좁은 공간에 장식품은 물론 의자 하나 놓여 있지 않다. 조명은 어스름하고 에어컨이 켜져 있어서 쌀쌀하다. 하지만 내부로 들어가면 땀이 난다고 한다. 하루종일 쉬지 않고 돌아가는 슈퍼 머신이 뿜어내는 열기 때문이다.

—이 안에 있는 서버가 억 단위, 아니, 조 단위에 달하는 말의 흐름을 처리하고 있다.

그 속에 연쇄절단마의 말은 없다. 지금까지 침묵하고 있었어도 다시로 게이코가 멋대로 그런 짓을 했으니 진범으로서 무슨 발언을 하고 싶을 만도 한데. 엽기범죄로 사회를 떠들썩하게 만드는 인간은 왜곡된 자기과시욕이 강하다는 것이 프로파일링의 기본 상식 아니던가.

쿠마에서도 모두 혈안이 되어 감시하고 있다. 의심 가는 글을 발견해 인터넷 핫라인센터에 넘긴 적도 한두 번이 아니다. 하지만 모두 허탕이었다. 제가 범인입니다. 범인이 누군지 압니다. 전부 엉터리 정보 아니면 관심병자가 꾸며낸 이야기. 언뜻 보기에 그럴싸한 목격정보도 그저 착각이었다. 선의를 가진 사람들도 무의식중에 사건의 세부를 엉뚱한 방향으로 부풀린다.

'소용없다.'

느닷없이 왼눈에 가라의 목소리가 보였다. 고타로는 놀라서 소리를 지를 뻔했다.

"뭐, 뭐야, 갑자기."

감시당하는 것 같잖아.

가라의 목소리, 즉 생각은 빛나는 은빛 실의 형태로 고타로의 왼눈 속 어둠을 흘렀다.

'여기 있는 방대한 흐름, 말의 큰 강에는 네가 원하는 연쇄절단마뿐 아니라 무수하게 많은 죄의 목소리가 있다.'

목소리. 생각. 그 인간의 '이야기'. 발치에 웅크린 시커먼 자루의 내용물.

'그곳을 흐르는 죄에서 살인자 하나를 분간해내기란 나도 불가능하다. 포기해라.'

무수하게 많은 죄. 이 세상에 악이 그렇게나 존재한단 말인가.

혹은 악을 추앙하는 죄가. 악을 자처하고, 악을 즐기는 죄가.

"그 여자 때처럼 나한테 비교할 샘플이 있으면 되지?"

서버실의 금속문을 응시하며 고타로가 나지막이 중얼거렸다.

"아니면 앞선 사건들의 관계자와 접촉해서, 수상한 사람이 있으면 그놈 이야기를 읽어보든가."

물증과 자백 없이도 가라와 고타로는 범인을 알아볼 수 있다.

쓰즈키 아저씨가 말하지 않았던가. 연쇄절단마는 피해자들과 가까운 사람이다. 그렇지 않고서는 이런 범행이 불가능하다. 그런데 띄엄띄엄 떨어진 곳에서 '연쇄적'으로 사건이 발생한 것이 이상하다고.

자, 구체적으로 어떻게 하면 좋을까.

—결국 모리나가 씨처럼 발로 뛰는 수밖에 없나.

'사냥꾼은 그러는 법이다. 사냥감이 남긴 희미한 흔적을 추적하지.'

그 말을 끝으로 가라의 생각, 은빛 실이 사라졌다.

그렇다면 시작하자. 이제 움직여도 된다. 로비로 돌아가려고 발걸음을 돌렸을 때 엘리베이터 층수 표시가 깜박였다. 누가 내려온다. 서둘러 계단실로 들어갔다.

야마시나 사장을 잃은 후로 그녀가 하이힐을 또각거리며 오르내렸던 이 계단을 이용하기 괴로워서 계속 피해다녔다. 하지만 이제 그런 감상도 정리해서 떠나보낼 때다. 계단을 뛰어올라와 로비에 도착하니 청바지 주머니에서 휴대전화가 울렸다.

호랑이도 제 말 하면 온다더니. 쓰즈키의 연락이었다.

"아침부터 불러내서 미안하구나. 그나저나 대학생은 참 한가하군."

다음날 오전 아홉시 가도마 카페. 모닝세트를 먹는 회사원들이 아직 몇몇 보였다.

"한가하기는요. 쓰즈키 씨가 일찍 만나자고 하셔서 수업을 하나 빼먹었는걸요."

"그러면 안 되는데."

오늘은 들어야 할 강의가 제법 많아 쿠마에는 오후 여섯시 출근이다. 정확히 말해 쓰즈키는 "일찍 만나는 게 좋겠어. 어지간하면 네가 아르바이트를 가기 전에 보고 싶은데"라고 요청했다.

"건강해 보이시네요."

"응. 이제 거의 회복했어."

허리에 볼트를 박은 것도 잊어버릴 정도라고 했다.

주문한 아이스커피가 나오자 쓰즈키는 의자를 당겨 고타로와의 거리를 좁혔다. 창가 자리가 비어 있는데도 굳이 구석에 앉은 이유가 있을 듯해서 고타로도 가볍게 몸을 내밀고 목소리를 낮추었다.

"저기, 무슨 일 있으세요?"

쓰즈키가 미간을 가볍게 찡그렸다.

"내 기억이 잘못됐다면 지적해줘. 널 쿠마에 아르바이트생으로 채용한 건 부사장 마키 세이고라는 사람이지? 인터넷을 감시하는 일이 네 적성에 맞다며 설득했고."

그런 이야기를 아저씨한테 했던가. 수술 뒤 병문안을 갔을 때, 갈망을 잃어 태평해진 아저씨와 할 이야기가 없어서 이것저것 떠들어댔었나.

"네, 맞아요."

"네게는 좋은 선배이자 은인이겠구나."

"그렇게 거창한 정도는 아닌데요." 고타로는 그렇게 말했다가 또 모리사키 유리코의 말을 떠올렸다.

"하지만 마키 씨한테 여러모로 영향을 받기는 했죠."

미간의 주름이 깊어지는가 싶더니 쓰즈키가 컵을 들어 아이스커피를 꿀꺽 마셨다.

"나도 참 오지랖 넓군."

책을 읽는 듯한 말투였다.

"이건 정보 누설인데. 하지만 넌 괜찮은 녀석이고 요즘 젊은이치고는 꽤나 야무져. 집사람도 칭찬하더군. 그래서 쓸데없는 참견을 하려고."

이 아저씨가 무슨 소리를 하려는 거지.

"어제 오후 옛 부하가 우리집을 불쑥 찾아왔어."

일 때문에 근처에 왔다가 병문안 겸 들렀다고 한다.

"관리소가 세워져서 집에도 못 들어갈 만큼 바쁘다더군. 구로다 경찰서에서 먹고 자고 한대."

고타로는 눈을 살짝 크게 떴다. 쓰즈키가 고개를 끄덕였다.

"관리소는 수사본부라는 뜻이야."

"그럼 그분은—"

"야마시나 아유코 씨 사건을 수사중이야."

유류품수사 담당인데, 현재까지 만족스러운 성과는 거두지 못했다고 한다.

"그래도 사건의 윤곽은 얼추 드러났대. 해결될 전망이 보여. 그래서 그."

잠깐 머뭇거리다가 말문이 트인 듯이 단숨에 말했다.

"그 녀석은 내가 퇴관하기 직전에 들어온 신입이었어. 지금도 수사1과에서는 젊은 축에 들지. 그래서 이번에 이래저래 느낀 바가 많았던 모양이야. 동료들한테 그런 약한 소리를 할 수는 없으니, 은퇴한 늙은 너구리에게 수다나 떨려고 왔겠지."

결코 입이 가벼운 사람은 아니라 말하고는, 고타로의 눈을 보았다.

"너도 입은 무겁지?"

"네."

"내가 지금부터 하는 이야기를 가슴속에만 담아놓을 수 있겠어? 나는 그—"

쓸데없는 걱정이지만.

"네가 이 이야기를 인터넷 뉴스 같은 데서 보면 마음이 아플 것 같아서 말이야. 텔레비전에서도 또 떠들어댈 테고."

도대체 뭐길래. 내가 왜 마음이 아프다는 거야.

"야마시나 아유코 씨 사건은 이른바 연쇄절단마의 소행이 아니야. 완전히 별개의 사건이지. 방송국에 보낸 범행성명도 가짜고. 야마시나 씨를 죽인 범인이 연쇄절단마의 짓으로 보이기 위해 날조한 거야."

고타로는 놀란 척해야겠다는 생각도 들지 않았다. 쓰즈키는 그것을 너무 놀라 반응하지 못하는 것으로 받아들인 듯했다.

"아닌 밤중에 홍두깨군. 미안하다. 믿기지 않겠지."

믿고 믿지 않고의 문제가 아니다. 아저씨, 난 다 알고 있어요.

"범인의 정체가 좁혀졌나요?"

고타로가 되묻자 쓰즈키는 눈을 돌리고 또 아이스커피를 꿀꺽 마셨다. 컵을 든 채 고개를 한 번 끄덕였다.

"야마시나 씨의 친구야."

경시청, 나야말로 미안하다. 역시 진상에 다가섰구나.

"미시마 군. 야마시나 씨 사건은 치―아니, 그러니까, 으음."

쓰즈키가 말을 더듬었다.

"그 사건의 밑바닥에는 남녀 문제가 있었어. 삼각관계가 동기인데."

"사장님과 약혼자 마키 씨, 그리고 범인 여자가 삼각관계였다는 건가요?"

쓰즈키는 앓는 듯한 목소리로 나지막이 말했다. "그런 셈이지."

알았다. 아저씨가 '치'까지 말하고 얼버무린 말은 '치정범죄'다. 그 말에 거부감을 느낄까봐 서둘러 표현을 바꾼 것이다.

하지만 아저씨, 이 사건에 '삼각관계'라는 표현은 적절하지 않아요. 다시로 게이코와 마키 세이고 사이에 연애감정은 없었어요. 그 여자의 일방적인 망상이었을 뿐이지.

"이런 진상은 누가 들어도 괴롭지."

쓰즈키는 자신이 괴로운 일을 당한 것처럼 씁쓸하게 말했다.

"물론 마키 씨가 제일 힘들겠지만, 주변 사람들도 견디기 쉽지 않아. 특히 너는 그 사람과 친하고 야마시나 아유코 씨에게도 호감이 있었던 모양이니까. 그런 재원이었으니 네가 동경했던 것도 무리는 아니지."

내가 그런 이야기도 했던가.

"그러니 넌 그 두 사람이 추잡한 삼각관계로 다투다가 결국 야마시나 씨가 살해당했다는 결과를 받아들이기 힘들겠지. 그 마음도 이해 간다. 그래서 나는—"

오지랖 넓게도 사전에 정보를 흘려 고타로가 받을 충격을 완화해주려고 했다는 건가.

고타로는 무심코 빙긋 웃었다. 쓰즈키의 씁쓸한 표정이 의아하다는 표정으로 바뀌었다.

"뭐가 우스워?"

"아니요, 우스워서 웃는 게 아니에요. 고마워서요."

쓰즈키는 천천히 눈을 끔벅이다가 문득 얼어붙은 것처럼 멈추었다.

"너 방금 그랬지? 사장님과 마키 씨, 그리고 범인 여자가 삼각관계였다고."

고타로는 고개를 끄덕였다. 아저씨, 이런 감각은 아직 녹슬지 않았다.

"나는 그냥 삼각관계라고만 했는데, 어떻게 '여자'인 줄 알았지?"

"알고 있었으니까요."

고타로는 솔직하게 말했다.

이번에는 쓰즈키가 반응다운 반응을 거의 보이지 않았다. 그야말로 너무 놀라서 반응할 수 있는 한계를 넘어선 걸까.

고타로가 이야기를 마친 후에도 쓰즈키는 족히 삼십 초는 침묵을 지켰다. 통방울 같은 눈을 깜박이지도 않고 고타로를 빤히 보았다.

불룩한 울대뼈가 위아래로 움직였다.

"맞아, 다시로 게이코라는 여자야."

야마시나 아유코 씨의 친구—

"일주일 전부터 소재가 불명해. GPS 기능이 있는 스마트폰을 가지고 있는데 위치정보도 나오지 않아."

당연하다. 다시로 게이코는 이미 이 세상에 없으니까. 그렇다고 저세상으로 간 것도 아니다. 가라의 낫 속에 있다. 그곳은 위치로 따지자면 어디일까. 명계? 다른 차원? 아니면 가라의 영역으로 이어질까.

"직장에도 무단결근했어. 부모님에게도 연락이 없었고. 홀연히 사라진 상태야."

당연하지만, 모리나가 씨와 똑같은 상황이라고 고타로는 새삼 생각했다.

"경찰은 왜 그 여자를 주목한 건가요?"

그제야 눈을 깜박여야 한다는 생각이 들면서 동시에 지금 나누고 있는 대화가 현실인지 확인하고 싶었으리라. 쓰즈키는 눈을 몇 번이고 깜박이고 손으로 얼굴을 문질렀다.

"쓰즈키 씨, 다시로 게이코가 용의자로 부각된 이유가 뭐죠?"

"응?"

"질문을 드렸는데요. 정신 차려주세요."

아아, 현실이구나, 하고 체념했는지 쓰즈키는 손을 내렸다.

"……사건 당일 밤, 도겐자카의 한 주유소 방범카메라에 야마시나 씨와 함께 있는 모습이 찍혔어."

다시로 게이코가 경차 운전석에 앉아 있었다고 한다.

"주유소요?"

어이없는 나머지 목소리가 갈라졌다.

"그 여자, 설마 사장님을 조수석에 태운 채 기름을 넣은 건 아니겠죠?"

"아니, 그 주유소가 교차로 옆에 있거든. 마침 신호 대기중에 찍혔지."

도겐자카 위쪽. 사장님을 불러내 만난 곳에서 그리 멀지 않다.

"제가 그 여자한테 말했어요."

—당신은 잡힐 거야.

"반드시 어디선가 방범카메라에 찍혔을 거라고요. 하지만 그 여자는 무슨 말인지 통 알아듣지 못하는 눈치더라고요. 자기가 무슨 실수를 했느냐고 저한테 물어봤을 정도예요."

쓰즈키가 천천히 고개를 저었다. 뭐가 마음에 안 들어 부정하고 싶은 걸까. 다시로 게이코의 엉성한 범행 수법? 아니면 고타로의 심술궂은 말투?

"제가 이런 짓을 안 했다면, 다시로 게이코는 조만간 야마시나 아유코 살해 혐의로 지명수배되었으려나요."

용의자는 행방불명. 도주중으로 추정된다.

"경찰 수사망에 걸리는 꼴도 보고 싶었지만 뭐, 어쩔 수 없죠. 쓰즈키 씨도 그 자리에 있었다면 분명 분노가 폭발했을 거예요."

교만하고 도도하고 자기중심적이며 망상 속의 연애에 푹 빠져 있던 여자. 게다가 냉정하게 보면 나이도 먹을 만큼 먹었다.

"그러고 보니 그날 밤 무슨 핑계로 사장님과 만났는지 못 물어봤네요. 기회가 없어서."

쓰즈키가 고개 젓기를 멈추고 얼어붙은 듯 싸늘한 눈으로 고타로를 보았다.

"다시로 게이코는 뒤풀이 간사 중 한 명이었대."

"아아, 마키 씨와 사장님 결혼식의?"

그렇다면 그 입장을 이용해 의논하고 싶은 일이 있다고 한 걸까. 사장님이 택시에서 반갑게 전화를 받은 것도, 도쿄에 도착한

지 얼마 되지 않아 바로 만나러 간 것도 용건이 행복한 일이었기 때문이다.

야마시나 아유코는 친구가 망상을 품고 있는 줄도 모르고 무방비했다. 다시로 게이코를 철석같이 믿었다.

—간사를 맡기다니.

사장님, 너무 방심했네요.

더군다나 운도 안 좋았다. 그날 밤, 오늘은 시간이 안 난다, 피곤하니 다음에 보자, 뒤풀이와 관련된 일이면 세이도 함께 가겠다 등등 뭐든 좋으니 다른 반응을 보였다면 야마시나 아유코는 지금도 활기차게 쿠마의 비상계단을 오르내리고 있을 것이다. 다시로 게이코는 포기하지 않고 다시 시도했겠지만, 적어도 사장님이 다음날 아침까지 혼자 있고 사적이든 공적이든 특별한 볼일이 없었던 그날 밤은 그야말로 마가 끼었다고밖에 할 수 없다.

떠나보내기로 결심한 감정이 수런거리며 고타로의 마음속을 헤집었다. 야마시나 아유코와의 추억이 가슴 가득 번졌다.

쓰즈키가 뭐라고 말했다.

"—안 하나."

"뭐라고요?"

쓰즈키는 여전히 얼어붙은 듯한 눈으로 바라보았다.

"후회 안 하느냐고 물었어."

잘못했다고 생각지는 않나.

"왜 제가 후회를 해요?"

"네 멋대로 독단적인 판단을 내려서 다시로 게이코라는 여자를 심판했어."

고타로는 어깨를 으쓱했다. "심판한 게 아니라 사장님의 복수를 한 거예요."

"허어. 누가 부탁하더냐? 아유코의 원한을 갚아달라고 부탁받았어?"

쓰즈키의 눈 안쪽이 희미하게 빛났다.

"그럴 리 없지. 전부 너 혼자의 생각이야. 네가 심판하고 싶어서 심판했지. 네가 해치우고 싶어서 해치웠어. 그게 다야."

그렇게 말하고 쓰즈키는 어디가 아픈 듯 인상을 썼다.

"그 여자의 주장도 일리 있다는 생각은 안 해봤어?"

고타로는 어안이 벙벙했다. "일리 있다뇨?"

"넌 다시로 게이코와 마키 세이고의 관계를 다시로 게이코의 일방적인 망상에 불과하다고 덮어놓고 단정했어. 무슨 근거로 그렇게 단정하지?"

"그야 뻔하죠."

"그건 네 생각이잖아."

"마키 씨한테 물어보니 다시로 게이코에 대해 전혀 모르던데요. 이름도 바로 기억 못하는 것 같았어요."

—얼굴이 갸름한 미인이지?

고타로가 마키와 어떤 대화를 나누었는지 설명하자 쓰즈키의 얼굴에 냉소가 떠올랐다.

"그거야말로 마키 세이고의 연기였을지도 모르지."

다시로 게이코를 알면서 모르는 척했다. 그게 누군데? 아아, 아유코 친구구나.

"알다가도 모르는 게 남녀 사이야. 남자끼리, 혹은 여자끼리의 교유관계만 봐서는 그 남자나 여자가 이성을 어떻게 대하는지 올바르게 파악하기 어려워."

하물며 넌 젊어, 라고 쓰즈키는 말했다.

"젊다기보다 아직 어리지. 그런 상황에서 총애하는 후배인 네게, 자신을 존경하는 네게 '다시로 게이코는 사실 나와 이런저런 사연이 있는 여자야'라고 솔직하게 밝히는 사람이 어디 있겠어."

쓰즈키가 무슨 주장을 하는지 잠깐 이해가 되지 않았다. 이해되자 이해력을 앞지르듯이 분노가 솟구쳤다.

"마키 씨는 그렇게 막돼먹은 사람이 아니에요!"

쓰즈키도 목소리에 힘을 주어 받아쳤다. "네게는 성실한 사람이자 좋은 선배겠지. 하지만 남자로서 여자에게 성실한가는 다른 이야기야."

"마키 씨는 야마시나 사장님을 사랑했어요. 쓰즈키 씨가 몰라서 그래요. 그 두 사람은 오래전부터 함께하면서, 쓴맛 단맛 다 보며 쿠마를 키웠고—"

쓰즈키가 말허리를 잘랐다. "상황에 따라 사랑하지 않는 여자와 자는 사람도 있어. 방해가 되면 사랑하는 여자를 매몰차게 버리는 사람도 있고."

고타로의 시야가 일그러졌다. 분노와 열기로 머릿속에 아지랑이가 피어올랐다.

"아무것도 모르면서— 어떻게 그런 말을—"

"다시로 게이코는 정말로 마키 세이고와 사귀는 사이였는지도 몰라."

쓰즈키는 태연하게 말을 이었다.

"마키 세이고는 감언이설을 늘어놓으며 다시로 게이코와 야마시나 아유코에게 양다리를 걸쳤고, 막상 인생을 좌우할 결혼을 앞두자 야마시나 아유코를 선택했어. 다시로 게이코에게는 아유코가 헤어져주지 않아서 어쩔 수 없다, 쿠마 일이 있으니 별수없다고 변명했을지도 모르지."

상처받은 다시로 게이코는 이성의 끈이 뚝 끊어졌다. 전부 아유코 탓이다. 아유코 잘못이다. 아유코만 세이와 헤어져준다면.

—아유코가 세이에게 기생충처럼 들러붙어서.

"그럴 가능성도 있어. 다시로 게이코는 사실을 말했는지도 모르지."

적어도 그녀의 이야기 중 일부는 망상이 아니었을 수 있다.

"물론 그렇다고 사람을 죽여도 된다는 건 아니야. 하지만 그 여자에게도 나름대로 할말이 있었을지 모르지. 넌 그 가능성을 따져볼 생각조차 안 했어. 일방적으로 판단해 그 여자를 단죄했지."

그건 잘못이라고 쓰즈키는 말했다.

"시끄러워, 닥쳐!"

고타로는 저도 모르게 일어나 쓰즈키의 멱살을 잡았다. 카운터 너머 가게 주인의 눈이 휘둥그레졌다. "손님?"

고타로의 얼굴에 시선을 고정한 채 쓰즈키가 뜻밖에 담찬 목소리로 말했다.

"괜찮습니다. 미안합니다."

고타로는 쓰즈키의 셔츠를 놓았다. 그 손이 와들와들 떨렸다.

쓰즈키는 의자에서 살짝 일어나 카운터를 돌아보았다.

"젊은 애한테 설교하는 건 어렵네요. 성질을 건드렸어요. 아이스커피 한 잔 더 주시겠습니까?"

네, 네, 하고 주인이 대답했다. 모닝세트 시간이 끝나서 가게에 다른 손님은 없었다.

주인이 새 아이스커피를 내려놓고 빈 컵을 가져갔다. 그동안 고타로는 말없이 고개를 숙이고 있었다. 그래도 주인이 물러가면서 쓴웃음 섞인 눈으로 흘낏 보았다는 건 알았다.

"……이제 손떼렴."

쓰즈키는 앉음새를 고치고 말했다.

"넌 당치도 않은 짓을 했어. 더이상 깊이 들어가서는 안 돼."

다시로 게이코를 사냥한 직후 가라도 그렇게 말했다. 부족함이 없을 테니 이만 손떼라.

아니, 부족하다. 나는 이 왼눈의 힘을 사용하고 싶다. 더 쓰고 싶다. 올바르게 쓰고 싶다. 내놓고 싶지 않다.

사냥을 계속하고 싶다. 다른 무엇보다 내가 해야 할 일이며, 내가 아니면 할 수 없는 일이니까.

"가라와 약속했단 말이에요. 연쇄절단마의 갈망을 사냥하게 해주겠다고."

쓰즈키의 입에서 가는 한숨이 새어나왔다.

"그만둬. 허황된 일이야."

고타로가 고개를 들었다. "뭐가 허황됐는데요? 가라가? 사람의 갈망을 흡수해서 강해지는 낫이? 이 세상과는 다른 영역이?"

열띠게 말하면서 이번에는 고타로가 고개를 저었다.

"허황되지 않아요. 지금 여기서 제가 겪은 일이라고요. 쓰즈키 씨도 아시잖아요. 가라를 만났으니까."

그리고 갈망을 빼앗겼다. 하지만 기억이 지워진 건 아니다. 쓰즈키는 기억하고 있을 것이다. 잊었을 리 없다.

고타로는 손을 들어 오른눈을 가렸다. 왼눈만으로 바로 앞에 있는 쓰즈키 시게노리라는 인간을 바라보았다.

거기에는 혼돈스러운 말의 소용돌이가 앉아 있었다.

옅게 반짝이는 은빛 실. 희미하게 흐려지는 은빛 실. 가끔 금빛 실도 반짝였다. 밧줄처럼 굵은 칠흑의 실이 꿈틀거리기도 했다. 쓰즈키의 모양을 한 암흑, 쓰즈키의 그림자 속에서 무수한 말이 춤추었다.

직업정신 투철한 형사의 '말'.

기억. 체험. 쓰즈키의 인생이 집적되어 있다. 그 말이 웅성거렸다.

고타로는 그 '이야기'를 읽었다.

"—쓰즈키 씨. 최근에 만나셨네요. 이름을 잊어버렸는데, 그 이웃요. 나이든 여자분인데 쓰러져서 입원했다가—돌아가셨어요. 차통빌딩의 가고일을 무서워했던 분이죠."

쓰즈키가 굳었다.

"지구사 다에 씨 말이냐."

낮고 갈라진 목소리였다. 그저 놀란 게 아니다. 겁먹었다.

"네, 맞아요. 지구사 씨 친척을 만나셨죠?"

“……조카딸.”

“쓰즈키 씨, 그분에게 사과하셨네요. 큰어머니가 돌아가신 건 자기 책임이라면서요. 자기가—”

“그만.”

“지구사 씨를 끌어들였다고.”

“그만하라고, 이 애송아.”

고타로는 손을 내렸다. 두 눈으로 보는 쓰즈키는 별안간 더 늙어버린 것처럼 등을 웅크리고 있었다.

“이게 제가 가라에게 받은 힘이에요.”

사람의 ‘이야기’를 읽는 힘.

“쓰즈키 씨가 아무리 부정해도 이건 지금 실제로 일어나고 있는 일이에요. 저희가 사는 이 세상에서.”

존재하지만 현실에는 없는 것이 고타로와 쓰즈키에게 영향을 끼치고 있다.

“도망치지 말고 도와주세요. 쓰즈키 씨의 갈망도 조금씩 돌아오는 것 같으니까요.”

그렇지 않다면 고타로에게 이런 참견을 하지 않았으리라. 갈망을 잃은 쓰즈키는 양달에 누운 고양이처럼 태평하고 만사 만족스럽고 남의 일에는 눈곱만큼도 관심 없는 듯 보였다.

“제가 잘못하고 있다고 생각한다면, 그리고 저를 말리고 싶다면 도와주세요."

모순이다. 스스로도 우스워서 살짝 웃었다.

"쓰즈키 씨 힘이 필요해요. 저 혼자서는 또 잘못할지도 모르잖아요. 내버려두면 안 되잖아요?"

쓰즈키가 고타로를 노려보았다. 고타로는 기죽지 않고 그 눈빛을 받아냈다. 아이스커피 잔에서 얼음이 녹아갔다.

"가라를 만나게 해줘." 쓰즈키가 말했다. "물어보고 싶은 게 있다."

5

이번이 몇번째일까. 차통빌딩 옥상에서 신주쿠 밤거리의 풍경을 바라보는 게.

쓰즈키의 수술은 성공적이었다. 처음 여기서 마주쳤을 때는 걸음걸이가 불안하기 그지없었지만 이번에는 앞장서서 계단과 사다리를 올랐다. 숨을 약간 헐떡였지만 그 정도는 눈감아주기로 하자.

이제는 추위에 몸을 움츠릴 계절이 아니다. 눅눅한 도시의 밤공기가 후텁지근하게 느껴질 정도다. 그런데 쓰즈키가 한기를 견디듯이 양팔로 몸을 감싸고 있는 것은 내심 여기 온 것을 후회해서인지도 모른다.

아까 1층에서 고타로가 통용문을 열 때 쓰즈키가 불쑥 말했다.

"그 열쇠를 네게 안 줬으면 이 지경까지 오지는 않았을 텐데."

의미 없는 푸념이다 싶었지만 고타로는 대꾸하지 않았다.

확실히 이 차통빌딩은 상징적인 장소다. 하지만 고타로가 진심으로 바라며 부른다면 가라는 다른 곳에서도 모습을 드러낼 것이다.

—전사 가라, 거래를 요구한다.

고타로의 외침이 가닿은 모양이다.

왼눈의 어둠 속에 머리카락처럼 가느다란 은빛 실이 두둥실 떠올랐다. 고타로가 눈을 깜박이며 돌아보자 옥상을 둘러싼 벽 위에 가라가 우아하게 내려섰다.

고타로가 눈짓하자 쓰즈키는 그제야 가라가 나타났음을 알아차리고 깜짝 놀란 듯이 몇 발짝 뒷걸음쳤다.

가라는 고타로에게 눈길 한 번 주지 않았다. 쓰즈키를 바라보며 조용히 날개를 접었다.

"무슨 용건인가, 늙은이여."

쓰즈키가 부들부들 떨었다. 물론 이제 와서 가라가 두려운 건 아닐 것이다. 가라가 사실이어서 겁먹었다. 고타로와 겪은 그 일은, 전신마취 후 혼수상태에서 꾼 기괴한 꿈이 아니었다.

그뿐 아니라 자신은 그 사실을 잘 알고 있다. 그 때문에 떨고 있는 것이다.

"이, 이 아이한테 들었어."

쓰즈키는 옆에 있는 고타로를 가리키며 말을 꺼냈다. 위세 없고 침착하지 못한 목소리였다.

"지난번 만났을 때 당신이 내게서 뭔가를 빼앗아갔다더군. 일단 그걸 돌려줘야겠어. 이야기는 그다음이야."

가라는 눈을 반쯤 감더니 고타로에게 시선을 돌렸다.

쓰즈키가 느닷없이 그런 말을 하리라고는 고타로도 예상하지 못했다.

"갈망을 돌려달라는 거야."

"무슨 뜻인지는 나도 알아들었다."

가라는 머리를 기울여 긴 흑발을 어깨에서 등으로 넘겼다.

"요구의 이유를 알려다오."

쓰즈키가 성난 기색을 보였다. "이유? 그 뻔한 걸 모르겠나?"

"늙은이, 너는 갈망을 잃고 편해졌지 않은가. 왜 다시 괴로움을 자청하는 거지?"

"그게 인간이니까!"

진심으로 격분하는 쓰즈키의 모습은 고타로도 처음 보았다.

"어떤 성가신 감정이든, 꺼림칙한 기억이든, 속으로 삼키고 쌓아서 그것과 함께 살아가는 게 인간이야!"

콧김이 거칠었다. 계단에서 숨차할 때처럼 씩씩거렸다.

"무엇보다 나는 '편해지기를' 바란 적 없어. '편하게 해달라'고 네게 부탁한 적도 없고. 네가 멋대로 그런 짓을 하는 바람에 나는 그야말로 무사태평한 쭉정이 꼴이 됐다고."

본인도 이상하다고 자각했던 걸까. 태평한 표정밖에 지어지지 않고 아무리 애써도 마음에 불이 붙지 않는 게 이상했던 걸까.

하지만 역시 어느 정도는 절로 회복된 모양이다. 이렇게 덤벼드는 패기가 생긴 걸 보면.

"—그렇다면."

돌려주마.

가라는 낫을 휘두를 때처럼 재빠르게 오른손을 쓰즈키에게 뻗었다. 고타로는 재빨리 오른눈을 감고 왼눈만으로 그 광경을 보았다.

가라의 오른손, 가지런히 모은 다섯 손가락 끝에서 눈부신 빛이 튀어나왔다. 색깔이 조금씩 다른 줄무늬의 빛. 다섯 색깔밖에 없는 무지개의 일부를 잘라내어 칼처럼 쓰즈키에게 던진 듯 보였다.

빛의 칼날은 쓰즈키 모양을 한 검은 그림자의 심장 언저리에 꽂혔다.

빛의 칼날이 순식간에 녹아내려 쓰즈키의 내부에서 소용돌이 치는 '말'에 섞여들었다. 그러자 지금까지 혼돈스러워 보였던 쓰즈키의 '말'들이 하나하나 뚜렷해지고, 모양과 색깔이 같은 말들이 한 덩어리로 뭉쳐 쓰즈키의 몸안을 휘돌기 시작했다.

전부 정연하게 한방향으로 돌지는 않았다. 반대 방향으로 도는 것도 있거니와 위아래로 움직이는 것도 있었다. 하지만 빛의 칼날에 맞기 전보다는 훨씬 활발했다. 그 말들을 담은 쓰즈키의 그림자도 두 다리로 꼿꼿하게 서서 어깨를 펴고 고개를 들었다.

갈망이 인간을 '인간'답게 만든다. 과거의 경험과 사고라는 말의 집적체가 담긴 자루가 아니라, 의지와 의도를 지닌 생물로 만든다.

쓰즈키가 떠밀린 것처럼 심하게 비틀거리더니 제자리에 주저앉았다. 고타로가 달려가서 부축하자 숨을 몰아쉬며 온몸을 떨었다.

오른팔을 들어 팔꿈치로 입가를 닦았다. 얼굴이 온통 땀범벅이었다.

"나 좀 일으켜줘."

쓰즈키는 고개를 들어 가라를 노려보며 고타로에게 말했다.

"괜찮으시겠어요?"

"잔말 말고 도와줘."

시키는 대로 하자 쓰즈키는 일어서서 몇 번 제자리걸음을 한 뒤 크게 한 번 심호흡을 했다. 그리고 고타로에게 돌아서서 느닷없이 주먹을 날렸다.

눈앞에서 불이 번쩍했다. 쓰러질 정도는 아니었지만 휘청거리다가 한쪽 무릎을 꿇을 뻔했다.

"무, 무슨 짓이에요!"

쓰즈키가 잔뜩 화난 얼굴로 다시 가라에게 눈을 돌리더니 위협적인 목소리로 말했다.

"다시로 게이코를 이리 데려와."

가라는 팔짱을 낀 채 태연하게 서 있었다.

"이 꼬맹이가 제멋대로 살인사건 용의자를 없애버렸다. 그런 짓은 용납할 수 없어."

화난 척하는 것이 아니라 정말로 화가 났다. 고타로도 진심으로 놀랐다.

살인자에게 죄에 합당한 벌을 준 것이 뭐가 나쁘지? 아저씨는 그게 직업이었다. 죄를 낚아올리는 자였잖아?

마치 고타로의 마음속 목소리가 들린 것처럼 쓰즈키가 이쪽을 보았다.

"법치국가에서 그런 짓은 용납 안 돼. 이 꼬맹아, 왜 그걸 모르냐?"

아저씨가 꼬맹이, 꼬맹이 하고 툭툭 내뱉었다. 고타로는 발끈해서 말대꾸했다.

"법치국가는 무슨. 아저씨, 내가 다시로 게이코의 말을 들어주지 않아서 나쁘다는 거죠? 핑계 없는 무덤은 없다 그거잖아요. 인권 변호사 나셨네."

화를 내던 쓰즈키가 어깨를 축 늘어뜨렸다. 그리고 험악하게 눈살을 찌푸린 채 한탄하듯이 중얼거렸다.

"……넌 변했어."

고타로는 대놓고 입을 삐죽이며 대답을 대신했다. 진짜 '꼬맹이' 같으면 혀를 날름거릴 상황이다.

"미시마 군은 아무래도 당신한테 감화된 모양이군."

쓰즈키는 팔짱을 낀 채 우뚝 선 가라를 보고 고개를 저었다.

"말이 안 통해. 하지만 난 달라. 다시로 게이코를 이리 데려와. 우리 세상에서는 그런 인간을 공적 기관에서 법에 따라 심판한다. 사적인 제재는 인정되지 않아."

언제나 표정을 읽기 어려운 가라의 단정한 얼굴에 아주 희미하지만 미안하고 딱하다는 듯한 빛이 어렸다.

"—그 여자를 여기 데려올 수는 있다만."

"그럼 빨리 데려와."

"아마 원래 모습은 아닐 거다."

무슨 뜻이야.

"그 여자의 갈망은 서서히 강해지며 오랫동안 그 여자를 지배해왔다. 내가 발견했을 때는 갈망이 그 여자의 실체에 가까웠지."

고타로는 떠올렸다. 다시로 게이코의 그림자라는 자루 속에서 구더기처럼 수없이 꿈틀대던 그녀의 '말'을.

"한 인간으로서 그 여자는 펄펄 끓는 갈망을 담은 그릇에 불과했어. 그래서 내가 갈망을 빼내자—"

좀더 어울리는 표현을 찾을 요량인지 가라는 잠시 생각에 잠겼다.

"내용물을 잃은 그릇은 망가졌다. 그렇게 표현하는 수밖에 없겠군."

다시로 게이코라는 인간은 자신이 품은 강한 갈망을 억제하는 한편으로 안쪽에서 갈망의 압박을 받고 있었다.

"강한 갈망은 산酸처럼 그것을 담은 그릇을 망가뜨리지. 그 여자는 이미 제법 많이 상한 뒤였어."

그래서 버티지 못했다고 한다.

"죽었다는 뜻인가?"

"죽지는 않았다. 그 여자의 의지가 깃든 갈망은 내 낫 속에 살아 있어. 무섭도록 강한 기운이야.”

하지만 몸은 없다. 다시로 게이코는 현실에 존재할 형체를 잃고 말았다.

“여기 되돌려놔도 일정치 않은 모양의 원형질 덩어리 같은 게 나타날 뿐이야. 너희 인간—인류가 진화를 시작한 기점인 원생액처럼 걸쭉한 유기물 덩어리다.”

그리고 가라는 고타로에게 물었다. “너는 그런 걸 보고 싶은가. 보고 확인하고 싶은가. 아니면 그걸 짓밟으며 매도하고 싶은 건가.”

쓰즈키에게 얻어맞은 뺨이 아팠다. 고타로는 뺨을 문지르며 전혀 다른 질문을 던졌다.

“모리나가 씨도 그렇게 변했어?”

“그는 아니다. 갈망을 짊어지고 있었지만 갈망에 지배당하지는 않았으니까.”

가라가 바로 대답했다. 고타로는 안도했다. 모리나가 씨는 걸쭉한 원형질이 되지 않았다.

“그럼 본인이 돌아오려고 하면 돌아올 수 있겠네?”

“그가 그러길 바란다면.”

이 질문을 해도 될까 망설여졌다. 자신이 진심으로 답을 원한다고 자신 있게 말할 수 없었다.

하지만 고타로는 물었다. 물어야 한다고 생각했다.

"모리나가 씨도 다시로 게이코처럼 무슨 사건을 저질렀어?"

가라는 대답하지 않았다. 팔짱을 풀고 옥상 가장자리에서 훌쩍 뛰어내려 벽에 걸터앉았다. 가라가 극히 평범한 인간처럼 앉는 것은 이번이 처음 같았다. 긴 다리가 땅에 닿고도 남았다.

"무슨 나쁜 짓을 했는데—최근이 아니라 옛날이겠지만—그 일을 잊을 수 없어서 괴롭고 힘들었던 거야."

그래서 가라에게 부탁해 이 세상에서 '사라진' 것이 아닐까.

"모리나가 씨의 갈망은 과거를 지우고 싶다든가, 시간을 되돌려서 다시 시작하고 싶다든가, 자신이 저지른 짓을 용서받고 싶다든가, 그런 유가 아니었을까 싶은데."

"왜 그렇게 생각하지?"

가라가 부드러운 말투로 물었다.

"내가 아는 모리나가 씨는 '갈망'이라는 말과 전혀 연이 없는 사람이었어. 차분하고 이지적이고 늘 친절했지."

하지만 갑자기 자취를 감춘 노숙자들을 찾아 나설 만큼, 가슴속에 뜨거운 뭔가를 품고 있었다.

고타로는 순수한 다정함이 그 열기의 원천이라 생각했다. 하지만 아닐지도 모른다. 그 원천이 죄악감은 아니었을까. 죗값을 치르고 싶다는 마음은 아니었을까.

"모리나가가 뭘 어쨌는지는 본인밖에 몰라."

쓰즈키가 퉁명스럽게 끼어들었다.

"본인이 말하지 않은 이상 캐내려 해봤자 허사야. 그리고 본인에게 돌아올 뜻이 없다면 우리는 속수무책이지. 그보다."

"다시로 게이코는 이제 포기해요, 아저씨. 못 돌아와요."

"꼬맹이는 입다물고 있어."

"너는 후회하지 않나?"

가라가 고타로에게 물었다.

"그 여자가 어떻게 되었는지 알았는데도, 후회하는 마음이 없어?"

"후회는 눈곱만큼도 안 해."

그런가, 하고 가라가 짤막하게 말했다.

"내 예견이 빗나갔군. 이 영역 사람들의 이야기를 읽어내기는 쉽지 않아."

"이야기가 뭐고, 그걸 어떻게 읽는다는 건지 통 모르겠는데."

쓰즈키가 부아가 치민다는 듯이 툭 내뱉었다. 가라는 긴 다리를 꼬고 선선히 말했다.

"미안하군."

한순간 그 모습에 야마시나 아유코가 겹쳐 보여서 고타로는 제 눈을 의심했다. 날씬하게 쭉 뻗은 사장의 다리. 아름다운 옆

얼굴. 긴 흑발. 숨이 막힐 듯이 생생하게 머릿속에 되살아났다.

이번에는 쓰즈키가 가라에게 한 발짝 다가서서 팔짱을 꼈다.

"가라라는 이름은 본명이야? 뭐, 그걸 따지는 것도 이상한가."

"내 본래 이름은 아니지만 이 영역의 말로 바꾸면 그 발음에 제일 가깝다."

"발음이라면."

쓰즈키는 치뜬 눈으로 가라를 노려보며 미간을 찌푸렸다.

"당신의 고향, 말이 태어나는 세계에는 그 세계 고유의 말이 있다는 건가?"

좋은 질문이라고 가라가 말했다.

"우리에게는 말이 없다. 우리 자체가 '말'이니까."

"그런 대답으로 나를 헷갈리게 하려 해봤자 소용없어."

"그럼 헷갈리지 않도록 주의해라."

조금 즐거워 보였다. 하지만 쓰즈키가 다음 질문을 던지자 가라의 미소는 흔적도 없이 사라졌다.

"당신은 왜 우리 인간의 갈망을 모으는 거지? 그 낮은 갈망의 에너지를 빨아들여 강해진다지. 무기를 강화해서 뭘 어쩌려고?"

전직 형사 쓰즈키 아저씨. 취조가 특기다.

"얼마 전까지는 어디서나 볼 수 있는 평범한 젊은이였던 미시마 군이 네 부추김에 살인이나 다름없는 짓을 저질렀어."

전부 네 책임이야. 쓰즈키는 가라에게 삿대질하며 목소리를 높였다.

"아니에요, 아저씨. 가라가 부추긴 게 아니에요. 제 의지로—"

"입다물어, 이 철부지야."

애송이에서 꼬맹이, 급기야 철부지인가.

"당신, 방금 이 아이가 후회하지 않는대서 놀랐지. 허튼소리 작작 해. 이애가 사람을 죽이고 눈곱만큼도 후회하지 않는 인간이 된 건."

"그래. 내가 그렇게 만들었다."

그럴 필요가 있었으니까, 하고 가라가 온화하게 말했다.

가라의 필요. 가라의 목적. 고타로는 지금껏 그런 것을 깊이 물어본 적이 없다. 그럴 여유가 없었다. 머릿속에는 그저 가라의 힘을 빌릴 생각뿐이었다.

"나는 싸워야 한다. 싸워서 반드시 이겨야 해. 그러기 위해 무기를 강화하고 있다."

가라는 으스스할 만큼 부드러운 말투로 쓰즈키에게 대답했다.

"누구랑 싸우지? 전쟁인가?"

"내 상대는 '문지기'다. 이름 없는 땅을 지키는 문지기."

방금 전 헷갈리게 하려고 해봤자 소용없다고 해놓고, 가라의 대답에 아저씨는 완전히 벙찐 표정을 지었다.

"뭐, 뭐야, 그게."

"이름 없는 땅은 이야기가 처음으로 시작되는 영역이에요."

모든 이야기가 태어나고 환원되는 곳.

"네가 그런 걸 어떻게 알아?"

아저씨, 왜 나한테 화풀이야.

"늑대한테 들었어요. 귀여운 여자애였는데, 저희 학교에 와서 이것저것 알려줬어요."

쓰즈키는 더더욱 갈피를 못 잡는 눈치였다.

"미시마 군, 너 제정신이야?"

"—제정신이고, 사실을 말했어요."

새로운 목소리가 들렸다. 누군지 고타로는 금방 알아차렸다.

"유리코!"

처음 만났을 때도 생뚱맞게 나타났다가 생뚱맞게 사라지더니 이번에는 더 기상천외했다. 어두침침한 차통빌딩 옥상 한구석, 가라와는 정반대편 가장자리에서 있지도 않은 문을 열고 나온 것처럼 갑자기 나타났다. 홀로그램이나 환영처럼 어렴풋한 형체가 아니다. 살아 있는 인간이 공간을 뛰어넘어 나타난 느낌이었다. 그렇다, 이런 게 바로 순간이동 아닐까.

가라는 미동도 없었다. 한편 쓰즈키는 기겁해 주저앉았다.

"유, 유, 유령이냐."

확실히 유령처럼 나타나기는 했다.

"이 건물에 젊은 여자 유령이 나온다는 소문이 있어. 설마……"

계절이 바뀌었지만 유리코의 차림새는 지난번과 거의 다르지 않았다. 묵직해 보이는 가죽재킷과 부츠. 윤기 도는 흑발을 하나로 묶었다. 목에는 은색으로 빛나는 특이한 모양의 펜던트를 걸었다.

유리코는 귀여운 얼굴로 웃으며 쓰즈키에게 말했다.

"저는 유령이 아니에요. 살아 있는 인간이라고요."

"하지만 보통 인간은 아니지."

가라가 입을 열어 한층 천천히 말했다.

제자리에서 일어나 한 발짝 앞으로 나왔다. 눈으로는 유리코를 주시했다. 가늠하고 탐색하는 시선이었다.

"너는 늑대군."

"네, 맞습니다."

"젊다기보다 아직 어리지만."

유리코는 고개를 살짝 움츠렸다. "네. 이게 제 운명입니다."

쓰즈키는 아직도 정신을 차리지 못하고 눈만 부릅뜨고 있었다. 고타로는 그의 곁에 쪼그려 앉아 등에 손을 얹었다.

그리고 유리코에게 말했다. "그런 식으로 나타나면 보는 사람 심장에 안 좋아. 게다가 어떻게 그럴 수 있는 거지?"

유리코는 대수롭지 않다는 듯이 대답했다. “네 백팩 속 책의 힘을 빌렸어. 지난번에 보여준 책, 지금도 가지고 있지?”

소노이 미카의 책이다. 『태양의 세계』. 버릴 수도 없는 노릇이라 메모를 끼운 채 바닥에 처박아두었다.

“그 책에게 물어보니 네가 있는 곳을 알려줬어. 그래서 바로 여기로 올 수 있도록 공간을 연결하는 통로를 만들어달라고 했지.”

쓰즈키는 혼란이 더해진 듯했다. 눈을 부릅뜬 채 고개를 좌우로 흔들기 시작했다.

“아저씨, 정신 차리세요.”

“으으……응? 아저씨?”

아차, 충격요법이 된 모양이다.

“누구더러 아저씨냐, 버릇없기는!”

“쓰즈키 씨도 저한테 애송이니 꼬맹이니 철부지니 말씀하셨잖아요.”

유리코는 간지럼을 참듯이 웃다가 바로 진지한 표정을 짓더니 묵직한 부츠를 옮겨 천천히 가라에게 다가갔다. 가라 앞에서 자세를 바로 하고 고개를 숙였다.

“제 이름은 유리. 스승은 ‘재남灰男’ 애시. 시원의 대종루 세번째 기둥의 수호전사 가라 님. 처음 뵙겠습니다.”

가라는 여전히 미동도 없이 입을 다물고 있었다.

"저도 제 분수를 압니다. 시원의 대종루 수호전사가 하는 일에 늑대가 간섭해선 안 되죠. 애시가 아주 엄하게 일러주었습니다."

"—그렇다면 왜 나타났느냐."

고타로는 놀랐다. 위엄 넘치다 못해 거만함이 느껴지는 말투다.

"미시마 군을 내버려둘 수 없어서요."

유리코도 밀리지 않고 씩씩하게 답했다.

"가라 님. 당신이 여기서 뭘 하시든 상관없습니다. 하지만 아무것도 모르는 젊은이를 끌어들이지는 마세요. 신성한 대종루를 지키는 수호전사로서 그런 그릇된 행동을 해서는 안 되지 않겠습니까."

"아니야, 유리코."

아니, 유리라고 해야 하나. 지금 그녀는 늑대의 자격으로 여기 있다.

"가라가 날 끌어들인 게 아니야. 내가 가라에게 부탁했어. 가라는 나와 거래해서 내 부탁을 들어줬을 뿐이야."

유리는 고타로에게 몸을 돌리더니 갑자기 기가 꺾인 듯 서글픈 표정을 지었다.

"네가 그런 생각을 하고 가라 님에게 의지하려 한 것 자체가 말려들었다는 증거야."

존재하지만 현실에는 없는 것의 영향을 받았다.

"이름 없는 땅에 가는 것이 가라 님의 목적임을 알았으니 더더욱 내버려둘 수 없어. 미시마 군, 이름 없는 땅은 너처럼 평범한 인간이 관여할 곳이 아니야. 관여하면 반드시 좋지 않은 일이 일어나. 비극이 일어난다고."

고타로는 생각했다. 지난번에 유리가 말했다. 이름 없는 땅에 간 적 있다고. 오빠를 구하려고.

—오빠가 거기 있었거든.

"비극이라면, 네 오빠 이야기야?"

유리가 흠칫했다. 고타로의 질문에 허를 찔려서가 아니다. 가라의 눈치를 보고 있다.

실제로 가라는 몸을 가볍게 내밀더니 실눈을 뜨고 유리를 바라보았다.

"네 오빠는 '무명승'인가?"

유리는 눈을 내리깔았다.

"대답하라, 늑대."

유리는 아래를 보며 고개를 끄덕였다.

"네. 제 오빠는 무명승이 됐어요."

그러니까 이제 오빠가 아닙니다, 하고 작게 덧붙였다.

"오빠의 혼은 순환하는 거대한 이야기 속에서 편히 쉬고 있어요. 제 곁에 남은 것은 오빠의 기억뿐이죠. 그러니까—오빠도 저도 이제 괴롭지는 않아요."

가라는 자세를 원래대로 되돌리더니 다시금 유리를 찬찬히 뜯어보았다.

"이야기는 잘 들었다. 물러가라, 늑대여."

타이르는 듯한 말투였다.

"이곳에 네 역할은 없다."

"하지만……"

"물러가라."

유리는 결심했다는 듯이 묶은 머리를 하늘거리며 고타로와 쓰즈키에게 성큼성큼 다가왔다. 무릎을 꿇어 눈을 맞추더니 고타로의 손을 잡았다.

"부탁이야, 나랑 같이 여기를 떠나자. 가라 님과 더이상 만나지 말고, 지금까지 있었던 일은 다 잊어버려."

고타로는 가라와 유리의 얼굴을 견주어보려 했다. 하지만 가라는 등을 돌렸다.

"지금이면 아직 늦지 않았어. 알았지?"

고타로는 마른침을 꿀꺽 삼켰다.

"유리코, 무명승이 뭐야?"

소녀에게는 얼굴을 찡그릴 만큼 가혹한 질문이었던 모양이다.

그래도 대답해주었다.

"이름 없는 땅에서 죄업의 대륜을 돌리는 존재야. 그 수는 헤아릴 수 없을 만큼 많고. 원래는 인간이었지만 이제는 아니야."

말이 점점 빨라졌다.

"개개의 인격과 형상을 잃고 검은 옷을 입은 스님 모습으로 변해. 만 명이 있을지라도 단 한 사람이며, 단 한 사람일지라도 만 명이지. 그리고 죄업의 대륜을 쉴새없이 돌려. 테두리가 존재하는 한 영원히."

즉 이 현실 세계가 존재하는 한 영원히, 라는 뜻이다.

"무명승은 이야기의 죗값을 치르는 존재야. 그들 하나하나는 일찍이 '이야기의 죄'를 범한 죄인이었어."

이야기의 죄란 자신의 삶을 살지 않고 이야기에 살려다가 범하는 잘못이라고 유리는 말했다.

"소망, 갈망, 욕망, 분노, 질투, 복수. 그런 감정에 떠밀려 인간의 일상보다 이 영역에 퍼져 있는 이야기를 중시하고, 그것을 이루려고 하는 삶—"

그렇게 살아간 결과, 죄업을 진 자가 되고 만다.

"그래서 무명승으로 변하고 이름 없는 땅에 갇혀서, 우리 모두가, 전 인류가 범한 이야기의 죄를 짊어져."

이야기라는 원죄를.

"이름 없는 땅에 시간이 흐르지 않는다는 것이 유일한 구원이야. 영원은 한순간이며 한순간은 영원이지. 그게 다야."

너무 터무니없는 이야기라 이해가 잘되지 않았다. 한 번 예습한 고타로도 그랬으니 쓰즈키는 더할 것이다. 아까부터 돌처럼 굳어 있다.

"가라."

고타로는 유리에게 손을 잡힌 채 가라의 등에 대고 말했다.

"왜 그런 곳에 가려는 거지? 그것도 문지기와 싸워서 쓰러뜨리는 수고까지 하면서."

가라는 대답하지 않았다. 돌아보지도 않았다.

유리가 양손으로 고타로의 뺨을 감싸고 억지로 자신을 보게 했다.

"물으면 안 돼. 알면 안 돼. 더이상 관여하지 마."

"미안해."

고타로는 상냥하게, 하지만 단호하게 소녀 늑대의 손을 떼어냈다.

"가라는 거래에 공정하게 임했어. 하지만 난 아직이야. 약속은 지켜야지."

"부탁이야."

유리의 눈이 촉촉하게 젖더니 목소리가 떨리기 시작했다. 아까와 반대로 이번에는 고타로가 유리의 빰을 살짝 쓰다듬었다.
"걱정해줘서 고마워."

여전히 등을 돌린 가라가 고타로와 유리의 대화를 전혀 듣지 못했다는 양 느닷없이 말했다.

"나는 내 아이를 되찾으러 가는 거다."

고타로와 유리, 물론 쓰즈키도 입이 떡 벌어졌다.

"내 아이 오조도 시원의 대종루 수호전사 중 하나였다. 언젠가 내가 힘을 잃으면 내 분신인 오조가 대신 세번째 기둥을 수호하는 임무를 맡았겠지."

하지만 그는 규칙을 어겼다고 한다.

—아들이구나.

"그 죄를 물어 시원의 대종루에서 이름 없는 땅으로 추방됐다. 내 아이 또한 무명승이 되겠지."

유리의 얼굴에서 순식간에 핏기가 가셨다.

"그러니까 되찾으러 가겠다고? 무명승이 된 당신 아이를?"

"유리코."

"말도 안 돼! 그런 일은 불가능해! 아무도 못한다고!"

"그래, 넌 해내지 못했지."

등을 돌린 가라가 가차없이 단정했다. 목소리가 냉정했다.

"일개 인간이었던 네게는 불가능한 일이었다. 늑대가 된 지금도 그렇고.”

“그래, 맞아. 그러니까 당신도.”

“난 너와 다르다.”

가라가 꾸짖듯이 언성을 높였다. 그때,

“—그 말이 맞아.”

또다른 목소리가 새롭게 들렸다. 이번에는 남자 목소리다. 한 박자 뒤, 가라 정면의 옥상 가장자리에 칠흑 같은 형체가 사뿐히 착지했다.

검정 일색이다. 튼튼해 보이는 부츠는 유리 것과 똑같이 생겼지만 몸에는 복사뼈까지 내려오는 검은색 망토를 둘렀다. 후드를 푹 눌러쓰고 있어서 턱 끝부분 말고는 가장자리로 삐져나와 턱 언저리에 늘어진 백발 한 올밖에 보이지 않았다.

“애시.”

그렇게 중얼거림과 동시에 유리의 눈에 고여 있던 눈물 한 방울이 뺨을 타고 흘러내렸다.

“승산 없을 거라고 했잖아. 그만 포기해.”

실로 잡아당긴 것처럼 유리가 슥 일어섰다.

애시라고 불린 검정 망토 남자는 옥상 가장자리에 서서 가슴에 가볍게 손을 대고 가라에게 예의바르게 인사했다.

“나 또한 늑대의 일원입니다. 죽은 자와 친밀한 자, 이름은 디

미트리, 통칭은 재남. 세번째 기둥의 수호전사 가라 님, 만나뵈어 영광입니다. 제자가 행패를 부린 점은 사과드리죠."

저음. 발음은 좋지만 약간 쉰 목소리다. 불길한 속삭임처럼.

치렁치렁한 검정 망토는 사람들이 익히 아는 사신의 이미지 그 자체다. 가라보다 더 그럴싸하다. 하지만 애시라는 이 늑대의 무기는 낫이 아니다. 가라에게 인사하려고 가슴에 손을 댔을 때 망토 앞부분이 살짝 벌어져 검집 끄트머리가 드러났다. 이 남자는 검술사인가보다.

"도대체…… 이게 다 뭐람."

질문이라기보다 울분의 신음에 가까운 소리를 내며 쓰즈키가 양손으로 머리를 감쌌다.

"진짜로 내 머리가 어떻게 된 건가?"

고타로는 입을 뗐다. "제 기분도 그렇지만, 이건 현실이에요."

애시는 덩치가 작은 편이 아니다. 인간으로 치면 키가 큰 축일 것이다. 하지만 옥상 벽 위에 서 있는 지금도 가라와 머리 높이가 비슷했다.

"나는 늑대의 역할을 유념하고 있습니다. 평소 제자에게도 잘 일러두었지만, 보시다시피 말괄량이라서."

후드로 얼굴을 반쯤 가린 애시가 가라에게 말했다. 입가가 일그러졌다. 하지만 목소리는 유쾌한 듯 웃음기를 띠었다.

"더이상 무례를 범하지 않겠습니다. 우리는 곧 사라질 거예요. 그뒤에는 마음대로 하시죠, 세번째 기둥의 수호전사여. 하지만……"

그가 머리를 조금 기울여 고타로에게 눈빛을 던졌다. 강한 시선이 느껴졌다.

"테두리에 사는 인간은 내 제자의 동포이자, 내게는 창조주입니다. 꽤나 혼란스러운 듯 보이니 충고 한마디하고 싶은데, 허락해주시겠습니까?"

가라는 벽처럼 똑바로 서 있었다. 애시가 질문하자 등에 멘 낫의 칼날이 둔중하게 빛났다.

"좋을 대로 하라."

애시는 옥상 가장자리에서 내려왔다. 부츠 바닥에 징이 박혔는지 딱딱한 금속음이 났다.

"'내게는 창조주'라고?"

고타로가 묻자 어깨를 축 늘어뜨린 유리가 작은 목소리로 가르쳐주었다.

"애시는 인간이 자아낸 이야기의 등장인물이야."

"……뭐?"

"가상의 캐릭터라는 뜻이야. 상상 속 세상에 사는 사람. 하지만 만들어지고 존재하는 이상 거기도 영역이니까."

역시 존재하지만 현실에는 없다는 뜻인가.

애시는 유리 옆까지 와서 걸음을 멈췄다. 그림자가 드리워지자 머리를 감싸고 있던 쓰즈키가 고개를 들었다. 고타로는 오한이 들었다.

뭐야, 이 냉기는. 죽은 자와 친밀한 자. 자신을 그렇게 소개한 이 검정 망토 남자에게 들러붙은 죽음의 기척인가.

—이런 느낌을 두고 불길하다고 하는 거구나.

그림자가 있는데도 유령 같다. 아니, 오히려 그래서 으스스한 걸까. 실체를 지닌 유령이라서.

"충고보다 설명에 가깝겠군. 딱 한 번만 말할 테니 잘 들어."

애시가 불길한 쉰 목소리로 말했다.

"이름 없는 땅은 금기의 땅이야. 다른 영역에서는 아무도 들어갈 수 없지. 그 땅에 가고 머무는 건 죄업을 진 자뿐이야. 대부분 본인이 원하지 않는데도 끌려가고, 일단 끌려가면 달아날 수 없어. 그런 곳이지."

후드에 감춰진 두 눈이 고타로를 응시했다. 내 이야기를 읽고 있구나.

"나도 지금 모습 그대로 거기 간 게 아니야." 유리가 말했다. "한시적으로 특별한 자격을 부여받았지. 이제 그 자격을 잃었고 두 번 다시 얻을 가망도 없어."

검정 망토 남자가 고개를 끄덕였다.

"그래서 다행이지. 이름 없는 땅은 고립되어 있어. 먼바다의 외딴섬보다 아득하게 먼 곳에."

다만—

"하나 예외가 있다. 그게 '말이라는 정령이 태어나는 곳'이지. 이야기의 원천인 이름 없는 땅과 말의 원천인 시원의 대종루는 한 쌍이야. 뭐가 먼저고 뭐가 나중인지, 뭐가 머리이고 뭐가 꼬리인지 따지기조차 무의미할 만큼 떼어놓기 어려운 한 쌍이자, 마주보는 거울처럼 서로를 비추며 존재하지."

그러므로 시원의 대종루에서는 이름 없는 땅으로 갈 수 있다.

"이 두 땅 사이에는 계단이 있는데, 시원의 대종루에서 이름 없는 땅으로 향하면 그 입구에 다다를 수 있어."

"거기 문과 문지기가 있다는 거지?"

고타로가 묻자 애시는 고개를 끄덕였다.

"이름 없는 땅에서 유일하게 바깥세상을 향해 열리는 문이지. 가라 님은 거기로 가려는 거다."

유리가 뭔가 말하려고 하자 애시가 손짓으로 제지했다.

"청년. 실은 나도 더 자세하게는 모른다. 미천한 우리 늑대는 이름 없는 땅에도 시원의 대종루에도 발을 들여놓을 수 없거든. 다만 그 문의 이름은 알지."

'비탄의 문'이다.

"거기서 뭐가 기다리고 있는지 아는 몇 안 되는 자는 낡은 책의 한 문장을 빌려 이렇게 말했어."

그 문을 통과하는 자 모든 희망을 버릴지어다.

유리가 고개를 푹 숙이자 눈꼬리에 맺힌 마지막 눈물 한 방울이 떨어졌다.

"네게는 그런 곳에 가려는 가라 님과 함께하는 것보다 더 중요한 일이 있을 거야."

"……미카 얘기야?"

계속 걱정했었나보다.

"응. 하지만 미카만이 아니야. 너 자신도 소중히 여겨야지. 미시마 군, 난 네가 걱정돼. 지금 넌 꼭 내 오빠 같아."

무명승이라는 존재가 된 모리사키 유리코의 오빠.

"자신의 본질을 잃지 마. 네 곁에서 널 소중하게 아끼는 사람들도 잊지 말고."

고타로는 고개를 끄덕이려다가 말고 이렇게 말했다. "난 내가 소중히 여기던 사람을 위해 가라와 거래한 거야."

"그 사람의 복수를 위해서지?"

"응, 맞아."

"그럼 이제 다 끝났네. 가라 님도 더이상 네게 약속을 지키라고 강요하지 않잖아."

연쇄절단마의 갈망을 사냥하게 해주겠다.

"꼭 약속 때문만은 아니야. 나 자신을 위해서이기도 해. 난 연쇄절단마를 잡고 싶어."

오랜만에 바로 알아들을 수 있는 말이 나와서인지 쓰즈키가 안도한 표정을 지었다. 고타로는 아저씨에게 고개를 끄덕였다.

"가라의 힘을 빌리면 분명히 잡을 수 있어. 가능성이 있는데도 여기서 놓치면 난 평생 후회할 거야."

연쇄살인마에게 희생된 사람들을 애도하며, 사랑하는 사람을 잃고 상처받은 사람들에게 사죄하며, 과감하게 한 걸음 내딛지 못하고 등돌린 자신의 비겁함을 저주하며.

"너희도 위험한 사본을 사냥하는 일을 한다며? 그럼 비슷하잖아. 그저 나는 아마추어고, 지금 우연히 기회를 얻었을 뿐이야."

"늑대가 사냥하는 것은 이야기다."

검정 후드를 덮어쓴 애시가 대답했다. "목숨을 사냥하지는 않아. 넌 그걸 착각하고 있어."

"내버려두면 더 많은 생명을 빼앗을 위험한 인간을 사냥하려는 거야. 뭘 어떻게 착각하든 틀리진 않은 것 같은데."

유리가 한 번, 또 한 번 세차게 고개를 저었다.

"아니야. 미시마 군. 그게 잘못이야. 우리 오빠도—"

우워어어어어엉.

느닷없이 이상한 소리가 울려퍼졌다.

고타로는 귀를 의심했다. 쓰즈키는 "사이렌인가?" 하며 그야말로 전직 형사다운 소리를 했다.

애시가 방어 자세를 취하고 주위를 둘러보았다. 유리의 눈이 휘둥그레졌다.

우워어어어어엉. 한 번 더 들렸다. 아까보다 가깝다. 다가오고 있다. 그런데 어디서? 고타로는 옥상 뚜껑 쪽을 보았지만 그건 꼭 닫혀 있었다. 제 손으로 닫은 기억도 똑똑히 남아 있다. 그렇다면 어디지? 아무리 그래도 여기는 철근콘크리트 4층 건물 옥상인데.

"그런 얼빠진 얼굴로 놀라면 혼나지 않을 것 같아?"

검정 후드 안쪽에서 애시가 놀리듯 유리에게 말했다. 어째서인지 양손은 망토 안에 숨기고 있다.

"미안해요. 깜빡했어요." 유리가 씁쓸한 목소리로 답했다. "여기로 통하는 통로를 열어준 책에 흠이 있다는 걸."

"흥. 그걸 알면서 사역을 하다니."

"이렇게 심할 줄은 몰랐단 말이에요. 미시마 군!"

"어, 나?"

"미카 책에 아직도 메모지를 끼워놨어?"

"응. 누가 보면 안 좋을 것 같아서."

우워어어어어엉. 더 가까워지면서 방금 전과 느낌이 달라졌다. 뱃속 깊은 곳을 찌르르 울리는 이것은 그냥 소리가 아니다. 울음소리다. 짐승이 포효하는 소리다.

"왜 꺼내지 않았어?"

짜증이 났는지 유리가 날카로운 목소리로 고타로를 나무랐다.

"그 바람에 흠에서 불결함이 번져나와서—"

포효 소리는 더욱더 가까워졌다. 쉭쉭 몰아쉬는 숨소리까지 들린다.

"틴달로스의 사냥개가 냄새를 맡았잖아."

애시가 옥상 한복판으로 나아가더니 단번에 검정 망토를 벗어서 높이 던져올렸다.

"이걸 덮어쓰고 웅크리고 있어!"

말하는 동시에 양손으로 검을 뽑았다. 그의 민첩한 동작과는 대조적으로 가라는 천천히, 느긋하다고 해도 좋을 만큼 여유롭게 등에 멘 낫을 잡고 자세를 취했다.

그리고 허공의 한 점을 쳐다보며 말했다.

"—온다."

망토를 벗어도 애시의 복장은 검정 일색이었고, 검술사라는 고타로의 추측은 반은 맞고 반은 틀렸다. 쌍검 날밑에 갈고리발톱이 달린 특이한 무기를 들고 있었다. 그리고 '재남'이라는 통칭에 어울리게, 은빛을 띤 멋진 백발이 어깨까지 흘러내렸다.

고타로가 본 것은 거기까지였다. 애시의 망토가 쓰즈키와 고타로를 머리 위부터 푹 감쌌기 때문이다.

"뭐야, 이거."

"아저씨, 움직이면 안 돼요."

"누가 아저씨냐."

"불평은 그만하고 지금은 제 말대로 해요."

틴달로스의 사냥개는 한 마리가 아니었다. 무리였다. 어느 방향에서 나타났든 수가 많다는 것만은 확실했다. 콧김과 발소리가 망토를 스치고 지나갔다. 방금 한 마리가 머리 위를 뛰어넘어 갔다. 아주 가까이서 으르렁거리는 소리가 울려퍼졌고, 코가 삐뚤어질 것처럼 역한 냄새가 사방에 진동했다. 쓰즈키가 고타로에게 달라붙었다.

"미, 미안하다만 오늘은 더이상 못 버티겠다."

"저도요. 그러니까 쥐죽은듯이 가만있죠."

뭐가 어떻게 되어가든지 간에, 진동과 소리만으로도 망토 바깥이 아비규환이라는 것은 알 수 있었다. 유리가 이용한 통로를 쫓아왔다는 사냥개 무리가 반격을 받고 있다. 게다가 이 녀석들, 베이고 얻어맞으며 목청이 터져라 비명을 내질러서 귀가 따갑고 냄새가 너무 심해 토할 것 같다.

유리의 목소리가 들렸다. 무슨 주문을 외우고 있다. 그러자 망토 바로 밖에서 사냥개가 날카로운 비명을 질렀다. 깽, 하는 울음소리는 고타로가 알고 있는 이 세계의 개와 똑같았다.

등에 사냥개의 앞발이 닿았다. 고타로는 집에서 개와 고양이를 기른 적이 있다. 말랑한 발바닥의 감촉도 잘 알고 있었다.

하지만 이 감촉은 난생처음 느껴보는 것이었고, 느끼지 않는 편이 나았다. 찰싹 들러붙어 파고드는 듯한 감촉. 다음 순간에는 분명 발톱이 파고들겠지—

붕, 소리와 함께 뭔가가 망토를 스쳤다. 또 사냥개의 비명소리가 들렸다. 가라? 아니면 애시? 아무튼 사냥개를 베어 넘겼다. 고타로는 몸을 움츠리고 눈을 감았다.

얼마나 그러고 있었을까.

"이제 됐어."

유리의 목소리가 들리고 검정 망토가 치워졌다. 고타로가 몸을 일으켰을 때 애시는 이미 망토를 두르고 후드도 쓴 뒤였다. 아무래도 고타로와 쓰즈키에게는 얼굴을 드러내고 싶지 않은 모양이다.

"우웩."

쓰즈키가 괴상한 소리를 내며 구역질을 했다. 고타로는 숨을 멈추고 꾹 참았다. 사냥개들의 모습은 사라졌지만 주변에 시큼한 냄새가 짙게 남아 있었다. 여기저기 풀풀 날리는 것은 사냥개의 털인가.

"정화할게. 조금만 참아."

유리는 옥상 한가운데 서서 양손을 가슴 앞에 모으고 고개를 숙이더니 맑은 목소리로 주문을 외우기 시작했다. 몇 번을 들어도 어느 나라 말인지 짐작이 가지 않았다. 익숙지 않음을 넘어서서 완전히 미지의 언어다.

"너희 세계에서는 태곳적에 멸망한 민족의 말이다."

가라가 고타로 옆으로 다가와 알려주었다.

"저 여자아이는 늑대의 주술사군. 어린데도 실력이 상당해."

"오……"

"늑대의 주술사들은 아무것도 모르는 보통 인간이 우연히라도 그 구절을 입에 담는 일이 없도록 이 세상에 더는 없는 언어로 주문을 만들지."

유리는 이따금 발의 위치와 몸 방향을 바꿔가며 주문을 외웠다. 동서남북인 줄 알았는데 하나 더 많다. 다섯 방향이다.

한 바퀴 돌아 원래 방향으로 돌아오자 양손을 얼굴 옆으로 들어올리고 기합을 넣듯이 짧게 소리쳤다. 그러자 차통빌딩 옥상에 흰빛이 선을 그렸다.

—오망성이다.

반딧불이처럼 연한 흰빛이 뿜어져나왔다.

빛은 점점 강해졌다. 유리는 오망성 중앙에서 오케스트라 지휘자처럼 양손을 치켜들었다. 유리의 손놀림에 반응하듯 흰빛은 점점 강해졌고, 선도 굵어졌다. 잠시 후 오망성이 떠오르더니 꽃잎이 다섯 개인 흰 꽃이 입체영상처럼 커다랗게 나타났다.

아름답다. 고타로는 넋을 잃고 바라보았다. 쓰즈키도 겨우 정신을 가누었는지 고타로의 어깨를 잡고 서서 그 신비로운 광경에 폭 빠졌다.

꽃의 환영은 다섯 꽃잎을 오므렸다 폈다 하면서 조용히 공중으로 올라가기 시작했다. 꽃잎이 움직일 때마다 청정한 '기운'이 흘러나왔다. 고타로는 그 기운을 분명히 느꼈다. 그 흐름이 눈에 보일 수도 있을 듯한 기분이었다.

괴물 같은 사냥개들이 남긴 역한 냄새도, 꺼림칙한 기척도, 흰 꽃의 환영에서 흘러나오는 기운에 씻기고 정화되어갔다.

흰 꽃이 밤하늘에 빨려들듯 사라질 때까지 고타로는 가만히 쳐다보았다. 목이 아플 만큼 고개를 뒤로 젖히고 바라보았다.

"—야단스럽기 짝이 없는 주술이군."

애시가 콧김을 내뿜고 말했다.

"시간과 공이 너무 많이 들어. 이게 무슨 구경거리라고."

"그런가?"

유리가 웃었다. 전투를 끝낸 직후라 머리가 약간 흐트러졌다.

"늑대에게는 별일 아니라도 보통 사람에게는 구경거리죠. 이왕이면 예쁜 편이 좋잖아요."

가라가 걸음을 옮겼다. 옥상 한 모퉁이 벽으로 다가가 몸을 살짝 구부리고 손을 뻗었다.

뭔가 꽂혀 있었다. 가라가 뽑아내자 콘크리트 조각 두세 개가 함께 굴러떨어졌다.

길이가 10센티미터쯤 되는 칠흑색 송곳이었다. 가라의 손등 보호대에 장착된 무기다. 고타로는 새삼 오싹했다. 콘크리트를 부술 만큼 위력이 강하구나. 나와 아저씨도 여기서 저걸로 위협당한 적이 있었다. 가라가 발사하지 않아서 정말로 다행이었다.

"수호전사도 표적을 놓칠 때가 다 있네."

유리가 약간 심술궂은 투로 말했다.

"아니. 사냥개를 꿰뚫고 저기 꽂힌 거야."

애시는 그렇게 말하고 훈계하듯이 유리의 관자놀이를 손가락으로 콕 찔렀다.

"넌 주의력이 부족해. 그리고 수호전사의 무기쯤 되니까 그 개들을 관통하고도 놈들의 불결함에 오염되지 않고 남은 거야. 무례한 소리 하지 마."

"알았어요. 죄송합니다."

유리는 혀를 살짝 내밀다가 고타로와 눈이 마주쳤다. 무심코 고타로가 미소짓자 유리도 웃었다. 약간 자랑스러워하는 듯 보였다.

가라가 칠흑색 송곳을 들고 유리에게 다가갔다. 고타로는 분위기가 험악해지려나 싶어 순간 숨을 삼켰지만, 가라는 송곳을 내밀며 말했다.

"꽃을 보여준 보답이다. 어디 도움될 때도 있겠지."

유리는 키가 큰 가라를 올려다보더니 자세를 바로 하고 고개를 꾸벅 숙인 후 두 손으로 송곳을 받았다.

"감사합니다."

그리고 송곳 끝을 입에 물고 두 손을 들어 흐트러진 머리를 풀어서 정돈하고 재빨리 다시 묶었다. 경단처럼 말아 틀어올리더니 가라에게 받은 칠흑색 송곳을 꽂아 마무리했다.

"어울려?" 하고 고타로에게 애교 있게 물었다. "어른스러워 보이지?"

"응."

애시가 또 들으라는 듯이 콧김을 내쉬자 "네, 네, 알았어요. 가요" 하고는 고타로를 흘끗 보았다.

더이상 설득할 말이 없는 모양이었다. 유리는 고개를 돌려 옆에 장벽처럼 우뚝 서 있는 가라를 다시 올려다보았다.

"미시마 군이 손떼고 싶다고 하면 부디 승낙해주세요."

가라는 고개를 끄덕였다. "그리 하마."

어쩌면 이건 화해일지도—

"늑대여, 물러가라."

역시 무리였다.

애시가 옥상 가장자리에 올라섰다. 유리도 따라 했다. 고개를 돌려 고타로에게 웃어 보이는 그녀는 모리사키 유리코로 돌아와 있었다. 고타로는 갑자기 가슴이 조여드는 느낌이 들었다.

이 아이는 짊어지고 있다. 과거를. 죄를. 상실을.

"부탁할게." 소녀가 말했다. "조심해."

두 늑대가 허공으로 몸을 날렸다. 쓰즈키가 당황한 표정으로 "잠깐, 무슨 짓이야"라고 소리치고는 알아듣지 못할 말을 중얼거리다가 입을 다물었다.

애시와 유리는 밤의 어둠 속으로 뛰어들어 사라졌다.

"꼬맹아, 제정신이냐?"

꽤 오랫동안 둘이서 말없이 늘어져 있다가, 드디어 쓰즈키가 입을 열었다.

"진심으로 연쇄절단마를 잡을 생각이야? 그게 가능할 것 같아?"

가라는 두 사람에게서 떨어져 다시 옥상 가장자리에 등을 돌리고 서 있었다. 저기서는 니시신주쿠의 고층빌딩들이 만들어내는 야경이 눈앞에 펼쳐지겠지만, 가라가 그것을 보고 있는지는 알 수 없다.

"다시로 게이코는 잡았잖아요."

"그건 아무 근거도 못 돼. 다시로 게이코는 피해자와 아주 가까운 관계였던데다 너와도 물리적인 거리가 가까웠어. 다른 사건에 그런 요행이 있을 리가."

"하지만 쓰즈키 씨가 전에 말씀하셨잖아요. 바로 여기서요."

추위에 덜덜 떨면서 커다란 새 같은 괴물이 나타나기를 기다렸을 때.

"도마코마이, 아키타, 미시마, 도쓰카. 각 사건의 범인은 피해자와 가까운 사람이라고요. 그런 의미에서는 야마시나 사장님과 다시로 게이코의 관계와 다를 바 없어요. 같은 방법으로 범인을 밝혀낼 수 있을 거예요."

"난 그 말만 하지는 않았는데. 잘 생각해봐. 각각의 피해자와 범인은 아는 사이였던 것으로 추정되지만, 범인이 혼자 연쇄살인을 저질렀다면 현장이 이렇게 뚝뚝 떨어져 있는 게 이상하다고도 했어. 이 사건은 기묘하고 앞뒤가 맞지 않아서 갈피를 잡을 수 없다고."

"제가 무슨 말을 했는지도 잘 생각해보세요. 인터넷을 이용하면 단 한 명이 여기저기 아는 사람을 만드는 것쯤은 전혀 어려운 일이 아니라고 했어요."

가라가 야경 쪽을 보고 서서 말했다. "몇천 명이나 있다."

고타로는 대꾸하지 않았지만, 쓰즈키는 "뭐가?" 하고 다소 무례하게 소리쳤다.

"그 사건들에 관련됐다고, 혹은 관련된 사람을 안다고 말하는 자들의 수다."

쓰즈키가 화난 기색으로 말했다. "그, 그걸 어떻게 알아?"

가라가 고타로를 가리켰다. "그를 통해서, 그가 임무를 수행하는 곳에 있는 거대한 말의 흐름을 읽었거든."

거창한 표현이지만 요컨대 고타로가 일하는 쿠마 얘기다. 맞다, 서버실 문 앞에서 느닷없이 가라가 말을 걸어서 깜짝 놀란 적이 있었다.

"내가 읽어내는 '말'과 '이야기'는 어디에나 있다. 너희에게 공기나 마찬가지지."

사방에 가득차 있어서 보지 않으려 해도 보인다.

"그 서버라는 것이 관리하는 세계는 마치 큰 강 같은 느낌이었지만."

"그래서 그 흐름을 읽었다는 건가."

"하지만 그것만으로는 도움이 안 돼요." 고타로는 쓰즈키에게 말했다. "수가 너무 많대요. 가라가 말한 '말의 큰 강'에는 연쇄 절단마뿐 아니라 무수하게 많은 죄의 목소리가 있대요."

가라는 옥상 가장자리에서 몸을 이쪽으로 빙글 돌리고 쓰즈키에게 말했다. "좀더 정확하게 말하자면 그저 수가 많아서만은 아니야. 거짓과 진실이 뒤섞여 있어서 나도 '말'만으로는 분간이 가지 않는다."

"허어…… 그렇단 말이지."

쓰즈키는 갑자기 피로를 느낀 듯 한 손으로 목덜미를 천천히 주물렀다.

"결국 발로 뛰어서 단서를 찾는 수밖에 없을 것 같아요."

"그러니 나더러 도와달라고?"

"안 될까요?"

쓰즈키는 대답하지 않고 목덜미를 더 세게 주물렀다.

"대신 작은 실마리라도 잡으면 가라의 힘으로—가라가 준 제 왼눈으로 반드시 범인을 찾아낼 수 있어요."

백발백중이다. 엉뚱한 사람을 체포할 걱정은 없다.

"나는—"

쓰즈키가 손을 내리고 한숨을 쉬더니 가라를 흘긋 보았다.

"당신이 좀더 굉장한 능력을 발휘하지 않을까 기대했었어. 뭐랄까, 천리안 같은 능력을."

가라는 미동 없이 입을 다물고 있었다. 오른쪽 어깨 위로 튀어나온 낫의 칼날이 뿜어내는 빛도 지금은 둔탁하게 흐려졌다.

"쓰즈키 씨, 무슨 말씀을 하시는 거예요?"

"하지만 말의 진위를 구별할 수 없다니 우리 인간보다 못하잖아. 말해두는데, 나는 취조실에서 피의자에게 속아넘어간 적이 한 번도 없다고."

"그런 수준의 이야기가 아니라니까요."

"아니긴 뭐가 아니야."

가라가 옥상 가장자리에서 내려왔다. 마음만 먹으면 고양이처럼 소리 없이 움직일 수 있다.

"자, 잠깐만. 잠깐 기다려."

고타로가 둘 사이에 끼어들었다.

"저기, 가라. 이렇게 하자. 쓰즈키 씨한테도 나랑 똑같은 힘을 주는 거야. 왼눈의 힘. 오른눈이라도 상관없고. 그러면 복잡하게 설명하지 않아도 이해할 거야."

가라는 막아서는 고타로를 아랑곳없이 쓰즈키에게 성큼성큼 다가갔다. 오늘밤은 동료끼리 다투는 데도 지쳤다. 동료? 그 표현은 적절하지 않을지 모르지만, 아무튼 싸움도 말다툼도 하기 싫다—
“이봐, 가라. 잠깐만.”
가라는 만류하려고 손을 펼친 고타로를 뚫고 지나갔다.
존재하지만 현실에는 없다.
심장이 쿵쿵 뛰는 고타로와 달리 쓰즈키는 전혀 동요하지 않았다. 가라는 그를 내려다보고 조금 친근한 투로 말했다.
“죄를 낚아올리는 늙은이여. 네가 하고 싶은 말은 잘 알겠다. 하지만 그것은 우리의 능력 차이 문제가 아니야. 가치관의 차이로 일어나는 문제지.”
“그게 무슨 소리야?”
“너희 인간은 꺼내놓은 말을 그 내용에 따라 거짓과 진실로 나눈다. 하지만 시원의 대종루에 있는 우리에게는 일단 내뱉어져 존재하는 모든 말이 진실이다.”
“하지만 아까는 인터넷에 거짓과 진실이 뒤섞여 있댔잖나.”
“그건 어디까지나 너희 눈으로 보았을 때의 얘기다. 내게는 전부 진실이니 분간이 되지 않아.”
조금 혼란스러웠다.
“당신들에게는 모든 말이 진실이라고?” 쓰즈키가 물었다.
“그렇다.”
“내용에 관계없이? 아무리 엉터리라도?”

“꺼내놓아 존재하는 이상은.”

“무슨 말인지는 알겠지만……” 쓰즈키는 고개를 갸웃했다. “찜찜하군.”

가라가 미소지었다. “그렇지. 무서운 일이고, 몹시 두려워해야 할 일이기도 하다.”

고타로는 이해가 잘되지 않았다. 다만 메밀 코스 요릿집에서 들었던 야마시나 사장의 말이 갑자기 머릿속에 되살아났다.

“사장님이 그랬어. 말은 축적된다고.”

—인터넷에 올린 말은 그게 얼마나 사소한 한마디든 간에, 올리는 순간 그 사람의 내부에도 남아.

—고이고 쌓인 말의 무게는 언젠간 그 말을 쓴 사람을 변화시켜.

“그렇군. 그것은 말을 올바르게 이해하는 방법 중 하나다.” 가라가 말했다.

야마시나 아유코는 말이라는 정령이 태어나는 곳에서 온 존재마저 인정하는 사고방식을 갖고 있었다.

“다시로 게이코의 갈망을 베어냈을 때.”

가라는 말하다 말고 고타로의 얼굴을 보았다.

“너는 내 본래 모습을 보았다. 괴물이라고 생각했겠지.”

“어, 그건, 그러니까.”

"괜찮다. 내 눈에는 너희가 괴상해 보이니까. 게다가 너희 사회에는 너희 내면에서 태어난 괴물이 넘쳐나. 나보다 더한 괴물이지."

말의 괴물이라고 한다.

"악의, 욕망, 질투의 말이 축적되어 괴물로 변했다. 무수히 많지. 없는 데가 없어."

실체는 없지만 존재한다. 유령처럼, 원령처럼.

"내 왼눈으로 볼 수 있어?"

"이제 제법 익숙해졌을 테니까. 하지만 웬만하면 보지 마라."

"어째서?"

"아무도 믿지 못하게 될 거다."

쓰즈키가 갑자기 손뼉을 짝 쳤다. "결정했다, 꼬맹아."

체념한 듯 보이기도 하고 각오한 듯 보이기도 하는 표정으로 일어서면서 말했다.

"시작하자."

6

쓰즈키는 일단 컴퓨터 앞에 앉았다. 목적을 가지고 인터넷에서 열심히 정보를 수집하는 것은 모든 상황의 계기인 움직이는 가고일 소동을 조사했을 때 이후로 처음이었다.

도시코도 물었다. "기운이 완전히 돌아온 것 같은데, 이번에는 뭘 하려고요?"

"잠깐 여행을 다녀와야 할 것 같아."

하마터면 '출장'이라고 말할 뻔했다.

오랜 세월 살을 맞대고 살아온 반려자인 만큼 척하면 착이다.

"컴퓨터만 노려봐서는 알 수 없는 일을 조사하러 가려고요?"

응, 하고 대답한 뒤 쓰즈키는 어쩐지 겸연쩍어 도시코의 얼굴을 보았다.

"대단한 볼일은 아니야."

"어머나, 그래요?"

앞치마를 걸친 도시코는 누에콩이 담긴 소쿠리를 들고 있었다. 벌써 누에콩이 나올 철인가.

"또 입원하면 안 되니까 무리하지 말고요."

도시코가 부엌으로 들어가자 포렴에 가려 더이상 모습이 보이지 않았다. 목소리만 들려왔다.

"당신한테 딴 여자가 있다고는 꿈에도 생각해본 적 없지만."

느닷없이 뭐야.

"그런 건 아니죠?"

"그런 거 아니야."

"사건이에요?"

"그런…… 셈이지."

"여보, 이제 형사가 아니잖아요."

"한번 형사는 죽을 때까지 형사야."

기운이 돌아왔다라. 그래, 도시코. 난 빼앗긴 갈망을 돌려받고 원래대로 돌아왔어.

놀랍게도 도시코는 웃었다. 비아냥거리는 게 아니라 유쾌한 웃음이었다.

"그래서 어디로 가려고요?"

"도마코마이."

첫번째 사건. 이런 조사는 원점에서 시작하는 것이 정석이다.

작년 6월 1일 발견된 첫번째 피해자, 살해당한 후 왼발 엄지발가락을 잘리고 불법 투기물 냉장고에 유기된 나카노메 시로는 도마코마이에서 선술집을 운영했다. 마흔한 살이었으니 처자식이 있을 가능성도 높다.

그가 살던 곳과 주위 인간관계. 그것이 출발점이다. 도마코마이시, JR역과 가까운 잡거빌딩에 있었던 선술집 '나카짱'. 쓰즈키는 인터넷에서 정보를 모으는 김에 비행기와 비즈니스호텔도 예약하고, 도시코에게 여행가방을 꺼내달라고 했다.

매일이 일요일인 전직 형사와 달리 대학생은 시간이 없다. 네번째 피해자, 가와사키 시내에 살았던 약사 고미야 사에코의 주변 상황을 조사하기 위해 고타로는 일단 수업과 아르바이트 일정부터 조정해야 했다.

—시간과 비용을 따져보았을 때 네가 조사할 수 있는 건 도쓰카에서 발견된 네번째 피해자뿐이야. 나머지는 내게 맡겨.

고타로는 이의를 제기했지만 쓰즈키는 혼자 그렇게 결정을 내렸다. 아쉽지만 사실 아저씨 말이 옳았다.

수업은 최대한 빼먹으면 그만이지만 쿠마 근무시간은 조정하기 쉽지 않다. 사장 살해사건의 여파가 잦아들자마자 믿음직한 신입 마코가 BB섬으로 차출되는 바람에 예전 체제로 돌아간 것이 큰 타격이었다.

그래도 가나메는 융통성을 많이 발휘해주었다.

"학교 일이라니 어쩔 수 없네. 학생의 본분을 지켜야 하니까."

그런 배려에 고타로는 양심이 찔렸다. 쿠마에서 보내는 시간을 줄이고 싶다—한 달 전이었다면 꿈도 꾸지 않았을 바람을 품은 이유가 하나 더 있었기 때문이다.

사무실에서 가만히 모니터 앞에 앉아 있으면 그만 고개를 들어 '왼눈'을 써버릴 것 같았다. 마키 세이고의 자리는 고개만 들면 바로 보이는 곳이니까.

보지 말라고 가라가 충고했다.

—아무도 믿지 못하게 될 거다.

그럴지도 모르지만 마키는 괜찮다, 가라가 늘 옳다는 보장은 없다고 고타로는 스스로를 타일렀다. 그렇기 때문에 보지 않는 것이다. 자신이 옳다는 걸 굳이 확인할 필요는 없다. 그래도 마음이 흔들린다면 한동안 물리적으로 쿠마와 거리를 두자. 이성으로, 머리로 그렇게 생각했다. 하지만 마음은 쓰즈키 아저씨의 말을 쩌렁쩌렁하게 재생했다.

—다시로 게이코는 정말로 마키 세이고와 사귀는 사이였는지도 몰라.

마키는 그 사실을 숨기고 있었는지도 모른다.

고타로의 마음속에 싹튼 의혹을 뒷받침하듯이 경찰은 지금도 수시로 마키에게 연락하고 찾아오기도 한다. 수사본부가 설치된 경찰서로 마키가 불려갈 때도 있는 모양이다.

현실 세계에서 다시로 게이코는 실종상태이므로 수사는 계속 진행중이다. 다른 요소를 제외하고 '대학교 때 친했던 친구들 중 한 명이 살해당하고 한 명은 직후에 실종'됐다는 상황만 본다면, 수사기관이 남은 친구 한 명에게 주목하는 것은 당연한 일이다. 마키뿐 아니라 고타로가 경야에서 보았던 사람들도 그 대상이리라.

하지만 정말로 그뿐일까. 마키는 좀더 특별히 취급하지 않을까. 야마시나 아유코와 다시로 게이코, 두 여자와 각별히 친밀한 관계였으니 형사가 그렇게 자주 찾아오는 것 아닐까?

그런 생각을 하는 스스로를 용서할 수 없었다.

결국 약물섬의 마에다 팀장이 다른 섬에 지원을 요청하는 등 여러모로 애써준 덕분에 다음날인 7월 1일부터 열흘간 휴가를 얻을 수 있었다.

"방학이 시작되면 인터넷상 움직임도 활발해져. 그러니 그전까지는 복귀해줘."

"네, 꼭 그럴게요."

"마키 씨한테 죄송하다는 말씀 한번 드리고."

지금 제일 하고 싶지 않은 일이었지만, 고타로는 마키의 자리로 가서 사정을 설명했다. 마키는 모니터에 약물섬 근무시간표를 띄우더니 미간을 모으고 바라보았다.

"학회에 참가하려고요…… 지금이 아니면 힘들어서."

고타로가 괜히 켕겨서 쓸데없는 핑계를 댈 만큼 미심쩍어하는 표정이었다.

그러고는 짤막하게 말했다. "응, 알았어."

그게 다인가. 나무라지도 않고. 어떤 학회냐고, 어떻게 된 일이냐고 묻지도 않고.

혹시 마키 씨도 내가 좀 껄끄러웠던 걸까? 마키 씨와 사장님의 학창 시절을 전혀 모르는 내가 느닷없이 다시로 게이코 얘기를 꺼내서?

안 된다. 그만하자. 이런 걸 두고 의심암귀라고 하는 거다.

도망치듯이 서둘러 계단으로 가다가 마코와 마주쳤다. 한쪽 어깨에 빵빵한 크로스백을 메고 있었다.

"오늘 업무 끝났어?"

"네. 고 씨도?"

"응. 역까지 같이 가자."

마코는 안색이 시원치 않고 기운도 없었다.

"BB섬은 역시 힘든가보네."

"날에 따라서……는요."

"올라오는 게시글의 양과 질에 기복이 있는 건가."

"아니요, 그건 늘 똑같아요."

날마다 노도처럼 밀려온다고 마코는 말했다.

"그러니까 순전히 제 기분 문제죠. 가끔 그 파도를 받아내기 버겁다고 할까."

과연. 오늘도 그런 날인 모양이다.

"나, 사정이 생겨서 내일부터 열흘간 쉬어. 가나메 혼자 두려니 미안하네. 마코, 만약 우리 섬으로 돌아오고 싶다면 지금이 기회야. 곱절로 환영받을걸."

"음. 생각해볼게요."

역까지 나란히 걸어가면서도 마코는 말이 별로 없었다. 원래는 안 좋은 일이 있을 때 더 밝게 행동해서 우울함을 날리는 타입인데.

―많이 지쳤나보다.

동성인데도 '정말 좋은 애'라고 칭찬해주고 싶을 만큼 솔직하고 긍정적이고 다정한 남자. 그림으로 그린 듯 호감 가는 청년이다.

마코라면 곱절로 괜찮을 거다.

가라가 늘 옳다고는 할 수 없다. 고타로는 머릿속으로 몇 번이고 되풀이했다. 늘 옳다고는 할 수 없다. 할 수 없다. 할 수 없다.

마코로 그걸 증명하자. 오차노미즈역까지 가려면 앞으로 교차로를 세 번 더 건너야 한다. 시간은 충분하다.

고타로는 걸음을 늦추어 마코보다 한 발짝 뒤처졌다. 기운 넘치던 평소 모습과 달리 고개를 약간 숙이고 밑창 닳은 운동화를 끌며 걸어가는 마코의 뒤쪽에 섰다.

오른눈을 감고 왼눈을 크게 떴다.

주위가 새카매졌다.

캄캄한 것이 아니다. 시야가 까맣게 칠해졌다. 고타로는 놀라서 멈춰 섰다. 두 걸음, 세 걸음, 마코가 멀어져갔다. 그러자 뒤쪽에서 희미한 빛이 비쳤다. 오늘은 아침부터 날씨가 흐리고, 몸이 끈적거릴 만큼 습도도 높다. 6월의 마지막날 태양은 구름과 습기의 장벽 너머에서 나른하게 빛나고 있었다. 그 빛이다.

고타로는 눈길을 들었다.

눈앞에 거인이 있었다.

덩어리진 시커먼 그을음. 아니, 꿈틀거리니까 그을음은 아니다. 투명 비닐로 된 거대한 사람 모양 풍선에 시커먼 연기를 불어넣어 한껏 부풀렸다. 그런 말로밖에 비유할 수 없다.

거인은 고타로 바로 앞을 걸어갔다. 마코와 똑같은 걸음걸이로. 왜냐하면 그것은 마코의 '그림자'니까.

고타로의 왼눈에 보인 것은 미야마 마코토라는 인간에게 축적된 '말'이다. 마코의 '이야기'다.

그것은 마코의 발치에 웅크리고 있지 않았다. 시신 자루처럼 무력하지 않았다. 일어나 걷고 있다. 마코보다 몇 배나 큰 거인이 그를 뒤덮을 듯이 머리 위로 몸을 살짝 구부리고 걸어갔다. 마코가 거인의 보호를 받는 것처럼 보이기도 하고, 거인이 마코를 몰아내는 것처럼 보이기도 한다. 마코가 지친 듯이 고개를 푹 숙이고 있어서 더 그렇게 느껴졌다.

거인이 한 걸음 옮길 때마다 고타로는 땅이 진동하는 것을 느꼈다. 그 정도로 그 새까만 거인은 중량감이 있었다.

바라보는 고타로의 시선이 느껴졌는지 거인이 걸음을 멈추지 않고 고개만 돌렸다.

거인의 얼굴은 밋밋했다. 눈도 코도 입도 없었다. 그런데도 고타로는 눈이 마주친 기분이 들었다. 서로를 인식한 느낌이었다.

거인을 이루는 시커먼 연기 같은 것이 소용돌이쳤다. 끊임없이 움직였다. 붕붕거리는 저음이 들렸다.

그리고 알았다. 연기가 아니다. 시커먼 벌레 무리다. 파리나 벌이나 등에. 혹은 고타로가 전혀 모르는, 밀림이나 사막에 서식하는 위험하고 징그러운 독충. 그것이 거인 형태로 무리지어 날아다니고 있다.

시큼한 것이 목구멍으로 올라왔다.

"고 씨?"

마코가 멈춰 서서 고타로를 돌아보았다. "왜 그러세요?"

그와 동시에 거인은 천천히 고개를 원래대로 돌려 고타로에게서 시선을 거두었다.

"아, 아무것도 아니야."

서둘러 마코를 따라갔다. 하지만 아무래도 곁에 나란히 설 수는 없었다. 거인이 있으니까. 가라와 마찬가지로 거인에게도 실체가 없다. 고타로가 만져도 그냥 쑥 통과할 것이다. 하지만 가까이 가고 싶지 않았다. 무릎이 후들거렸다.

—그래서 보지 말라고 한 거다.

가라의 목소리가 짧은 은빛 실 모양으로 왼눈 안쪽을 스치고는 바로 사라졌다.

집에 도착하자 방에 틀어박혀 내일부터 시작할 조사에 대비해 인터넷으로 최대한 많은 정보를 모았다. 노트북에만 저장해두면 불편하니 메모지에 정리하기도 했다.

이제 와서 놀랄 일은 아니지만 고미야 사에코의 최근 사진도 구할 수 있었다. 조사에 도움이 되겠지만 기분은 썩 좋지 않았다.

연쇄절단마의 피해자—매스컴과 인터넷에서는 야마시나 아유코까지 포함해 다섯 명으로 파악하는 피해자의 개인정보가 인터넷에 빠짐없이 나와 있었다. 직업, 성장환경, 인품, 가게를 운영하는 사람은 가게의 평판까지. 아직 신원이 밝혀지지 않은 아키타의 여성 피해자에 대해서도 시신 발견 당시의 상황과 지금까지 가족이나 친지 같다며 조회를 요구한 사람들의 정보가 띄엄띄엄 올라와 있었다. 그중에는 이 년 전 소식이 끊긴 이모가 피해자인가 하고 멀리 기타큐슈에서 찾아왔다가 결국 허탕 친 경위를 상세하게 기록한 여자의 블로그도 있었다. 담당 형사의 이름, 냉동 보존된 시신이 어떤 상태였는지까지 적혀 있었다.

어떤 사건이나 현상이 일어나면 전체 내용은 모르지만 몇몇 부분은 구체적으로 알고 있는 '관계자'가 생겨나는 법이다. 그 사람들이 조금씩 인터넷에 글을 쓰면, 혹은 그들에게 이야기를 들은 사람(기자든, 리포터든, 동네 학생이든)이 글을 올리면, 결국 그것들이 하나로 정리되어 정보가 만들어진다. 그런 자잘한 글을 모아서 정리하는 네티즌도 있다.

—너희 사회에는 괴물이 넘쳐나. 나보다 더한 괴물이지.

모두가 악의를 품고 행동하는 것은 아니다. 오히려 선의나 일종의 성의라고 해도 될 만한 감정이 촉발한 행동이다. 누설이 아니다. 공개다. 시장자본주의를 토대로 한 자유세계에는 비밀스러운 정보가 있어서는 안 된다. 시민은 모든 것을 알 권리가 있으며, 지식은 공표되어야 한다. 의무가 아니다. 이 또한 권리다.

하지만 그 결과 괴물이 정보의 고속도로를 활보하게 됐다.

이형의 괴물이라고 꼭 악의를 품었다는 보장은 없다. 고타로 생각에는 그렇다. 겉모습이 괴물일지라도 그것은 요지경 같은 세상일을 반영한 것일 뿐, 괴물의 존재 그 자체는 선과 악 어느 쪽에도 물들지 않고 중립인 경우가 많을 것이다.

그러나 개중에는 진짜 악의의 덩어리도 있다. 그것을 어떻게 분간하면 될까?

자신은 선악을 판단하지 않는다고 가라가 말했다. 판단하지 않는 가라는 고타로 입장에서도 선인지 악인지 판단되지 않는 존재다. 분간되지 않는다는 점에서는 정보의 괴물과 똑같다.

둘 다 '말' 그 자체니까.

딴 데 정신이 팔린 탓인지 오랜만에 (그리고 몹시 드물게) 네 식구가 식탁에 모였는데도 고타로는 무슨 말에든 건성으로 대꾸했다. 아침에 인사만 나누고 벌써 몇 달째 엇갈려 생활해온 아버지는 어느새 회사 부서를 이동한데다가 승진한 모양이라 어머니의 기분이 좋았다.

가즈미는 고타로에게 늘 퉁명스럽게 굴지만 부모님과 함께 있으면 상냥하게 대한다. 사춘기 여자애의 전략이리라.

식사를 마치고 오 분 후에 저녁으로 뭘 먹었느냐고 누가 물어봐도 기억이 안 나서 대답 못할 상태였으므로 미카가 잘 지내는지 물어보는 것을 깜빡했다. 다시로 게이코를 사냥한 밤 차통빌딩에서 돌아왔을 때 미카네 집 앞에서 수상한 남자를 보았다고 말하는 것도.

다만 가즈미의 얼굴을 보자 중요한 일이 하나 생각났다.

방에 돌아오자 백팩에서 『태양의 세계』를 꺼내 예의 찜찜한 메모를 찾아냈다.

찢어서 버리려다가 그만두었다. 모리사키 유리코의 예상이 빗나가 미카에게 더이상 아무 일도 없길 바란다. 하지만 만에 하나 무슨 일이 일어나면 이 메모가 도움이 될지도 모른다.

아직 할일이 좀 남았다. 고타로는 노트북을 켜서 모니터를 노려보았다.

마코에게 붙은 거인.

안 보는 게 나을 뻔했다. 그러니 파고들지 말자. 그후로 작업하면서도 계속 망설였다.

역시 안 되겠다. 메일 쓰기 창을 띄웠다. 정보를 공개하는 것은 시민의 의무다. 정보를 얻는 것은 시민의 권리다.

가나메는 지금 어디 있을까.

'나 고타로야. 고생 많겠네.'

제목을 적은 후 손을 멈추고 생각했다.

'갑자기 휴가 내서 정말 미안해. 이 은혜는 잊지 않을게. 다음에 맛있는 거 먹자.'

가나메, 미안.

'오늘 퇴근하고 마코랑 역까지 함께 갔거든. 엄청 기운 없어 보여서 걱정되더라. 마코의 그런 얼굴 처음 봤어. BB섬에서 무슨 문제가 생겼다는 이야기 같은 거 못 들었어? 정말로 무슨 일이 있어도 걱정 끼치기 싫다고 말 안 할 것 같아서 가나메한테 물어보는 거야. 뭐 알고 있으면 알려줘.'

메일을 보낸 후 도망치듯이 창을 닫고 정보 수집과 정리 작업을 계속했다. 아래층에서 어서 씻으라는 목소리가 들려 냉큼 알겠다고 대답했다.

씻고 나왔는데도 가나메의 답장은 와 있지 않았다.

7

가와사키 시내에서 고미야 사에코가 일하던 약국 이름은 '사쿠라 약국'이었다.

주택지와 상업지구가 뒤섞인 거리의 메디컬 포트, 즉 여러 개인병원이 공동으로 입주한 대형빌딩 근처에 약국이 점점이 흩어져 있다. 사쿠라 약국도 그중 하나다. 낡은 잡거빌딩 1층인데, 출입구의 휠체어용 슬로프만 나중에 설치했는지 새것 같았다.

"예전에 이 동네에 살면서 이 약국을 자주 이용했던 사람입니다. 근처에 온 김에 돌아가신 고미야 씨에게 조의를 표하고 싶어서 들렀습니다."

요즘 젊은이치고는 아주 격식 차린 인사다. 흰색 가운 가슴주머니에 명찰을 단 남자 약사가 고타로에게 정중히 고개를 숙였다.

"시간 내어 찾아주셔서 감사합니다."

정수리에 머리숱이 별로 없었다.

"환자분이 위문하러 많이 오셨어요. 고미야 씨는 결혼 전부터 저희 약국에서 일했고 손님들과도 친하게 지냈거든요."

그런 정보도 인터넷에 있었다. 고미야 씨를 안다, 지병으로 먹는 약을 사러 몇 년째 다닌다, 작년에 독감에 걸렸을 때 타미플루와 해열제를 내준 사람이 고미야 씨였다, 늘 문까지 배웅해주는 다정한 사람이었다, 등등.

"빨리 범인이 잡히면 좋겠네요."

"정말로요. 저희도 기도하는 마음으로 하루하루를 보내고 있습니다."

고타로는 왼눈으로 지금까지 보지 못했던 것을 보았다. 사악함은 아니고, 고양된 감정의 잔재도 아니었다. 불안의 응어리. 희미한 걱정의 그림자. 그리고 가늘지만 선명한 공포의 실과 슬픔의 조각.

병원과 약국은 건강을 잃은, 혹은 건강을 잃었을까 염려하는 사람들이 찾아오는 곳이다. 다른 곳과는 보이는 것이 다르다. 여기서 주고받고 여기 남는 '말'에는 가시가 없다. 고타로의 왼눈에 깃든 어둠에 꽂히지 않고, 날뛰지도 않는다.

희미한 슬픔의 냄새가 났다. '말'에서 냄새를 느끼기는 처음이었다.

범인의 흔적도 없었다. 살인사건에 어울리는 '말'은 보이지 않았다. 다시로 게이코가 끌고 다니던 그림자 같은 것은 어디에도 없었다. 여기 드나드는 사람들이 사건에 대해 나누었을 엄청난 양의 대화에 불안, 슬픔, 안타까움 외의 감정은 존재하지 않았다. 그리고 그 대부분은 사건 전부터 남아 있던 '말'의 흔적에 섞이거나 시간과 함께 희미해져 사라질 만큼 농도가 옅었다.

고미야 사에코를 살해한 범인은 이곳 관계자가 아니다. 범인이 여기 온 적이 있었다고 해도 당시 '말'의 흔적은 이제 추적이 불가능하다.

"고미야 씨 가족은 지금도 그 집에 사시나요?"

"아니요, 역시 남편분 혼자서 쇼를 돌보기는 여러모로 힘드니까요. 할아버지 할머니가 있는 본가로 돌아가셨습니다."

남편의 부모님 집이라는 의미이리라. 아이는 세 살 남자아이. 이름은 쇼. 한창 귀여울 때다.

"저기, 이거."

고타로는 가져온 작은 꽃다발을 내밀었다. "괜찮다면 고미야 씨가 쓰던 책상에 올려놔주시겠습니까?"

"네, 그렇게 할게요. 감사합니다."

약국을 나서자 고타로는 고미야 사에코의 통근 경로를 짚어보기로 했다. 큰길로 나가니 고미야 사에코가 이용하던 시영버

스가 몇 대 지나갔지만 타지 않고 걸어서 갔다.

입주자용 어린이집을 갖춘 대규모 맨션은 그 자체가 하나의 동네 같았다. 오백 세대—더 되려나.

무수한 먼지처럼 떠다니는 '말'들이 바람을 맞은 것처럼 흩어졌다가 다시 모이고, 흐름을 이루었다가 금세 사라졌다. 이 또한 방대하다. 이렇게 커다란 집합체를 '보는' 것도 처음이었다. 말이 너무 많아서 뭘 어떻게 할 수 없었다.

고타로의 왼눈에 깃든 어둠에는 위험도, 사악함도, 조의도 비치지 않았다. 전부 희미하게 흐려졌다.

개방형 맨션이라 관리동이 따로 있고 오토록도 없다. 고미야네 집은 서쪽 3층 303호다. 바깥 복도를 걸어 303호 문 앞까지 갔다. 문패는 떼어냈고 신문함에는 아무것도 들어 있지 않았다. 누군가 우유병에 꽂아 문 앞에 놓아둔 소국 꽃다발이 시들어가고 있었다.

흔적은 없었다. 남은 가족은 꽤 오래전에 집을 비운 모양이다. 사쿠라 약국에서 꽃다발을 건네지 말고 여기 꽂을 걸 그랬나 생각하며 계단을 내려왔다.

어린이집은 맨션 1층 북동쪽 모서리에 있었다. 큼지막한 유리창 안쪽에 펠트지나 색종이를 잘라 '새싹 어린이집'이라는 글자를 붙여놓았다. 문과 창틀은 파스텔톤이었다.

요즘 어린이를 맡는 시설은 어디나 보안이 철저하다. 고타로보다 나이가 훨씬 적거나 많지 않은 한 가족인 척 들어가보기 힘들다.

하지만 지나치는 사람이 내부를 들여다보지 못하도록 만들어둔 화단 뒤편의 문에 다가가는 것만으로 충분했다.

둘레를 밝은 녹색으로 칠하고, 깨졌을 때 조각이 흩어지지 않도록 격자 모양 와이어를 넣은 유리문. 그 바로 안쪽에 '말'이 엉겨 있었다.

사념의 잔재. 여기에도 양은 적지만 먼지 같은 것이 떠다녔고, 그 속에는 색깔 없이 그저 어렴풋이 빛나는 파편과 토막실이 가득했다. 분명 아이들의 것이다. 아직 '말'에 익숙하지 못하다. 색깔에 물들지 않았다.

그리고 고타로가 무심코 숨을 멈출 만큼 기괴하고 거무튀튀한 말의 덩어리가 그런 말들을 밀어내고 더러운 진흙처럼 문에 찰싹 들러붙어 있었다. 시신 자루가 찢어지는 바람에, 썩어 문드러진 끈끈한 액체가 사방에 튄 것처럼.

꿈틀거렸다. 더러운 진흙 속 구더기들이 유리 위를 기어다녔다. 당장이라도 양동이와 걸레, 소독약을 가져와서 깨끗이 닦아내고 싶었다.

—아무한테도 보이지 않아서 다행이야.

마음속으로 중얼거리자 '아무한테도'에 포함되지 않는 목소리가 대답했다.

—저것은 불결함이다.

가라도 보고 있었다.

—범인이 남긴 걸까?

—글쎄.

고미야 사에코가 살해당한 사건과 전혀 관계없을지도 모른다. 다른 트러블. 부모 간의 싸움이라든가 직원들의 마찰일 수도 있다.

아니다, 그 정도와는 비교도 되지 않을 만큼 더럽게 응어리진 '말'이다. 이 응어리의 색깔을, 징그럽게 꿈틀거리는 구더기들을 눈에 담아놓자.

다음으로 갈 곳은 시신 발견 현장, 도쓰카구 도롯가의 주유소다.

"괘, 괜찮아?"

뒤에서 몹시 당황한 목소리가 들렸다. 고타로는 대답할 여유가 없었다.

시신이 발견된 주유소는 수명이 다해가는 건물에 설비도 빛바래고 허름했다. 죄다 낡았다. 구석에 설치된 이동식 간이화장실만 예외였다.

고타로는 간이화장실 문을 활짝 열고, 변기에 고개를 처박을 듯이 몸을 잔뜩 구부려 토했다. 괜찮으냐고 묻는 사람은 주유소의 남자 직원이다.

고미야 사에코의 시신이 처박혀 있던 화장실은 사용이 중지됐다. 가나가와 현경이 붙인 노란색 테이프도 그대로 남아 있었다.

"영 찜찜하고 손님들도 무서워하니 사장님이 범인이 잡힐 때까지는 그냥 두자시더라고. 그래서 간이화장실을 설치해서—"

갈색 머리에 귀고리, 전형적인 날라리 타입이지만 태도는 친절한 종업원이 거기까지 말했을 때, 고타로는 더이상 구역질을 참지 못하고 이 간이화장실로 뛰어들었다.

잘못 보았을 리 없다. 똑똑히 남아 있었다. 왼눈에 그 광경이 새겨진 기분이었다.

새싹 어린이집에 갔을 때와 똑같았다. 더러운 진흙 같은 시커먼 점액과 그 속에서 꿈틀거리는 구더기들. 그것이 이번에는 똑바로 서 있었다. 사람 모양을 하고.

여기에 시체를 버리러 온 범인의 자취. 그 생각의, '말'의 찌꺼기다.

지문이나 발자국처럼 이것 역시 흔적에 지나지 않는다. 그런데도 구더기들이 꿈틀거리자 우인 자체가 미세하게 움직이는 것처럼 보였다.

마코에게 붙은 거인처럼 이 더러운 진흙 덩어리도 얼굴이 밋밋했다. 어느 쪽을 보는지 알 수 없다. 그래서 그나마 다행이었다. 만약 이런 것과 '눈이 마주친다면' 고타로는 제정신을 유지할 자신이 없었다.

여기 남아 있는 것은 엄청난 악의다. 그저 시커멓다. 소리는 들리지 않는다. 목소리도 없다. 그렇게까지 두서 있게 정리되어 있지 않다. 그 점은 어린이집에서 본 진흙 덩어리와 똑같지만, 여기서는 화장실 하면 으레 떠오르는 불결한 냄새와 성적인 냄새도 강하게 풍겼다.

—그 더러운 진흙 덩어리가 '남자'이기 때문이다.

우인의 사타구니에 늘어진 것을 보아서 안다. 떠올리니 또 구역질이 치솟아 진저리치며 토했다. 아침에 먹은 것을 전부 게우고도 모자라 위액까지 올라왔다.

"구급차 불러줄까?"

종업원이 머뭇머뭇 등을 문질러주었다. 이제 괜찮다고 탁한 목소리로 대답했다.

"혹시, 유령 같은 거 잘 보는 편이야?"

그런 사람이 가끔 있다고 직원이 말했다.

"어떤 여자는 여기 오자마자 울음을 터뜨렸어. 밧줄로 목을 맨 알몸뚱이 여자가 핏기 없는 얼굴로 그 화장실에 서 있다나."

고타로는 변기 물을 내리고 몸을 일으켰다.

"저는 그런 건 아니에요."

"아, 그래."

"살해당한 고미야 씨와 아는 사이거든요…… 여기서 한번 명복을 빌어주고 싶어서."

"그렇구나. 이거, 내가 실례했군."

주유소 사무실로 가니 직원이 물수건을 주었다.

"죄송합니다. 손님도 아닌데."

"괜찮아, 신경쓸 것 없어. 그 사건 후로 손님이 거의 없거든."

"구경꾼만 찾아오나요?"

"처음 한동안은 엄청났었대. 최근에는 형씨 같은 사람들, 고미야 씨 지인이나 동네 사람들이 꽃을 들고 오지. 기자나 방송국 사람들도 가끔 찾아오고."

헌화대도 마련해두었다고 한다.

"사장님이 이런 걸 계속 남겨두는 것도 좀 그렇다고 해서 지난 주말에 치웠지만."

뭐, 고인은 이제 가실 곳으로 갔을 테니까. 직원은 경박한 겉모습과는 어울리지 않지만 낡은 주유소 풍경과는 어울리는 말을 했다.

"예전부터 여기서 일하셨어요?"

"나? 아니, 아니야. 난 지난달부터. 사장님과 미야타 씨가 툭 하면 경찰에 불려가서 업무에 지장이 많아."

손님이 없어서 장사도 안 되니 별로 상관없지만, 하며 실실 웃었다.

"그래도 영업은 하니까 누가 지켜야 하잖아. 그래서 내가 있는 거지."

"사장님이라면, 이 주유소 주인 말씀이세요?"

"응. 미야타 씨는 아르바이트고. 십 년이나 일했대."

"아직도 경찰에 불려가나요?"

"의심받는 건 아니야. 다만 화장실 열쇠 문제가 있으니. 경찰이 손님들을 조사하는 걸 돕고 있지. 대개는 현금을 내지만 가끔 신용카드를 쓰는 사람도 있고, 일단 방범카메라도 있으니까."

화질은 안 좋지만, 하면서 대충 천장 쪽을 가리켰다.

"좀 이상한 질문인데요, 사장님과 미야타 씨는 자녀가 있나요?"

직원이 고개를 갸웃하자 커다란 귀고리가 드러났다. "미야타 씨는 독신이야. 사장님 아들은 나랑 동갑이고."

친구라고 한다. "같은 고등학교에 다녔어. 나는 1학년 때 중퇴했지만."

"아아, 그래서 아르바이트를 하시는군요."

"응, 부탁받았어. 빈둥거릴 바에야 아버지 주유소나 봐달라더라고."

주유소 주인과 아르바이트생 미야타는 새싹 어린이집과 관계가 없다.

더러운 진흙 덩어리는 어린이집 문 안쪽에 있었다. 그것을 남긴 인물은 어린이집 관계자다. 직원이나 어린이집에 다니는 아이의 가족, 혹은 어린이집에 드나드는 업자. 어쨌거나 내부자다.

이 주유소 사장과 아르바이트생, 그리고 눈앞의 싹싹한 청년은 무고하다.

"형씨, 나한테 꼬박꼬박 높임말을 쓰네."

직원은 놀리는 게 아니라 솔직하게 감탄한 표정으로 말했다.

"예의가 발라. 부모님이 엄한가? 아니면 무슨 종교 같은 걸 믿어?"

"그런 사람도 오나요?"

"응. 기도 좀 하겠다면서."

전부 매듭을 맺지 못한 탓이다. 끔찍한 사건이 벌어졌는데 해결될 낌새는 없고 옳은지 그른지조차 분명치 않은 정보만 유포되고 있다.

"연쇄절단마라니 별명 한번 살벌해. 하는 짓은 더 살벌하고."

"……그러게요."

"좀 진정됐어?"

"네, 폐만 끼쳤네요."

"괜찮아, 신경쓰지 마."

고타로는 일부러 주유소 건물 뒤편으로 나갔다. 화장실 입구가 보였다. 오른눈을 감았다.

사람 모양의 더러운 진흙 덩어리는 분명 그곳에 존재했다. 머리 부분이 좌우로 가볍게 흔들렸다. 저런 것이 현실의 물리현상인 바람에 흔들릴 리는 없다.

—기분이 좋아서 콧노래를 부르는 것 같다.

불쾌해서 또 속이 거북해졌다. 분노로 눈 안쪽이 뜨거워졌다.

주유소 모퉁이를 돌자 직원이 불쑥 나타났다. 빗자루와 쓰레받기를 들고 있다. 청소를 할 모양이다. 고타로는 즉시 오른눈을 떴지만, 아주 잠깐 왼눈으로 그를 보았다.

그 모습은 어슴푸레해 보였다. 반투명하다. 하지만 그는 거인을 데리고 있지 않았고, 더러운 진흙이나 시신 자루를 끌고 다니지도 않았다. 그저 존재가 희미하고 가볍다. '말'이나 '사고'가 축적되어 있지 않은 것이다.

그래도 친절했다. 가볍고 어리석어 보여도 좋은 사람이다.

고미야 사에코를 목 졸라 죽이고 오른쪽 무릎을 절단한 후 시신을 여기로 가져와 화장실에 유기한 범인은 정반대 인간이다.

가벼워 보이거나 어리석지도 않고 어엿한 사회인이라, 새싹 어린이집에 드나들어도 부자연스럽지 않다.

하지만 짐승만도 못하다.

—가라, 놈을 쫓을 수 있겠어?

가라라면 그 우인을 남긴 인간을 추적할 수 있지 않을까.

고타로의 왼눈에 깃든 어둠은 침묵을 지켰다.

—가라, 대답해.

은빛 실이 스쳤다.

—그것은 단순한 흔적이 아니라 배설물이다.

—무슨 소리야?

—그 우인의 주인은 그곳에서.

침묵. 은빛 실의 꼬리가 떨렸다.

—네가 이해할 수 있게 표현하자면, '만족했다'.

사람을 죽인 후 시신을 유기하고 화장실 문을 닫은 순간 '만족했다'. 그것이 원한, 분노, 욕망, 그 어떤 감정이든, 고미야 사에코에게 품고 있던 검은 마음이 범인의 내면에서 밖으로 나왔다. 그렇다, 배설됐다.

—그래서 그토록 선명하게 그곳에 남아 있는 거지. 하지만 주인과는 연결되어 있지 않아.

배설물이니까, 이제는 '말'의 형태도 아니다.

—그러면 추적할 수 없다는 뜻이야?

—하지만 주인에게 접근하면 알 수 있다.

지문이나 혈액형 대조처럼 말인가.

큰길을 따라 잠시 걷자 패밀리레스토랑이 나왔다. 1층은 넓은 주차장이었다. 평일 낮이라 휑했다. 고타로는 기둥에 기대 숨을 가다듬고 쓰즈키에게 전화를 걸었다.

전직 형사는 바로 전화를 받았다. "왜?"

"지금 어디세요?"

"하네다."

그렇구나, 비행기를 타고 도마코마이로 가려는 것이다.

"도쓰카 사건 피해자가 발견된 화장실, 기억하세요?"

"남녀 공용이고, 드나들려면 열쇠가 필요하다고 안다만."

"그런 열쇠는 누구나 쉽게 만들 수 있나요? 드라마에서 봤는데, 비누나 찰흙으로 본을 떠서 열쇳집에 가져가면—"

"이론상으로는 그렇지만 보통 열쇳집 같으면 이유를 물어볼걸. 그럴싸하게 설명 못하면 맡아주지 않을 거야."

고타로도 그건 예상했다.

"고미야 사에코 씨를 죽인 범인은 그 상황에서 그럴싸하게 설명할 수 있는 사람이에요. 열쇳집 사람이 믿어줄 만한 사람."

"왜 그렇게 단정하지?"

"고미야 씨 아들이 다니던 어린이집 관계자니까요."

쓰즈키가 잠깐 입을 다물었다. 공항에 울려퍼지는 안내방송이 들렸다.

"너 도대체 뭘 본 거냐?"

"또 토할 것 같으니까 말 안 할래요."

토했다고? 쓰즈키의 목소리가 약간 높아졌다.

"그럼 그만둬. 뒷일은 내가 알아서 하마."

"잠복은 어려운가요?"

"아마추어한테는 무리지. 이 녀석아, 대체 뭘 본 거야? 가라는 뭐래?"

"탑승시간 놓치지 말고 안내방송 잘 들으세요. 다녀오세요."

일방적으로 전화를 끊었지만 쓰즈키는 다시 걸지 않았다. 고타로는 제자리에 주저앉았다. 방금 느꼈던 동요가 아직 완전히 가시지 않아서인지 몸이 축 늘어졌다.

어린이집 관계자라면 고미야 사에코와 안면이 있을 것이다. 같은 학부모라면 친하게 지냈을 가능성도 있다. 일을 마치고 아이를 데리러 가는 길에 그 인물이,

—마침 저도 가는 길이에요. 같이 가시죠.

자가용 문을 열고 그렇게 권했다면 고미야 사에코가 경계하지 않고 올라탔어도 이상할 것 없다. 그런 식이 아니라면 아이를 데

리러 가는 어머니를 사람 눈이 많은 길거리에서 납치할 수는 없었을 거라는 쓰즈키의 말이 생각났다.

—그럼 그놈이 연쇄절단마일까.

그렇게 '평범'한 인간이 전국을 돌아다니며 연쇄살인을 저지르고 있다?

고개를 젓고 일단 그 생각은 접어두었다. 지금은 어떻게 범인에게 접근할지부터 궁리해야 한다. 역시 잠복하면서 새싹 어린이집을 감시하는 게 제일이겠지. 범인이 언제 올지 모른다. 어떤 타이밍에 나타날지도 모르고—

잠깐만. 어린이집 홈페이지는? 서둘러 노트북을 꺼내 검색해 보았다. 귀여운 일러스트에 둘러싸인 화려한 첫 화면이 떴다. 나이가 지긋해 보이는 여자 원장의 사진이 실려 있었다. '새싹 어린이집의 연혁과 창립 정신'이라는 글귀가 눈에 들어왔다.

그 외의 게시판—어린이집의 금주 활동 보고 게시판, 학부모 교유 게시판, 행사 보고 게시판, 사진 게시판 등은 전부 잠겨 있었다. 들어가려면 단계별로 비밀번호와 어린이집 아동의 개인번호를 입력해야 했다.

여기 들어가면 새싹 어린이집 관계자의 '말'에 접촉할 수 있다. 실마리가 생긴다. 이제나저제나 기다리며 잠복하는 것보다 훨씬 빠른 지름길이다.

나도 참 멍청하다 싶어서 고타로는 제 머리에 가볍게 꿀밤을 먹였다. 쿠마에서 그럭저럭 유능한 아르바이트생이라고 자부했는데, 원래는 인터넷과 거리가 먼 인간이라는 사실이 이런 때 들통난다.

고타로 혼자 힘으로는 이 보안 시스템을 뚫을 수 없다. 벼락치기로 공부하려 해도 가르쳐줄 사람이 있어야 한다. 하지만 번거롭다. 왜 그럴 생각을 했느냐, 무슨 꿍꿍이속이냐고 물어보면 그럴듯한 거짓말로 둘러대야 한다.

일어서서 역으로 향했다. 발걸음이 점점 빨라졌다. 쓰즈키의 말마따나 '그럴싸하게 설명 못하면' 쿠마 사람 누구도 이런 해킹에 협력해주지 않을 것이다. 생각해라, 생각해.

도쓰카역에서 표를 사서 요코스카선 플랫폼을 향해 걸어가는데 휴대전화가 울렸다. 음성 전화다. 누군지 확인하니 가나메였다.

"여보세요?"

"고." 가나메는 금방 알아차렸다. "시끄러운 곳에 있네. 역이야?"

평소답지 않게 똑똑지 못한 목소리였다.

"좀 조용한 곳으로 가줄래? 잠깐이면 되니까."

"지금 꼭 말해야 돼?"

"실은 지금도 말하기 싫어."

화난 투였다. 입을 삐죽이고 있는지도 모르겠다.

"이런 이야기는 어떤 형태로든 남겨놓고 싶지 않아. 그래서 메일도 싫어. 큰맘 먹고 전화했으니까 잘 들어. 두 번 다시 말 안 할 거니까."

고타로 잘못이라고 했다.

"내가 무슨 잘못을 했는데?"

"그런 메일을 보냈잖아."

마코가 걱정되니 아는 게 있으면 알려달라고 한 메일이다.

"마코에 대해서 누가 뭐라고 그래? 아니면 무슨 소문이라도 들은 거야? 고는 원래 이런 일에 신경쓰는 성격이 아니잖아."

고타로는 서둘러 벽에 바짝 붙어 섰다.

"그냥 그렇게 기운 없는 마코는 처음 보니까, 걱정돼서."

"정말로 그뿐이야?"

아니다. 가라에게 받은 왼눈의 힘을 사용해서 보았더니, 마코가 시커먼 이형의 거인을 데리고 있었기 때문이다.

고타로가 입을 다물자 가나메도 조용해졌다. 잠시 후 한숨 소리가 들렸다.

"이렇게 된 이상 말하지 않으면 감추는 꼴이겠지. 나도 그런 건 싫어."

싫은 것투성이구나, 가나메.

"마코는 참 좋은 애야."

고작 한 살 차이인데 가나메도 '좋은 애'라는 표현을 썼다.

"하지만 옛날에는 아니었대."

"옛날이라니, 그게 언제인데? 걔는 아직."

"마코는 중학교 2, 3학년 때부터 컴퓨터 실력이 좋았대. 천재성이라고 하나? 그런데 그 소질을 한동안 그다지 칭찬받지 못할 형태로 사용했어."

'분탕질'이나 해킹 같은 짓.

"관공서 홈페이지에 침입해서 대문에 이상한 사진을 올리거나, 건강식품 쇼핑몰의 고객 목록을 훔쳐서 공표하고."

가나메는 무뚝뚝하게 말을 이었다.

"연예인이나 운동선수의 블로그를 멋대로 조작해서 성지순례를 부추기는 등 온갖 장난을 쳤다나봐."

휴대전화를 귀에 대고 통로를 오가는 사람들의 물결을 바라보며 고타로는 눈을 깜박였다. 여기는 찌는 듯이 덥다. 송골송골 맺힌 땀이 눈에 들어갔다.

"쿠마에 채용되기 반년 전쯤까지 마코는 쿠마의 블랙리스트에 올라 있었어. 다시 말해 블랙리스트에 오를 만큼 실력자였기 때문에 마키 씨가 설득해서 스카우트한 거래."

—그 능력과 센스를 좀더 좋은 방향으로 써먹어봐.

고타로에게 쿠마에서 일하라고 제안했을 때와 똑같다. 상대의 자존심을 세워주면서도 가치관을 뒤흔드는, 설교 같기도 하고 카운슬링 같기도 한 설득.

"그래서 마음을 고쳐먹었으니 아주 나쁜 사람은 아니지. 그러니까 지금 우리가 보는 마코도 본모습이라고 할 수 있어. 모두를 속이고 있는 건 아니야. 하지만."

가나메는 입을 꾹 다물었다. 고타로는 그 표정이 보이는 것 같았다.

"옛날의 마코를 알고 있는 사람에게는 아직—"

신뢰받지 못한다고 한다.

"마코의 과거를 아는 사람이 BB섬에 있나?"

인사권을 쥔 사장과 마키 씨 말고 또 누가 있다면 BB섬 팀원일 가능성이 제일 높다. 그런 대상을 감시하는 곳이니까.

"이노세 팀장님은 모를 거야. 알았다면 이렇게 빨리 약물섬에서 뽑아가지 않았겠지?"

그 말에는 고타로도 동감이었다.

"걔는 BB섬에서도 우수해."

"그렇구나."

"팀장님의 총애를 받고 있지. ……그래서."

평소 아니꼬워하던 누군가가 소문을 퍼뜨렸다. 미야마 마코토의 정체 알아? 그 자식, 완전히 개망나니였대.

"우리가 여기서 왈가왈부해봤자 소용없겠지만, 아무튼 마코가 지금 처져 있는 건 BB섬 분위기가 가시방석이라서일 거야."

"이동하지 않으면 좋았을걸."

가나메는 대답하지 않았다.

"어쨌거나 그런 속사정이 있지만, 난 마코가 좋으니까 태도를 바꾸지 않을 거야."

"나, 나도 그래."

"다행이다."

가나메의 말투가 겨우 누그러졌다.

"고타로는 그럴 줄 알았어."

그럼 안녕, 하는 말과 함께 전화가 끊겼다. 고타로는 벽에 몸을 기댔다.

마코와, 그에게 붙어 있던 시커먼 거인.

놈은 마코의 과거였다. 마코가 그동안 풀어놓은 '말'이 쌓여 만든 화신이다.

인터넷 세계에서는 '말'이 곧 '행위'다. 말밖에 존재하지 않는 세계이니 말이 전부다.

말이 축적되어 발신자의 과거가 된다. 야마시나 아유코의 말이 머릿속에 되살아났다.

—인터넷에 올린 말은 그 사람의 내부에도 남아.

—스스로에게서 달아날 수 있는 사람은 아무도 없어.

마코는 앞으로 언제까지 그 거인을 데리고 다녀야 할까. 등뒤에서 굽어보는, 독충 무리로 이뤄진 거인. 마코가 앞으로도 '좋은 애'로 생활하고 '착한 사람'이 되면 그 괴물을 형성하는 부정적인 자산은 점점 줄어들 것이다. 정화되어 사라지겠지.

아니면 영원히 사라지지 않을까.

야마시나 아유코의 사고방식은 말을 올바르게 이해하는 방법 중 하나라고 가라는 말했다. 고타로는 우연히 그 말을 뒷받침할 증거를 찾아낸 셈이다.

눈앞이 부옇게 흐려졌다. 여기는 너무 덥다. 땀이 눈에 들어가서—

아니다. 이건 눈물이다. 난 울고 있다.

사장님이 보고 싶다. 지금까지 있었던 일을, 겪은 일을, 얻은 지식을, 왼눈으로 본 것을 전부 털어놓고 싶었다. 그 사람이라면 이해해줄 것이다. 온몸으로 그렇게 생각했다.

이렇게나 누가 그리운 적은 난생처음이었다.

8

십수 년 전, 쓰즈키는 한 번 공무로 도마코마이에 갔던 적이 있다. 관할서에 있을 때 강도 살인사건이 발생해 현장에 남아 있던 발자국을 조사했더니 홋카이도에서만 판매되는 방한용 부츠가 수사선상에 올랐다. 그 부츠 제조공장이 도마코마이 교외에 있었다. 규모가 꽤 큰 공장이었는데, 수사선상에 오른 방한용 부츠는 한참 전에 판매가 중단되어 석탄난로가 벌겋게 타오르는 사무실 구석에서 종이상자 하나 가득한 자료를 뒤져야 했다.

당시 도마코마이에는 제지회사가 많았다. 지역경제의 토대를 제지산업이 단단히 다지고 지탱하고 있었다.

그뒤로 일본 경제가 부침을 거듭하며 제조업의 해외 진출이 활발해졌다. 제지업계에서도 기업 합병과 흡수가 연달아 일어났다. 분명 도마코마이에도 영향이 미쳤겠지만, 그간 기억이 너무나 희미해진 탓에,

―건물이 늘어났고, 좋은 집이 많군.

그렇게 태평한 감상밖에 들지 않았다.

다만 하늘이 높다. 그것만은 변함없었다.

어느 정도 규모와 재력이 있는 지방도시는 거리 풍경이 비슷비슷하다. 음식이나 향토 술, 생활습관 같은 세부 요소를 들여다

보지 않는 한 지역색은 좀처럼 느껴지지 않는다. 풍요로워지면 생활의 기초적인 부분이 균일화되기 때문이다.

그리고 자연의 개성이나 차이는 도저히 인간의 손이 닿지 않을 만큼 높거나 깊은 곳에만 남겨진다. 청량한 공기로 가득한 홋카이도의 드높은 하늘은 앞으로도 쭉 건재할 테고, 남알프스*의 험준하고 아름다운 산줄기도 변함없으리라. 결국 좋은 뜻에서나 나쁜 뜻에서나 변하는 것은 인간뿐이다.

첫번째 피해자 나카노메 시로가 운영하던 선술집 '나카짱'은 그의 사촌동생이 뒤이어 꾸려나가고 있었다. 인터넷에는 피해자 나카노메 시로의 개인정보와 함께 그런 근황도 올라와 있었다.

워낙 요즘 세상이 그렇다는 건 알고 있고, 편리하고 도움이 되니 인터넷을 뒤져보긴 했지만 쓰즈키는 마냥 마음이 편하지는 않았다. 피해자의 정보만 입방아에 오르내리고 있다니.

버려진 냉장고에 유기된 나카노메 시로의 시신은 도마코마이시 북동부의 주택가 외곽, 완만한 구릉지 중턱에 있는 잡목림에서 발견됐다. 움푹 들어간 지형이라 쓰레기를 버리기 수월하고 눈에 잘 띄지도 않으므로 불법 투기가 횡행한다.

사람이 접근하기 힘든 곳은 아니다. 나무 사이로 근처 집들의

---

* 일본 나가노현, 야마나시현, 시즈오카현에 걸친 아카이시산맥을 가리킨다.

지붕이 보인다. 산책하기 좋을 듯한 언덕인데 중간에 쓰레기가 쌓여 있다.

쓰즈키는 호텔 프런트에 짐을 맡기고 바로 여기로 왔다. 인터넷에 이곳 주소뿐 아니라 길잡이가 될 만한 건물과 표지 등의 정보도 올라와 있었으므로 헤매지는 않았다. 쓰레기 불법 투기장 가장자리에 무뚝뚝한 얼굴을 잔뜩 찡그리고 서서, 역 앞 잡거빌딩에 있는 '나카짱'과의 위치관계를 확인할 셈으로 공항 매점에서 산 지도를 펼쳤다.

커다란 플라스틱판이 나뭇가지에 묶여 있었다. '쓰레기 불법 투기는 불법입니다'. 이상한 문장이지만 아무튼 '안 된다'는 뜻을 강조한 듯하다. 플라스틱판은 지저분하고, 나무 밑동은 쓰레기에 덮여 있었다. 옆에는 세탁조와 탈수조가 따로 달린 오래된 세탁기가 나뒹굴고 있었다.

'야간 출입금지' '화기엄금' '담배꽁초 버리지 마세요!'

이런 안내문과 입간판은 즉석에서 만든 듯했다. 아마 시신이 발견된 후 한동안 보도관계자와 구경꾼이 몰려오자 급히 설치한 것이리라. 그뒤로 쭉 비바람을 맞으며 방치되어 있다.

죽인 사람을 이런 곳으로 옮겨와 고장난 냉장고에 버리고 가는 인간의 심성은 대체 어떻게 생겨먹었을까.

—미시마 군 눈에는 보이려나.

가라에게 받은 왼눈의 힘인지 뭔지로, 범인이 여기 남기고 간 것을 알아낼 수 있을까.

—난 그딴 소리 안 믿어.

쓰즈키는 무뚝뚝한 얼굴을 찌푸린 것으로 모자라 어금니를 꽉 깨물고는 쓰레기 불법 투기장에 등을 돌리고 언덕을 내려갔다.

나카노메 시로는 이혼했지만 아이는 없다. 헤어진 아내는 재혼해 도쿄에 살고 있다. 살해당했을 당시 여자 단골손님과 사귀는 사이였지만 그녀는 경찰과 주위 사람에게 이렇게 말했다.

"친구보다 조금 더 깊은 관계였어요. 둘 다 결혼은 생각하지 않았고 그 문제로 다툰 적도 없어요."

"시로는 보기보다 인기 많은 사람이었으니 다른 여자가 있었을 수도 있지만 전 모르고, 있었어도 신경 안 썼을 거예요."

사귀던 여자가 보기보다 인기 많다고 평가하는 나카노메 시로, 본인은 천만뜻밖일지도 모르지만 그가 손님 앞에서 일하는 모습을 찍은 동영상을 보면 납득이 간다. 덩치 크고 험상궂은 인상의 털보다. 텁수룩한 수염 때문에 얼굴을 알아보기 힘드니 어두운 산속에서 마주치면 곰으로 착각할지도 모른다.

하지만 입을 열면 인상이 싹 바뀐다. 부드러운 목소리에 사람을 대하는 태도도 상냥하다. 이 동영상은 재작년 9월, '나카짱' 개업 오 주년 기념 파티 때 찍은 것이라고 한다. 그런 개인적인 영상을 인터넷에 멋대로 올리다니 참 못됐다 싶으면서 수고를 덜어 다행이라는 생각도 들었으므로 쓰즈키의 표정은 더더욱 언짢아지지 않을 수 없었다.

—술장사를 하면서 이렇게 온화한 얼굴을 유지할 수 있다니, 보통은 아니었군.

도마코마이에서 고등학교를 졸업한 후 요리학교에 진학했고, 스물두 살 때 결혼해 스물여덟 살 때 이혼했다. 주로 오타루에서 일하다가 서른네 살 때 도마코마이에 돌아왔다. 본가의 일부를 개장해 시작한 정식집이 좋은 반응을 얻자 '나카짱'을 열기로 결심한다.

그의 부모님은 건재하며 지금도 본가에 산다. '나카짱'을 개업한 후 나카노메 시로는 본가를 나와 가게에서 걸어서 이삼 분 거리의 원룸으로 이사했지만 한 달에 몇 번은 본가에 가서 부모님과 식사를 했고, 부모님이 '나카짱'에 올 때도 있었다고 한다.

그는 외동아들이었다. 장례를 마치고 사건 보도가 뚝 끊겨도 부모의 비탄은 가시지 않는다. 이웃들은 외출을 거의 하지 않고 가끔 밖에 나와도 유령처럼 수척해 보이는 나카노메 부부를 걱정하고 있었다.

쓰즈키는 시신 발견 현장을 둘러보고 나서 나카노메 시로의 본가로 향했다. 시로가 정식집을 차렸던 곳에는 지금도 가게 외관으로 보이는 장식이 남아 있었다. 널찍한 공공도로와 조금 떨어져 모델하우스처럼 좋은 집이 늘어선 주택가인데 근처에 '도오* 지역 최대 규모'를 자랑하는 운송회사 트럭 터미널이 있어서, 음식이 맛있고 가격도 싸다면 정식집이 잘될 법해 보였다.

사촌동생이 뒤를 이은 '나카짱'은 오후 다섯시에 문을 연다. 아직 시간이 있어서 쓰즈키는 나카노메 시로가 졸업한 고등학교와 요리학교도 찾아가보았다. 관계자에게 뭘 물어볼 생각은 없었다. 형사도 기자도 리포터도 아닌 쓰즈키의 물음에 술술 대답해주는 사람의 말은 그게 누구든 별 쓸모가 없다.

고등학교는 학생으로 가득했다. 간선도로 옆 작은 건물에 자리한 요리학교에 드나드는 사람도 대부분 젊은이였지만, 쓰즈키와 동년배로 보이는 회사원도 드문드문 눈에 띄었다. 정년퇴직 후 음식점을 차려 제2의 인생을 시작하려는 걸까. 퇴관 후에도 미련을 버리지 못하고 형사 흉내를 내는 쓰즈키보다는 훨씬 건전하고 건설적이다.

두 곳 모두 안에서는 평범한 사람들이 평범한 교실에 모여 아무런 불길한 징조 없이, 인간관계에서 비롯되는 다소의 불쾌함과 위태로움을 수면 아래 숨긴 채 평온하게 생활하고 있을 것이

---

* 홋카이도를 구분하는 지역 명칭 중 하나. 삿포로를 중심으로 한다.

다. 일찍이 그 교실에 있던 나카노메 시로가 마흔한 살 나이로 남의 손에 목숨을 잃을 줄은 아무도 상상하지 못했던 것처럼. 본인도 꿈에도 몰랐던 것처럼.

다리가 저려서 도롯가 도넛 가게에서 도넛 세트를 사 창가에 앉았다. 넓은 가게에는 사람이 별로 없었다. 창밖으로 보이는 주차장도 널찍했다. 쓰즈키의 집 근처에도 몇 군데 있는 체인점이다. 도넛과 커피잔은 같지만 완전히 다른 가게 같았다.

커피를 마시고 노트북을 꺼냈다. 노안경을 꼈다.

나카노메 시로 사건은 아키타에서 두번째 사건이 발생한 뒤에야 전국적으로 주목을 받았다. '두 피해자 모두 발가락이 잘려나갔다'는 사실이 충격을 불러일으켰다. 다만 아키타 피해자의 신원이 좀처럼 밝혀지지 않아 시간이 흐르며 사람들의 관심도 줄어들었지만, 미시마에서 '마사미 마담'이 세번째로 살해되자 단숨에 다시 달아오르며 연쇄살인범 '발가락 빌'의 존재가 환영처럼 부각됐다. 이때 나카노메 시로도 단순 살인사건 피해자가 아니라 엽기적인 연쇄살인사건의 첫번째 피해자로 다시금 사람들의 흥미를 끈 것이다.

그렇다면 그전에는 어땠을까. 작년 6월 1일 시신이 발견된 뒤 9월 22일 아키타 시내 시영주택 쓰레기장에서 여성의 시신이 발견될 때까지 나카노메 시로 사건은 어떤 식으로 보도되었을까.

무엇이 이 사건의 화제였을까. 세상 사람들은—지금은 입이 닳도록 연쇄절단마 이야기만 하고 있는 인터넷 사회의 사람들은 이를 어떤 살인사건이라 해석하고 추정했을까.

쓰즈키가 인터넷의 바다에서 찾아본바, 시신 발견 직후에는 나카노메 시로가 발견된 냉장고가 예전부터 거기 있던 물건인지 아니면 시신과 함께 현장에 버려진 물건인지가 화제에 올랐다. 며칠 후 탐문수사를 통해 전자임이 밝혀졌는데, 이 사실은 중요한 분기점이 되었다. 시신을 냉장고와 함께 운반했다면 범인이 다수일 가능성이 높기 때문이다. 현장에 중장비를 사용한 흔적이 없으니 혼자서는 불가능하다.

하지만 냉장고가 예전부터 현장에 있었다면 단독범행도 가능하다. 나카노메 시로를 살해하고 시신을 현장으로 운반한다. 혹은 무슨 핑계로 나카노메 시로를 현장으로 불러내 살해하고 냉장고에 집어넣는다. 둘 다 그럴듯하다(참고로 이 냉장고는 그렇게 더럽지 않았다. 그래서 나중에 불법 투기를 위해 현장에 온 사람이 불운하게도 냉장고 문을 열어본 것이다).

하지만 정말로 단독범행이 가능할까. 쓰즈키는 생각했다.

나카노메 시로가 '덩치가 크다' '체격이 좋다'는 정보와, 시신이 유기된 냉장고가 '가정용 대형 냉장고'라는 사실은 인터넷에서 쉽게 찾을 수 있었다. 그 냉장고가 '겉보기에는 작지만 내부가 꽤 깊어서 음식물을 많이 넣을 수' 있으므로 '십 년 전쯤 인기를 끈 상품이었다'는 정보도 올라와 있었다.

하지만 이런 정보만으로는 불충분하다. 현장에 직접 가봐야 판단할 수 있는 부분도 있다. 덩치 큰 나카노메 시로를 움직이기 불편한 곳에서 목 졸라 죽이고, 혹은 무거운 시신을 언덕 중턱까지 옮기고, 들어올려서 내부가 깊은 냉장고에 집어넣고 문을 닫는다. 그만한 작업을 혼자서 해낼 수 있을까. 현장을 직접 보고 나서야 처음으로 그런 의문이 들었다.

—나도 많이 무뎌졌군.

뭐가 '한번 더'의 쓰즈키냐. 나는 이제 퇴물 늙은이다.

쓰즈키도 대부분의 사람처럼 아키타 사건 발생시부터 일련의 움직임을 주시해왔다. 즉 출발점부터 알게 모르게 '동일범의 연쇄살인'이라는 추정에 감염되어 있었던 셈이다. 그런 추정을 곧이곧대로 받아들였기 때문에 출발점으로 되돌아가 백지상태에서 생각해보려 하지 않았다.

엽기적인 살인을 저지르는 연쇄살인범에게는 공범이 없다. 자기 자신의 내면에서만 완결되는 마술 같은 사고방식에 이끌려 행동하므로, 설령 같은 유형의 파괴적인 욕망을 품은 사람이 있어도 공동 작업을 하지는 못한다. 고로 단독범이다. 예전의 '발가락 빌'이자 현재의 연쇄절단마도 그럴 테고, 그래야 한다. 그것이 범죄수사와 프로파일링의 상식이니까—

하지만 나카노메 시로를 살해하고 시신을 유기한 범인은 한 명이 아닐지도 모른다. 주범을 도운 공범이 있었을지도 모른다. 그런 생각이 걷잡을 수 없이 피어올랐다. 그렇다면 여러 명의 '발가락 빌', 여러 명의 연쇄절단마가 손을 잡고 뜻을 모아 전국에서 살인 행각을 벌이는 전대미문의 사태가 발생했다는 뜻일까.

아니면 이 사건은 완전히 별개일까. 전례가 네 건이나 있어서 다시로 게이코 같은 어리석은 모방범까지 나타난 야마시나 아유코 사건과는 양상이 다르다. 이 사건은 출발점이다. 이 사건이야말로 기점인데.

넓고 조용하고 달콤한 향기가 감도는 도넛 가게 한구석에서 침울한 표정으로 커피를 마시며 키보드를 두드리다가, 쓰즈키는 꽤 예전에 올라온 듯한 글을 발견했다.

'도마코마이 피해자는 쓰레기장이나 다름없는 곳에 불법 투기된 냉장고에 유기됐다. 아키타 피해자는 시영주택 쓰레기장에 유기됐다. 미시마 피해자는 의류보관함에 담겨 있었다. 도쓰카에서 발견된 피해자는 화장실 칸에 갇혀 있었다. 연쇄절단마는 모든 범행에 공통적인 요소를 두면서 표현을 조금씩 달리하고 있다. 피해자의 잘라낸 신체부위가 각각 다른 것도 표현을 달리하려는 의도가 아닐까.'

달은 둥글고 거북의 등딱지도 둥글다. 다르지만 닮았다. 그 정도의 해석이다. 그리고 놀라울 만큼 연쇄절단마라는 '이야기'에 물들었다. 이 글은 야마시나 아유코 사건 이틀 전에 올라왔다. 시신은 서민가 빈터에 방치되어 있었다. 이 글을 올린 사람은 야마시나 아유코 사건을 어떻게 해석했을까.

지금도 공적으로는 야마시나 아유코 살해사건을 다들 연쇄절단마의 다섯번째 범행으로 보고 술렁대고 있다. 어떻게든 해석해서 자신의 고찰에 끼워맞추지 않으면 모양이 나지 않는다. 그리고 분명 어떻게든 해석해서 끼워맞출 수 있다. 그것이 이야기라는 것의 특성이니까.

—깨어 있는 사람은 없을까.

쓰즈키는 실눈을 뜨고 모니터를 들여다보았다.

이 북쪽 지방에서 이야기에 감염되지 않고, 나카노메 시로의 시신이 유기되었다는 확고한 사실에만 주목하는 사람은 없을까.

'나카짱'에서 생선을 태운 모양이다.

가게가 위치한 잡거빌딩 건너편에 오래된 오락실이 있다. 요즘은 어뮤즈먼트 스폿이라고 부르는 모양이지만, 여기 있는 게임기는 전부 중고품이니 오락실이라는 호칭이 어울릴 것이다.

오후 여섯시 십분. 쓰즈키는 다섯시도 되기 전부터 이곳에서 메달 밀어내기 게임을 하고 있었다. 여섯시가 되면 가게에 갈 생각이었는데 다섯시에 문을 연 뒤로 계속 지켜봐도 '나카짱'에 들어가는 손님이 한 명도 없었다. 그래서 시간을 때우는 중이다.

나카노메 시로의 사촌동생이라는 새 주인의 수완, 혹은 요리 솜씨는 고인에 한참 못 미치는 모양이다. 가게의 바깥 장식이나 간판은 바꾼 것 같지 않은데, 달라지지 않은 것은 겉모습뿐인가. 아니면 옛날부터 드나들던 단골손님들과 새 주인 사이에 무슨 문제라도 생겼나.

쓰즈키의 코에 음식 냄새가 풀풀 풍겼다. 하지만 혼자 들어가면 너무 눈에 띈다. 가게 입구가 보이는 곳에 늘어선 게임기 중 쓰즈키가 할 수 있을 만한 것은 메달 밀어내기뿐이었으므로 계속 그것만 붙들고 있었다. 여기도 손님이 얼마 없는지라 카운터 직원을 포함해 아무도 뭐라 하지 않았다. 그렇게 시간을 때우고 있는데 '나카짱'에서 탄내가 풍겨온 것이다.

나중에 다시 올까. 단골손님과 만나려면 그편이 낫다는 건 알고 있었다. 하지만 우선 주인과 이야기를 나눠보고 싶었다. 주위에 손님이 몇 있는 상황에서 자연스럽게 말을 걸고 싶었다. 그나저나 뭘 태운 거지.

게임기 앞 의자가 딱딱해서 엉덩이가 아팠다. 큰맘 먹고 가볼까. 당장 가게에 들어가지 않아도 된다. 입구 널문 옆에 놓인 것이 아까부터 신경쓰였다. 가까이서 보고 싶었다.

그것은 칠석에 장식하는 조릿대였다. 다섯시 오 분 전 청바지와 폴로셔츠를 입고 흰색 앞치마를 두른 서른 살 안팎의 남자가 가게에서 나와 입구 옆에 세웠다.

절기상 부자연스럽지는 않다. 이맘때면 여러 가게에서 칠석 조릿대를 장식한다. 각자 소원을 적어서 매달라는 뜻으로 단자쿠*를 같이 놓아두는 곳도 있다.

'나카짱'의 조릿대에는 벌써 단자쿠가 많이 매달려 있었다. 알록달록하고 예쁘다. 장식품으로도 손색없었다. 하지만 쓰즈키는 단자쿠에 적힌 소원을 읽고 싶었다.

폴로셔츠를 입은 남자는 아마 새 사장, 나카노메 시로의 사촌동생이리라. 얼핏 보았을 뿐이라 얼굴이 닮았는지는 잘 모르겠지만 고인만큼 덩치가 크지는 않다. 키도 몸집도 보통이다. 머리가 짧고 수염도 없었다.

탄내가 옅어졌다. 여전히 '나카짱'에 들어가는 손님은 없었다. 쓰즈키는 게임기 앞에서 일어나 경쾌한 배경음악을 뒤로하고 오락실을 나섰다. 잡거빌딩이 모인 뒷골목에 어울리는 음울한 황혼이 주위를 감쌌다.

산책하듯이 슬렁슬렁 길을 건너 '나카짱'이 있는 건물 앞에 걸

---

* 글씨를 쓰거나 물건에 매다는 데 쓰는 조붓한 종이.

음을 멈추고 주변을 둘러본 후, 휠체어용 경사로를 올라 가게 앞으로 갔다. 쓰즈키보다 키가 큰 조릿대가 이쪽을 향해 절하고 있었다.

단자쿠 하나를 얼굴 쪽으로 끌어당겨보았다. 노안경 없이도 읽을 수 있을 만한 큼직한 손글씨가 적혀 있었다.

'빨리 범인이 잡히기를 바랍니다. —아이코.'

차례차례 단자쿠를 읽었다. 남자 글씨도 있고 여자 글씨도 있다. 딱 봐도 어린아이가 쓴 글씨도 있었다.

'나카짱, 천국에서도 한잔하고 있나. —겐타.'

'범인이 체포되면 좋겠습니다. —미키.'

'나카짱, 맛있는 술 고마워. 또 같이 마시자. —낫짱.'

'범인이 잡혀서 사형되기를 바랍니다. —사나에.'

'나카짱은 영원하다! 범인은 지옥에 떨어져라! —가쓰미.'

'나카짱 쓸쓸해, 돌아와. —리에.'

'시로, 평안하길. —레이지.'

대강 훑어보고 손목시계로 눈길을 떨어뜨렸다. 여섯시 사십사분. 손님은 없다. 가게 안에서 희미하게 음악 소리가 들려왔다. 쓰즈키는 어떤 장르인지도 모를 곡이다.

좋아. 나는 도쿄에서 출장을 왔다. 맛있는 향토 술을 마시고 싶어서 여기 들렀다. 사건에 대해서는 모른다. 전혀 모른다. 나는 그런 아저씨다.

그렇게 자기 암시를 하며 발을 내디뎌 널문에 손댔을 때, 누가 뒤에서 어깨를 두드렸다.

고타로는 마코에게 연락해 오후 아홉시에 만나기로 약속했다. 장소는 차통빌딩으로 정했다.

'빈 건물이야. 캄캄해서 무서울 수도 있지만 걱정 안 해도 돼.'

메일이니 말투와 분위기는 전해지지 않을 테지만 '급한 용건이야'라는 구절만 보고도 마코는 알아차린 모양이었다. 무슨 용건이냐고도, 왜 그러느냐고도 묻지 않았다. 체념한 듯 순순했다.

'전기가 끊겼으니까 노트북 완충해서 와. 그리고 마코의 옛날 특기가 보고 싶으니 좀 준비해줘.'

차통빌딩 밖에서 만났을 때 마코의 얼굴은 밤보다 더 어두웠다. 바람 한 점 없이 무더워서 둘 다 땀을 흘렸다.

"이 건물이에요?"

마코가 차통 모양 실루엣을 올려다보자 고타로는 재빨리 앞으로 나아갔다.

"응. 유령이 나온다는 소문이 있지만 난 아직 못 봤어."

요전에 여기 왔을 때 통용문 열쇠를 쓰즈키 아저씨에게 돌려주지 않기를 잘했다. 아저씨가 열쇠를 돌려달라고 하지 않은 건

이미 늦었다고 여겼기 때문일까. 아니면 지금보다 상황이 더 나빠지지는 않을 거라고 생각했기 때문일까.

그렇다면 너무 만만하게 봤다. 난 더 나쁜 짓을 하려고 한다.

고타로가 손전등을 들고 앞장서서 계단을 올랐다. 멈추지 않고 4층까지 올라가 "여기로 옥상에 올라갈 수 있어" 하며 사다리를 내린 후 마코를 재촉했다. 건물에 들어오고 나서 내내 말이 없던 마코가 처음으로 물었다.

"이 방에서는 안 될까요? 옥상에 올라가면 남의 눈에 띌 텐데."

"왜 그런 걸 신경써?"

"제 '옛날 특기'를 보고 싶다면서요? 저랑 같이 있는 걸 누가 보면 곤란하지 않겠어요?"

마코는 슬프거나 불만스러워서 얼굴빛이 어두운 것이 아니었다. 그 어둠은 체념과 약간의 분노 사이로 새어나오는 자존심의 검은빛이었다. 그래서 입가에 희미한 웃음이 맺혀 있었다.

고타로가 대답을 못하자 마코—아니, 여기서 그 애칭은 어울리지 않는다—미야마 마코토는 엷은 웃음을 띤 채 말을 이었다.

"제 옛날 얘기, 누구한테 들었어요? 고 씨는 남의 소문이나 험담을 좋아하지 않을 텐데."

"아시야한테 들었어."

가나메한테, 라고는 말하고 싶지 않았다.

"하지만 먼저 나서서 알려준 건 아니야. 내가 요즘 미야마 군이 기운 없어 보여서 걱정이라고 했더니—"

"그렇군요. 가나메 씨답네요."

두 사람은 각자 노트북이 든 백팩과 크로스백을 메고 차통빌딩 4층의 암흑 속에 마주서 있었다. 고타로가 든 손전등이 발밑 어둠에 동그란 빛의 구멍을 만들었다. 둘 다 새까만 인간의 실루엣으로 변해서 누가 누구인지 분간되지 않았다.

"부탁이 있어."

해킹해줘.

"내가 원하는 건 정보야. 뭘 훔치거나 남에게 해를 끼칠 생각은 없어. 다른 방법이 없어서 그래. 미야마 군은 할 수 있지?"

고타로와 마주선 새카만 실루엣은 옴짝달싹하지 않았다.

"어린이집 홈페이지야. 아이와 관련된 정보라서 보안이 철저해. 난 보호자와 어린이집 관계자의 대화가 보고 싶어. 사진도 필요하고. 구석구석까지 전부."

"……왜 저한테 부탁하죠?"

"능력이 있으니까."

"동네 어린이집 홈페이지 정도는 다른 사람도 얼마든지 뚫을 수 있어요. 고 씨가 못하는 것뿐이에요."

고타로는 숨을 한 번 내쉬었다. 신기하게도 마음이 평온했다.

감정이 격해지지 않았다.

어둠에 감싸여 있기 때문이다. 차통빌딩 내부의 어둠은 이제 고타로의 동료라고 해도 될 정도다. 수많은 공포와 놀라움과 깊은 비밀을 공유해왔다. 그 어둠의 온기가 믿음직했다.

"네 말마따나 내 서투른 솜씨로는 어림도 없어. 그래서 부탁하는 거야."

"제가 왜 그 부탁을 들어줘야 하죠?"

"들어주지 않으면 내가 태도를 바꿀 테니까."

주사위는 던져졌다. 이제 돌이킬 수 없다. 미시마 고타로는 나쁜 짓을 한다.

"내가 태도를 바꾸면 BB섬만 가시방석으로 느껴지지는 않을걸. 그 정도는 식은 죽 먹기야. 아까 네가 말했듯이 난 남의 험담을 좋아하지 않아. 하지만 그런 나도 네 과거를 알고 참을 수 없었어. 지금까지 속았다는 사실에 충격받았어."

이제 마코를 신용할 수 없다.

"내가 근심하면 가나메도 근심하겠지. 너랑 제일 친하게 지냈던 우리 두 사람의 근심은 주위에도 영향을 줄 거야. 얼마 지나지 않아 약물섬에서 다른 섬으로도 파급될 테고."

근심하는 척은 얼마든지 할 수 있다. 고타로가 근심하고 괴로워하면 가나메가 바로 감응하리라는 것도 잘 안다. 그애는 그런

애다.

“반대로 우리가 지금까지처럼 하하호호 지내면 BB섬 분위기가 바뀔 가능성이 높아. 널 시기해서 과거 이야기를 퍼뜨린 녀석이 가시방석에 앉겠지.”

그게 낫겠지? 그렇게 묻는 고타로의 목소리를 차통빌딩에서 숨쉬는 어둠이 증폭시켰다. 낫겠지? 낫겠지? 낫겠지?

미야마 마코토는 느릿느릿 말했다. “좀더 간단하고 좋은 방법이 있어요. 제가 쿠마를 나가는 거예요.”

“그건 최악의 수단이야.” 고타로는 맞받아쳤다. “이대로 쿠마를 그만두면 넌 옛날로 되돌아갈 거야. 아니, 더 안 좋아지겠지. 성실하게 살아도 결국은 옛날 일이 발목을 잡는다며 낙심해서 삐뚤어지고 길을 잘못 들 거야. 장난이 지나친 해커가 아니라 진짜 범죄를 저지르는 해커로 진화할 거라고.”

“어째서 그렇게 단언하죠?”

“그게 세상 이치니까. 갱생은 첫 단추를 잘못 꿰면 끝이야.”

아니다. 실은 이렇게 말하고 싶다. 큰 소리로 외치고 싶다.

나한테는 보이니까. 내 왼눈에는 네가 데리고 있는 암흑의 거인이 보이니까. 독충의 무리로 이루어진 거인이 굽어보듯이 등 뒤에 버티고 서서, 네 뒤꿈치를 밟을 듯이 바짝 붙어다니는 게 보이니까.

그 녀석은 붕붕 소리내며 네 빈틈을 엿보고 있어. 너를 붙잡아 꿀꺽 삼켜서 소화시키고 너 자체가 될 기회를 호시탐탐 노리고 있어. 정화되어 사라지지 않고 너와 한몸이 될 때를 기다리고 있어.

"……쿠마를 그만두면 안 돼."

속삭이듯이 말하자 어둠이 고타로의 말을 흉내냈다. 안 돼, 안 돼, 안 돼.

"그만두지 말고 남아서 극복해. 내가 도와줄게."

"그러려면 일단 제가 고 씨 요구를 들어줘야 한다?"

"그런 셈이지. 이건 거래야."

고타로와 미야마 마코토가 침묵하자 어둠도 침묵했다.

"……저는."

다시 들린 미야마 마코토의 목소리는 불순물을 걸러낸 것처럼 맑았다.

"컴퓨터를 배우자마자 천재 소리를 들었어요."

그의 재능을 발견한 사람은 부모님이었고, 개화시켜준 사람은 이웃의 대학생이었다.

"제 과외선생님이었죠. 상냥하고 쾌활하고 착했어요."

미야마 마코토가 새로운 것을 배우고 그것을 응용해 더 새로운 것을 해내면 매번 칭찬해주었다. 마코토는 정말 천재라면서.

"왜 칭찬하는지 저는 몰랐어요. 이렇게 간단하고 명쾌한 작업을 했을 뿐인데 왜 그렇게 놀라며 칭찬해주나 싶었죠."

천재란 그런 법이라고 고타로는 생각했다.

"인터넷에서 장난칠 때도 칭찬해주는 사람들이 있었어요. 하지만 저는 역시 왜 이 정도 일로 감탄하나 궁금했어요. 마키 씨는 그 부분을 콕 찔렀죠."

—해킹해서 사람들이 막 놀라도 실은 전혀 재미없지? 만족이 안 되는 거야. 그럼 그만둬.

"아주 어처구니없는 논리였지만 가슴이 철렁하더라고요. 왜 그랬을까?"

검은 실루엣이 고개를 갸웃했다.

"마키 씨가 그런 설득력 하나는 좋은 사람이니 그랬겠죠."

고타로도 동감이었다. 하지만 지금은 마키 생각을 하고 싶지 않았다.

"그럼 됐네. 마키 씨 설득을 받아들였듯이 마키 씨 부하인 내 설득도 받아들이면 돼."

"당신과 마키 씨는 달라요."

화살처럼 날카롭게 꽂히는 반론이었다.

"미시마 씨."

미야마 마코토도 호칭을 바꾸었다.

"한때 컴퓨터 천재였던 저는 여전히 모르는 게 많아요. 하지만 지금 아주 중요한 사실을 하나 알았네요."

고타로는 말없이 기다렸다. 하고 싶은 말이 있으면 빨리 해.

"당신은 지금 저와 거래하기 위해 돌이킬 수 없는 것을 내놓았어요. 저는 그게 뭔지 보이지만, 당신한테는 보이지 않아요. 그것만은 알겠어요."

그리고 가볍게 웃더니 어깨에서 크로스백을 내렸다.

"준비는 해왔어요. 시작하죠."

오랜만이라 좀 긴장된다. 미야마 마코토는 그런 인간적인 대사를 내뱉었다. 고타로는 곁에서 그가 작업하는 모습을 보기 싫었다. 보지 않아도 자신이 실행범 이상으로 몹쓸 주범임은 잘 안다.

그를 4층에 남겨두고 3층으로 내려갔다. 위층보다 공기가 탁하고 먼지 냄새가 심했다. 벽에 기대어 그대로 미끄러져내리듯 주저앉았다.

3층을 유심히 살펴본 적은 없다. 발을 들여놓기도 처음이었다. 손전등 빛에 거실 집기 같은 것들이 비쳤다. 옷장 문짝 같은 것도 보였다. 세면대도 보였지만 변기는 눈에 띄지 않았다.

어둠은 고요하고 조금 서늘했다. 고타로는 손전등을 꺼서 옆에 내려놓았다. 양손으로 마른세수를 하고 머리를 감쌌다. 잠시 그대로 가만히 있었다.

누군가가 속삭였다.

살랑살랑. 들리는 게 아니다. 느껴졌다. 기척이다. 고타로는 고개를 들었다.

어둠이 보였다. 방치되어 잊힌 어둠.

오른눈을 감고 왼눈만 떴다.

그러자 보였다. 깜짝 놀랄 만큼 가까운 곳에 은빛 실 여러 가닥을 꼰 듯한 물체가 흔들거리며 서 있었다.

얼추 사람의 형태를 띠고 있다. 그렇다, 딱 사람 인人 자처럼 생겼다. 호리호리하고 우아한 모습으로 위태롭게 흔들리고 있다.

그것을 구성한 무수히 많은 은빛 실이 속삭였다. 저마다 속삭였다. 왼눈의 힘으로 보고, 알아들었다. 같은 말을 제각기, 하지만 일제히 속삭였다.

'외로워, 외로워, 외로워, 외로워, 외로워, 외로워, 외로워, 외로워, 외로워, 외로워.'

잠시 넋을 잃고 그것을 바라보다가 고타로는 깨달았다. 나는 '유령'을 보고 있다. 그러고 보니 쓰즈키가 이 건물에 젊은 여자의 유령이 나온다고 하지 않았던가.

예전에 여기서 젊은 여자가 풀어낸 말. 그 말에 의해 형체를 갖춘 감정. 그것이 지금도 남아 있다.

은빛 실로 이루어진 우인은 고타로가 알아봐주자 만족했다는 듯이 홀연히 방향을 바꿔 이동하기 시작했다. 두 다리를 움직여 둥실둥실 떠다니듯 걸어갔다. 그리고 벽을 통과해 사라졌다.

알고 보니 이 방에는 그 밖에도 '말'이 남아 있었다. 그 유령만큼 뚜렷하지는 않다. 좀더 희미하다. 엷다. 혹은 닳았다. 우인이 되지 못하고 형태가 불분명한 젤리처럼 꿈틀댈 뿐.

—울고 있다.

완전히 잊혀서 슬픈가. 홀로 남겨져서 억울한가.

뜬금없이 고타로는 생각했다. 나는 울지 않는다.

어제 마코와 헤어지고, 오늘 저도 모르게 눈물을 흘린 뒤 결심했다. 이제 두 번 다시 울지 않겠다고.

외로워, 외로워, 외로워. 그 '말'은 봉인했다. 이 세상 어디에도 그런 감정을 남기지 않기로 결정했다.

왜냐하면 나는 사냥꾼이니까.

"미시마 씨."

위층에서 불렀다.

"다 됐어요."

고타로는 두 눈을 떠, 외로운 유령들의 몸짓을 시야에서 지우고 일어섰다.

쓰즈키의 어깨를 두드리고는 아무 설명 없이 끌고 나가 뒷골목에 주차된 도요타 코롤라에 밀어넣은 사람은 왜소한 체격의 남자였다. 나이는 마흔 정도. 특별히 힘이 세 보이지는 않고, 처진 눈썹 아래 가느다란 눈을 난처한 듯이 깜박였다. 코롤라 운전석에 남자 한 명이 더 있었는데 그쪽은 훨씬 젊고 기껏해야 스물대여섯 살로 보였다. 철사처럼 빼빼 말랐고 창백하고 예민해 보이는 얼굴이었다.

쓰즈키가 그들에게 저항하지 않은 것은 두 사람이 배지를 보여주기도 전에 그 코롤라가 위장 경찰차임을 알았기 때문이다. 그래서 그대로 여기—도마코마이미나미 경찰서로 끌려와서 5층 건물의 4층 한구석, 바깥에 발코니가 있는 소회의실에 갇힌 지 몇 시간이 지났다. 시곗바늘은 이미 아홉시를 가리키고 있었다.

기다란 책상 하나와 의자 다섯 개. 벽에는 접의자가 기대세워져 있었다. 햇빛을 받아서 바랜 크림색 벽지에 무늬 없는 흰색 달력이 걸려 있다.

발코니 구석에 있는 스탠드형 재떨이가 눈에 들어왔다. 서내 흡연 장소이리라. 상대해주는 사람 하나 없이 홀로 갇혀 있자니 담배 생각이 간절했다.

쓰즈키는 거짓말을 하지 않았다. 주소, 성명, 경력 전부 사실대로 말했다. 꾸며낸 건 도마코마이에 온 동기뿐이다. 사오 년 전 아내와 도난* 지역을 여행했을 때 '나카짱'에서 맛있는 술을 마셨거든요. 안주로 나온 임연수어와 가리비 회도 맛있었고요. 나카노메 씨가 그런 사건으로 돌아가셨다는 걸 알고 기회가 생기면 들러서 가족이나 가게 사람에게 조의를 표하고 싶었어요. 단지 그뿐입니다. 정말이에요. 지금 저는 민간인이니까요.

하지만 민간인이라는 주문의 효과는 좋지 않았다. 적어도 쓰즈키가 원하는 만큼의 효력은 발휘하지 못했다. 그리하여 불운하게도 쓰즈키를 발견한 두 형사는 지금도 허둥지둥 상사와 대응책을 마련하는 중이다. 아니, 이제 그 단계는 지나고 신원을 조회하고 있으려나. 자진해서 밝힌 경력을 증명해줄 만한 옛 부하 몇 명의 이름을 친절히 알려주었지만, 그들도 바쁜 몸이다. 바로 접촉하지 못해 애를 먹고 있는지도 모른다.

차 한잔 내주지 않았다. 형사들은 가끔 회의실 문을 살짝 열고 잠시만 더 기다려달라고 변명조로 말했고, 그뒤에 상사인 듯한 다른 경찰도 얼굴을 비쳤다. 그때마다 쓰즈키는 대범하게 손을 흔들어 괜찮으니 천천히 하라는 뜻을 표했다. 달리 뾰족한 수가 없었다.

그나저나 담배가 피우고 싶었다. 꼭 피우고 싶다. 오랜 세월 이어온 금연이 물거품으로 돌아가도 상관없다고 생각했을 때 문

---

* 홋카이도를 구분하는 지역 명칭 중 하나. 홋카이도의 남부에 해당한다.

이 활짝 열리고 예의 두 형사가 들어왔다.

"오래 기다리시느라 힘드셨죠? 죄송합니다."

둘 중 나이가 많고 눈썹이 처진 형사가 그렇게 말하고 쓰즈키 맞은편 의자에 앉았다. 당장이라도 아이고, 하고 푸념을 늘어놓을 듯이 지친 얼굴이었다. 예민하게 생긴 젊은 형사는 의자 등받이 옆에 우뚝 섰다. 안색은 창백한데 의외로 수염이 짙은 듯 입 주위에 희미하게 검푸른 빛이 돌았다.

"힘든 건 제가 아니라 두 분 같습니다만."

겨우 입을 열 기회가 생겼다. 기다리다 지쳐서 피곤한 목소리가 나왔다.

"저의 어떤 부분이 두 분을 그렇게 성가시게 만드는지요?"

젊은 형사의 뺨이 움찔했다. 눈에 쌍심지를 켜고 입꼬리를 아래로 쭉 내렸다.

나이 많은 형사가 쓴웃음을 지었다. 웃음을 짓자 눈썹이 더 처졌다. "쓰즈키 씨 신원을 조회하는 데 시간이 걸렸습니다. 위에서—엄밀하게 하라고 지시해서요."

다시 인사드리겠다며 양복 안주머니에서 명함을 꺼냈다.

"저는 형사과의 도리스라고 합니다. 이쪽은 마쓰야마고요."

도리스 형사의 직함은 '주임'이었다. 쓰즈키는 공손하게 명함을 받아들었다. 젊은 마쓰야마는 발끈한 얼굴로 가만히 서 있었다.

쓰즈키는 입을 열었다. "공교롭게도 저는 명함이 없습니다. 현재는 무직이라서요."

도리스는 손을 가볍게 이마에 댔다. "네, 네, 압니다. 경시청 조난 서의 이마이 형사과장님과 연락이 닿았습니다. 쓰즈키 씨 경력을 똑똑히 확인했어요."

이마이는 쓰즈키가 경력을 증명하고자 이름을 댄 옛 부하 두 명 중 한 명이다. 도쿄로 돌아가면 바로 인사해야겠다 싶었다.

"그랬군요. 저 때문에 고생하셔서 미안합니다만, 저는 정말로 나카노메 씨 일로 조의를 표하고 싶었을 뿐입니다."

도리스 형사는 알겠다는 듯이 흠흠, 하고 고개를 끄덕이더니 물었다.

"그래서 가게에 가기 전에 나카노메 씨 본가에 들르신 겁니까?"

쓰즈키는 약간 놀랐다. 얼굴에도 그대로 드러났을 것이다. 하지만 도리스 형사의 눈썹 각도는 변하지 않았고, 가느다란 눈에서는 아무 표정도 읽어낼 수 없었다.

"그후에 나카노메 씨가 졸업한 학교도 보러 가셨더군요."

—미행했나.

나도 많이 무뎌졌다는 생각이 또 들었다. 조금도 눈치채지 못했다.

"잘 아시는군요. 그럼 나카노메 씨 본가에서부터 붙은 거군."

"허어, 붙었다니 그게 무슨 말씀이신지."

도리스 형사는 미꾸라지처럼 빠져나갔다. 쓰즈키는 먼저 패를 내놓기로 했다.

"두 분은 나카노메 씨 본가를 감시하고 계셨군요. 범인이 접촉할 가능성이 있습니까?"

젊은 마쓰야마 형사가 입을 열었다. "그런 걸 당신한테 왜 알려줘야 하지?"

배에 힘을 꽉 주었는지 묘하게 카랑카랑한 목소리였다. 귀여울 만큼 풋내가 물씬했다. 쓰즈키는 문득 옛날이 그리워졌다. 내 밑에도 이런 젊은 녀석이 있었다.

"마쓰야마 군, 예의 없이 그러면 못써."

도리스 형사는 풋내기 부하도 '군'이라는 호칭으로 불렀다.

"하지만 도리스 씨!"

부하의 항의에 아랑곳없이 도리스 형사는 입가에 쓴웃음을 지었다. "도쿄에서 다섯번째 사건이 발생하고 나서야 범행성명이 나왔으니까요. 이쪽에서 무슨 행동에 나서지 않을까 싶어 저희도 대비하고 있었습니다."

"그렇군요. 하지만 그 범행성명은 매스컴에 보낸 거잖습니까. 피해자의 유족에게는 아무 짓도 하지 않았습니다. 현재까지는 다른 피해자의 유족과도 접촉하지 않은 모양이고요. 뭐, 보도되지 않았을 뿐인지도 모르지만……"

쓰즈키는 희미한 웃음을 지었다.

도리스 형사는 가느다란 눈을 깜박였다. "저희는 졸병이니 상부에서 정한 수사방침에 따를 뿐입니다. 보도 관련 정보도 상부에서 쥐고 있으니 자세하게는 모르고요. 그리고 관리소는 주오서에 세워지다보니."

그렇다. 선술집 사장 살해사건의 수사본부는 도마코마이 주오서에 있다.

"툭 까놓고 말씀드리자면요, 쓰즈키 씨. 당신 눈빛이 너무 날카롭다고 할까요. 그, 뭐랄까 행동거지도 일반 시민과는 다르고. 그래서 모셔오지 않을 수 없었습니다."

"아아. 제가 수상해 보였다는 거군요."

"수상했다는 말이 아닙니다. 프로 같았어요."

"저는 이미 은퇴한 늙은이입니다."

"그러니까 말이죠."

도리스 형사는 속시원하게 말해보자는 듯이 몸을 가볍게 내밀고 이야기의 방향키를 원하는 쪽으로 틀었다.

"쓰즈키 씨는 경시청에 계셨으니 저보다 훨씬 잘 알겠지만, 이런 거창한 사건이 발생하면 매스컴뿐 아니라 온갖 사람이 몰려

듭니다. 그냥 구경꾼이 아니라 뭐냐, 프리랜서 르포라이터니 논픽션 작가니 영상작가니 하는 어중이떠중이요."

쓰즈키는 맞장구를 쳐주었다. "네, 그렇죠."

"지난주에는 대학생으로 보이는 젊은 남자가 비디오카메라를 들고 나카노메 씨 본가를 찾아와서 현관 앞에 진을 치더군요. 제가 물어보니 인터넷 저널리스트래요. 뭐하는 인종인지 설명을 들어봐도 통 감이 안 오더라고요."

"카메라를 들고 사건이나 사고 현장을 돌아다니면서 취재하고, 영상에 자기 의견을 덧붙여 인터넷 동영상 사이트나 개인 블로그에 올리는 사람들 아닙니까."

도리스 형사의 가느다란 눈이 한순간 보통 크기로 커졌다. "맞아요, 그렇게 말했습니다. 잘 아시는군요. 쓰즈키 씨는 인터넷에 능숙하십니까?"

쓰즈키 눈에는 막 중년의 문턱에 들어선 도리스 형사도 마쓰야마 형사와 다를 바 없는 햇병아리였지만, 당치않게 능청을 떠는 것이 재미있었다.

"매일이 일요일이라 한가하다보니 이따금 만지작거리는 정도입니다."

"그러시군요. 저는 아무래도 사이버니 뭐니 하는 건 질색이에요. 촌놈이거든요."

"그래서, 그 자칭 인터넷 저널리스트를 어떻게 하셨습니까?"

"겨우 설득해 돌려보냈습니다. 보도의 자유니 시민의 알 권리니 경찰의 비밀주의니 하면서 두 시간 가까이 연설을 하더군요."

"고생하셨네요." 쓰즈키는 다시 희미하게 웃었다. "그렇다면 그런 사람들을 쫓아내는 게 현재 두 분 역할입니까?"

도리스 형사가 맥없이 고개를 끄덕였다. "그런 셈입니다. 유족의 심정을 생각하면 내버려둘 수 없으니까요."

"그런 상황에서 제가 나타나서 성가셨겠습니다."

"흐음. 실은 나카노메 씨 부모님이 드디어 사립탐정을 고용했나 싶었어요."

그만큼 쓰즈키의 눈빛이 날카롭고 행동거지가 프로 같았다고 했다.

"수사가 지지부진한 지 오래라. 저희는 신용을 잃었습니다."

거짓말은 아니지만 상당한 과장이다. 쓰즈키의 직감으로는 그랬다.

"그나저나 사건이 이렇게 커져서야 원."

어쨌거나 연쇄절단마니까요, 하고 쓰즈키는 목소리에 힘을 주어 말해보았다.

"게다가 전국을 돌아다니며 날뛰고 있잖아요. 이건 과장이 심한가. 서일본은 아직 손대지 않았으니. 하지만 행동력 있는 놈입니다."

"정말 그렇습니다."

도리스 형사는 또 흠흠, 하며 고개를 끄덕였다.

"합동수사는 힘들어요. 평소에 유대가 없으니 호흡 맞추기가 쉽지 않죠. 상부는 어떤지 모르겠습니다만, 저희 같은 현장의 졸병에게는 그 지역 나름의 방법론이 있거든요."

"네, 압니다."

"저희가 단독수사를 벌인다면 느리더라도 확실하게 한 걸음 나아갈 것을, 3보 전진하고 2보 후퇴해서 결과적으로 1보 전진하는 느낌이에요. 이래저래 답답한 점이 많습니다. 나카노메 씨 유족에게 혼나도 할말이 없죠."

이 말에도 과장이 있다고 쓰즈키는 느꼈다.

"안 그래도 신문이나 방송국 기자가 물고 늘어져서 애를 먹는데, 아마추어인지 전문가인지도 모를 자칭 저널리스트니 작가니 하는 자들이 몰려와서 여기저기 들쑤시고, 그걸로 모자라 불확실한 정보를 유포해서 골치가 아파요. 자칫 잘못해서 범인—연쇄절단마를 자극하기라도 하면."

불에 기름 붓는 격이죠, 하고 우는소리를 했다. 쓰즈키는 도리스 형사의 뱃속이 손에 잡힐 듯이 훤히 보였다.

"잘 알겠습니다. 제가 경솔한 짓을 해서 여러분의 귀중한 시간을 빼앗았군요. 정말 면목없습니다. 사과드리겠습니다."

자세를 고치고 머리를 숙이자 도리스 형사는 매우 당황했다. 적어도 그러는 척했다.

"아이고, 사과는 저희가 드려야죠. 이런 곳까지 모셔와서 실례가 많았습니다."

그러고는 덧붙이듯 불쑥 물었다. "이번 여행은 부인과 같이 오지 않으셨군요."

"네, 집사람은 집사람대로 바빠서요. 저랑 달리 주부에게는 정년이 없고 동네 아주머니들도 만나고 하니까요."

"아아, 그러시군요."

"실은 초봄에 허리 수술을 받았습니다. 척추관 협착증이라고 아십니까?"

도리스 형사가 묻듯이 부하의 얼굴을 쳐다보자 마쓰야마 형사는 비로소 '분노'와 '불쾌'가 아닌 다른 표정을 띠었다. '야유'다.

"요추가 틀어져 신경을 압박하는 병입니다. 다리가 저리고 아픈 증상이 나타나죠."

"오, 어떻게 알아?"

"저희 어머니가 걸리셨거든요. 폐경 후 여성에게 많고, 남자는 안 걸린다고 들었는데."

그래서 야유하는 건가. 역시 풋내가 난다. 쓰즈키는 그의 눈을 보고 말했다.

“오케스트라 지휘자도 많이 걸립니다. 그리고 의외지만 운동 선수들도요. 젊을 때 격한 운동을 하면 중년이 지나 발병하는 경우가 많다고 하니, 그쪽도 운동을 좋아한다면 조심하는 편이 좋을 겁니다.”

마쓰야마 형사는 다시 ‘불쾌’의 가면을 쓰고 뚱하게 입을 다물었다. 딱히 당신한테 대답한 건 아니다, 도리스 씨에게 대답했을 뿐이라는 듯이.

“아무튼 수술이 잘되어 깁스를 풀고 자유를 되찾은 것이 기뻐서 여기저기 여행하고 있습니다. 집사람은 다 못 따라다니겠다며 어이없어하더군요.”

“그러시군요. 부럽습니다.”

분위기가 쓸데없이 밝아졌다.

“이제 여러분을 방해하지 않겠습니다. ‘나카짱’에는 사건이 해결된 뒤 가기로 하죠. 내일중 도쿄로 돌아갈 겁니다.”

“모처럼 여행 오셨는데 죄송합니다.”

도리스 형사가 일어나 말했다.

“제출하신 면허증을 돌려드리겠습니다. 잠깐 기다리세요.”

마쓰야마 형사에게 눈짓하자 젊은 부하는 회의실을 나가면서도 쿵쿵 발소리를 내며 마지막까지 불쾌한 티를 냈다.

"죄송합니다만, 도리스 씨." 쓰즈키는 목소리를 낮추었다. "혹시 이건?"

손으로 담배 피우는 시늉을 했다.

"네, 가지고 있습니다."

도리스 형사는 안주머니를 뒤져 찌그러진 캐스터마일드 담뱃갑과 일회용 라이터를 꺼내 내밀었다.

"감사합니다. 저기서 피우면 되죠?"

쓰즈키는 턱으로 발코니를 가리켰다.

"꽤 오래전에 금연해서 거의 생각이 없었는데, 갑자기 담배 연기가 몹시 그리워지네요."

"저는 끊지는 못하고 줄이는 게 고작입니다. 특히 초조할 때는 아무래도 담배에 손이 가더라고요."

죄송합니다, 하고 도리스 형사가 다시 사과했다.

"이런 곳에 오래 갇혀 계셨던 탓이죠. 부인께는 도마코마이미나미 경찰서가 쓰즈키 씨 금연을 망쳤다고 말씀드리세요."

"집사람한테는 안 들킵니다. 한 대만 피울 거예요."

"아니요, 딱 걸릴 겁니다."

도리스 형사가 발코니로 통하는 문을 열어주었다.

"늦었지만 차 한잔은 대접하겠습니다. 천천히 태우세요."

도리스 형사가 소회의실에서 나가자 쓰즈키는 발코니로 나와

문을 닫고 난간 옆에서 담뱃불을 붙였다. 한 모금 빨자마자 기침이 났다. 담배가 아니라 담배를 피우는 동작이 필요했다는 것은 스스로도 알고 있었다.

도마코마이미나미 경찰서 주변에는 낮은 건물이 많았다. 대부분 불이 꺼져 있다. 길거리에도 지나가는 사람이나 차가 없고, 신호등만 성실하게 제 임무를 다하고 있었다.

뒤쪽 어둠에서 기척이 느껴졌다.

이렇게 나타날 수 있는 것이 누구인지는 뻔하다.

"……무슨 일이야?"

쓰즈키는 등을 돌린 채 물었다.

"이런 곳에서 뭘 하고 있나, 늙은이."

담배 끝부분이 빨갛게 타올랐다. 쓰즈키는 천천히 몸을 돌렸다. 가라는 날개를 좌우로 펼친 채 긴 머리를 밤바람에 휘날리며 난간 위에 서 있었다.

"아아, 당신한테 비행기는 필요 없지, 참. 그나저나 잘도 여기를 찾아왔군."

"네 '말'의 흐름을 읽으면 어디 있든 찾아낸다. 잊었나?"

그러고 보니 그렇게 협박당한 적이 있었다.

"난 그저 이 지역 형사의 이야기를 들었을 뿐이야. 아니, 잔소리를 들었다고 해야 하려나."

아무래도 상관없다. 결과적으로 얻은 것은 똑같다.

나카노메 시로 사건을 수사하는 이 지역 형사들에게 연쇄절단마는 수사 대상이 아니다.

이 사건을 그와 상관없는 개별 케이스로 판단했다. 그들이 쫓는 것은 나카노메 시로를 죽인 범인뿐이다. 그리고 이미 표적의 범위를 좁혔다.

그래서 두 형사는 '나카짱'과 피해자의 본가를 감시하고 있었고, 심상치 않은 분위기의 쓰즈키를 수상히 여기고 미행했다. 인터넷 저널리스트 운운한 것이 거짓말은 아니겠지만, 고작 그 정도 이유로 위장 경찰차를 배치할 리는 없다.

야마시나 아유코 사건과 마찬가지로 나카노메 시로 살해사건도 단발성이다. 이곳 수사본부는 그런 확신을 품고 움직이고 있으며, 짐작건대 범인 체포가 머지않았다. 그러므로 쓰즈키처럼 '묘하게 눈빛이 날카로운' 수상한 자를 그냥 둘 수 없어서 단순히 쫓아내는 데 그치지 않고 경찰서로 데려와 신원을 확인했다. 그러자 더 성가신 인물로 판명되어 허둥대는 상황이 된 것이다.

쓰즈키와 대화를 나누며 도리스 형사는 이렇게 말했다.

'자칫 잘못해서 범인—연쇄절단마를 자극하기라도 하면.'

그냥 범인이라고 하고 나서 서둘러 말을 바꾸었다. 우리는 이번 사건을 연쇄절단마가 저지른 것으로 본다고 쐐기를 박듯이.

사실은 그렇지 않기 때문이다.

범인은 나카노메 시로와 극히 친밀한 인간관계에 속해 있다. 다만 동기는 금전이나 치정 문제처럼 초동수사에서 금방 부각될 만한 단순한 것이 아니다. 좀더 잠재적이다. 사건 직전까지는 범인이든 피해자든 그다지 큰 문제로 인식하지 않았지만, 사소한 계기로 폭발할 만한 일이다.

쓰즈키는 스탠드형 재떨이로 가서 담배를 껐다. 그리고 숨을 한 번 크게 들이마셨다가 내쉬었다.

—이 사건은 '출발점'이 아니다.

연쇄절단마와는 관계없다.

그렇다면 작년 6월 1일 시신이 발견되고 9월 22일 아키타에서 두번째 사건이 발생할 때까지 넉 달 가까운 시간이 있었는데도 왜 이곳 수사본부가 해결하지 못했는지 의심스럽다. 아키타 피해자의 오른발 약지발가락이 잘려나갔기 때문에 이 두 사건을 연쇄살인사건이자 연쇄절단마(당시는 발가락 빌)의 소행으로 판단하고 사회적으로 동요하기 시작했다. 만약 그전에 나카노메 시로 사건이 해결됐다면 이후의 상황은 제법 달라졌을 것이다.

벽이 있는 걸까. 지연과 혈연의 벽. 피해자와 관계자, 친족들을 옭아매는 침묵의 실. 그 실을 풀어내는 데는 인내가 필요했다. 작은 늪의 잔잔한 수면에서는 결코 들여다볼 수 없는 깊은 곳에 남몰래 우거진, 독을 품은 수초에 다다르기 위해서는 신중하게 물을 퍼내는 작업이 필요했다—

그렇다면 그 작업을 하는 동안 발생한 연쇄절단마 소동은 이 사건의 특별수사본부에 골치 아픈 불확정 요소로 작용했을 것이다. 충격적인 살인사건이 사회에 야기하는 부정적인 조증상태, 어둠의 카니발이라고 할 만한 대소동은 피해자의 유족에게, 범인에게, 어렴풋한 의혹과 불안을 품고 양쪽 사이에 선 그들 주위 사람에게 직간접적으로 적잖은 영향을 미쳤으리라. 그 때문에 심리상태가 변한다. 기억이 바뀐다. 사실에 대한 해석이 편향된다. 그리고 각각의 태도와 행동이 달라진다.

"—늙은이여."

부르는 소리에 쓰즈키는 눈길을 들었다. 가라의 모습은 어둠에 녹아들어 어둠보다 좀더 어두운 실루엣이 희미하게 보일 뿐이었다.

"네 손에 '죄'가 묻었다."

쓰즈키는 반사적으로 방금까지 담배를 쥐고 있던 손을 내려다보았다.

"그 손으로 죄를 만졌다. 죄를 담은 말을."

무슨 소리인지 알 수 없었다. 쓰즈키는 얼굴을 찡그렸다. 그 얼굴을 향해 가라가 손끝을 들고 가볍게 무언가를 던지는 시늉을 했다. 쓰즈키는 엉겁결에 손으로 얼굴을 가리고 뒷걸음쳤다.

"뭐, 뭐야? 뭘 한 거야?"

그때 소회의실 문이 열리고 도리스 형사가 들어왔다. 가라는 곧장 어둠에 녹아들어 사라졌다. 쓰즈키는 당황스러웠지만 일단 실내로 돌아왔다.

"오래 기다리셨습니다."

도리스 형사가 쓰즈키의 면허증을 돌려주었다. 차를 대접하겠다는 건 빈말이었고, 정말로 쓰즈키를 돌려보내도 될지 상사나 수사본부 사람에게 확인받으러 갔던 것이리라.

"일을 방해해서 미안합니다."

"아니요, 저희야말로 여행을 방해해서 죄송하죠. 호텔까지 모셔다드리겠습니다."

거절하려다가 바로 마음을 바꾸었다. 도리스 형사 혼자다. 젊은 마쓰야마 형사는 돌아오지 않았다.

"도리스 씨가 바래다주시는 겁니까?"

"네, 저도 집에 들어갈 거라서요. 고물이나 마찬가지인 자가용입니다만."

"그렇다면 호의를 감사히 받아들이겠습니다."

경찰서 뒤편 넓은 주차장에 연식이 상당히 오래된 흰색 경차가 세워져 있었다. 도리스가 출퇴근용으로 사용하고, 일이 바쁘지 않을 때는 아내와 장을 보러 가거나 아이를 태우고 학교를 오가는 데 쓸지도 모른다.

쓰즈키의 짐작대로 범인 체포가 머지않았다면 도리스가 지금 퇴근한다는 것은 거짓말이리라. 은퇴한 경시청 형사라는 성가신 짐을 호텔로 돌려보내는 데 귀중한 인재와 공용차를 사용하기는 싫다. 그렇지만 경찰서 정면 현관에서 손을 흔들며 보내자니 일말의 불안이 남는다. 그래서 일개 수사원이 사적으로 호의를 베풀어 바래다주는 형식을 취하기로 한 것이다.

하지만 어쩌면 도리스 형사가 아직 쓰즈키에게 할말이 남은 건지도 모른다. 쓰즈키는 그 가능성에 걸어보기로 했다. 어쨌거나 이쪽은 밑져야 본전이다.

조용한 밤거리를 달리기 시작했다. 안전운전이다. 쓰즈키는 온화하게 입을 열었다.

"나카짱은 영 한산하더군요. 파리 날리던데."

도리스는 앞을 보고 고개를 끄덕였다. "나카노메 씨는 호감형이라 단골손님들과 허물없이 지냈다고 하니까요. 다들 발길이 뜸해질 만도 하죠."

처진 눈썹을 꿈틀대더니 서둘러 덧붙였다. "그래도 늦은 시간이면 꽤 붐빕니다. 쓰즈키 씨는 문을 연 지 얼마 안 됐을 때 가셨잖아요."

깔끔하게 정리된 차 안에 불필요한 물건은 없었다. 개인 차량의 분위기를 풍기는 것은 룸미러에 걸린 작은 인형 정도였다. 나무로 만든 고양이 인형이다. 긴 꼬리가 대롱대롱 흔들렸다.

"저는 말이죠, 도리스 씨."

쓰즈키는 도리스가 아닌 고양이 인형의 꼬리를 보며 말했다.

"정말로 조의를 표할 마음으로 왔습니다. 그런데 그 한산한 가게를 보니 어쩐지 짚이는 것이 있더군요."

도리스는 아무 말도 없었다. 차의 속도가 조금 느려졌다.

"나카짱 주위 사람들은 뭔가 감지한 것 아닐까요? 이 사건의 핵심—알맹이를요."

"무슨 말씀이신지?"

"전 이제 민간인이니 건방진 소리를 할 입장은 아닙니다. 하지만 현역 시절 감이 좀 남아 있거든요. 그래서 하는 말입니다."

쓰즈키는 일부러 무례하고 거만한 투로 말을 이었다. "나카노메 씨 살해에는 친지가 연관되어 있어요. 더 과감하게 말하면 '집안사람'이라고 해도 되겠죠. 그래서 수사에 애를 먹는 겁니다. 연쇄절단마 같은 거물의 소행이 아니에요."

도리스가 브레이크를 꾹 밟았다. 앞쪽 신호등이 노란불로 바뀌어서 그랬다고 간신히 얼버무릴 수 있을 만한 거리였다.

쓰즈키는 도리스 형사의 옆얼굴을 보았다. "여러분도 그렇게 짐작하고 있겠죠. 수사본부 상부에서는 의견이 갈릴지도 모르지만, 그딴 건 상관없고, 당신은 나와 같은 의견이에요. 아까 일부러 말을 바꿨으니까."

'범인'을 '연쇄절단마'로. 그 사실을 지적하자 저울 눈금이 흔들리듯 도리스 형사의 눈빛이 흔들렸다.

"흠, 글쎄요."

처진 눈썹이 바쁘게 위아래로 움직였다.

"저는 일개 졸병이니 맡은 일을 수행할 뿐입니다. 지휘는 도경의—"

"신호가 바뀌었습니다."

고물 같은 경차가 한 번 덜컹하더니 달리기 시작했다.

"미안합니다. 저도 당신을 괴롭히려는 건 아닙니다. 수사에 참견할 마음도 없고요. 다만 제가 속으로 무슨 생각을 하는지 궁금해하시는 것 같아서요. 그래서 친절하게도 이렇게 바래다주기로 하신 거겠죠. 그러니 저도 툭 터놓고 말한 겁니다."

하아, 하고 도리스 형사가 작게 숨을 내쉬었다.

"좋은 가게였는데 그렇게 손님이 뜸해지다니 안타깝더군요. 고인도 슬퍼할 겁니다. 나카노메 씨 사촌동생이라는 사람은 원래 장사하던 사람이 아닌가요? 전부터 가게를 도왔습니까?"

그것이 수면 아래 다툼의 원인 아닐까. 완전히 넘겨짚은 소리지만, 전직 형사의 감에 따랐다.

"—새 주인인 가쓰미 씨는 나카노메 씨와 각별한 사이였다고 합니다. 사촌이 아니라 꼭 친형제처럼요. 이대로 가게문을 닫고 싶지 않아서 이어받았다고 해요."

"하지만 상황을 보니 역효과 같던데요. 그래서야 거의 개점휴업상태 아닙니까."

쓰즈키는 말하면서 생각했다. 사촌동생 이름이 가쓰미구나. 가쓰미. 어쩐지 익숙한 이름이다. 왜일까.

그래, 그 조릿대다. 가게 앞에 장식된 칠석 조릿대. 단자쿠가 잔뜩 매달려 있었다. 그중에 있던—

갑자기 스위치가 켜진 것처럼 이해되었다. 하마터면 앗 소리를 낼 뻔했다.

—네 손에 죄가 묻었다.

쓰즈키는 단자쿠를, 거기 적힌 말을 만졌다. 가라는 그걸 가리킨 것이다.

그 단자쿠를 쓴 사람 중에 범인이 있다.

쓰즈키는 뭔가 말하려는 도리스 형사를 제지하고 빠르게 말했다. "정말 미안합니다. 더이상 폐를 끼치지 않겠다고 약속할 테니, 나카짱에 들렀다 가면 안 되겠습니까? 안에는 들어가지 않겠습니다. 가게 입구만 보면 돼요. 부탁합니다."

쓰즈키의 눈에 이 세상 것이 아닌 뭔가를 보는 듯한 빛이 서려 있었으리라. 도리스 형사는 일단 차를 갓길에 댔다.

"도대체 뭘 어쩌시려고요?"

"그러니까 나카짱에 가고 싶다고요. 입구에 칠석 조릿대를 장식해놨죠? 그걸 보고 싶습니다. 확인할 게 있어요."

쓰즈키는 미시마 고타로와 달리 가라의 힘이 깃든 '눈'을 받지 못했다. 한번 더 본다 한들 확인할 방도가 없다. 하지만 생각난 이상 잠자코 물러갈 수는 없다.

"쓰즈키 씨."

어두운 밤인데도 도리스 형사의 얼굴은 창백해 보였다. 처진 눈썹에서 난처한 기색이 느껴졌다.

"본부 윗사람은 당신을…… 도쿄에서 일어난 사건의 본부에서 그, 뭐랄까…… 몰래 우리 동향을 살피려고 고문이나 참관인 같은 형태로 파견한 인물이 아닐까 의심했습니다."

서로 의사소통이 잘 안 되거든요, 하고 변명하듯 나직하게 말했다. "저희 본부는 툭하면 혼나기만 합니다."

"말도 안 되는 소리. 고문이라니요? 저는 그렇게 대단한 사람이 아닙니다."

경시청 스파이로 오해했나. 상대가 이렇게 난처한 표정이 아니었다면 배를 잡고 웃었을 것이다.

"네, 아니라는 건 알겠습니다."

아무래도 아닌 것 같다고 도리스 형사가 덧붙이자 쓰즈키는 결국 웃음을 터뜨렸다. 도리스 형사도 맥없이 웃었다.

"그러니까 냉큼 돌려보내라고 했는데, 저로서는 최대한 정중하게 보내드리고 싶어서……"

"네, 당신은 제게 아무 실례도 하지 않았습니다. 오히려 친절했죠. 그러니까 한 번만 더 친절을 베풀어주십시오. 나카짱에 데려다주세요. 일 분이면 됩니다. 그러면 두 번 다시 가지 않겠습니다."

도리스 형사는 망설였다. 쓰즈키는 또 일부러 거만한 태도를 취했다.

"안 된다고 하면 저도 생각을 바꿀 겁니다. 내일 다시 오면 돼요. 나카짱에서 한잔하면서 지금 주인인 가쓰미 씨한테 이것저것 물어봐야겠군요. 꽤 재미있겠어요."

도리스 형사의 '난처함을 재는 저울' 눈금이 한계를 넘은 모양이었다. 한숨을 쉬고 차를 출발시켰다. 하지만 쓰즈키는 분명히 보았다. 그의 눈에도 숨길 수 없는 빛이 서려 있었다. 이 성가신 전직 형사가 도대체 뭘 알고 싶어하는지 그도 궁금한 것이다.

인기척 없는 뒷골목에 나카짱만 불을 밝힌 것이 오히려 더 쓸쓸해 보였다. 재빨리 조수석에서 내린 쓰즈키는 길을 건너서 조릿대로 다가갔다.

도리스 형사는 운전석에 남았다. 목을 움츠리고 있는 듯했다. 다른 위장 경찰차가 감시하고 있는 모양이다.

색색깔의 단자쿠로 단장하고 사과하듯이 고개를 숙인 조릿대. 가게 안에서 음악 소리와 함께 희미하게 이야깃소리가 들렸다. 여자 목소리다. 쓰즈키는 제일 앞쪽의 분홍색 단자쿠에 손가락을 뻗었다.

그러자 그것이 일어났다.

한순간 손끝에서 불꽃이 튄 것 같았다. 그 불꽃이 퍼져서 순식간에 조릿대를 감쌌다. 가느다란 가지 구석구석까지, 무성하게 자라난 길쭉한 연녹색 잎사귀 끝까지, 정전기가 일듯이—정밀한 검사를 하듯이 조용하고 재빠르게 퍼져나가 다음 순간 사라졌다.

쓰즈키는 눈을 끔벅거렸다. 눈앞 광경에 달라진 점은 없었다. 단 한 군데, 아니, 두 군데를 제외하고는.

단자쿠 두 장이 다홍색으로 물들어 있었다.

손이 떨렸다. 쓰즈키는 일단 두 주먹을 불끈 쥐고 떨림을 억눌렀다.

'나카짱은 영원하다! 범인은 지옥에 떨어져라! —가쓰미.'

'시로, 평안하길. —레이지.'

다홍색 단자쿠는 그 두 장이었다. 한 장이 아니라 두 장.

주범과 공범. 둘 중 하나는 가쓰미.

쓰즈키는 제자리에서 자세를 가다듬고 조릿대 앞에서 양손을 모았다. 그리고 시선을 떨어뜨린 채 유유히 길을 건너 도리스 형사가 기다리는 차로 돌아왔다.

"갑시다. 볼일 끝났습니다."

차는 큰길로 나가 역 앞 비즈니스호텔로 향했다. 쓰즈키가 나카짱에 갈 때 걸어왔던 길이다. 그리 멀지 않다.

"도리스 씨, 이제부터 저는 혼잣말을 할 겁니다."

"네?"

"가쓰미가 나카노메 시로 씨의 친사촌인지 외사촌인지 모르겠지만, 아버지 이름은 레이지겠죠?"

운전석의 도리스 형사가 말 그대로 눈을 부릅떴다. 쓰즈키는 개의치 않고 말을 이었다.

"그 부자의 범행입니다."

밤길을 달리던 차가 한 번 휘청했다.

"누가 주도적인 역할을 했는지 현단계에서는 모르겠지만, 시신이 유기된 환경을 고려하건대 이 범행을 실행하려면 다소나마 미리 계획을 세워놓아야 합니다. 제 경험상 이런 경우는 연장자가 지시를 내릴 때가 많아요. 그리고 피해자 주위에 눈에 띄는 금전 문제는 없었던 모양이니 친척간 갈등이 동기겠죠. 감정의

골이 오랜 세월 깊고 넓어져서 살의로 발전했어요. 폭발적인 감정이 아니었으니 범인도 손익을 따져 계획을 세울 수 있었습니다. 젊은이가 그러기는 아무래도 쉽지 않죠."

도리스 형사의 얼굴에 땀이 맺혔다. 식은땀이다.

"저는 가쓰미를 얼핏 본 게 전부라 덩치 큰 피해자를 혼자 냉장고에 넣을 수 있었을지는 잘 모르겠지만—"

"혼자 할 수 있었을 겁니다."

무의식중에 나온 말 같았다. 말하고 나서 도리스 형사 본인도 놀랐다.

"나카노메 가쓰미는 중고등학교 때 럭비부 선수였습니다. 대학교에서는 미식축구를 했고요. 2학년 때 중퇴해서 이렇다 할 성적은 남기지 못했죠. 학업도 마찬가지고."

쓰즈키는 말없이 고개를 끄덕였다. 입을 열자 마음이 가벼워졌는지, 아니면 말하기로 결심을 굳혔는지, 도리스 형사는 숨을 한 번 크게 내쉬고 말을 이었다. "나카노메 레이지는 피해자의 작은아버지입니다."

신호에 걸렸다. 차가 부드럽게 정지했다. 반대편 차선에 서 있는 택시의 전조등이 눈부셨다.

"예순다섯 살 노인인데, 몸이 약해서 병치레가 잦아요. 힘쓰는 일은 못할 겁니다."

"나랑 동년배군." 쓰즈키는 그렇게 말하고서 무심코 웃었다. "수술 전에는 저도 몸이 약한 노인이었으니 비슷하네요."

"쓰즈키 씨, 슬하에 자녀는?"

"없습니다. 같이 늙어가는 집사람뿐이죠."

"가쓰미는 나카노메 레이지의 외동아들입니다. 이 직업 저 직업 전전하며 서른 살이 넘어서도 부모 품을 벗어나지 못했죠."

요즘 드물지 않은 이야기다. 자식을 자립시키기 힘들어지고, 부모가 노령에 접어들어서도 장성한 자식을 '돌봐줄' 필요가 있는 시대다.

"피해자의 아버지와 작은아버지는 사이가 안 좋았습니다. 이유는 여러 가지겠지만, 특히 둘 다 아들 하나인데 그 됨됨이가 크게 차이 나면—"

"뭐, 부딪칠 일이 있겠죠."

"그렇습니다. 주변에서도 그런 사정을 잘 알고 있었어요."

파란불로 바뀌자 도리스 형사는 손으로 얼굴을 쓱쓱 문지른 다음 차를 출발시켰다.

"나카노메 레이지는 계속 삿포로에 살다가 회사원 생활을 끝내고 이쪽으로 옮겨왔습니다. 그래서 여기서는 새로운 얼굴이지만 나카노메 집안은 2차대전 전부터 여기 터를 잡고 살았어요. 이웃들과도 관계가 돈독하고 친인척도 아주 많죠. 아무도 집안에서 '은팔찌 차는 사람'이 나오기를 바라지 않을 겁니다."

아는 사람은 아는 표현을 썼다. 쓰즈키는 자기와 스무 살도 넘게 차이 나는 형사에게서 동업자의 냄새를 맡았다.

"다들 입이 무겁고 완고합니다. 저희도 신중하게 조사하지 않을 수 없어요."

"알겠습니다."

그 정도면 충분하다. 움직일 수 없는 물증을 찾아내 상황증거를 굳히고자 시간을 들이는 중이다.

"이제 됐습니다. 아니, 저는 아무 말도 못 들었어요. 쓰즈키 씨가 혼잣말을 했을 뿐입니다."

쓰즈키가 묵는 비즈니스호텔의 간판이 보였다.

"쓰즈키 씨, 당신 정말로—"

"저는 고문도 참관인도 스파이도 아닙니다. 민간인이에요. 제 의지로 여기 와서 개인적인 생각을 말한 겁니다."

안전벨트를 풀고 차에서 내리려 할 때 문득 생각나서 쓰즈키는 물어보았다.

"피해자의 엄지발가락은 왜 잘랐을까요?"

도리스 형사는 무겁게 고개를 저었다. "아직 전혀 짐작이 안 갑니다."

"그렇군요…… 뭐, 나카노메 부자를 연행하면 알게 될 일이지요. 다만 이것도 혼잣말인데."

마음속에 차곡차곡 쌓인 방대한 경험이 쓰즈키에게 속삭였다. 지금까지도 그랬을 테지만 연쇄절단마의 환영에 방해받아 알아듣지 못했다.

"무슨 액막이 같은 것이었을지도 모르겠습니다."

"액막이?"

"네. 그런 사례를 몇 가지 압니다. 보통은 절도범이 많이 그러는데, 살인사건에서도 가끔 찾아볼 수 있습니다."

예를 들면 둔기에 맞아 죽은 피해자의 이마에 대못이 박혀 있었던 사례다. 피해자가 숨진 후 박기는 했지만 그래도 끔찍한 짓이다. 아주 강한 원한을 품은 사람의 범행으로 추정되었는데, 체포해보니 피해자와 안면조차 없는 뜨내기 빈집털이범의 소행이었다. 운 나쁘게 피해자와 마주쳐서 살인을 저지른 후 '죽은 사람이 되살아나면 무서우니까' 일부러 이마에 못을 박았다고 한다. 비슷한 이유로 피해자를 죽이고 나서 안대를 씌운 사례도 있다. 죽은 사람이 '자기가 어디로 도망치는지 보면 안 되니까' 그랬다고 한다. 보지 못하면 쫓아오지도 못한다.

살아 있는 사람은 죽이면 죽으니까 무섭지 않다. 하지만 죽은 사람은 무섭다. 이 나라 사람들의 심리다. 혹은 일이 잘 풀린 전례가 있으면 아무 생각 없이 그 전례를 흉내내기도 한다. 영험을 바라는 것이다.

“미안합니다, 그냥 생각난 대로 말해봤습니다. 너무 깊이 받아들이지는 마세요.”

아직 호텔에서 꽤 거리가 있었지만 쓰즈키는 차에서 내렸다. 이제 다 끝났다. 도리스 형사의 흰색 차가 멀어져갔다.

방에 들어갈 때까지 참지 못하고, 쓰즈키는 길에서 휴대전화를 꺼내 메일을 썼다.

‘도마코마이 사건은 연쇄절단마의 소행이 아니다. 별개의 살인사건이야.’

단숨에 그렇게 쓰고, 잠시 생각하다 덧붙였다.

‘조심해라.’

받는 사람은 미시마 고타로. 그런데 나는 뭘 어떻게 조심하라는 거지? 선입관에 사로잡히지 말라고?

출발점이라 믿었던 첫번째 사건이 사라졌다. 범행성명이 나온 다섯번째 사건은 어설픈 모방범의 소행에 지나지 않았다.

어쩌면 다른 세 건도?

다섯 사건 전부 개별 케이스고, 연쇄절단마는 존재하지 않을지도 모른다. 존재하는 것처럼 보였지만—우리 모두 그렇게 보려 했을 뿐인지도 모른다.

고타로는 쓰즈키에게서 메일이 온 줄 몰랐다. 미야마 마코토의 노트북을 열심히 들여다보고 있었기 때문이다.

해킹에 필요한 도구와 프로그램을 빠짐없이 갖춘 '봉인'된 노트북이다. 다시는 여기 손대지 않겠다. 미야마 마코토는 한때 그렇게 결심했다. 하지만 노트북을 버리지도, 하드디스크를 파기하지도, 내용물을 삭제하지도 못한 채 보관해왔다.

덕분에 작업은 어이없을 만큼 쉽게 진행됐다. 고타로의 눈앞에서 새싹 어린이집 홈페이지의 보안 시스템이 순식간에 해제되어 관계자와 원아 보호자의 연락망, 게시판, 사진이 첨부된 활동보고 등등의 내용이 차례차례 스크롤되면서 지나갔다.

"멈춰!"

스크롤이 멈췄다. 무수한 은빛 실이 왼눈 속을 떠다니며 시야를 가득 채웠다.

그중 피처럼 붉은 실이 있었다. 사진이 첨부된 게시글이다. 보고 있자니 그 실이 꿈틀거렸다. 글자가 액정화면에서 두둥실 떠오르더니 유행병을 옮기는 선충처럼 빙글빙글 돌며 한 덩어리로 뭉쳤다가 반으로 분리되고, 분리된 덩어리가 또 반으로 갈라졌다가 다시 들러붙으며 어떤 형태를 만들어갔다.

고타로의 왼눈, 가라의 힘이 깃든 눈은 그 형태가 무엇인지 알아차렸다.

우인이다. 도쓰카의 시신 유기 현장, 꼭 닫힌 주유소 화장실 앞에서 흔들거리던 그 '배설물'. 그것과 모양이 똑같았다. 다만 이쪽은 짙은 빨간색이다. 사방으로 튀는 선혈의 빛깔이다.

고타로는 구역질이 치밀어서 한 손으로 입을 막았다. 노트북 액정화면의 푸르스름한 빛 속에 미야마 마코토의 의아한 얼굴이 떠올랐다. 다들 귀여워하는 마코의 천진하고 앳된 얼굴. 지금은 그 얼굴이 어린아이의 유령처럼 보였다.

"미시마 씨, 괜찮으세요?"

고타로는 움직일 수 없었다. 조그마한 우인은 선혈을 채워넣은 비닐 인형 같았다. 우인이 이쪽으로 다가왔다. 하나, 둘, 하나, 둘. 박자를 맞추듯이 머리와 팔다리를 흔들며.

어릴 적 고타로는 나방을 아주 싫어했다. 밤이면 불빛에 이끌려 창문으로 날아든 나방을 쫓아내달라고 야단법석을 떨었다. 으악, 저리 가! 나한테 달라붙었다! 으악, 떼어줘, 떼어줘!

지금도 그때처럼 마구잡이로 팔을 휘둘러서 빨간 비닐 인형을 멀리 치워버리고 싶었다.

그러는 대신 오른눈을 떴다. 빨간 우인이 사라졌다. 고타로는 모니터 속 한 문장을 가리켰다.

"이 글—"

"어린이집 알림 게시판이네요." 미야마는 그렇게 말하고 고타로의 얼굴을 들여다보았다. "어린이집에 드나드는 꽃집 사람이 올린 글이에요. 마당 화분에 계절에 맞는 꽃을 갈아 심었다고 써놨네요."

왜 이런 글을 보고 그렇게 눈살을 찌푸리는지. 왜 그렇게 표정이 굳었는지. '좋은 애' 마코는 아무래도 수상쩍은 듯했다. 하긴, 넌 안 보이니까. 네가 데리고 다니는 거인조차 안 보이잖아.

—어린이집에 드나드는 꽃집 사람.

친근한 말투로 갈아 심은 꽃의 이름과 종류, 특징과 꽃말을 설명하고, 아이들과 즐겁게 꽃을 봐달라고 적어놓았다.

'꽃 배달 및 정원 관리는 우리 동네 꽃집 가쓰라야에 맡겨주세요. 새싹 어린이집의 정원사 나카소노 고스케였습니다.'

끄트머리에 웃는 남자의 사진이 첨부되어 있었다. 각진 턱에 짧은 머리, 두 눈을 초승달 모양으로 구부리며 빙긋 웃는 얼굴. 몇 살쯤 됐을까. 젊지는 않다. 삼십대에서 사십대 초반. 피부가 볕에 탔다.

이 남자가 그 '배설물'의 주인.

"가쓰라야라는 꽃집을 검색해줄래?"

미야마 마코토는 잠자코 따랐다. 이쪽은 보안이고 뭐고 없다. 평범한 작업이다. 금방 '가쓰라야' 홈페이지가 떴다.

하지만 고타로는 꽃 사진과 직원들의 웃는 얼굴로 장식된 화사한 홈페이지 대문을 잠깐 보고 있기도 힘들었다.

왼눈에 보였다. 홈페이지 대문에서 넘쳐흐르는 피가. 이번에는 검붉은 피다. 무수한 '말'의 실. 아니, 보통 '말'이 아니다. 비명이다. 그 잔재가 피보라로 바뀌어 고타로에게 튀어올랐다.

견딜 수 없었다. 고타로는 노트북을 힘껏 덮었다.

눈이 빙빙 돌았다. 몸이 싸늘하게 식어갔다. 쉬어버린 피. 말, 말, 말. 그것들이 산더미처럼 쌓여 있다. 썩은 피다.

이놈은 더 저질렀다.

"미시마 씨!"

미야마 마코토가 팔을 붙잡고 흔들자 겨우 정신이 들었다. 두 눈으로 보고 현실로 돌아왔다. 미야마 마코토와 그가 봉인했던 노트북.

"고, 고마워. 이제 충분해. 이만 됐어."

철수다. 미야마 마코토는 고타로를 곁눈질하면서 재빨리 노트북을 끄고 크로스백에 집어넣었다.

고타로가 앞장서서 계단을 내려갔다.

"정말 이걸로 충분한가요?"

등에 대고 묻는 말을 무시하고 계단을 쭉쭉 내려갔다.

"뭘 찾았고 뭘 발견한 거예요? 저를 협박해서 결심을 깨뜨렸으니 조금쯤은 설명해줘도 되잖아요."

"협박한 적 없어."

"아니요, 그건 엄연한 협박이었어요. 태도를 바꾸겠다고 했으면서."

미야마 마코토의 말투가 조금 가벼워졌다. 자세히는 모르겠지만 어떤 나쁜 짓을 함께 한 공범자다. 그러니까 미야마 마코토에서 마코로 돌아와도 되겠다고 여긴 듯했다.

"미시마 씨, 꼭 딴사람 같네요."

2층 층계참까지 내려왔다. 고타로는 멈춰 서서 고개를 돌리고 오른눈을 감았다.

고타로와 마코를 감쌀 듯한 기세로 검은 거인이 떡 버티고 서 있었다. 큼지막한 얼굴을 이쪽으로 쑥 내밀었다.

그것이 보고 있는 것은 고타로였다. 흥미롭다는 듯이, 재미있다는 듯이. 소리도 내고 있었다. 붕붕, 붕붕. 독액으로 잔뜩 부풀어올라 금방이라도 터져버릴 것 같은 독충의 무리가.

—동료다.

마코에게 이 시커먼 거인은 과거다. 그의 그림자다. 하지만 고타로에게는 동료다. 고타로는 거인의 동료가 되고 말았다.

—괜찮아. 각오한 바니까.

그런 짓을 한 놈을 잡기 위해서라면.

9

다음날 아침, 오전 아홉시 삼십분.

미시마 고타로는 아직 셔터가 내려와 있는 '가쓰라야'를 바라보고 있었다.

새싹 어린이집에서 그리 멀지 않은 일방통행 도로에 면한 3층짜리 새 건물이다. 1층은 가게고 2층과 3층에는 주인 나카소노 고스케 가족이 사는 듯했다. 베란다와 진열창에 꽃상자와 화분이 가득했다.

주위에는 주택뿐이다. 정원 딸린 단독주택이 눈에 띄었다. 잘 사는 사람이 많다. 가쓰라야는 부자 동네에서 번창하는 가게인가보다.

근처에 초등학교가 있어서 이 길은 어린이 보호구역으로 지정되어 있다. 등교시간이 지난 지금은 인기척 없이 고요하다. 잔뜩 찌푸린 하늘이 안개처럼 질척거리는 비를 뿌려대는 바람에 고타로의 머리가 축축하게 젖었다.

집에서 들고 온 디지털카메라로 셔터 왼쪽 주차장에 세워져 있는 흰색 밴을 찍었다. 번호판이 선명하게 찍혔는지 확인했다. 조금 옆으로 돌아가서 한 장 더. 이번에는 자동차 옆구리의 '우리 동네 꽃집 가쓰라야'라는 문구가 잘 보이도록.

주차장 안쪽에 바깥 계단이 있었다. 2층 현관으로 통하는 계단이다. 난간 옆에는 우편함과 문패가 달려 있었다. '나카소노'라고만 적혀 있지만 차 너머에 보조바퀴 달린 자전거와 바구니 달린 자전거가 한 대씩 세워져 있었다.

장사로 성공해서 좋은 집에 처자식과 함께 살며 사람 좋은 웃음을 짓는 남자.

그런데 왜.

어젯밤 마코와 헤어져 집에 돌아온 후에야 쓰즈키의 메일이 온 것을 알았다. 나카노메 시로 사건은 '별개의 살인사건'이라고 한다. 뒤이어 이렇게 덧붙였다.

'이곳 경찰은 범인을 점찍어뒀어. 머지않아 체포되겠지. 내가 개입할 일이 아니야.'

첫번째 사건은 연쇄절단마의 소행이 아니었다.

작위적인 범행성명이 나왔던 다섯번째 사건도 연쇄절단마의 범행이 아니었다. 그렇다면 두번째 아키타 사건과 세번째 미시마 사건, 네번째 도쓰카 사건, 이 세 건만이 연쇄절단마의 소행이고, 그 연쇄절단마는 나카소노 고스케일까.

마코의 노트북에서 넘쳐흐르던 피. 그것은 세 사람의 피. 세 건의 범행 흔적—

현관문이 열렸다. 청바지와 티셔츠 위에 데님 앞치마를 두르고 고무장화를 신은 남자가 바깥 계단을 내려왔다. 홈페이지에서 본 사진보다 머리가 더 짧았다. 거의 까까머리다.

나카소노 고스케. 오른쪽 손가락 사이에서 열쇠고리가 달랑거렸다. 한순간 차 열쇠인 줄 알았지만 아니었다. 그는 밴 옆을 지나쳐 건물 정면으로 돌아가서 셔터를 올리기 시작했다.

고타로는 주저 없이 오른눈을 감았다.

부지런히 영업 준비를 하는 꽃집 주인의 모습은 보이지 않았다. 대신 고타로의 왼눈에는 가쓰라야 안에 자욱한 검붉은 연기가 보였다.

짙은 연기다. 하지만 발연통에서 피어오르는 것과는 다르다. 꼬치구이집에서 볼 수 있는 연기와도 다르다. 수분을 잔뜩 머금어 묵직한 것이 구름에 가까운 질감이다. 손으로 잡을 수 있을 듯하다.

그런 연기 속에서, 사람과 비슷하지만 사람은 아닌 형체가 움직이고 있었다.

이제 밖으로 나왔다. 가게 안에 가득한 연기보다 훨씬 강한 붉은 기운을 띠었고, 그 내부에서 시커먼 것이 수없이 소용돌이치고 있었다.

쌍두다. 넓은 어깨 위에 머리가 두 개 얹혀 있었다. 각각 눈과 코처럼 움푹 들어가고 툭 튀어나온 부분이 있었다. 고타로는 그것이 머리임을 알아보고 놀랐다. 오른쪽 머리가 앞을 향하고 있다면, 왼쪽 머리는 뒤를 향하고 있었다.

어느 얼굴에도 표정은 없었다. 그저 작고 검은 소용돌이가 수없이 똬리를 틀고 있었다. 사라졌다가 나타나고 다시 사라진다. 똬리끼리 붙었다가 떨어지면서 굵어졌다 가늘어졌다 했다. 온몸이 다 그랬다. 마치 빙글빙글 도는 소용돌이의 무리로 북적거리는 것 같았다.

팔다리는 두 개씩이지만 각각 열 개가 넘는 양손가락이 촉수처럼 뻗었다 줄어들었다 하면서 서로 얽혔다. 다리는 얼핏 보기에 평범한 사람 다리지만 이따금 깜짝 놀랄 만한 형태를 취했다. 무릎 관절이 반대 방향으로 꺾였다. 그럴 때는 발의 모양도 순간적으로 바뀌며 발굽이 나타났다.

이 사람이 아닌 것에는 꼬리도 있었다. 다리처럼 굵은 꼬리가 보기 흉하게 축 늘어져 있었다. 그 형태와 움직임이 수상해서 고타로는 고개를 갸웃했다. 그리고 깨달았다. 저것은 꼬리가 아니다. 성기다.

이것이 나카소노 고스케의 '말'의 뭉치, 그의 체험과 기억의 집합체다. 그의 정체였다.

고타로는 왼눈을 감았다. 두 눈을 감은 채 제자리에서 등을 돌리고 구역질을 참기 위해 숨을 깊이 들이마셨다가 내쉬었다.

도쓰카의 주유소 화장실 앞에 남아 있던 더러운 진흙 같은 시커먼 점액도, 새싹 어린이집 입구에 찰싹 달라붙어 있던 타르 같은 물체도 태생은 똑같다. 저놈의 속에서 밖으로 나온 배설물이다. 가라의 말이 맞았다.

시간 낭비할 여유가 없다. 빨리 이 남자를 붙잡아 다음 범행을 막아야 한다.

다시 돌아서서 한 발짝 한 발짝 내디뎌 길 건너 가쓰라야로 다가갔다. 나카소노 고스케는 화분과 꽃바구니를 가게 앞에 내놓는 참이었다. 발치에 물이 흘렀다.

고타로가 말을 걸기 전에 그가 뒤돌아보았다. 코앞에서 눈이 마주치자 나카소노 고스케는 몸을 뒤로 젖히면서 한 걸음 물러섰다.

"어이쿠, 죄송합니다."

볕에 탄 얼굴이 건강해 보이고 목소리에도 힘이 있었다. 쾌활하고 활달한 꽃집 주인. 동네 꽃집 아저씨.

고타로는 목소리가 나오지 않았다. 나카소노 고스케는 놀라서 눈을 크게 뜨면서도 밝은 얼굴로 이쪽을 바라보았다.

"저희 꽃집에 볼일이 있으신가요?"

제삼자의 눈에는 고타로가 이상해 보일 것이다. 아침부터 길가에 우뚝 서서 몸을 부들부들 떨며 창백한 얼굴로 구역질을 참고 있다. 나카소노도 곧 이렇게 말하며 고타로의 얼굴을 살폈다.

"손님, 괜찮으세요? 몸이 안 좋아 보이시는데요."

이 남자는 장사하는 입장이니 고타로처럼 애티가 가시지 않은 젊은이도 '손님'으로 부른다.

고미야 사에코는 어떻게 불렀을까. 그녀를 차에 태울 때는 뭐라고 말했을까. 새싹 어린이집 정원사 나카소노입니다. 아이 데리러 가세요? 마침 저도 가는 길이니 괜찮으면 타세요.

그리고 그녀를 죽일 때는 뭐라고 불렀을까.

"손님. 저기, 학생."

다시 한번 불렀다. 고타로는 아주 깊은 바닷속 유전에서 원유를 퍼올리듯이, 기력을 다해 목소리를 퍼올렸다.

"……나카소노 고스케 씨인가요?"

상대는 눈을 깜박였다. 눈동자가 맑았다. 흰자위도 깨끗했다.

"네, 그런데요."

"새싹 어린이집과 거래하시죠? 어린이집 홈페이지를 보고 왔는데요."

나카소노 고스케의 표정이 누그러졌다. 싹싹하던 주유소 직원처럼 눈주름이 잡히도록 친절하게 웃었다.

"늘 감사합니다! 네, 저희가 새싹 어린이집 정원사입니다. 으음, 손님은…… 어린이집에 다니는 자녀가 있을 것 같지는 않군요. 그러기에는 너무 젊으세요."

"누나의 아이…… 조카가 다녀요."

"그러시군요. 그 어린이집 참 괜찮죠. 누님도 마음이 놓이실 겁니다."

고타로는 계획을 세우고 왔다. 조카가 새싹 어린이집에 다닌다. 화단이 늘 깔끔하게 손질되어 있어서 감탄했다. 누나도 칭찬했다. 그래서 이번에 축하해줄 일이 생긴 지인에게 보낼 꽃을 주문하러 왔다. 오늘밤 어디어디로 꽃을 보내달라—

하지만 그런 계획은 머릿속에서 싹 사라졌다. 이놈이 벌벌 떠는 꼴을 보고 싶다. 이 얼굴에서 인위적인 미소를 지워버리고 싶다.

"저는 알아요."

"네, 네."

이놈은 무슨 뜻인지도 모르고 그저 붙임성 있게 맞장구치고 있다. 고타로는 한 발짝 다가서서 목소리를 낮추었다.

"당신이 무슨 짓을 했는지 안다고요, 나카소노 씨."

건강한 중년 남자의 얼굴이라는 가면이 딱딱하게 굳어졌다.

"고미야 사에코 씨를 죽였잖아요. 저, 다 알아요. 증거도 가지고 있고요."

굳어버린 가면 안쪽에서 눈알만 움직였다. 맑은 눈동자에 매서운 눈빛이 서렸다가 바로 원래대로 돌아갔다.

"무, 무슨 말씀이신지?"

"가족들은 모르는 편이 나을 테죠."

고타로는 목소리를 더 낮추고 짐짓 눈길을 들어 건물 2층을 쳐다보았다.

"그러니 자세한 이야기는 오늘밤 다른 곳에서 천천히 하죠. 거절해도 전 상관없어요. 증거를 가지고 경찰에 가면 그만이니까."

나카소노 고스케의 콧방울이 떨리기 시작했다. 거기서부터 가면에 금이 가기 시작했다.

"무슨…… 말씀이신지…… 저는 도통……"

"경찰에 가기 전에 제가 가진 정보를 인터넷에 올릴게요. 그러면 만에 하나 경찰에서 늑장 부려도 네티즌들이 당신을 궁지에 몰아넣겠죠."

나카소노 고스케는 어디서 바람 새는 듯한 소리로 웃었다.

"이, 이봐, 학생. 도대체 무슨 소리인지 모르겠다니까."

"부인하는 건가요? 네, 그럼 마음대로 하세요. 하지만 저는 당신한테 기회를 주러 온 거예요."

"기, 기회?"

"네. 달아날 기회."

두 사람은 정면으로 마주보았다. 건전한 인간의 가면을 눈앞에 두고 고타로는 생각하지 않을 수 없었다. 지금 나는 두 머리 중 어느 쪽과 마주하고 있는 걸까. 그 얼굴에는 표정이 있을까. 시커먼 소용돌이의 움직임은 달라졌을까.

나카소노 고스케도 목소리를 낮추었다.

"……제가 뭐에서 달아난단 말입니까?"

"당신 살인범이잖아. 그렇게 끔찍한 짓을 벌였으니 붙잡히면 끝장이라는 건 잘 알 텐데."

상대의 턱이 뭔가를 씹듯이 움직였다. 조심성 없이 목구멍에서 튀어나오려던 말을 씹어 삼켰는지도 모른다.

"당신도 부인과 아이가 불행해지는 건 싫지?"

턱이 다시 움직이고 입가가 바르르 떨렸다.

"좋은 집과 훌륭한 가게. 교도소에 들어가면 전부 잃고 말아. 무기징역이 거의 확실할 테니까. 허리 굽은 영감님이 될 때까지 못 나오겠지."

아니면 사형이려나. 고타로는 코웃음 치듯이 덧붙였다. "당신, 고미야 씨 말고도 죽였지? 재판원 제도*가 시행된 후로는 피해자가 두 명이라도 극형이 선고되는 일이 있어. 범행이 악질적이고

* 형사사건 1심에서 일반인으로 구성된 재판원 여섯 명이 판사 세 명과 함께 사실인정 및 양형에 관해서 판단하는 제도.

변태적인 경우는 특히 그렇지. 딱 당신 경우야."

두툼한 손바닥에 긴 손가락. 나카소노 고스케는 노동에 익숙한 남자다운 손을 들어 얼굴을 닦았다. 어느새 땀이 흘러서 번들거렸다. 그대로 입을 가렸다. 왼손이다. 약지에 결혼반지를 꼈다.

"나, 나는……"

가면이 깨졌다. 고타로는 그 소리가 들리는 것만 같았다. 양심과 악의, 현실과 망상을 안쪽에 동등하게 채워넣고 단단히 봉인했던 사십대 남자의 얼굴이라는 가면이 부서졌다.

그렇구나. 이 가면에 감춰져 있었던 이놈의 본질이 그 쌍두다. 인상과 태도만 달라진 것이 아니다. 머리도 달려 있다. 그만큼 이놈의 착란은 깊고 근본적이다. 나카소노 고스케의 내면에는 두 명의 인간이 있다.

그중 한 명, 방금까지 뒤로 물러나 있던 쪽이 앞으로 나섰다. 안쪽에서 가면에 손을 뻗어 잡아뜯었다.

"증거라니, 도대체 뭐야? 뭘 가지고 있다는 거야?"

말투까지 달라졌다. 으르는 듯한 목소리에 빈정거림이 더해졌다. 중후한 관현악 사이 트라이앵글 소리가 작게 섞인 것처럼.

"그런 걸 여기서 술술 털어놓을 수 있나."

고타로는 기죽지 않고 받아친 후 입가를 비틀어 웃었다. "오늘밤 다른 데서 천천히 얘기하자니까."

"……돈이 필요해?"

"뭐, 그렇다고 할 수도 있지. 하지만 정말로 원하는 건 당신의 전면적인 자백이야. 고백이라고 할까."

나카소노 고스케가 인상을 찌푸렸다. 지극히 자연스레 그런 표정이 나오는 것을 보고 고타로는 새삼 깨달았다. 동네 꽃집 아저씨의 쾌활한 얼굴은 역시 가면이었다. 이놈이 처자식에게 보여주는 얼굴도 분명 가면이다. 진짜와 너무 닮았으므로 가면을 쓰지 않은 얼굴과 엄밀하게 비교해보기 전까지는 모른다. 하지만 역시 가짜다.

"내 고백? 그걸 들어서 어쩌려고?"

"인터넷에 올릴 거야. 그러면 나는 유명인이 되는 거지."

나카소노 고스케는 인터넷을 잘 모르는 모양이었다. 이해가 잘 안 되는지 어처구니없다는 듯 눈알을 굴렸다. "그딴 짓을 했다가는 네가 체포될걸."

"신원이 밝혀질 만한 실수는 안 해."

두 사람은 서로 노려보았다. 고타로는 얼굴에 띤 웃음을 거두지 않았다. 이번에는 이쪽이 가면을 쓸 차례다. 맨얼굴로 이 녀석의 진짜 얼굴과 마주보기는 무섭다.

"……오늘밤, 아홉시."

고타로는 엄지를 어깨 위로 들어올려 뒤쪽을 가리켰다.

"저 모퉁이에서 오른쪽으로 돌면 월정액 주차장이 있지?"

사전에 둘러본 곳이다. 야외 주차장이라 울타리를 둘러쳐놓았지만 출입은 자유롭다.

"주차장 동쪽, 간판 앞에서 기다려."

"내가 왜 네 말대로 해야 하지?"

"당신은 내 말대로 해야 해. 다른 길은 없어. 알잖아?"

볼일은 끝났다. 이제 가라가 심판의 장소로 옮겨주면 된다.

전철 안이나 카페 구석에서 깜빡 졸다가 깨어 시계를 보았더니 오 분밖에 지나지 않았을 때가 있다.

그런 경험과 비슷했다. 갑자기 의식을 잃었다가 정신 차려보니 고타로는 차통빌딩 위에 있었다.

옥상은 어느새 깔끔하게 정리되어 있었다. 가고일 조각상 파편이 없어졌다. 그리고 기묘하게도 하나 더, 4층으로 내려가는 뚜껑문도 사라졌다.

고타로는 주위를 둘러보았다. 니시신주쿠의 야경이 몹시 가깝게 느껴졌다. 위에서 덮치는 듯한 압박감마저 느껴졌다. 반대로 초고층빌딩들이 뿜어내는 빛은 부자연스러울 만큼 멀게 느껴지는 것이 마치 과학잡지 컬러화보에서 본 우주 저 너머의 성단 같았다.

옆에서 털썩 소리가 났다. 시선을 돌리자 나카소노 고스케가 쓰러져 있었다. 한 박자 늦게 가라가 그 옆에 사뿐히 착지했다.

고타로는 손뼉을 쳤다. "이번에는 아주 수월했네."

다시로 게이코 때처럼 인기척 없는 장소로 유인하는 고생 없이 사냥감을 붙잡아왔다.

"하지만 날 여기 데려올 때는 먼저 귀띔 좀 해줘. 그래야 마음의 준비를 하지."

가라가 이쪽으로 몸을 돌리자 등에 멘 낫의 칼날이 둔중하게 빛났다.

"넌 어디에도 가지 않았다."

"뭐? 그게 무슨 소리야?"

"그보다, 이 녀석을 어떻게 할 테냐?"

나카소노 고스케가 고통스러운 듯이 신음하더니 손으로 머리를 감싸안으며 몸을 일으켰다. 그리고 제자리에 웅크리고서 자다 깬 것처럼 멍하니 주위를 둘러보다가 고타로를 보고 펄쩍 뛰어오를 듯이 놀랐다.

"너, 이 자식!"

"안녕."

고타로는 그의 바로 옆에 쪼그리고 앉아 눈높이를 맞추었다. 나카소노 고스케는 나쁜 병이 옮을까봐 두려운 것처럼 엉덩이를 움직여 뒤로 물러났다. 청바지에 티셔츠 차림이고 앞치마는 없었다. 신발은 운동화로 바뀌었다.

고타로는 얼굴 가득 싹싹한 웃음을 띤 채 물었다. "칼이나 무기가 될 만한 물건은 가져왔어? 날 만나는데 부주의하게 맨손으로 오지는 않았을 테지."

이놈이 고타로의 이야기를 믿었다면 고타로를 회유하든 속이든 처리하든 어떻게든 손쓸 결심을 했을 것이다.

나카소노 고스케는 목을 움츠리더니 눈초리를 치켜세워 고타로를 쏘아보았다.

"여기는 어디야? 이 자식, 나한테 무슨 짓을 한 거야?"

"금방 알게 될 거야. 돈은 안 가져왔어? 내 침묵을 돈으로 살 생각은 없었나보네?"

그때 지금까지 겪어보지 못한 현상이 일어났다. 두 눈을 뜨고 있는데도 왼눈에만 보여야 할 것이 보였다. 그 쌍두. 붉은 연기 덩어리 속에서 북적거리는, 타르 같은 검은색 소용돌이. 한순간 보였다가 바로 원래대로 돌아갔다.

"—이봐, 너 뭐야?" 나카소노 고스케가 말했다. "뭐하는 놈이냐고?"

입을 떨며 말하는 바람에 "너 머야?" "머하는 놈이냐고?"로 들렸다.

"나야말로 묻고 싶어. 당신 뭐야? 연쇄절단마야?"

순간 또다시 왼눈에만 보여야 할 것이 보였다. 두 머리 중 이쪽을 향한 얼굴에 표정이 맺혀 있다. 새까만 옹이구멍 같은 한 쌍의 눈, 그리고 조금 크지만 역시 새까만 구멍 같은 입. 그것들이 동그란 모양으로 변했다. 화질이 나쁜 심령사진 속에서 비명을 지르는 유령 같았다.

"난 범죄자가 아니야."

현실의 나카소노 고스케는 '오줌을 지릴 것처럼' 겁을 먹었다. 과연 고타로에게 화를 내도 될지 몰라서 혼란스러운 마음을 주체하지 못하고 오줌을 지릴 것만 같은 자신에게 화도 났다.

"거짓말 마. 고미야 사에코를 죽였잖아. 증거가 있다고."

"즈, 증거가 있을 리 없어."

"그렇게 믿는 것뿐이야. 당신 같은 짓을 저지르는 인간은 대부분 그래. 자신은 실수하지 않았다고 생각하지. 하지만 실수투성이야."

일침을 가하면 더 화를 낼 줄 알았는데, 나카소노 고스케는 안색이 창백해졌다. 무슨 생각인지 훤히 보이는 기분이었다. 어쩌면 내가 증거를 남겼을지도 몰라. 어디지? 어디서 실수를 했지? 강경하게 부정하려는 마음과 불안감이 다투다가 이윽고 불안감이 우세를 점했는지 더듬더듬 입을 열었다.

"그 여자 잘못이야. 차에 탔으니까 그렇지. 거절하면 됐을 텐데, 차에 타는 바람에 운명이 결정된 거라고. 놈에게 잡히면 나로서는 어쩔 도리가 없어."

고타로는 자신이 상대하는 이 남자가 제정신인지 확인할 요량으로 눈을 가늘게 떴다.

"차에 탔으니까? 그렇지만 당신이 차에 타도록 유도했잖아. 어린이집에 가느냐, 나도 가는 길이니까 타라면서."

"그, 그, 그야 그렇지만."

나카소노 고스케는 손으로 목을 누르고 눈을 희번덕거렸다.

"그건 내가 아니야."

또 왼눈에만 보여야 할 광경이 보였다. 고타로는 급히 몸을 뒤로 뺐다. 옹이구멍 같은 눈과 입이 달린 얼굴이 뒤쪽으로 빙글 돌아가고, 다른 머리가 이쪽을 향했기 때문이다. 그 얼굴은 밋밋했지만 가죽 바로 아래서 뱀처럼 똬리를 튼 시커먼 소용돌이가 빙글빙글 돌고 있었다.

"—놈은, —그런 짓을 좋아해. 나는 옛날부터 놈 때문에—정말로 속을 썩였어."

처음에는 동물이었지만 점점 인간에게 손대게 됐어. 여자를 좋아해. 다리가 예쁜 여자가 취향이지. 그리고 좀 난감하다는 표정을 짓는 여자도.

고타로는 웅크리고 앉은 채 넋을 잃고 바라보았다. 컷으로 나뉜 영상처럼 10분의 1초마다 눈앞에 있는 나카소노 고스케의 모습이 바뀌었다. 보통 중년 남자, 머리가 두 개 달린 괴물, 인간, 괴물. 실체, 정체. 겉모습, 내면.

"나도 놈을 억누르려고 최선을 다했어. 나는 진짜 사람이니까. 놈과는 다르니까."

전부 자기 내면에 있는 연쇄살인범의 소행이다. 내 잘못이 아니다. 그렇게 주장하고 있다. 어설픈 사이코드라마의 한 장면 같다. 컷으로 나뉜 영상 같은 모습도 마치 기발한 기술을 사용한 것 같았다.

나카소노 고스케는 속의 것을 다 게워낼 기세로 말을 내뱉었다. 같은 주장을 되풀이하면서 입을 멈추지 않았다. 고타로는 대뜸 끼어들어 물었다.

"당신을 괴롭히는 내면의 그놈에게 이름이 있어?"

마구 토해내던 열변이 멈췄다. 뚝 끊어지는 소리마저 들릴 듯한 침묵이 이어졌다.

가라는 뭘 하고 있을까. 뒤쪽에서 기척이 났다. 이 남자에게는 가라가 보이지 않는 걸까. 눈치챌 여유가 없는 걸까. 지금은 반쯤 얼이 나간 것처럼 기운 없이 입을 헤벌리고 있다.

"……나는 짐승이라고 불러."

무릎이 바깥으로 꺾이고 발굽이 달린 짐승.

"놈은 자기가 나라고 해. 일심동체라고."

"그렇겠지. 안됐지만."

그렇게 말하고 나서 고타로는 스스로에게 놀랐다. 이런 죽일 놈이 안됐다고? 이놈은 자신이 저지른 짓을 직시하지 못하고 다른 인격 탓으로 돌리며 변명을 늘어놓고 있을 뿐이다.

나카소노 고스케의 얼굴이 젖었다. 또 식은땀을 흘리는 줄 알았더니 눈물이었다. 울고 있다.

고타로는 일어서서 셔츠와 바지 호주머니를 더듬어 디지털카메라를 찾았다. 없었다. 그러고 보니 겉옷도 걸치지 않은 실내복 차림이었다. 신발은 신고 있지만.

오늘 아침 가쓰라야에서 시내로 돌아오기 전 도쓰카의 주유소에 들렀다. 주유소를 지키는 싹싹한 청년 말고, 그가 미야타 씨라고 불렀던 아르바이트생 혼자 있었다. 여전히 손님이 없어서 한가해 보였다.

디지털카메라로 찍은 가쓰라야 차량을 보여주자 미야타 씨는 바로 알아보았다. 아아, 가와사키의 꽃집 사장님이네. 거래처가 이쪽에 있어서 가끔 우리 주유소에 들러. 두 달에 한 번 정도려나.

"당신이 고미야 씨 시신을 유기한 주유소에 다녀왔어. 직원이 당신을 기억하더군."

나카소노 고스케는 젖은 눈으로 고타로를 올려다보았다. "내가 아니야. 그런 짓을 한 건 내가 아니라고."

"그럼 주유소 단골손님도 당신이 아니야? 화장실 열쇠를 빌려서 몰래 복사한 것도 당신이 아니고? 내면의 짐승이 그런 짓을 할 때 원래 당신은 어디 있었지? 응?"

대답은 없었다. 다 큰 남자가 초등학생 아이처럼 울기만 했다. 이 자리에서 도망치려 들지도 않았다.

"고미야 씨 말고 다른 사람에게도 손댔지?"

나카소노 고스케는 김이 샐 만큼 선선히 고개를 끄덕였다.

"당신이 연쇄절단마야. 그렇지?"

이번에는 분명하게 "아니야"라고 대답했다. "난 아니야. 사람을 죽인 건 그 여자가 처음이었어. 연쇄절단마 탓으로 돌릴 수 있는 지금이 기회다 싶어서, 처음으로 살인까지 해본 거라고."

한번 끝까지 가보고 싶었으니까. 울상이던 나카소노 고스케의 얼굴이 깜박거리더니 머리 두 개 달린 괴물로 바뀌어서 그렇게 지껄였다. 혀로 입술을 핥는 듯한 목소리였다.

"연쇄절단마, 탓으로, 돌릴 수 있다고?"

"그래." 나카소노 고스케의 얼굴로 돌아와 공감을 구하듯이 힘주어 고개를 끄덕였다. "좀처럼 없을 기회잖아. 신체의 일부를 잘라내면 다들 멋대로 연쇄절단마의 소행이라고 믿을 테니까. 안 그래?"

고타로의 머릿속에 시커먼 생각이 소용돌이치는 것 같았다.

"그럼 또 누구를 죽였지?"

"죽이진 않았다니까. 칼로 살짝 찌른 게 다야."

여자가 좋다고 다시 한번 말했다. 여자의 피가 좋다고.

"전부 그 여자들 잘못이야. 밤길을 혼자 다니질 않나, 자전거를 타고 어두운 공원을 가로지르질 않나. 그러니까 그 짐승한테 붙잡힌 거라고."

노트북에 넘쳐흐르던 피. 고타로의 눈에 새겨져 있다. 살짝 찔렀다. 여자의 피가 좋다.

나카소노 고스케가 자신이 생활하고 장사하는 지역에서 묻지마 사건을 몇 번 저질렀다고 보면 앞뒤가 맞을까. 밤길을 걷던 여자가 수상한 사람의 칼에 찔려 다친다. 무섭고 뒤숭숭한 일이지만 신문 사회면에 실리는 건 사건 발생 직후뿐이다. 후속 보도는 없다. 보도만 봐서는 범인이 붙잡혔는지도 알 수 없다. 그런 유의 사건이다.

"당신, 언제부터 그런 짓을 했어?"

놀랍게도 나카소노 고스케는 고타로의 질문에 대답하기 위해 진지한 표정으로 생각에 잠겼다. 애를 쓰지 않으면 생각이 안 날 정도인가.

그는 코를 훌쩍이고 눈물을 닦았다. "짐승이 하는 짓이라서 나는 잘 모르겠어."

"그럼 당신은 뭘 했는데?"

짐승이 그렇게까지 커지기 전에 나카소노 고스케의 본체도 무슨 짓을 저질렀을 것이다. 그런 행위가 이른바 먹이가 된 탓에 그의 내면에서 짐승이 자랐을 테니까.

"나는 여자들의 구두를 모았어."

고타로의 초등학생 때 친구가 포켓몬 카드를 모았다고 말할 때처럼 해맑은 목소리였다.

"집 근처에 간호사들이 기숙사로 쓰는 연립주택이 있었어. 지나가면서 보면 바깥 복도에 구두며 샌들이 잔뜩 널려 있었지. 그게…… 탐나서."

이놈은 진짜 변태다. 나는 변태의 편력을 듣고 있다.

"속옷에는 흥미 없었지. 나는 구두 전문이야. 방치된 구두를 훔치기는 간단하니까, 점점 생각을 짜내서 어려운 시도를 하게 됐어. 방금까지 주인이 신고 있던 구두를—"

"그만 됐어."

구역질을 참는 데도 지쳤다.

"다시 물을 테니 솔직하게 대답해. 넌 고미야 사에코 씨를 죽였어. 그렇지?"

"어, 응."

"그 밖에 다른 사람은 죽인 적 없고?"

"죽이지는 않았어. 그 여자가 처음이었다고. 해보기 전까지는 내가 정말로 그런 짓을 할 수 있는 줄 몰랐어."

"어디서 죽였어? 고미야 씨를 어디로 데려갔지?"

"우리 가게 창고에. 본가 근처에 창고를 하나 빌렸어. 난 도쓰카구 출신이거든."

꾹 참아도 속이 메슥거렸다. "고미야 씨 다리는 어디 있어?"

"비닐 시트로 싸서 창고 드럼통에 넣어놨어. 나는 짐승이 아니니까 다리에는 아무 흥미도 없어."

이 대화를 하는 동안은 나카소노 고스케의 모습이 바뀌지 않았다. 컷으로 나뉜 영상처럼 깜박거리지도 않았다. 하지만 그가 다음 말을 꺼냈을 때 예의 밋밋한 얼굴이 다시 나타났다.

"하지만 구두는 챙겼지."

밋밋한 얼굴 속 시커먼 소용돌이가 어지러울 만큼 빠르게 빙빙 돌았다. 고타로는 그가 흥분했음을 알아차렸다.

"그럼 넌 아키타 사건과 미시마 사건과는 상관없는 거야?"

"관계없어."

네번째 사건도 연쇄절단마의 범행이 아니었다. 멍하니 몸을 일으킨 고타로 뒤에서 인간의 모습으로 돌아온 나카소노 고스케가 나직하게 말했다.

"난 구두만 있으면 돼. 여자의 피와 목숨을 원하는 건 그 짐승의 나쁜 버릇이지. 못된 버릇이야. 그 녀석은 정말로 나쁜—"

투덜대던 목소리가 뚝 끊겼다. 고타로는 나카소노 고스케를 보았다. 흔해빠진 중년 남자의 얼굴이 이쪽을 보고 있었다. 그리고 이렇게 물었다.

"이봐, 형씨. 그쪽도 짐승이야?"

무슨 소리야. 왜 그런 눈으로 날 보는 거지?

나카소노 고스케는 손님에게 계산을 재촉할 때처럼 멋쩍은 표정으로 말했다.

"너한테 무시무시한 송곳니가 돋아 있는데."

고타로의 눈이 휘둥그레진 다음 순간, 나카소노 고스케의 목 뒤에서 눈부신 빛이 번쩍였다.

가라였다. 나카소노 고스케 뒤에서 낫을 휘둘러 목을 싹둑 잘랐다.

초승달 모양 칼날이 허공을 가르자 머리가 공중에 떴다. 남겨진 몸이 천천히 앞으로 쓰러졌다. 피 한 방울 흐르지 않았고 비명도 없었다.

대신 잘려나간 머리와 몸의 절단면에서 검붉은 뭔가가 뿜어져 나왔다. 물 같기도 하고 연기 같기도 했다. '분류奔流'라고밖에 표현할 길 없는 두 줄기의 물살. 그 물살이 서로 비비 꼬이며 낫으로 흡수됐다.

―이중나선.

DNA 모델과 같은 형태다.

가라는 낫을 한 손으로 가볍게 머리 위로 들어올려 돌리면서 춤추듯이 우아하게 움직이기 시작했다. 끝에 맑은 빛이 맺힌 날카로운 날을 쫓아 검붉은 물살이, 뱀처럼 허공에서 구불거렸다. 구불거리면서 계속 빨려들어갔다.

언제 끝날지 알 수 없을 만큼 강력한 물살이었다. 가라는 더욱 빠르게 춤추며 차통빌딩 옥상을 한 바퀴 빙 돌아 원래 자리로 돌아왔다. 그리고 낫을 머리 위로 높이 던져올렸다. 낫은 빙글빙글 돌면서 날아갔다.

검붉은 물살이 그 뒤를 쫓았다. 물살이 흡수되며 점점 짧아졌다. 속도가 너무 빨라서 빙빙 도는 낫의 잔상이 원반처럼 보였다.

그 원반 속에서 눈부신 빛 두 개가 번쩍였다. 가라는 머리 위로 양손을 들었다. 두 개의 낫이 동시에 손안으로 떨어졌다. 보호대에 감싸인 기다란 손가락이 낫자루를 단단히 움켜쥐는가 싶더니, 가라는 눈 깜짝할 사이 한 쌍의 낫을 등에 멨다.

한 자루였을 때보다 칼날의 크기가 조금 작아졌다. 자루도 짧다. 하지만 칼날은 스스로 얼음 같은 빛을 뿜어냈다.

무기물의 빛이 아니다. 일정한 리듬으로 완급을 조절하는 빛이다. 살아 있다. 호흡하듯이 빛난다.

다시로 게이코 때도 그랬지만, 나카소노 고스케의 '갈망'이 구현된 모습은 몹시 그로테스크했다. 하지만 갈망을 흡수해 진화하는 가라의 낯은 더 아름다워지고 더 강해진다.

마른잎이 떨어진 것처럼 희미한 소리가 들렸다.

갈망을 잃고 빈껍데기가 된 나카소노 고스케의 머리와 몸이 바스러졌다. 순식간에 먼지로 변하더니 바람도 없는데 어딘가로 휩쓸리듯 사라졌다.

"—이 남자의 육체도 갈망의 그릇으로 전락했다."

가라는 조용하게 말했다. 고타로는 고개를 끄덕였다.

"그래서 내용물이 빠지면 형태를 유지하지 못하는 거군."

다시로 게이코의 갈망을 돌려줄 수 있지만, 그녀를 원래대로 돌려놓을 수는 없다. 그때 그렇게 말한 이유를 알았다.

"가라."

고타로는 어느새 제자리에 무릎을 꿇고 바닥에 손을 짚은 채 엎드려 있었다. 겨우 몸을 일으켰다.

"나, 좀 이상해. 놈과 대결했을 때 왼눈을 쓰지 않았는데도 정체가 보였어. 빠르게 모습이 바뀌면서 인간으로 보였다가 괴물로 보였다가 하더라고."

어쩌면 가라에게 빌린 눈의 힘이 고타로의 내면에 뿌리내려 조금씩 성장하고 있는 것 아닐까. 처음에는 빌린 물건이었지만 사용하면서 길들어 고타로 것이 되어가고 있는지도 모른다—

하지만 가라는 바로 말했다. "조금도 이상할 것 없다."

차분한 걸음걸이로 천천히 옥상 가장자리로 다가갔다.

"여기는 내가 만든 결계야."

가라의 힘이 구석구석 미치는 곳이다. "그러니 가만있어도 대상의 '말'이 보인다. 단지 그뿐이야."

"그럼 여기는 현실의 차통빌딩이 아니야?"

"그렇게 말했다."

일어서려니 다리가 후들거리는 바람에 고타로는 다시 엎드려서 가라가 있는 곳까지 기어갔다. 옥상 가장자리에서 아래를 내려다보았다.

니시신주쿠 거리는 존재하지 않았다. 칠흑 같은 어둠—아니, 캄캄한 허공만 있을 뿐이다.

그래서 야경도 이상하게 느껴진 건가. 망가진 렌즈 너머로 본 것 같은 기분이었다. 가까운 것은 너무 가까이 다가붙고, 먼 것은 너무 멀리 떨어져 있다.

"그 건물 옥상은 이제 쓸 수 없다. 너희 현실과 너무 많이 접촉했어."

"하지만 나한테는 특별한 장소였는데."

그래서 마코와 만날 때도 일부러 거기로 갔고.

차통빌딩 옥상은 고타로가 지금의 고타로가 되는 계기를 만들어준 장소다. 존재하지만 현실에는 없는 것과의 만남을 성사시켜 고타로의 세계를 바꾸어준 장소.

악을 사냥하는 고타로의 원점이다. 본거지다.

"난 너와 함께 감상에 젖을 마음이 없다. 그렇다고 네가 감상에 젖는 걸 말릴 이유도 없다만, 이제 그곳에 가지 않는 게 좋다는 충고는 해두마."

말 그대로 가라는 조금의 감상도 없이 담담하게 말했다. "내 낫은 강해졌다."

등에서 한 쌍의 칼날이 빛났다.

"……이제 완성된 거야?"

"아니, 아직 멀었다. '비탄의 문' 문지기를 쓰러뜨리기에는 아직 부족해."

"그럼 다음은."

말을 꺼내다 말고 고타로는 입을 다물었다.

다섯 사건 중 세 건은 연쇄절단마의 범행이 아니었다. 앞선 사건을 모방한 사건도 있었지만, 세 건 모두 별개였다.

그렇다면 이제 이렇게 받아들이는 편이 자연스러울 것이다. 연쇄절단마는 처음부터 존재하지 않았다. 그것은 허상, '이야기'

다. 조사해보면 아키타 사건과 미시마 사건의 범인도 따로 있고, 동기도 제각각일 것이다.

도마코마이에서 발생한 나카노메 시로 살해사건에 '피해자의 엄지발가락이 절단당해 사라졌다'는 요소가 있었다. 그 요소를 기점으로 이야기가 시작됐다. 처음에는 '발가락 빌'. 그것이 연쇄절단마로 성장해 홀로서기를 했다.

다섯 사건의 진상, 실태를 파헤치는 것은 연쇄절단마라는 이야기를 해체하는 것과 같다.

"내가 나머지 두 사건의 범인도 찾아낼게. 쓰즈키 아저씨도 도와줄 거야. 여기까지 왔으니 전모를 밝혀내야지."

그리고 나머지 두 사건의 범인도 분명 강력한 갈망을 품고 있을 것이다.

"네게 그렇게까지 해야 할 책임은 없을 텐데."

"책임 때문에 하는 게 아니야. 이건 내 뜻이야."

고타로는 일어섰다. 머릿속에 떠오른 야마시나 아유코의 뽀얀 얼굴과 검은 눈동자가 마음에 온기를 남기고 금세 사라졌다. 마치 그 사람이 손으로 어루만져준 기분이었다. 실제로 그럴 기회는 없었지만, 그 손의 감촉이 느껴졌다.

—악한 이야기와 싸워.

두려움과 거리낌을 모르고 거짓과 폭력으로 남의 목숨을 빼앗아 신화를 이룩하려는 이들이 있어. 야비한 죄를 저지르는 거대한 갈망에 지지 마.

가라가 뭐라고 말했다. 고타로는 눈을 깜박이며 사장님의 환영을 마음속 깊이 갈무리했다. 찔끔 눈물이 났다.

"응, 뭐라고?"

가라는 고타로를 내려다보다가 긴 흑발을 흔들며 등을 돌렸다. 한 걸음, 또 한 걸음 뚜벅뚜벅 옮겨서 고타로에게서 멀어졌다. 그리고 등을 돌린 채 말했다.

"—내가 처음 만나 갈망을 얻은 인간들을 돌이켜보면, 어떤 자는 고독에 눈물지었고, 어떤 자는 잘못 살아온 인생을 몹시 부끄러워했고, 어떤 자는 절망했고, 어떤 자는 용서를 구하며 슬퍼했다."

그래서 가라는 그들 괴로움의 근원인 갈망을 거두어주었다. 그들의 바람에 따라 이승에 머무르는 육신도 낫의 힘으로 바꾸어 존재를 없애주었다.

그렇지만.

"그들의 갈망은 변변찮았다. 모으고 또 모아도 모래를 퍼올리는 것처럼 미덥지 못해 내가 영역을 잘못 선택한 줄 알았지."

—여기야말로 테두리의 근원인데.

"하지만 내가 이 세계를 잘 몰랐을 뿐이었다."

너희의 생명은 강하다.

"테두리를 자아내고 끊임없이 죄업의 대륜을 돌리는 너희 인간의 생명은 그 얼마나 강인한가. 거기서 태어나는 갈망은 또 얼마나 큰가."

가라의 마음에 감정의 물결이 일었음을 알 수 있었다. 하지만 감탄하는 것처럼 들리지는 않았다. 가라 또한 자신이 만난 노숙자들과, 주위의 누구에게도 말할 수 없는 비밀을 간직했던 모리나가처럼 몰래 탄식하고 있다. 그건 고타로의 지나친 생각일까.

"너희는 강하다. 그리고 불결함에 찌들었다."

가라는 옥상 반대쪽까지 가서 몸을 돌려 고타로를 보았다.

"마음에 걸리지 않나?"

"뭐, 뭐가?"

"그 남자가 했던 말. 네게 '무시무시한 송곳니가 돋아 있다'고 했다."

아아, 그거.

"이 결계 안에서는 누구든 내 눈을 통해 사물을 본다. 그래서 그 남자에게도 네 정체가 보인 거지. 네가 거느린 '말'의 잔재, 그것이 모여서 이룬 형체가 보인 거다."

거기에 송곳니가 돋아 있었다.

"마코는 거인을 데리고 있었어."

가라가 고개를 끄덕였다.

"그래서 말인데, 내가 데리고 있는 건 늑대인간 아닐까? 아니면 사냥개? 송곳니도 있겠다, 그게 딱일 것 같은데. 왜, 유리코도 늑대잖아? 사냥꾼이니까."

가라가 주저하지 않고 대답했다. "늑대는 추적자다. 사냥꾼이 아니야."

이름 없는 땅의 봉인을 지키려다 실패하고 파옥破獄한 것을 되찾고자 허무한 추적을 계속한다. 시간에 얽매이지 않은 채 모든 영역을 오가고, 불사를 얻어 어디든 머무른다.

그 대신 어디에도 실제로 존재할 수 없다.

"네가 만난 그 여자아이도 너희 세계에서는 이미 허깨비가 되어가고 있다. 늑대는 추적하는 동안 조금씩 제 실체를 잃거든."

너도 그렇게 되고 싶은가. 질문을 받고 고타로는 가라를 바라보았다.

"그 질문에는 나머지 두 사건의 진상을 규명하고 나서 대답할게. 그래도 되지?"

대답하는 대신 가라는 등의 날개를 펼쳐 날아올랐다. 고타로의 머리 위에서 칠흑 같은 날개를 퍼덕이더니 단숨에 다시 내려왔다.

―너는 후회할 거다.

가라의 목소리가 들리는가 싶었는데 고타로는 집 앞에 서 있었다. 현관문 바로 앞. 우편함 옆이다.

몽유병에 걸려 잠자면서 배회한 기분이었다. 하지만 신발은 신고 있었다. 밤공기가 끈끈하고 무더웠다.

현관문은 열려 있었다. 거실에서 텔레비전 소리와 부모님의 대화 소리가 들렸다. 고타로는 황급히 자기 방으로 돌아갔다. 시계를 보니 밤 아홉시 오분이었다.

가라의 결계에 들어갔다가 돌아오는 건 이런 느낌이구나. 기억이 조금 날아갔다. 머리가 멍했다.

방안에는 늘 메고 다니는 백팩이 놓여 있었다. 잃어버린 것은 없다. 휴대전화도 바깥 주머니에 들어 있었다.

꺼내려는데 벨이 울렸다. 쓰즈키의 번호가 떴다.

"여보세요? 도쿄에 돌아오셨어요?"

한 박자 늦게 호통치는 소리가 들렸다. "남이 걱정한 줄도 모르고 속 편한 소리 하기는! 몇 번이나 전화했는데 왜 안 받아!"

"아아. 어, 설명하기가 좀 어려운데요. '결계'라는 말 아세요?"

둘이서 각자 상황을 보고했다. 쓰즈키는 불같이 화를 냈다. 또 멋대로 범인을 사냥했느냐면서.

"왜 자수시키지 않았어?"

"그런 느긋한 짓을 할 시간이 어디 있어요! 도망치면 끝이라고요."

가라의 결계 이야기에도 쓰즈키는 놀라지 않았다. 오히려 고타로가 놀랐다.

"나도 잠깐이지만 그 전사의 힘을 체험했어."

칠석 조릿대의 단자쿠 중 범인이 쓴 것을 구분할 수 있도록 힘을 빌려주었다.

"하지만 내가 바란 건 아니야. 멋대로 당한 거야."

이제 오만 정이 다 떨어졌다고 덧붙였다.

"가라는 쓰즈키 씨를 도와준 거예요."

"그딴 건 아무래도 상관없어. 난 이만 사양하련다. 너도 잠꼬대 같은 소리 그만하고, 이만 평범한 대학생으로 돌아가."

"싫어요. 아직 두 건이 더 남았어요."

"연쇄살인마 같은 건 없어!"

"그러니까 더더욱 환상의 뿌리를 뽑아야죠."

"아키타 사건은 피해자 신원조차 밝혀지지 않았어. 아마추어에게는 무리야."

"저는 미시마의 마사미 마담을 조사할게요. 아키타는 쓰즈키 씨가 맡아주세요."

이러쿵저러쿵 떠드는 사이 휴대전화 배터리가 닳아버렸다. 마침 다행이다.

책상 앞에 앉아 노트북을 확인했다. 메일이 몇 통 와 있었다. 마코가 보낸 메일도 있었다.

대용량 파일이 첨부되어 있었다. 제목은 '신경쓰여서 조사해 봤어요.'

나카소노 고스케 이야기였다.

'왜 고 씨가 저한테 그런 일을 시켰는지 궁금하기도 했고요.'

마코에게는 그럴 만한 실력이 있다. 가쓰라야의 SNS 계정을 실마리 삼아 나카소노 고스케가 어떤 사이트에 드나들고 어떤 사람들과 정보를 주고받았으며 어디에 왜 돈을 지불했는지 조사해나갔다.

'그랬더니 그 사람, 보통 사용하는 것 말고 IP주소가 하나 더 있더라고요.'

그 IP주소가 이끈 곳에 고타로가 본 쌍두의 괴물이 있었다.

'BB섬에서 감시중인 사이트예요. 그 꽃집 주인은 다리 페티시가 있는 모양이더군요.'

변태가 모여드는 사이트인가. 정보를 교환하고, 서로의 망상을 자극하고, 스릴을 공유한다.

'고마워. 이제 잊어버려도 돼.'

짤막한 답장을 보낸 후 고타로는 의자 등받이에 기대어 눈을 감았다.

10

연달아 학교 수업에 빠지자니 역시 좀 켕겼다. 그로부터 일주일, 마음은 급했지만 고타로는 결국 미시마 시에도 아키타 시에도 가지 못하고 노트북으로 두 사건의 정보를 수집하고 정리하며 시간을 보냈다.

야마시나 사장의 공백을 메우지는 못해도 쿠마에서는 어떻게든 일상이 이어졌다. 오른쪽 엔진이 멈춰도 왼쪽 엔진으로 날 수 있다. 하지만 이 상태로는 좀더 먼 곳을 목표로 할 수 없으니, 일단 어딘가에 착륙해 기체를 정비해야 한다. 쿠마에는 도쿄 지사 영업 종료와 삿포로 지사 개업이 그 기회다.

경찰이 더이상 불러내지 않게 되자 마키 세이고는 남는 시간에 은행을 가거나 손님을 상대했다. 조금 예민해졌으며, 자잘한 업무는 부하에게 넘겼다.

태도가 바뀐 것은 마키만이 아니었다. 사원과 아르바이트생 몇 명이 그만두었고, 팀장급 중에서도 삿포로에 못 간다고 확실히 못박는 사람이 나와서 전체적으로 분위기가 어수선했다. 하긴 얼마 전부터 이랬을 테다. 정신이 딴 데 팔려 고타로가 알아차리지 못했을 뿐이다.

그 사람이 없는 쿠마에는 고타로도 더이상 애착이 가지 않았다. 가나메는 도쿄 지사가 닫을 때까지만 아르바이트를 하고, 그 뒤에는 한동안 학업에 전념하겠다고 했다. 학점을 못 채울 것 같다면서.

"마코, 열심히 해."

"네, 언제든 놀러오세요."

고타로는 '거래'라는 명목의 충돌을 거쳐 마코와 일종의 화해를 한 기분이었다. 둘 다 아무 일도 없었던 것처럼 행동하면서 경쟁하듯 가나메를 웃겼다.

그날도 그런 분위기였다. 마침 셋이서 휴게실에 모여 앉아 잡담을 하는데, 옆에서 태블릿PC를 보며 도시락을 먹던 사원이 "오!" 하고 소리쳤다.

"홋카이도 사건의 범인이 체포됐어."

가나메와 마코가 숨을 삼켰다. 그리고 바로 태블릿PC를 들여다보았다.

"연쇄절단마가 잡혔군요!"

"아니, 그것까지는 잘 모르겠는데."

인터넷뉴스 속보에는 헤드라인 한 줄만 떠 있었다.

'도마코마이의 선술집 사장 살해 혐의로 친척 남성과 그 아들 체포.'

그후로 다들 야단법석이었다. 조금이라도 더 자세한 내용을 알아내기 위해 섬마다 기를 썼다. 그들 입장에서 첫번째 사건 용의자가 체포된 건 야마시나 사장을 살해한 범인이 체포된 것이나 마찬가지이기 때문이다.

—아니야. 아니라고.

큰 소리로 알려주고 싶었다. 고타로는 청바지 호주머니에 손을 넣고 잔뜩 흥분한 사람들을 냉정한 눈으로 바라보다가 귀를 막고 감시 업무에 몰두했다.

두 시간쯤 지나 마키가 사내 전체 메일을 보냈다. 도마코마이에서 체포된 용의자는 야마시나 사장 살해에는 관여하지 않았다. 예의 '범행성명'과도 무관하다. 도마코마이주오 서의 정식 발표는 아직 없지만, 이쪽 수사본부에서 그런 요지의 정보를 알려주었다. 모두 진정하고 업무를 계속하도록.

아르바이트를 마치고 오후 일곱시에 귀가했다. 어머니 아사코도, 요즘 한층 시건방져진 동생 가즈미도 저녁식사 준비를 제쳐놓고 텔레비전을 보고 있었다. 주요 방송국 전부 특별보도 방송을 내보내고 있었다.

"다녀왔어. 배고프다."

고타로의 말에 어머니와 동생의 눈이 휘둥그레졌다.

"오빠, 지금 그런 소리 할 때가 아냐! 연쇄절단마가 체포됐대!"

"너희 사장님한테 그 몹쓸 짓을 한 범인 말이야."

"아니야. 성급하게 넘겨짚지 마."

두 사람은 벙한 표정을 지었다. 가즈미는 텔레비전을 가리킨 채 굳어버렸다.

"그 사건 범인이랑 사장님을 살해한 범인은 다른 사람이야. 뉴스 좀 제대로 봐. 도마코마이 사건 수사본부에서 체포한 용의자가 연쇄절단마라는 소리는 한마디도 안 했잖아."

"하, 하지만……"

속보가 나온 뒤 지금까지 피해자 나카노메 시로의 작은아버지와 사촌동생이 용의자로 체포되었으며, 피해자의 선술집 경영권을 둘러싸고 불화가 있었던 듯하다는 사실까지는 보도됐다. 그중에는 인터넷 매체도 있지만 신속하고 신빙성 높은 사이트이므로 가짜 뉴스는 아니다.

"친척끼리 다투다가 일어난 사건이야."

"하지만 발가락이 잘려나갔는데."

"무슨 의미가 있었겠지. 없었을지도 모르지만, 그게 무슨 상관이야. 피자 시킬게."

어머니와 가즈미는 텔레비전에서 눈을 떼지 못했다. 잠시 후 아버지가 돌아와서 가세했다. 배달된 피자 앞에 둘러앉아 바쁘게 채널을 바꿔가며 빠뜨릴세라 뉴스를 시청했다. 고타로는 피자를 배불리 먹고 슬쩍 방으로 올라갔다. 계단을 올라가는데 어머니가 "사장님 사건과 관계없어서 기분이 별로인가봐"라고 말하는 소리가 들렸다.

휴대전화를 확인하자 쓰즈키의 부재중 통화가 남아 있었다. 십 분쯤 전에 걸었다가 바로 끊었다. 고타로가 걸자 통화중이었다. 전화를 끊고 노트북을 켜는데 벨이 울렸다.

"도마코마이주오 서는 오후 아홉시부터 기자회견을 할 예정이야." 쓰즈키는 느닷없이 그렇게 말했다. "너도 대충은 알겠지만, 기자회견에서도 공개되지 않을 정보가 하나 있어."

뭔지 알려달라고 부탁하지 않아도 아저씨는 말하고 싶어서 입이 근질근질한 것 같았다.

"피해자의 작은아버지와 사촌동생—나카노메 레이지와 가쓰미가 피해자의 왼발 엄지발가락을 자른 이유 말인데, 아버지 레이지가 이렇게 설명했다는군."

—재수가 좋기를 바랐다.

"삼십 년쯤 전 삿포로 시내에서 강도가 가게 주인을 살해하고 금고에 있던 현금 삼백만 엔을 훔쳐가는 사건이 발생했는데, 결국 해결되지 못하고 시효가 끝났지. 범인이 경찰을 완전히 물 먹이고 감쪽같이 달아난 사건이야."

그때 살해당한 가게 주인은 왼발 엄지발가락이 없었다.

"강도가 잘라서 가져간 게 아니라 젊을 때 사고로 잃었대. 엄지발가락이 없으면 몸의 균형이 잘 안 잡혀 걷기 힘들어. 피해자는 당시 사십대였지만 그 때문에 지팡이를 짚고 다녔다는군."

고타로는 잠자코 들었다.

"나카노메 레이지는 아들의 도움을 받아 조카를 죽이고, 이 사건도 삿포로에서 있었던 가게 주인 살해사건처럼 미궁에 빠져서 무사히 시효가 끝나기를 기원하며 엄지발가락을 잘랐어. 예전 그 사건의 범인처럼 재수가 따르기를 바랐던 거지. 일종의 주술이었던 거야."

그 정도는 제삼자도 추측할 수 있는 수준이잖아.

"나카노메 부자에게는 안됐지만, 이제 흉악범죄 시효는 없어졌어. 아무리 주술을 걸며 기원해봤자 허사야."

"어쨌거나 체포되지 않기를 바라는 뜻이었던 거군요…… 그런데 쓰즈키 씨, 그거 정말로 확실해요?"

"확실하다마다. 도마코마이에서 나를 붙잡았던 형사에게 들은 이야기인걸."

"하지만 삼십 년 전 사건은 삿포로였고, 이번에는 도마코마이잖아요."

"나카노메 레이지는 오랫동안 삿포로에 살았어."

고타로는 다시 입을 다물었다.

"이걸로 완벽하게 확정됐다. 원점이라고 할 수 있는 사건이 사라졌어. 연쇄살인마는 허상이야. 어때, 납득했지?"

아저씨, 흥분했네.

"네가 요즘 얌전하게 지내는 것 같아서 나도 안심이다."

"공부에 바빠서 움직이지 못했을 뿐이에요."

"그럼 그대로 학업에 힘쓰려무나. 넌 학생이니까."

"친척간 불화가 원인이었다면, 왜 더 일찍 체포하지 못했을까요?"

"집안에서 일어난 사건은 다루기 까다로워. 꼭 누군가가 감싸고 나서지. 불쌍해서가 아니라 창피해서야."

그 기분은 고타로도 이해가 갔다.

"이런 유의 사건은 알리바이를 확인하기도 힘들어. 하나같이 '한밤중이라 자고 있었습니다' 하는 식으로 진술하는데, 그게 부자연스럽지도 않아서 골치 아프다니까."

아저씨, 흥분했을 뿐 아니라 들떴어.

"도마코마이의 수사본부는 확고부동한 물증을 잡을 때까지 끈질기게 수사를 계속했을 거야."

"어떤 물증인데요?"

"시신 유기 현장에는 불법 투기한 가구와 가전제품이 산더미처럼 쌓여 있었어. 그래서 불확실한 지문과 장문이 하늘의 별만큼 많았지. 일일이 대조하느라 꽤나 애먹었을걸."

그중 망가진 자전거 안장에 묻어 있던 지문과 서류 캐비닛 옆 부분에 남아 있던 장문의 일부가 각각 나카노메 레이지와 가쓰미의 것과 일치한다는 감정 결과가 나온 덕분에 마침내 체포를 단행할 수 있었다고 한다.

"레이지는 순순히 범행을 시인했대."

아들을 끌어들인 건 나다. 모두 내 책임이다, 라고.

고타로는 아직 이해되지 않는 점이 하나 있었다. "그 형사님, 어째서 쓰즈키 씨에게 정보를 줬을까요? 너무 친절하지 않아요? 엄청 협박하셨나보네요."

"어허, 누가 들으면 큰일날 소리."

그렇게 말하면서도 쓰즈키는 잠깐 웃었다.

"글쎄다…… 피해자의 엄지발가락을 자른 이유를 내가 감으로 맞혔으니 감탄해서 알려준 거겠지. 분명 그럴 거야."

그저 감이 적중했을 뿐 아니라 취조에도 도움이 되었다면 더 좋겠고. 쓰즈키는 내심 기쁜 듯 진심 어린 목소리로 말했다.

"오늘 첫 속보가 나왔을 때요."

내가 지금 무슨 소리를 하려는 건가 생각하면서 고타로는 중얼거렸다.

"쿠마 사람들이 흥분해서 술렁였어요. 눈을 반짝였죠. 연쇄절단마가 붙잡혔다면서."

사장을 죽인 범인이 붙잡혔다.

쓰즈키의 목소리가 낮아졌다. "그럴 만도 하지. 다들 그렇게 생각했을 거야. 전국이 환상에 빠져 있었어. 지금도 완전히 깨어나지는 못했고."

"다시로 게이코는 체포되어서 범행을 자백할 수 없겠죠."

제가 야마시나 아유코를 죽였습니다, 라고.

"제가 그 여자를 사냥했으니까."

"응, 그래."

"다른 사건이 전부 해결돼도 쿠마 사람들은 속이 후련해지지 않겠죠. 오늘 그 한순간처럼 눈이 반짝이는 일은 없을 거예요."

그렇다, 하지만 어쩔 수 없다. 그렇게 말해주었으면 했다. 지금은 부디 그런 말로 위로해주길 바랐다.

하지만 쓰즈키는 이렇게 말했다. "쿠마 사람들만이 아니야. 도쓰카 사건의 피해자, 고미야 사에코 씨의 유족들 마음에 맺힌 응어리도 풀리지 않겠지. 그 사람 가족, 친구, 직장 동료 모두 마찬가지야."

그 사실이 갑자기 고타로의 내면에서 크게 부풀어올랐다.

"남들 모르게 사적인 제재로 죄를 처단하면 그렇게 돼."

"하지만 저는."

"그만. 한번 엎지른 물은 주워 담을 수 없다. 또다시 같은 잘못을 되풀이하지 않는 수밖에."

그렇게 설교조로 타이르니 호통치거나 따끔하게 나무라는 것보다 더 아니꼬웠다. 난 정말 이 아저씨가 싫다.

"……저는 그들을 용서할 수 없었어요. 용서해서는 안 된다고 생각했다고요."

그렇게 말하고 일방적으로 전화를 끊었다. 쓰즈키는 다시 전화를 걸지 않았다.

다음날 아침에도 텔레비전은 도마코마이 사건의 범인이 체포되었다는 소식으로 들끓었다. 다만 어느 방송에서나 연쇄절단마의 첫번째 범행으로 추정되던 사건이 해결되었으니 사건을 전체적으로 다시 살펴보자는 분위기가 전해졌다.

인터넷도 사정은 같았다. 다들 흥분해서 추리 대결과 프로파일링 놀이에 심취했다. 한편으로 도마코마이에서 범인을 오인체포했다, 그들은 누명을 썼다고 완고하게 주장하는 사람도 있었다. 다섯 사건은 어디까지나 연쇄절단마의 소행이라며.

'연쇄절단마에게 고한다. 지금 당장 성명을 발표해라. 이제 그 범행성명문만으로는 네 의중을 알 수 없다.'

그렇게 요구하는 사람도 있었다. 같은 사이트에 이 글에서 요구한 성명, 즉 내가 바로 연쇄절단마이며 첫번째는 도마코마이 사건이 아니라 실은 아직 발각되지 않았다, 현재 여섯번째 사건을 진행중이라는 등의 글을 올려서 놀림과 비웃음을 산 사람도 있었다.

말, 말, 말이 몰아친다. 사람들이 내놓은 말이 점점 쌓인다. 하지만 평범한 인간에게는 그 모습이 보이지 않는다. 양식 있는 네티즌도, 인터넷에 숨어 나쁜 짓을 하는 자들도 보지 못한다. 쌓여가는 말의 무게도 느끼지 못한다.

아무도 감시할 수 없다. 그러니까 나는—

학교로 향하는 전철 안에서 유리창에 비치는 얼굴을 마주보았다. 미시마 고타로의 얼굴. 십구 년간 이 얼굴로 살아왔다.

하지만 왼눈으로 본다면?

—너한테 무시무시한 송곳니가 돋아 있는데.

그야 그렇겠지. 나는 마코가 데리고 다니는 거인과 동류야.

무음으로 설정해둔 휴대전화가 진동했다. 확인하니 어머니였다. 자동응답 서비스로 연결되자 바로 끊겼다가 다시 걸려왔다.

고타로는 다음 역에서 내려 전화를 걸었다. 이런 일은 좀처럼 없다. 분명 급한 용건이다.

"엄마, 무슨 일이야?"

고타로의 목소리를 듣자 어머니는 안도한 듯했다. 떨리는 목소리로 말했다.

"저기, 엄마 이제 병원 가려고."

미카가 다쳤어, 라고 했다.

"미카가? 어쩌다? 학교에서?"

"자세히는 아직 잘 모르지만, 계단에서 떨어졌다나봐. 머리를 부딪혀서 구급차에 실려갔대."

미카의 어머니 소노이 다카코는 마루노우치에 있는 외국계 상사회사에 다닌다. 고타로는 삼십 분쯤 걸려서 그곳에 도착했다. 그사이에도 어머니가 메일로 소식을 알렸다.

'미카, 말은 할 수 있어. 의식이 또렷해.'

SF영화에 나올 법한 고층빌딩, 기능적인 금속성 장식이 달린 로비의 안내데스크로 가서 소노이 씨 가족인데 급한 일로 왔다며 연락을 부탁했다. 서둘러달라고 재촉하고 십 분쯤 기다리자 다카코 아주머니가 엘리베이터를 타고 내려왔다.

"고, 무슨 일이니?"

"아주머니, 스마트폰 확인하셨어요?"

어머니 말로는 "회사에 전화했는데 다카코 씨는 프레젠트인가 뭔가를 하느라 전화를 받을 수 없대"라고 했다. 프레젠트가 아니라 프레젠테이션이겠지만.

"회의중이라 꺼놨는데."

검은색 하이힐에 흰색 셔츠와 검은색 정장을 맵시 있게 차려입었고 화장도 완벽하다. '전쟁터'에 있는 다카코는 처음 보았다. 치켜세우는 게 아니라 정말로 멋있었다. 하지만 사정을 듣자 그 얼굴이 대번에 새파랗게 질렸다.

"하나코 아주머니는 충격받으셨는지 어쩔 줄 모르고 허둥대기만 해서 저희 엄마가 대신 병원에 갔어요. 아주머니도 얼른 가보셔야죠. 병원 주소랑 전화번호는 스마트폰으로 보내놨어요. 뭣하면 저도 같이 갈까요?"

얼굴은 창백했지만, 소노이 다카코는 곧 정신을 차렸다. "괜찮아. 바로 병원에 갈 테니 고는 학교 가렴. 여기까지 알리러 와줘서 고마워."

"……괜찮으시겠어요?"

"응. 미카 상태가 어떤지 확인하면 바로 연락할게."

고타로의 어깨를 꽉 잡고 다시 한번 고맙다고 말한 후 부리나케 엘리베이터로 돌아갔다.

이렇게 급박한 상황인데도 고타로는 문득 유혹에 사로잡혀 오른눈을 감았다.

요즘 더럽고 무서운 것만 봐왔다. 하지만 다카코 씨는 다르다. 전혀 다른 '말'을 데리고 있을 것이다.

엘리베이터 문이 열리자 다카코가 올라탔다. 이쪽을 보고 고타로에게 살짝 손을 들었다.

그 등에 눈부시게 빛나는 순백의 날개가 달려 있었다.

새 날개가 아니다. 저것은 페가수스의 날개다. 고타로는 그렇게 생각했다. 묘하게 확신이 들었다. 지금은 접혀 있지만 펼치면 다카코 씨 키보다 클 것이다. 그녀의 뒤를 지키고, 순풍을 받아 어디든 달려갈 수 있도록 등에 자리잡고 있다. 펄럭이면 하나하나 반짝이는 깃털에서 빛 알갱이가 사방에 흩뿌려질 것이다.

—저 날개는 미카를 지키는 날개이기도 해.

알려주고 싶다. 아주머니, 등에 예쁜 날개가 달려 있어요. 그러면 다카코는 날갯짓해서 하늘로 날아올라 금방 딸에게 갈 수 있을 텐데.

언젠가 가즈미가 '다카코 아주머니는 우리 엄마한테 콤플렉스가 있다'는 말을 한 적 있다. 하지만 오늘 다카코 씨를 보건대 한 수 접고 들어갈 사람은 미시마 아사코 쪽이리라. 날개는 차치하고, 정장과 하이힐만 놓고 봐도 그렇다.

학교에 가서 지루한 수업을 듣고 있는데 이번에는 미카가 직접 메일을 보냈다.

'고 오빠, 걱정 끼쳐서 미안해. 계단에서 발을 헛디뎌 떨어졌어. 이마에 혹이 생겼지 뭐야.'

눈물을 흘리며 웃는 이모티콘이 달려 있었다.

미카는 덜렁거리는 편이 아니다. 가즈미와 다르게 의젓하고 얌전한 성격이다. 뭔가 딴생각이라도 한 걸까.

모리사키 유리코, 늑대 유리의 경고가 되살아나 고타로의 귀에 대고 불길한 목소리로 속삭였다.

—미카가 휘말린 문제는 아직 끝나지 않았어.

하지만 본인이 직접 발을 헛디뎠다고 했다. 그냥 사고일 것이다. 나쁜 쪽으로만 생각하면 한도 끝도 없다. 그렇다, 나쁜 일을 너무 많이 보면 좋지 않은 것과 마찬가지다.

수업 끝에 돌려받은 리포트의 평가는 C마이너스였다. 학업에 힘쓰려무나. 이번에는 쓰즈키 아저씨의 질책이 되살아나서 고타로는 목을 움츠렸다.

저녁 근무시간에 맞춰 가니 쿠마는 차분한 분위기로 돌아와 있었다. 물론 낙담하고 의기소침해진 감도 없지 않았다. 마키는 자리에 없었고, 약물섬도 사람이 적었다. 마에다 팀장 옆에 앉아 일을 시작했다.

한 시간쯤 지났을 때 갑자기 팀장이 혼잣말처럼 중얼거렸다.

"나리타 씨, 이달까지만 나오고 그만둔대."

고타로는 화면을 스크롤하던 손을 멈추고 그의 옆얼굴을 바라보았다.

"……그런가요."

"팀장 중에서는 세번째네."

마에다 팀장은 모니터에 시선을 고정하고 말했다.

"도쿄 지사의 영업 종료일이 앞당겨졌어. 들었어?"

"아니요, 저는 아무 말도."

"원래는 내년 3월 예정이었는데, 올해까지만 하기로 했대."

불상사가 이어져서라고 한다.

"모리나가가 실종됐고, 사장님은 그런 변을 당하셨지. 그렇다고 양쪽 다 제대로 마무리된 것도 아니고."

고타로는 가슴이 욱신거렸다.

"마에다 씨는 어떻게 생각하세요? 도마코마이 사건은 아니었지만, 역시 연쇄절단마는 존재한다고 보세요?"

"글쎄다."

마에다 팀장은 뒤통수에 깍지를 끼고 의자를 삐걱거리며 몸을 젖혔다. 그제야 고타로를 보고 쓴웃음을 지었다.

"솔직히 이제 아무것도 못 믿겠어. 사장님이 돌아가시고 나온 범행성명을 지금 다시 읽어보니 아무래도 수상하더라."

고타로는 쓴웃음만 짓고 답하지 않았다.

"대학교 때부터 사장님과 친구였고 마키 씨와도 친하게 지낸 사람이 사장님 살해사건 후에 행방불명됐다고 들었어요."

마에다 팀장은 놀란 기색이었다. "별걸 다 아네. 누구한테 들었어?"

"그냥 소문 좀 주워들었죠."

마에다 팀장은 몸을 일으키고 고타로에게 얼굴을 가까이 가져왔다. 고타로도 귀를 그쪽으로 향했다.

"나도 오다가다 언뜻 들었는데, 경찰은 그 여자를 의심하고 있나봐."

"여자예요?"

"응."

고개를 끄덕이고 의미심장하게 뜸을 들였다. 고타로가 어떻게 받아들이는지 살피는 것 같았다.

알면서 모르는 척하는 것은 어렵지 않지만 조금 켕긴다. 고타로는 팀장의 얼굴에서 눈을 돌리고 말했다. "행방불명되다니, 모리나가 씨랑 똑같군요. 어쩐지 찜찜하네요."

"응. 하지만 그 여자는 모리나가와는 상관없어. 100퍼센트 사장님 관련이지."

의자가 삐걱거리자 팀장은 목소리를 더 낮추었다.

"사장님이 살해당하기 직전까지 함께 있었대. 방범카메라에 찍혔다나. 도쿄역에서 택시 탄 사장님께 전화한 것도 그 여자래."

"그럼 용의자인가요?"

수사가 진전되고 있다. 쿵쿵 뛰는 가슴을 달래며 물었다. 대답은 없었다. 대신 마에다 팀장은 이렇게 말했다. "오늘 마키 씨가 또 경찰에 불려갔어. 그 여자 집을 가택수사하기로 했대."

마침내 그 정도까지 진행됐나. 고타로는 손뼉을 치며 기뻐하고 싶었다. 크게 소리지르고 싶었다. 그런 마음을 눌러 삼키느라 팀장에게 보이지 않는 쪽의 주먹을 불끈 움켜쥐었다.

동시에 그 주먹으로 부숴버리고 싶은 의혹도 있었다. 마키 씨가 또 경찰에 불려갔다. 또 경찰에 불려갔다.

"……삼각관계랄까, 뭐랄까."

마에다 팀장이 갑자기 가벼운 투로 말하더니 짐짓 머리를 긁적였다.

"뭐, 남녀 사이는 겉만 봐서는 모른다고 하니까. 나같이 인기 없는 남자는 죽었다 깨어나도 모르겠지."

"설마요. 마에다 씨, 인기 많을 것 같은데요."

운동을 좋아해서 근육질인데다 선이 굵고 남자답게 생겼다. 하지만 그는 크하하, 웃기만 했다. 웃을 때만 큰 소리가 나서 좀 떨어진 자리에 있던 사원이 눈길을 들어 힐끗 보았다.

"몸만 키운다고 되는 게 아니야. 하지만 덕분에 눈 치우는 일은 전혀 고되지 않을 것 같으니 삿포로 지사에 갈 생각이었지만."

그만두기로 했다고 한다.

"여기 영업 종료까지는 있을 거야. 일단 본가로 돌아가려고. 그쪽에서 일을 찾아봐야지."

"어디인데요?"

"고베. 맛있는 음식이 많지. 놀러와. 돌아가면 귀찮아서 도쿄에는 더이상 안 올라올 것 같으니까—"

거기서 일단 입을 딱 다물더니 자세를 고치고 말했다. "아, 내 정신 좀 봐라. 쓸데없는 소리만 하고 정작 중요한 이야기는 까먹을 뻔했네."

모리나가 아버지가 또 올라오셔.

"그런데 고타로를 만나고 싶어하신대. 모리나가랑 친했지? 학교섬 팀원이 모리나가는 자기들보다 미시마랑 더 친하게 지냈다고 했어. 그래서 아버님이 고타로를 계속 보고 싶어하셨지."

생각만 해도 괴롭다. 만나고 싶지 않다. 달아나고 싶다. 당신 아들이 어떻게 됐는지 저는 알아요. 알지만 모르는 척해야 합니다.

"……그런가요."

"시간 어때?"

"주중에 근무하는 날이면 좋겠네요. 나머지는 아버님 일정에 맞출게요."

"알았어. 총무부에 그렇게 말해둘게."

이쯤에서 대화를 마무리할 생각인지 마에다 팀장은 "화장실 좀 다녀올게" 하고는 일어섰다.

"팀장님."

고타로는 쫓아가서 물었다.

"삿포로 지사에 가지 않기로 결심한 건, 마키 씨를 더이상 존경할 수 없기 때문인가요?"

느닷없이 뺨이라도 맞은 것처럼 팀장은 눈을 끔뻑거렸다.

"그게 무슨 소리야?"

"그러니까 그…… 사장님이 그렇게 되신 건 연쇄절단마 탓이 아니라, 즉 묻지 마 범죄에 희생된 게 아니라, 치정 문제에 얽힌 결과이고, 그 책임이 마키 씨한테 있다고."

마에다 팀장이 두툼한 손바닥으로 고타로의 머리를 눌렀다.
"그만해."

꽉 붙잡혀서 움직일 수 없었다.

"난 그저 여기서 생긴 괴로운 기억을 삿포로까지 끌고 가기 싫을 뿐이야. 마키 씨는 훌륭한 경영자고, 지금도 존경해."

그렇게 말하고 사무실을 나섰다.

그날 퇴근 후 고타로는 오차노미즈에서 아키하바라로 가서 야마노테선을 탔다. 지금까지 한 번도 내려본 적 없고 앞으로도 갈 일이 별로 없을 역은 어디일까.

어르신들의 하라주쿠인 스가모역을 골랐다. 개찰구를 빠져나와 역 안에서 공중전화를 찾았다.

가나가와 현경 도쓰카 경찰서 수사본부에서는 약사 고미야 사에코 씨가 살해당한 사건에 관해 제보를 받고 있습니다. 전화번호는—

메모를 보면서 버튼을 눌렀다. 신호가 두 번 가고 남자 목소리가 들렸다.

"정보를 제공하고 싶은데요."

상대가 무슨 말을 하든 가만 듣고 있거나 질문에 대답할 마음은 없었다. 책을 읽듯이 단숨에 줄줄 말했다.

"고미야 씨 아이가 다녔던 어린이집과 거래하는 꽃집을 조사해보세요. 가게 주인은 나카소노 고스케라는 사람입니다. 며칠 전부터 행방이 묘연할 거예요. 나카소노 씨 본가는 도쓰카 시내인데, 그 근처에 창고를 하나 빌렸어요."

빠르게 말했지만 목소리는 제대로 나왔다.

"절단된 고미야 씨의 다리는 그 창고 안 드럼통에 들어 있습니다. 혈액 반응도 나올 거예요. 조사해보세요. 나카소노는 예전부터 여자를 덮쳐 상해를 입혀왔으니 그 증거도 나올지 몰라요."

말을 마치고 수화기를 쾅 내려놓았다. 상대방이 뭐라고 열심히 말했지만 귀에 들어오지 않았다.

속이 시원할 줄 알았다. 하지만 몸의 떨림이 멈추지 않았다. 숨쉬기가 힘들었다.

부탁합니다, 부탁합니다. 나카소노 고스케는 제가 없애버렸지만, 증거가 나오면 놈이 무슨 짓을 했는지 규명할 수 있죠? 사실을 분명하게 밝혀서 유족의 마음을 위로하는 데 조금이나마 보탬이 될 수 있죠?

원수는 내가 갚았어요. 놈은 이제 이 세상에 없어요.

집에 도착할 무렵에는 기분이 훨씬 나아졌다. 어머니와 동생 둘 다 집에 있어서 미카가 계단에서 떨어져 구급차로 실려간 과정을 소상히 들을 수 있었다. 학교에서 지정한 실내화는 바닥이 얇아서 잘 미끄러진다, 그게 원인이라며 가즈미가 씩씩거렸다. 미카는 혹시 몰라 오늘 하루 입원했지만 내일이면 퇴원할 수 있다고 한다.

"병원 밥은 맛없는데, 가엾어라."

"하지만 칼로리를 정확하게 계산해서 주잖아. 다이어트에 도움이 될 거야."

밝고 여유로운 대화도 고타로의 기운을 북돋아주었다. 그후 다카코 씨에게서도 반가운 메일이 왔다.

'고, 오늘 고마웠어. 미카의 친오빠 같아서 든든하더라.'

좋은 기분을 간직한 채 푹 잤다. 일어날 때도 기분이 상쾌했다. 이렇게 개운하게 일어나기는 참 오랜만이었다.

1층으로 내려가자 어머니가 부엌에 서서 텔레비전을 보고 있었다. 가스레인지에 올린 프라이팬에서 연기가 피어올랐다.

"엄마, 달걀 다 타겠어."

어머니는 허둥지둥 가스불을 끄더니 얼굴에 손으로 부채질을 하며 말했다.

"아키타 사건도 해결된 모양이야. 범인이 자수했대."

'범인'은 오십대 중반의 여자와 그녀의 스물다섯 살 작은딸이었다. 아키타 사건 피해자는 스물여섯 살인 큰딸이라고 한다.

모녀는 아키타 사건 수사본부가 아니라 도쿄 도하*에 있는 집 근처 파출소에 출두했다. 그러므로 현재 두 사람은 거주지 관할서에 있다. 각 방송국 아침 방송의 낯익은 리포터들이 경찰서 앞에 마이크를 들고 서 있었다.

가즈미는 벌써 아침 훈련을 갔다. 아버지가 일어나자 셋이 아침을 먹으며 텔레비전을 보았다. 자세한 내용은 아직 모르지만 모녀는 순순히 진술하고 있다고 한다. 두 사람은 어제 오후 여덟 시쯤 출두했다고 한다.

"이거, 연쇄절단마가 저질렀다던 사건이지?"

---

* 도쿄 도 23구를 제외한 외곽의 시정촌.

아버지가 토스트를 우물거리면서 말했다.

"음, 두번째 사건. 하지만 아니었나보네."

샐러드를 먹으면서 어머니가 말했다.

"연쇄절단마는 정말로 있을까? 어째 의심스러워지는데."

"하지만 아직 남은 게 세 건이나—"

말하다 말고 아버지가 고타로를 곁눈질했다. "고타로, 너 괜찮니?"

"잘 먹었습니다." 고타로는 식탁에서 일어났다.

인터넷을 좀 살펴보니 물론 난리도 아니었다. 어머니와 같은 생각을 하는 사람이 많았다. 도대체 어떻게 된 거야. 그 범행성명은 가짜 아닐까? 유쾌범의 소행? 무슨 내용이든 상관없으니 한번 더 성명을 내, 연쇄절단마.

쓰즈키에게 전화하자 자동응답 서비스로 연결됐다. 고타로는 메시지를 남기지 않고 쿠마로 향했다.

1층 엘리베이터 앞에서 나리타 팀장과 마주쳤다. 편의점 비닐봉지를 들고 있었다. 아침밥을 사온 모양이다. 밤샘 근무를 해서인지 수염이 삐죽삐죽했다.

"어, 안녕."

"마키 씨, 있어요?"

"—아직 안 왔는데."

그리고 빈손으로 고타로의 등을 탁 쳤다. "아키타 사건 말이지? 뭔가 알면 또 금방 알려줄 거야."

"저도 그럴 것 같아서 왔어요."

오늘 고타로는 근무가 없다. 가나메도 오후부터다. 마에다 팀장도 알고 있지만, 고타로가 출근한 걸 보고도 놀라지 않았다.

"따로 할 일이 없는 사람들은 휴게실에 모여 있어."

고타로도 그 사이에 끼었다. 저마다 스마트폰과 개인 노트북을 들여다보았다. 대화는 별로 나누지 않았다. 그저 혼자 있으면 불안하니까 모여 있는 것이다. 폭풍의 접근을 느낀 야생동물이 자연스레 무리짓는 것과 똑같다.

이럭저럭 시간을 보내고 있자니 마키가 출근했다. 모두 3층 사무실로 집합하라는 지시가 떨어졌다. 이번에는 사내 메일을 보내지 않고 직접 이야기하려는 모양이다.

마키는 수척했다. 나리타 팀장처럼 밤샘 근무를 했는지도 모르고, 그냥 잠을 못 잔 탓일 수도 있다. 창백한 얼굴에 수염이 삐죽한 모습이 마치 환자 같아 보였다.

"다들 바쁠 텐데 미안해."

일동에게 말하는 목소리에도 힘이 없었다.

"알다시피 연쇄절단마의 범행으로 추정됐던 두번째 사건이 해결됐어. 아직 상세한 내용은 보도되지 않았지만 틀림없어. 출두한 모녀의 범행이야."

도마코마이 사건이 해결됐을 때와 마찬가지로 야마시나 사장의 사건을 맡은 수사본부에서 마키에게 연락을 준 것이리라.

"모녀의 이야기에 따르면 살해당한 큰딸은 상당히 괴팍했대. 소위 '민폐 덩어리'였던 모양이야. 어머니도 작은딸도 큰딸에게 휘둘려서 스트레스가 이만저만 아니었다는군. 뭐, 죽은 사람은 말이 없으니 모를 일이지만."

다만 시신을 손괴하고 유기한 사건이라는 사실은 틀림없다.

"―시신의 발가락은 도마코마이 사건을 흉내낼 생각으로 잘랐대."

죽 늘어서서 귀기울이던 쿠마 사람들이 웅성거렸다.

"당시 연쇄절단마는커녕 발가락 빌이라는 명칭도 사람들의 입에 오르내리지 않았지만, 도마코마이 사건은 해결되지 않고 남아 있었잖아. 그 사건을 흉내내서 시신을 절단하면 눈가림이 되지 않을까 기대한 모양이야."

실제로 그렇게 됐다.

"나도 그 눈가림에 제대로 당했지. 멋지게 걸려들었어."

웃음을 지으려는 마키가 더 비참하게 느껴졌다. 고타로는 떠올렸다. 이건 연쇄살인사건이야. 연쇄살인범이 나타났어―

"그리고 시신에서 신원이 밝혀질 만한 물건을 모조리 챙겼지.

그런 뒷마무리 작업은 작은딸이 맡았어."

사람들 사이에서 손이 올라왔다. "BB섬의 노자키입니다. 그 모녀가 십 년 전쯤 시신 유기 현장인 시영주택 근처에 살았다는 글을 인터넷에서 봤는데요."

마키는 고개를 끄덕였다. "그랬군, 그래서 그 근방 지리에 익숙했던 거야."

"남편, 즉 자매의 아버지는 자주 전근을 다녔던 모양입니다. 이 정보를 올린 사람은 예전에 큰딸과 같은 고등학교에 다녔다고 썼습니다."

"고마워. 또 있나?"

다른 사람이 손을 들었다. "작은딸의 SNS를 보니 해외 범죄수사 드라마 팬이더군요. 〈CSI〉 시리즈 같은 거요."

"웃을 일이 아니군."

그렇지만 마키는 비참하게도 여전히 웃으려고 했다.

"큰딸은 생전에 이웃 사이에서 망나니로 소문이 자자했던 모양이더라고요."

BB섬의 베테랑 여자 팀원이 손을 들지 않고 말을 꺼냈다.

"원래부터 정서가 불안정했던 것 같아요. 삼 년 전 결혼하자마자 이혼하고 친정으로 돌아와서는 거의 집에만 틀어박혀 지냈는데, 가끔 악다구니를 쓰며 싸우는 소리가 들렸대요. 어머니가 다

쳐서 병원에 간 적도 있다던가."

누군가가 물었다. "여자도 은둔형 외톨이가 있나?"

당연히 있지, 하고 여러 명이 대답했다.

"가정 폭력범도 있고?"

"그럼."

"작년 연초에 아버지가 교통사고로 갑작스레 죽고 사망보험금이 나와서 목돈이 생겼대. 그 무렵부터 싸움이 심해졌지."

아버지의 유산을 두고 다퉜다고 한다.

"정보 제공자는 누구지?"

"근처 이웃 같아요. 트위터에 아주 자세하게 올리더라고요."

"지금은 그 정도로 됐어."

마키가 손을 들어 대화를 중지시켰다.

"야마시나 사장님이 살해당한 사건 말인데—"

다들 쥐죽은듯이 조용해졌다.

"그것도 연쇄절단마의 범행이 아니야. 그때 나온 범행성명은 엉터리로 날조한 거야. 확실해."

마침내 단정하는 건가.

고타로 바로 옆에서 "역시" 하는 작은 중얼거림이 들렸다.

"현단계에서는 더이상 말 못해. 미안하다."

마키는 머리를 숙였다. 고타로는 오른눈을 감고 왼눈으로 그를 보고 싶다는 유혹을 겨우 이겨냈다. 지금 여기서는 안 된다. 분명 소리를 지를 테니까.

"다시 특별반을 편성할게. 다섯 사건에 대한 정보를 재정리하자. 새로운 정보도 모으면서 처음부터 현재까지 시간순으로 정리할 거야. 각 섬에서 한 명씩 인원을 보내줘. 그리고 인터넷 대형 게시판을 훑을 거니까 지원자는 나한테 오도록."

이야기가 끝나자 모두 흩어졌다. 누가 고타로의 옷소매를 잡아당겼다. 마코였다.

"실은 도마코마이에 버리러 가고 싶었겠죠."

아키타 사건의 모녀 이야기다. 마코는 치통을 앓는 듯한 표정을 지었다.

"하지만 멀어서 갈 수 없었어요. 너무 지쳐서 기력도 체력도 달렸을 거예요. 시신 운반 때는 차를 이용했겠지만, 그것도 스트레스가 무진장 심한 짓이죠."

하지만 결과적으로는 '아키타 시내'라는 어중간한 장소가 수사에 혼란을 주었다. 일본 경찰은 광역합동수사를 질색하는 경향이 있으므로, 지역 경찰의 관할 밖으로만 옮겨도 수사를 제법 교란할 수 있다.

"아주 동정적인 발언으로 들리는데."

"그 정도가 아니라, 솔직히 말해 저는 동정해요. 가정불화는 남의 일이 아니라서요. 고 씨는 게시판을 훑으러?"

"응, 지원할 거야."

"그럼 힘내요."

마코 입장에서는 뭐가 어떻게 남의 일이 아닌 걸까. 가정 내에서 살인사건이 많이 일어난다는 것은 고타로도 잘 안다. 이 나라에서는 생판 남에게 살해당할 확률보다 가족이나 친척, 친구, 직장 동료에게 살해당할 확률이 훨씬 높다. 국민성 때문일지도 모르고, 국토가 좁은 탓일지도 모른다. 어쨌거나 그들을 일일이 동정할 수는 없다. 딸을 죽인 어머니와 언니의 시신을 손괴한 동생이 본인들에게 유리하게 늘어놓는 변명을 무조건 믿어서는 안 된다. 마키 말대로 죽은 사람은 말이 없으니까.

하지만 오후가 되어 새로운 정보가 들어오자 고타로도 마음이 조금 흔들렸다.

모녀는 도마코마이 사건이 해결되자 자신들도 끝까지 속일 수 없을지 모른다는 불안감이 커져서 자수를 결심했다. '연쇄절단마'의 원점으로 알려진 사건이 어이없이 해결되어 겁을 먹었다.

하지만 다른 이유도 있었다. 오히려 그 이유가 더 컸다고 어머니가 진술했다고 한다.

—매일 밤 큰딸이 머리맡에 서 있었어요.

다 기분 탓이다, 그냥 꿈이라고 작은딸은 달랬다고 한다. 하지만 어머니는 더이상 버틸 수 없었다.

고타로는 그 마음을 이해한다. 이 세상 것이 아닌 존재를 보는 것이 얼마나 무섭고 두렵고 겁이 나는지 잘 안다.

어머니는 자수하든가 자살하는 수밖에 없다며 울었다. 두 사람이 저녁 여덟시라는 어중간한 시간에 출두한 것은 이제 이 집에 하룻밤도 더 못 있겠다고 우는 어머니를 작은딸이 끈질기게 만류했기 때문이다. 어머니는 말리면 나도 죽겠다, 아니면 그 아이의 저주를 받아 죽을 거라며 고집을 부렸다.

결국 지친 작은딸은 어머니의 손을 잡고 파출소로 갔다. 이 두 사람을 붙잡은 것은 사직 당국도, 매스컴도, 네티즌도 아닌 죽은 사람이었다.

(외로워, 외로워, 외로워, 외로워.)

차통빌딩에서 마주친 '말'의 잔재. 고타로는 여자의 하얀 환영을 떠올렸다. 어머니의 머리맡에 서 있던 큰딸의 유령도 분명 그렇게 중얼거렸으리라. 외로워, 외로워, 외로워, 외로워.

수면제를 먹고 푹 잠든 큰딸을 어머니와 작은딸이 힘을 합쳐 목 졸라 죽였다. 시신은 비닐시트에 싸서 잠시 집에 숨겨놓았지만, 악취가 나기 시작하자 유기하기로 결정했다고 한다. 신원이 밝혀지지 않도록 궁리하며 작업하다가 도마코마이 사건을 떠올렸다. 즉 그 사건이 일찌감치 해결됐다면 이 사건도 다른 방향으로 전개됐을 가능성이 있다. 그랬다면 뒤이은 사건이 발생하지 않았을지도 모른다. 야마시나 사장도 아직 살아 있었을지 모른다.

저녁에 쉬는 동안 휴대전화를 확인하니 쓰즈키의 메일이 와 있었다.

'미시마에 가서 사건 현장을 살펴보고 오마.'

고타로는 오후 열시가 넘어서 집에 돌아왔다. 목욕을 마친 가즈미가 얼굴을 보자마자 "오빠는 필요할 때는 없다니까" 하며 화를 냈다. "저녁에 미카가 왔었는데."

걱정 끼쳐서 미안하다며 케이크를 가져왔다고 한다.

"괜찮아 보였어?"

"응, 아직 이마에 파스를 붙이고 있었지만."

고타로는 자기 방으로 올라가서 재빨리 미카에게 메일을 보냈다. 바로 답장이 왔다.

'이제 왔구나. 창문으로 얼굴 보여줘봐.'

시키는 대로 창문으로 얼굴을 내밀자 길 건너 미카네 집 2층 창문이 열렸다. 셔츠를 입은 미카가 커튼 틈새로 고개를 쏙 내밀고 웃으며 손을 흔들었다. 고타로도 손을 흔들어주었다. 이마에 붙였다는 파스는 보이지 않았다.

이번에는 유혹 때문이 아니었다. 고타로는 걱정돼서 오른눈을 감고, 웃고 있는 미카의 얼굴을 보았다.

큰 변화는 없었다. 안개가 낀 것처럼 미카의 실루엣이 조금 흐릿해 보일 뿐이었다. 아직 형체를 이룰 만큼 '말'의 잔재가 축적되지 않았다.

미카가 고개를 도로 집어넣고 창문을 닫았다. 커튼 자락이 끼어서 다시 열었다가 닫았다. 그때였다. 아기 머리 크기쯤 되는 새까만 덩어리가 밑에서 소리 없이 외벽을 기어올라 창문 틈새로 스르르 들어가는 모습이 보였다.

고타로는 깜짝 놀랐다. 한순간 현실인 줄 착각했다. 예를 들면 시궁쥐 같은 거라든가.

하지만 아니다. 방금 그것은 '말'이다. 미카의 말이 아니다. 명백하게 해를 끼칠 의도로 미카를 쫓아온, 혹은 미카에게 달라붙은 말이다.

생긴 게 커다란 거미 같았어. 다리가 여섯 개. 아니, 여덟 개였나. 열 개였을지도 몰라.

고타로는 아래층으로 뛰어내려가서 현관문을 열고 뛰쳐나갔다. 길을 건너 미카네 집 앞까지 갔다.

그것은 미카의 방으로 들어갔다. 그리고 미카에게는 그것이 보이지 않는다.

"가라!"

당황한 나머지 너무 크게 소리쳤다. 급히 손으로 입을 틀어막았다.

은빛 실이 왼눈 안쪽을 스쳤다.

—나는 여기 있다.

고타로는 숨을 한 번 내쉬었다. 시선은 미카의 방 창문에서 떼지 않았다.

"아까 그거, 내가 착각한 거 아니지?"

대답은 없었다.

"잠자코 있지 말고 알려줘. 어떻게 해야 해? 저런 게 미카 곁을 어슬렁거리게 놔둘 수 없어. 어떻게 하면 퇴치할 수 있지?"

발바닥이 차가웠다. 고타로는 맨발이었다.

—그 아이는 모른다.

"그러니까 어떻게 해야 하느냐고."

—직접 물어보라.

은빛 실이 슥 사라졌다.

—그러기 위해 '말'이 있는 것이다.

11

그로부터 일주일 동안의 일을 돌이켜보면 마치 무너진 제방 같았다.

도마코마이 사건이 해결되어 뚫린 작은 구멍에서 물이 새어나오기 시작했고, 아키타 사건이 해결되자 그 구멍이 더 커지면서 주위에 금이 갔다. 그리고 금간 부분에서도 조금씩 물이 스며나왔다. 이윽고 균열이 더 심해지더니 물이 분출됐다—

먼저 뿜어져나온 물은 도쓰카에서 발생한 고미야 사에코 살해사건이었다. 처음에는 피해자의 절단된 오른다리가 발견됐다는 속보만 나왔지만, 금세 상세한 내용이 덧붙었다. 그리고 저녁 뉴스 시간대에 열린 도쓰카 경찰서 기자회견에서 수사본부는 가와사키 시내에서 생화를 판매하는 꽃집 주인 나카소노 고스케를 살인과 시신 유기 혐의로 전국에 지명수배했다고 발표했다. 현재 나카소노는 소재가 불확실하고 도주중인 것으로 추정된다.

그리고 이틀 후 야마시나 아유코 살해사건의 수사본부가 기자회견을 열어 피해자의 동성친구가 사건에 관여했을 가능성이 높으며, 몇 가지 물증으로 판단컨대 사건이 벌어진 직후 각 방송국에 배달된 '범행성명'도 그녀가 작성한 것으로 추정된다는 소견을 발표했다.

그 기자회견은 예년보다 늦어진 장마 종료 선언과 겹쳤다. 마치 지금까지 이 나라 위를 뒤덮고 있던 비구름이 걷힘과 동시에 '연쇄절단마'라는 허상도 말끔히 씻겨나간 것 같았다.

넘쳐흐르는 '사실'의 물줄기에 허상의 제방이 무너져내린다.

다시로 게이코 역시 현실에서 소재가 불투명하다. 하지만 그녀는 용의자로 단정되지 않아 본명이 공개되지 않았다. 이른바 중요 참고인으로 취급하는 것이리라. 지명수배를 내릴 만큼 확고한 증거를 찾아내지 못했는지도 모르고, 어쩌면 시간문제일 뿐 그녀도 결국은 수배될지 모른다.

"아직 진상을 100퍼센트 밝혀내진 못한 걸까."

불안해하는 가나메를 달래줄 수 없어서 고타로는 괴로웠다. 미안, 내 잘못이야. 나카소노 고스케 때처럼 다시로 게이코에게도 구체적인 증거가 어디 있는지 물어봐둘 걸 그랬어. 그랬다면 경찰에게 알려줄 수 있었을 텐데. 방범카메라 영상과 휴대전화 수신 기록은 상황증거에 지나지 않으니까. 하지만 나도 다시로 게이코를 사냥할 때는 그야말로 초심자였으니.

특별 태세에 들어가도 감당이 안 될 만큼 바쁜 것이 쿠마 사람들에게는 오히려 다행이었다. 쓸데없는 추문에 정신을 팔 시간이 없다. 다시 자리를 비운 마키 세이고와 그를 쫓아다니는 기자와 리포터에게 신경쓰지 않아도 된다. 사장님이 살해당한 사건이 해결될 전망이 보였다. 오로지 그 사실에 순수한 기쁨과 안도를 느끼며 일에 집중했다. 모두 그렇게 이 힘든 시기를 이겨내고자 했다.

이제 남은 것은 미시마에서 발생한 마사미 마담 사건뿐이다. 고타로는 쓰즈키의 연락만 기다리고 있었지만 어째서인지 감감무소식이었다. 기다리다 지쳐 전화하자 그는 이미 도쿄에 돌아와 있었다.

게다가 오히려 질문을 했다. "지금 인터넷에서는 어떤 가설이 우세지?"

"온갖 가설이 난립해서 간단하게 설명하기 힘들어요. 쓰즈키 씨, 뭔가 알아내신 거죠? 미시마의 수사본부 사람과 또 가까워지셨어요?"

"그런 행운이 그렇게 자주 찾아올 리 있나."

"그럼 빈손으로 돌아오신 거예요?"

쓰즈키는 입을 꾹 다물었다. 전화 너머에서 뭔가 묵직한 덩어리가 진동하는 듯한 기척만 전해졌다.

고타로는 기다렸다. 대학교 카페테리아 구석자리다. 창밖 캠퍼스 길에 여름 햇빛이 쨍쨍했다. 이제 여름방학이다. 학교에 나오는 사람은 동아리 활동에 열을 올리는 부원이나, 학문에 매진하는 성실한 학구파나, 고타로처럼 1학기 성적이 좋지 않아서 보충 강의를 듣고 리포트를 다시 제출해야 하는 불량 학생뿐이다.

쓰즈키가 나지막하게 말했다. "자살자가 있었어."

마사미 마담이 살해당하고 열흘 후였다고 한다. 세상 사람들이 본격적으로 연쇄절단마의 허상에 취하기 시작한 시기다.

"도오 마사미의 고등학교 동창이자 '호노카' 손님이었던 서른다섯 살 무직 남자야."

"그 사건으로 경찰의 의심을 받았나요?"

"아니, 전혀."

"가게 손님들 사이에서는요?"

"특별히 언동을 수상쩍게 여긴 사람은 없어."

그런데도 도오 마사미의 뒤를 좇듯이 자살하고 말았다.

"자정이 지난 시각 도로의 중앙분리대를 들이받았지."

타고 있던 경차가 완전히 박살났고, 운전자는 거의 즉사했다.

"그럼 사고였을 수도 있겠네요."

"반대편 차선을 달리던 트럭 운전기사가 자초지종을 목격했어. 속도를 높여서 일부러 중앙분리대를 들이받았대."

운전석 표준 장비인 에어백은 작동되지 않았다. 달려 있지도 않았다.

"사전에 직접 떼어냈겠지."

"……유서는 없었겠죠?"

"난 확인 안 해봤는데."

"그럼 제가 갈게요. 분명 현장에 남아 있는 게 보일 거예요."

쓰즈키는 다시 입을 다물었다. 고타로는 알아차렸다.

"또 가라가 도와줬군요? 쓰즈키 씨, 뭔가 본 거죠?"

"이번에는 나 혼자야. 그 여자는 아무 짓도 안 했어."

고타로는 '도와준다'고 표현하고 쓰즈키는 '무슨 짓을 한다'는 식으로 말한다. 이 차이는 영 메워지지 않았다.

"내 감이야." 전직 형사는 말을 이었다. "예전에 비슷한 사건을 다룬 적 있어."

사건이 발생한 지 얼마 지나지 않아 피해자의 관계자가 스스로 목숨을 끊는다. 죽은 뒤에야 비로소 수사하는 쪽의 관심을 끌고, 그때까지는 요주의 인물이 아니었다.

"드물지만 그럴 때가 있어."

살인사건의 범인이 딱히 누가 의심하거나 추궁하지도 않았는데 양심의 가책을 견디지 못한다.

"자신이 저지른 짓에 뒤쫓기다 심적으로 궁지에 몰리는 꼴이라고 할까. 그런 의미에서는 큰딸의 유령에 시달리던 아키타 사건의 범인과 비슷하군."

"그 남자에게 동기는 있었나요?"

쓰즈키는 짤막하게 웃었다. "빚이 있었대. 만이천 엔 남짓."

도저히 살인 동기로는 볼 수 없을 것 같았다.

"도오 마사미와의 관계도 나쁘지는 않았어. 단골이라고 할 만큼 자주 드나드는 손님은 아니었지만, 두 달에 한 번꼴로 찾아와서 마사미 마담을 상대로 기분좋게 술을 마시고 돌아갔지. 옛 추억으로 이야기꽃을 피우면서."

"그런데 왜?"

쓰즈키의 콧김 소리가 들렸다. "이 남자는 도오 마사미와 그, 아니, 그녀와 가까운 사람이 없는 술자리에서는 그 사람을 안주로 삼았어. 무시하고 험담을 늘어놓았다는군."

—호모 새끼 주제에.

"탐문을 좀 해보니 바로 나왔어. 이 남자한테 마사미 마담은 재미있는 이야깃거리였어. 늘 웃으면서 떠들었대. 술자리에서는 그런 이야기가 잘 먹히지."

사실 남자 중에는 동성애자를 혐오하는 사람이 많다고 쓰즈키가 불쑥 중얼거렸다.

"그래서 그 이야기를 들은 사람들도 살인을 저지를 만큼 이 남자의 감정이 시커멓게 응어리졌으리라고는 생각 못했을 거야."

본인도 자각하지 못했을 수 있다. 놀리는 것뿐이다, 블랙 조크라고 여겼다.

"엄밀하게 말하자면 성동일성장애라고 해야겠지. 자살한 남자는 그런 성향을 짊어지고 살아가는 도오 마사미를 몹시 싫어했어. 아주 경멸했지. 호노카에 드나든 건 뭐랄까…… 싫어해서 오히려 무시할 수 없었다고 할까."

애정의 반대말은 증오가 아니라 무관심이다. 고타로는 문득 그 말을 떠올렸다. 누가 한 말이더라.

"마사미 마담은 단골손님들에게 사랑받았고, 호노카는 번창했어. 그런 점은 도마코마이의 피해자와 비슷하군."

자기 인생을 열심히 개척하고 경작해 수확을 올리고 삶의 터전을 일구었다.

"자살한 남자는 하마마쓰 시내에 있는 유명한 회사에 다녔어. 그런데 사건이 터지기 반년 전 정리해고당해 백수가 됐지. 그 탓에 가정에도 금이 갔는지, 아내는 이혼을 원했어. 아이를 데리고 친정에 돌아가더니 변호사와 상담한 모양이야."

엎친 데 덮친 격이다.

"정리해고 반년 후면 실업급여가 끊길 시기네요."

그렇다면 경제적으로도 쪼들린다.

"재취업은 못했나요?"

"평범한 영업직이었다니, 요즘 세상에 일을 찾기가 쉽지는 않았겠지."

"그런 걸 가리키는 말이 있죠?"

쓰즈키는 바로 대답했다. "스트레스 요인. 범죄의 계기가 될 만한 일상생활 속의 좌절이지. 실업, 이혼, 가족의 죽음 등에서 비롯된 상실감이 범죄로 이어져."

아저씨, 꼭 프로파일러처럼 말하네.

"우리 같은 구식 형사들은 FBI 연수 같은 건 받지 않았지만, 다 경험에서 배웠어."

몰라봐서 죄송합니다.

"아아, 맞다. 경험에서 배운 이야기를 좀더 하자면 말이야."

아저씨, 가볍게 말하려고 노력하고 있어.

"어쩌면 이 남자는 양심의 가책을 견디다 못해 자살한 게 아니라, 처음부터 죽을 작정이었고 이왕 죽는 김에 도오 마사미를 죽였다고 볼 수도 있을 것 같아."

자기 인생에 절망해 자살을 결심한다. 고독한 결단이다. 그 고독을 견디기 위해, 혹은 벼랑에 몰린 끝에, 고뇌와 분노가 이끄는 대로 누군가를 저승길 동무로 삼으려 했다—

"자신이 죽은 후에도 마사미 마담이 즐겁고 행복하게 살아갈 거라고 생각하니 참을 수 없었겠지."

"……너무하네요."

"살인사건이니까, 당연해."

도오 마사미를 살해하고 오른발 가운뎃발가락을 자른 것은 당연히 연쇄절단마의 소행으로 위장하기 위해서다. 어차피 죽겠지만 살인자라는 오명은 쓰고 싶지 않다. 연쇄절단마는 연막으로 딱 좋다. 이것이 그놈의 세번째 사건이라고 믿어 의심치 않으리라.

하지만 시신을 의류 보관함에 넣고, 마사미 마담의 성향을 인정하지 못하고 의절한 부모님 집 근처까지 가져가서 버린 것은, 이 고등학교 동창이 끝까지 도오 마사미를 무시하고 그 존재를 멸시하려 했기 때문이다.

어두운 집념이다. 이놈은 뭘 데리고 있었을까. 고타로는 상상하지 않을 수 없었다. 이놈의 '말'은 어떤 괴물의 모습으로 이놈을 따라다녔을까.

"그 남자는 아직 용의선상에 오르지 않았나요?"

"글쎄다. 이번에는 나를 미행하다가 어깨를 두드리고 관할서로 데려간 친절한 형사가 없어서 말이야."

쓰즈키가 너무 딴청 부리듯이 말해서 고타로는 살짝 웃었다.

"다만 연쇄절단마가 허깨비였음이 밝혀진 이상, 그의 자살도 지금까지와는 다른 의미로 주목받겠지. 경찰뿐 아니라 그와 가깝게 지냈던 사람, 그가 마사미 마담을 술안주로 씹어대며 비웃었다는 사실을 아는 사람도 연쇄절단마라는 꿈에서 깨어나 다른 방향으로 머리를 쓰기 시작할 테니까."

괜히 부산 떨지 말고 지켜보며 기다리라는 뜻이다.

고타로는 캠퍼스를 나와 쿠마로 향했다. 근무가 없어도 매일 얼굴을 내미는 것은 고타로만의 습관이 아니었다. 모두 사장이 살해당한 사건에 관해 새로운 소식을 알고 싶어했다. 새로운 소식을 알려면 텔레비전과 인터넷에 매달리기보다는 (정확하게 말하면 텔레비전과 인터넷에 매달리더라도) 쿠마에 있는 편이 낫다. 가장 정확하고 빠른 정보가 들어오기 때문이다.

약물섬에 인사하고 온 김에 일을 도와주려고 계단을 올라가니 오늘은 마키가 자리에 있었다. 양복 차림 남자가 바로 옆에 의자를 붙이고 앉아서 심각하게 이야기를 나누고 있는 듯했다.

고타로가 사무실에 들어와 인사하자 마키가 이쪽을 보고 손짓했다. 곁에 앉은 양복 차림 남자가 일어섰다.

얼굴이 낯익었다. 아주 닮았다. 누구든 단번에 알아볼 것이다.

"고대시."

마키가 고타로에게 소개했다.

"모리나가의 아버님이셔."

모리나가 겐지의 아버지, 모리나가 소지와 이야기를 나누기에 쿠마 사내보다 더 적당한 곳이 있다. 고타로는 그를 거기로 안내했다. 지난 연말 학교 비밀 사이트에 대해 가르침을 받을 때 모리나가와 마주앉았던 카페다.

다행히 그날 밤 앉았던 자리가 비어 있었다. 어중간한 오후 시간대라서 손님은 얼마 없었고, 냉방이 잘돼서 추울 정도였다.

인사를 나눌 때 모리나가 소지는 고타로에게 명함을 내밀었다. '나뭇잎' 점장이라는 직함이었다. 호쿠리쿠 지방의 관광도시 한구석에서 관광객을 상대로 기념품점 겸 찻집을 운영하고 있다고 한다.

모리나가 겐지는 아버지가 경영하던 회사가 망해서 소년 시절을 불안하고 고생스럽게 보냈다고 했다. 하지만 현재 모리나가 소지는, 회사를 경영할 때에 비하면 보잘것없겠지만, '나뭇잎' 점장으로 평온한 행복과 조그마한 충족감을 얻었을 것이다. 그렇기 때문에 아들 겐지는 도쿄에 있는 대학교에 다닐 수 있었고 대학원에도 진학하려 했다. 일가는 인생의 좌초를 겪고 이제 완전히 일어섰다.

그런데도 모리나가 겐지는 현실 세계에서 모습을 감추었다. 고타로는 새삼스레 답답함과 안타까움을 느꼈다. 모리나가 씨, 왜 그랬어요.

"여름방학일 텐데 귀한 시간 내줘서 고마워요."

모리나가 소지는 한참 어린 고타로를 향해 정중히 고개를 숙였다.

"아르바이트하고 보충 강의 듣는 게 다인걸요. 여름방학이라고 특별한 일은 없어요."

고타로의 가슴속에서 갈등이 끓었다. 계속 부글거리다가 초췌한 얼굴로 처량하게 어깨를 늘어뜨린 모리나가 소지의 모습을 보자 압력이 높아져 펄펄 끓어오르기 시작했다.

—다 털어놔버릴까.

가라에 대해, 모리나가 겐지가 지금 어디 있는지. 모조리 모리나가 소지에게 알려주고 현실 세계로 돌아오도록 설득하려면 어떻게 해야 할지 상의하고 싶었다.

아니, 그보다 우선 눈에 슬픔이 가득한 아버님을 가라에게 데려가는 거야. 가라의 낫 속에 있는 모리나가 씨도 아버지를 보면 마음이 흔들리겠지.

"실은 미시마 군에게 물어보고 싶은 게 있어서 이렇게 만나자고 청했어요."

모리나가 소지가 먼저 본론을 꺼내자 고타로는 자세를 고쳤다.

"……무슨 일인데요?"

모리나가 소지는 아들과 꼭 닮은 눈을 깜박거렸다.

"마키 씨에게 들었는데, 겐지가 미시마 군에게 노숙자 실종사건을 조사하겠다는 이야기를 꺼냈을 때, 자기가 그런 불우한 사람들을 내버려두지 못하는 데는 이유가 있다고 했다면서요? 사회정의를 실현하거나 언론인이 품을 법한 탐구심 때문이 아니라, 개인적으로 남의 일 같지 않아서 그러는 거라고."

이제 와서 그런 확인을 받을 줄이야. 고타로도 눈을 깜박였다.

"아, 네."

모리나가 소지의 처랑한 표정이 조금 누그러졌다. "녀석이 구체적으로 뭐라고 하던가요?"

"그게, 모리나가 씨는 옛날에—초등학교 5학년 때 야반도주한 경험이 있다고 했어요."

"네, 사업 실패로 제가 채권자에게 시달렸던 탓이죠."

모리나가가 말했다. 평범한 생활은 박살나기 쉽다고. 약간의 그릇된 판단에 불운이 겹치면 순식간에 와르르 무너져버린다고.

"그렇군요. 역시 미시마 군에게는 이야기했군요."

곱씹는 듯한 말투였다.

"겐지도 집안이 제일 힘들었던 시절 야반도주했다는 이야기를 남에게 한 건 처음이었을 겁니다. 녀석은 제 부모와도 그 시절 이야기는 하려고 들지 않았거든요. 하물며 친구한테 털어놓은 적은 단 한 번도 없었을 겁니다."

전부 지난 일이기 때문이라고 한다.

"잊고 싶었고, 잊어야 할 일이었어요. 다행히 지금의 겐지를 보면 어릴 적에 그런 어두운 그림자가 있었을 줄은 아무도 모를 테죠."

고타로도 그랬다. 안경으로 멋부리기 좋아하는 도련님인 줄만 알았다.

"하지만 미시마 군에게는 이야기했어요. 그만큼 학생을 신뢰했던 거겠죠."

과연 어떨까. 모리나가는 고타로보다 나이가 많지만 거들먹대지 않아 호감이 갔던 아르바이트 동료였다. 친절하기도 했다. 하지만 그뿐이다. '신뢰'라는 무거운 말을 쓸 만큼 돈독한 사이는 아니었다.

그래서 고타로는 말했다. "그렇다기보다, 저 같은 사람에게까지 이야기할 만큼 노숙자 실종사건 조사가 모리나가 씨에게 중요하고 절실한 일이었던 거라고 생각해요."

고타로의 얼굴을 본 모리나가 소지의 어깨가 한층 움츠려들었다.

"그렇다면 그토록 중요한 일을 하던 중에 왜 행방불명이 됐는지……"

"경찰은 뭐라고 하던가요?"

"다양한 가능성이 있다고 합니다."

노숙자들을 찾아다니며 이야기를 듣다가 무슨 문제에 휘말렸을지도 모른다. 하지만 그렇다면 좀더 많은 정보가 나오고, 어떤 형태로든 본인이 발견될 만하다.

"일단 담당 형사님이 있기는 한데, 그 사람은 가출일 거라고 하더군요."

—염세적인 가치관에 빠진 거겠죠.

"겐지만 그런 게 아니랍니다. 자원봉사자나 기자들도 노숙자들과 가깝게 어울리다가 갑자기 그쪽에 합류해버리곤 한대요."

"그렇게 간단히 말할 일은 아닌 것 같은데요."

"제 생각도 그렇지만, 마음 한구석에 근심이나 지금 생활에 대한 의문과 고민을 품고 있는 사람은 느닷없이 그쪽 생활에 빠져드는 경우가 있다더군요."

그 형사는 고장난 채 발견된 모리나가의 스마트폰도 본인이 일부러 망가뜨려서 버린 게 아니겠냐고 했다 한다. 지금까지의 인생과 결별하고 '자유'를 얻기 위한 상징적인 행위일 거라고.

고타로는 생각에 잠겼다.

나는 진실을 안다. 모리나가 씨는 차통빌딩 근처에서 가라와 마주쳐 옥상으로 옮겨졌다. 스마트폰은 그때 떨어뜨렸다. 그후 가라와의 대화를 통해 노숙자들이 사라진 이유를 알았고, 자신도 같은 길을 걷기로 결정했다—

진실은 그렇다. 하지만 그 담당 형사의 주장도 나름 그럴듯하고, 모리나가가 현실에서 벗어나고 싶어했다는 점 하나는 올바르게 짚어냈다.

진실은 하나인데 해석은 두 가지다. 그리고 둘 다 제삼자가 듣는 정보로서의 가치는 동등하다.

—이거, '이야기'잖아.

다만 이 두 가지 이야기에는 같은 수수께끼가 내포되어 있다. 모리나가가 그런 길로 향한 동기는 무엇인가. 그가 현실에서 사라지기를 택한 진짜 이유는 무엇인가.

"겐지가 좀더 자세한 이야기를 하지는 않았나요?"

"자세한 이야기요?"

"형사님 말을 빌리자면, 녀석이 품고 있던 근심이랄까."

여기서 모리나가의 아버지는 고타로가 생각지도 못했던 말을 꺼냈다.

"……속죄라고 할까요?"

귀를 의심했다. 속죄?

"지금처럼 살아서는 안 된다, 나는 벌을 받아야 한다, 뭐 그런 이야기 말입니다."

고타로는 모리나가 소지를 물끄러미 바라보았다. 모리나가의 아버지는 도망치듯이 고개를 숙였다.

"그 말씀은, 모리나가 씨가 벌을 받을 만한 짓을 저지른 적 있다는 뜻인가요?"

모리나가 소지의 안색이 창백해졌다.

"겐지가 이야기하지 않았습니까?"

"야반도주한 후 친척과 지인에게 신세 지며 이곳저곳 전전하다가 원래 생활을 되찾기까지 이 년 가까이 걸렸다는 이야기밖에 못 들었어요."

"그 지인은 제 친구입니다. 겐지가 그 이야기는 안 하던가요?"

고타로는 반대로 되물었다. "거기서 무슨 일이 있었어요?"

모리나가 소지는 창백한 얼굴을 들더니 무거운 물건을 움직이듯 느리게 고개를 끄덕였다.

"사고가…… 있었습니다."

이 자리에는 차가운 에어컨 바람이 똑바로 불어온다. 추운 것은 그 탓이다.

"저는 겐지에게 그 사고에 대해 자세하게 물어본 적이 없습니다. 녀석도 이야기하려 들지 않았고요. 아니, 한동안 이야기하고 싶어하는 듯 보이기는 했죠. 하지만 저는 묻지 않았습니다."

겁이 났다고 한다.

"겐지가 행방불명됐다는 연락을 받았을 때, 제일 먼저 그 일이 생각나더군요. 결국 제가 한 번도 물어보지 않았기 때문이에요. 꼬치꼬치 캐물어서 녀석이 마음속에 끌어안고 있던 것을 끄집어내주지 않았던 게 문제였죠. 겐지는 이제 혼자 끌어안고 살아가는 데 지친 겁니다."

모리나가 소지는 담담하게 설명을 시작했다.

"야반도주는 채권자뿐 아니라 사회시스템에서도 달아나는 짓입니다. 사회시스템에서 스스로 누락되는 짓이에요."

처음에 모리나가 부부는 겐지를 데리고 사방을 전전했지만, 그래서는 겐지가 학교도 제대로 다닐 수 없었다. 그래서 겐지만 양쪽 본가나 형제자매의 집에 맡기기로 했다.

"그것도 마음대로 안 되더군요. 친가와 외가는 채권자가 금방 찾아내서 쫓아오니까 결국은 또 도망쳐야 하거든요."

어쩔 줄 몰라 발만 동동 구르고 있을 때 소지의 학창 시절 친구가 제안했다. 아들이 겐지와 동갑이고 하니 모리나가 부부가 자리잡을 때까지 겐지를 맡아주겠다고.

모리나가 겐지가 초등학교 6학년, 1학기가 절반쯤 지난 시기였다.

"그 집에서 초등학교에 다니다가 같은 학구의 중학교에 갈 예정이었습니다."

한숨 돌린 모리나가 부부는 도산한 회사의 뒤처리를 하고 원래 생활을 되찾기 위해 바쁘게 뛰어다녔다.

"겐지와는 가끔 통화했죠. 건강하게 잘 지내는 것 같아서 안심했는데……"

그러나 사실 겐지는 부모님에게 말 못할 고민을 끌어안고 혼자 괴로워하고 있었다.

"제 친구 집의 동갑내기 아들이 심하게 괴롭혔습니다."

더부살이하는 겐지는 약자 입장이었다. 친구의 동갑내기 아들은 한동안 재미있어하며 놀렸다고 한다.

"나중에 담임선생님한테 들었는데, 바보 취급하며 놀리면 겐지는 기죽지 않고 맞받아쳤다고 합니다. 시시한 장난은 아예 상대하지 않고 무시했고요."

그 태도가 거슬렸던 것이리라. 얼마 지나지 않아 친구 아들은 같은 반 남학생 몇 명을 자기편으로 끌어들여 단체로 겐지를 괴롭히기 시작했다.

"상당히 심했던 것 같습니다. 그래도 겐지는 잘 참았죠."

1학기가 끝나고 여름방학이 지나 2학기가 시작됐다. 겐지의 학교생활은 겉보기에는 평온했다. 하지만 12월 중순, 겐지는 하굣길에 황량한 논에 쓰러진 채 발견되어 병원으로 옮겨졌다.

"일방적으로 몰매를 맞은 모양이더라고요."

사흘간 입원했다.

"학교측도 깜짝 놀랐는지 조사에 들어갔죠. 바로 그때—"

그 집에서 친구의 아들이 사망했다. 추락사였다.

"그 부근은 산림을 개발해서 만든 분양주택지였어요. 그래서 건물은 근사했지만 산을 깎아내서 생긴 벼랑 끄트머리에 있었죠. 뒷마당 너머가 2층 건물 높이도 넘는 낭떠러지였어요."

친구의 아들은 거기서 떨어졌다. 머리를 세게 부딪히고 목뼈가 부러졌다. 그 밖에 다른 상처는 없었다. 셔츠에 스웨터, 그 위에 점퍼를 입고 운동화를 신었다. 망가진 무선비행기 조종기가 함께 널브러져 있었다.

뒷마당에 담장이나 울타리는 없었다. 높은 곳에서 시내 중심부를 한눈에 내려다볼 수 있으므로 전망이 좋다. 사망한 아들은 거기서 자주 무선비행기를 날리며 놀았다. 그때도 그랬던 듯 낭떠러지 아래 우거진 숲에서 나뭇가지에 걸린 무선비행기가 발견됐다.

무선비행기 조종에 정신을 팔다가 발을 헛디뎌서 떨어졌다, 불행한 사고다—

"하지만 변이 생기기 직전, 그 아이와 겐지가 뒷마당에서 말다툼하는 소리를 친구 아내가 들었습니다."

그녀는 집 반대쪽에 있었으므로 두 소년의 모습을 보진 못했다. 하지만 목소리가 꽤 커서 잘 들렸다. 내놓으라느니 못 준다느니, 멍청하다느니 가난뱅이라느니, 건방지다느니 하는 말을 띄엄띄엄 알아들었다고 한다.

"또 싸우는구나 싶었지만 얼마 안 가 조용해져서 그냥 놔뒀다는군요."

이 사람, 죽은 아이의 어머니가 제일 먼저 시신을 발견했다.

"조사하러 온 경찰이 일단 겐지에게 무슨 일이 있었는지 물어봤습니다. 친구 아들이 겐지가 빌려준 수학 공책을 돌려주지 않아서 불평하다가 말다툼이 벌어졌답니다."

―싸우다가 짜증나서 저는 바로 집에 들어갔어요. 그후로는 뭐가 어떻게 됐는지 몰라요. 아주머니가 부를 때까지 아무것도 몰랐어요.

고타로는 모리나가 소지의 얼굴을 보았다. 모리나가 소지도 고타로와 눈을 마주쳤다. 둘 다 추위에 몸이 덜덜 떨리는 기분이었다.

그날 밤 집에 돌아와서도 고타로는 여전히 추위를 느꼈다. 뼛속까지 스며든 한기가 몸에서 배어나와 주위 온도를 낮추는 것 같았다.

계속 모리나가를 생각했다. 무슨 심각한 생각이 아니라, 그의 말과 행동, 사소한 표정 변화 등을 떠올렸다.

초등학생 때부터 써온 자명종의 시곗바늘이 자정을 가리킬 무렵 겨우 결심하고 중얼거렸다.

"가라, 모리나가 씨를 만나고 싶어."

만나서 현실 세계로 돌아오라고 설득하자. 지금 이대로는 안 된다. 아버님한테 너무 잔혹한 일이다.

그대로 가라의 낫 속에 머물러 있는다면 앞으로 어떻게 될까. 가라가 비탄의 문 문지기와 싸우게 되면 모리나가를 비롯해 자신의 '갈망'과 함께 그녀의 낫에 들어 있는 사람들은 어떻게 되지? 가라가 이기면 그대로 무기 속에 머물며 앞으로도 그녀와 함께 시원의 대종루를 수호하게 되는 걸까. 하지만 가라가 진다면? 예를 들어 그 낫이 부러진다면? 가라도 죽는지는 모르겠지만, 만약 그녀의 존재가 사라지면 낫 속의 사람들도 영원히 사라지는 것 아닐까.

창가에 서 있는데 한순간 잠수할 때 같은 압박감이 느껴지는가 싶더니 어느새 고타로는 차통빌딩 옥상에 서 있었다. 가라가 만든 결계. 니시신주쿠의 고층빌딩들이 저멀리 은하처럼 반짝이고, 가까운 풍경은 어안렌즈로 보는 것처럼 일그러져 눈앞에 바짝 다가왔다.

가라의 모습은 보이지 않았다. 또 어둠 속에 녹아들었나.

—이편이 이야기하기 쉽겠지.

눈앞에 가느다란 은빛 실이 흘러가다가 사라졌다.

고타로는 고개를 끄덕이고 결계의 어둠을 향해 불렀다. "모리나가 씨."

뒤쪽에서 목소리가 들렸다. "아버지를 만났구나."

그 카페에서 마주앉아 대화할 때와 똑같은 모리나가의 목소리. 귀에 똑똑히 들렸다. 하지만 황급히 돌아봐도 그의 모습은 없었다.

"어디 있어요?"

"고답지 않게 바보 같은 질문을 하네."

모리나가는 가볍게 웃었다.

"난 항상 가라와 함께 있어. 네가 하는 말도 다 들었지. 그래도 이렇게 이야기하는 건 오랜만이네, 고."

안도와 기쁨으로 긴장이 풀려서 고타로는 하마터면 울음을 터뜨릴 뻔했다. 모리나가는 여전히 자신의 존재를 유지하고 있다. 아직 늦지 않았다.

"제가 아버님을 만난 걸 안다면 구구절절 설명할 필요 없겠네요. 돌아와요, 모리나가 씨."

대답은 없었다. 고타로는 주위를 둘러보았다.

"아버님을 그대로 내버려두면 안 돼요. 모리나가 씨도 괴로웠겠지만, 아버님도 괴로우시다고요. 모리나가 씨를 잃은 지금은 아버님이 훨씬 괴로우실지도 몰라요."

이 결계 속에서는 목소리가 멀리 뻗어나가지 않는다. 물에 쓸려가듯이 입가에서 바로 사라진다.

이윽고 모리나가가 작게 대답했다. "……속죄 같은 게 아냐."

"네?"

"아버지는 오해하고 계셔. 뭐, 나도 계속 착각하고 있었으니 무리는 아니지만."

모리나가의 목소리는 고타로가 어느 쪽을 향해도 뒤편에서 들려왔다.

"나는 살인자야."

"사정은 아버님께 들었어요."

"아버지는 현장을 보신 게 아니야. 그러니 확증은 없겠지. 사고였다는 식으로 말씀하시더군. 하지만 난 알아. 내가 무슨 짓을 했는지 안다고."

나는 아이를 죽인 아이라고 말했다.

"친구를 죽인 아이라고는 하고 싶지 않아. 그딴 놈은 친구가 아니니까."

"그럼요. 까딱하다간 모리나가 씨가 몰매를 맞아 죽을 뻔했는걸요."

"그럼 고는 내가 정당방위였다는 거야?"

고타로는 망설이지 않았다. "네. 모리나가 씨는 자기 몸을 지켰을 뿐이에요."

모리나가가 입을 다물자 일그러진 야경이 더 가까이 다가왔다. 신호등의 빨간빛과 파란빛이 고타로의 눈을 찔렀다.

"……나도 그렇게 생각했지."

궁지에 몰려 저지른 짓이었다. 가만있다가는 자기가 죽을까봐 무서웠다. 끝없는 괴롭힘을 견디기 힘들었다.

그래서 그 순간, 단 한 순간 솟아오른 울분과 공포에 이끌려 앞뒤 가리지 않고 그놈의 등을 떠밀어 떨어뜨렸다.

이제 해방됐다고 생각했다.

하지만 공포가 덜해진 것도, 우리에서 풀려난 해방감을 맛본 것도 잠깐이었다. 그뒤로는 훨씬 무서웠다. 도대체 무슨 짓을 한 거지. 이제 돌이킬 수 없다. 그래서 정직하게 털어놓을 수도 없었다. 숨기는 수밖에 없었다. 모릅니다, 몰라요.

그렇게 진실에 뚜껑을 닫았다.

"하지만 모리나가 씨는 괴로웠어요. 그렇죠?"

모리나가의 목소리와 마주하지 못하는 것이 답답해서 고타로는 이쪽을 보았다 저쪽을 보았다 하며 제자리에서 빙빙 돌았다.

"과거는 지울 수 없어요. 그러니까 적어도 앞으로의 인생에서는 죗값을 치르려고 한 거죠? 세상에 도움이 되자, 약자의 입장인 사람들과 버려진 사람들을 돕자. 행방불명된 노숙자들을 내버려두지 못한 것도—"

"아니야."

깜짝 놀랄 만큼 가까이, 바로 귓전에서 모리나가의 목소리가 들렸다.

"그런 게 아니었어."

거짓말이라고 딱 잘라 말했다.

"난 고에게 거짓말을 했어."

여기는 가라의 결계 안이다. 가라와 함께 있는 모리나가는 이 안의 어디든 존재할 수 있다. 고타로는 모리나가의 사념에 감싸여 그의 말을 들었다.

"노숙자들이 실종된다는 사실을 알았을 때 그들이 걱정되긴 했어. 나 말고는 아무도 그 사람들을 걱정하지 않겠지. 어떻게든 해야겠다 싶었어."

고타로는 목소리를 높였다. "맞아요. 저는 그때 모리나가 씨의 얼굴을 봤어요. 지금도 똑똑히 기억나요. 그 눈은 거짓말하는 사람의 눈이 아니었다고요."

"그렇겠지. 그때 나는 스스로에게도 거짓말을 했으니까."

왜 그런 소리를 하는 거야.

"니시신주쿠에서 사라진 이노 씨를 시작으로 점과 점을 연결하고 세이부신주쿠선 부근을 돌아다녀보고, '실종'은 가설이 아니라 사실이라는 걸 알았어. 정말로 사람들이 사라졌어. 사회의 빈틈으로 떨어진 사람들을 누군가가 없애고 있었지. 그런 확신이 들었어."

그때 모리나가는 생각했다.

"—용서할 수 없다고."

걱정이 아니었다. 공포도 아니었다. 누가 무슨 목적으로 이런 짓을 하는지 규명하고 싶다는 호기심도 아니었다.

"나는 화가 났어."

노숙자들을 없애는 범인은 누구냐. 정체가 뭐고, 어떻게 생겼고, 어떤 목소리로 말하고, 자신이 저지른 짓거리에 무슨 변명을 준비했을까?

"범인을 찾아내 퇴치하려고 했어."

약자의 입장인 사람들을 돕고 지키고, 그들에게 힘이 되어줌으로써 과거의 죄를 속죄하자. 그런 마음이 아니었다. 그런 생각은 허울에 지나지 않았다.

"나는 그저 화가 났어. 이런 짓을 하는 놈은 인간이 아니다. 사람으로 살아갈 자격이 없다. 퇴치해야 한다."

고타로는 모리나가의 목소리를 따라가기를 멈추고 제자리에 우뚝 섰다.

그 기분은 안다. 알고도 남는다. 고타로도 겪었으니까. 그 마음의 동향, 에너지의 분출은 '사냥'을 시작하기로 결심했을 때의 고타로와 똑같다.

"그러다 깨달았지. 놈의 등을 떠밀어 낭떠러지에서 떨어뜨렸을 때―그때의 어린 나도 지금과 같은 기분이었다는 걸."

무서웠던 게 아니다. 괴로웠던 것도 아니다. 화가 났다. 정의로운 분노다. 그러니까 몹쓸 놈을 퇴치했다.

"그후로 단 한 번도 진심으로 반성한 적이 없었어. 속죄해야겠다는 생각도 없었고. 선량하고 순진한 어린아이라면 그래야 마땅하니 그러는 척했을 뿐이야."

마음속으로는 떳떳했다. 머릿수를 믿고 약한 사람을 괴롭히는 애새끼 하나를 이 세상에서 내쫓았다. 그게 뭐가 나쁜가? 그런 놈은 어른이 되어도 변하지 않는다. 변하기는커녕 더 나쁜 짓을 한다. 독이 있는 묘목은 독이 있는 나무로 자라나고 사람을 해치는 열매를 맺어 사회를 병들게 만든다.

왜 퇴치하면 안 되지?

아아, 그 심정도 공감이 간다. 고타로도 두말하면 입이 아플 만큼 잘 알았다.

"난 가라와 만나 내 진실된 모습을 봤어. 내 본체가 어떤 모습인지."

어떻게, 라고 물어보지 않아도 고타로는 알고 있었다. 노숙자 실종사건을 쫓다가 가라에게 다다른 모리나가에게 그녀가 보여준 것이다. 아마도 차통빌딩 옥상에서.

모리나가 겐지가 데리고 있는 '말'의 집적체를.

"고도 봐주었으면 해. 뒤돌아봐."

고타로는 두 눈을 감았다. 그대로 발을 움직여 뒤돌아선 다음 천천히 눈을 떴다.

눈앞에서 어둠이 응축되기 시작했다. 사람 형상을 이뤄갔다. 진짜 모리나가 겐지보다 덩치가 크다. 어깨도 넓다. 두 다리가 다부지다.

우인이다. 그 사실에 고타로는 생각했던 것보다 훨씬 더 마음이 놓였다.

어둠이 움직임을 멈추었고 사람 형상이 완성됐다.

새까만 형체. 관절이 불룩 튀어나온 오른손에 들린 뭔가가 땅에 질질 끌렸다.

우인이 그것을 들어올리려고 했다. 무거워 보였다. 현실에 없는 것인데도 옥상 콘크리트를 긁는 소리가 났다.

자루가 긴, 거대한 도끼였다. 두 손으로 잡고 혼신의 힘을 다해 메어올려야 휘두를 수 있을 것이다. 모리나가 겐지보다는 마코가 데리고 있던 거인에게 더 어울린다.

하지만 이 도끼는 모리나가의 것이었다. 모리나가의 일부. 그의 마음을 나타내는 '말'로 이루어진 본질의 일부다.

이것은 목을 베는 도끼다.

모리나가 겐지의 정체는 사형집행인이었다.

이렇게나, 이렇게나 큰 비밀. 다른 사람은 짐작도 할 수 없다. 명랑한 친구가 질투에 불타오르는 살인자였고, 친절한 꽃집 주인이 피에 굶주린 변태였음을 알 수 없었던 것처럼.

사형집행인은 거대한 도끼를 끌며 한 발짝 내디뎠다. 고타로에게 다가왔다. 느릿하고 뻣뻣한 몸놀림이 졸음과 구역질을 동시에 불러왔다.

고타로는 옴짝달싹 못했다. 검은 형체의 사형집행인은 고타로를 그대로 뚫고 지나갔다. 언젠가 가라가 그랬듯이. 다만 가라와 다른 점이 있었다. 모리나가의 '말'이 몸속을 통과하는 그 짧은 시간, 고타로의 마음속 가득 성난 고함과 비명이 교차하며 메아리쳤다.

참지 못하고 돌아보자 사형집행인의 모습은 어둠 속으로 녹아들어 사라지는 참이었다. 그래도 아주 잠깐 보였다. 둥그렇게 솟아오른 등은 마치 공룡처럼 비늘이 빽빽했고, 송곳니를 줄지어 놓은 듯한 등지느러미도 돋아 있었다.

"이게 내 정체, 내 본질이라면."

결계 속에서 다시 모리나가의 목소리가 들렸다.

"난 후회하지 않아. 반성도 안 해. 몇 번이라도 같은 선택을 할 거야."

고타로는 새삼 생각났다. 쿠마의 학교섬에서 모리나가는 재미로 노숙자를 사냥하고 서로 자랑하는 중학생들을 감시했다.

감시에서 사냥으로. 자신의 진정한 모습에 눈뜬 모리나가가 한 걸음 내디뎌 그 경계선을 넘어서기란 조금도 어려운 일이 아니다.

자, 다음은 누구냐. 이 도끼로 목을 날릴 사악한 인간은 어디 있느냐.

"하지만 내 안에 남아 있는 또다른 나, 이제 잔해에 가깝지만 놈의 등을 떠밀기 전의 내가 작게 속삭여."

—무서워.

"난 더이상 어린애가 아니야. 그렇다고 완전범죄를 저지를 만한 초인도 아니지. 처형을, 살인을 계속하면 언젠가 들통날 게 뻔해. 사고라는 변명은 더이상 통하지 않겠지."

—무서워.

"그래도 나는 개의치 않아. 붙잡힌대도 전혀 부끄럽지 않아."

모리나가의 말투는 담담하고 단조로웠다. 차라리 온화하다고 표현하고 싶을 정도였다.

"하지만 아버지와 어머니에게는 불행이지. 너무 잔혹해."

그래서 모리나가는 가라의 낫 속으로 사라졌다. 죄를 벌하고 싶다, 약자를 괴롭히는 악을 모조리 사냥하고 싶다는 자신의 갈망을 가라에게 바치고 현실 세계에서 자취를 감추었다.

"그래도 아버지와 어머니에게는 '착한 아들'이라는 가면을 지키고 싶었거든."

그 목소리에는 희미한 웃음이 섞여 있었다.

"걱정해줘서 고마워. 하지만 고, 난 안 돌아가. 못 돌아가."

고타로는 아무 말도 하지 못했다. 고개조차 끄덕일 수 없었다.

"아버지도 실은 그게 사고가 아니었다는 걸 알고 계시겠지. 어머니도 그렇고. 두 분 다 날 가여워하고 나 때문에 슬퍼하면서도 나를 두려워해. 그래서 아버지는 나를 찾지만 어머니는 찾지 않는 거고."

오늘 카페 앞에서 헤어질 때 모리나가 소지는 이렇게 말했다.

—겐지는 이미 죽은 게 아닐까 싶습니다.

"잘 있어, 고."

하지만 난 죽는 게 아니야—

멀어지면서, 사라지면서, 모리나가의 목소리가 말했다.

"가라와 함께 영원할 거야. '영원' 그 자체가 되어서."

다리 힘이 빠져 고타로는 제자리에 무릎을 꿇었다. 양손으로 얼굴을 덮었다.

그때 그 남자의 말이 마음속에 떠올라 귓속에 울려퍼졌다.

—너한테 무시무시한 송곳니가 돋아 있는데.

아까 그것이 모리나가 겐지의 정체라면, 미시마 고타로의 정체는 지금 어떤 모습일까. 순수한 공포와 돌이킬 수 없는 절망이 고타로를 단단히 감쌌다.

가라의 결계는 침묵을 지킬 뿐이었다.

종장

비탄의 문

1

"……이제 그만둘까 하는데요."

8월도 중순이 지났다. 절기상으로는 가을에 접어들었지만 햇살은 따갑기 그지없다. 하지만 캠퍼스 광장의 나무 그늘 벤치에 앉아 바람을 맞으니 꽤 상쾌했다.

쓰즈키는 고타로 옆에 앉아 광장을 오가는 학생들을 실눈으로 바라보았다.

"요즘 아가씨들은 학교에도 참 화끈하게 입고 오는구나. 뭐냐, 저 속옷 같은 옷은."

그런 말을 들으니 쓰즈키가 좀 엉큼하게 느껴졌다. 이 사람에게도 이런 면이 있구나.

"속옷이 아니라 캐미솔 원피스예요." 고타로는 말했다. "지금은 수업이 없고 다들 동아리 활동 때문에 오는 거고요. 어떻게 입든 상관없잖아요."

"넌 수업을 듣잖아."

"보충 강의예요. 오늘로 끝났어요."

모리나가와 정말로 헤어진 후, 고타로는 일주일쯤 우울에 시달렸다. 마음이 이리저리 흔들리고 잠도 제대로 이루지 못해 몸이 나른했다. 가족에게는 더위를 먹었다고 둘러댔다.

결국 지금 자신의 번민을 이해해줄 사람은 이 아저씨뿐이라는 생각에 쓰즈키에게 연락했다. 쓰즈키는 고타로의 용건도 듣지 않고 바로 만나자고 했다. 만나서 이야기하자. 너희 학교는 어떠냐. 학교에 볼일 없느냐. 아저씨가 왜 이렇게 적극적인가 싶어서 당황하는 사이 약속시간과 장소가 정해져서 이렇게 만난 것이다.

"보충 강의라. 우리 세대 말로 하면 나머지 공부군. 유급할 것 같냐?"

"……간신히 턱걸이했어요."

"그거 다행이군. 부모님이 학비를 대주신다는 걸 잊지 마. 요즘은 무엇보다 교육에 돈이 많이 들어간다고."

난 이런 설교를 듣고 싶은 게 아니다.

쓰즈키가 고타로 쪽으로 고개를 돌렸다. 갑작스러워서 고타로는 뿔난 표정을 미처 지우지 못했다.

"남에게 '무엇무엇을 할까 하는데요'라고 하는 건 상의하자는 뜻이 아니다, 이 애송아. 그러는 편이 낫겠다는 동의를 바라는 것뿐이지."

짧게 웃고 다시 앞을 보았다. "가라와 손을 끊겠다는 거지? 난 대찬성이야. 내가 입이 닳도록 말했는데, 이제야 그럴 마음이 생겼냐? 정말 손이 많이 가는 녀석이라니까."

뿔난 표정을 지울 수 없어서 고타로는 그대로 말했다. "지금까지는 시기가 잘 안 맞았단 말이에요."

"무슨 일 있었어?"

"그러니까 시기가 문제—"

"솔직하게 털어놔, 꼬맹아."

고타로는 모리나가와 만났다는 사실을 밝혔다. 모리나가 아버지의 말도 잊을 길이 없어 한마디도 빼놓지 않고 고스란히 들려주었다.

"안됐군."

쓰즈키는 나직이 말했다. 오가는 여대생들의 모습도 더는 신경쓰지 않는 것 같았다.

"살인자가 벌레 한 마리 못 죽이게 생긴 건 드문 일도 아냐."

"그런 식으로 말하지 마세요."

"난 모리나가 군 이야기를 하는 게 아니다. 네 이야기를 하는 거지."

변명을 용납하지 않는 말투였다.

"직접 손쓴 건 아니야. 하지만 가라를 무기 대신 사용해 남의 생명을 빼앗은 건 틀림없는 사실이지."

그러니까 이제 그만두겠다는 것 아닌가.

"우리가 묘하게 연관된 사건은 전부 끝났어. 마무리가 됐지."

도마코마이와 아키타 사건은 공적으로 완벽하게 해결됐다. 도쓰카 사건의 범인 나카소노 고스케와 야마시나 아유코 살해사건의 범인 다시로 게이코는 영원히 체포되지 않고 '행방불명 · 수색중'인 채로 남겠지만, 소동은 수습됐다. 미시마의 마사미 마담 살해사건도 손님 중 한 명이 사건 발생 후 얼마 지나지 않아 자살했다는 사실이 최근에 주목받았고, 보도도 나갔다.

"마무리되지 않고 남은 건 네 기분뿐이야. 난 그게 걱정이었어. 그만둘 마음이 생겼다면 천만다행이지. 당장 예전 같은 진짜 사람으로 되돌아와."

그리고 잊어버리라고 했다.

고타로는 잠자코 있었다. 아저씨, 사람이 '무엇무엇을 할까 하는데요'라고 했을 때 '오오, 그래. 그렇게 해' 하고 너무 열심히 등을 떠밀면 역효과라는 거 몰라요?

고타로가 토라졌다는 걸 아는지 모르는지 쓰즈키는 뜬금없이 물었다.

"……네 생각은 어때?"

"어떠냐니, 뭐가요?"

"가라의 정체 말이야."

본질이라고 해도 좋다고 했다.

"지금 그런 이야기를 하기는."

쓰즈키가 고타로의 얼굴을 보았다. "본인이 다 들을 테니까? 난 상관 안 해. 가라도 신경 안 쓸걸."

"어째서 신경 안 쓸 거라고 단정하세요?"

"그 여자는 인간이 아니니까. 인간과 같은 마음을 가지고 있지 않아."

울컥 화가 치밀었다.

"가라가 현실 세계의 존재가 아니긴 하지만, 인간다운 마음이 없다니요. 제 생각은 다른데요."

"어째서?"

"쓰즈키 씨, 잊어버리셨어요? 가라가 왜 이름 없는 땅이라는 곳에 가려고 하는데요? 무슨 죄를 저질러서 그곳으로 추방된 아들을 되찾기 위해서잖아요. 이름 없는 땅에 들어가려면 문지기와 싸워야 하니까 낫을 강화하는 거고요."

"우리 인간과 근본적으로 다른 존재라도 아이를 사랑하는 어머니라면 무조건 인간다운 마음을 가지고 있다, 그거냐?"

"그렇게 여기면 안 되나요?"

쓰즈키는 냅다 뭐라고 말하려다 급브레이크를 밟듯이 입을 다물었다. 입꼬리에 깊은 주름이 생겼다. 그리고 잠시 후 차분한 말투로 물었다.

"가라는 왜 반은 인간이고 반은 새 같은 모습으로 우리 앞에 나타나는 걸까?"

자꾸 질문을 바꾼다. 나는 그런 거 하나도 안 궁금하거든요.

"자기 딴에는 우리가 겁먹지 않도록 배려하는 거겠죠. 사실 그녀의 정체는 가고일을 쏙 빼닮았거든요."

정확하게는, 이 세상 사람들이 자신들의 모습을 모방해 가고일을 만들어냈다고 했었다.

"그렇다면 좀더 인간과 비슷하게 변해도 될 텐데."

이 아저씨가 지금 트집을 잡는 건가.

"내 생각에 그 모습은 가라 나름의 경고가 아닐까 싶어."

"경고요?"

쓰즈키는 힘주어 고개를 끄덕였다. "나는 위험하다, 나를 믿지 마라, 나를 얕보지 마라. 너희와 다른 이형의 존재니까. 그런 메시지인 셈이지."

갑자기 고타로의 머릿속에 가라의 목소리가 되살아났다.

—너는 후회할 거다.

가라는 이따금 고타로에게 그렇게 말했다. 경고라고 하면 경고다.

하지만 가라는 시원의 대종루 수호전사다. 늑대 유리, 모리사키 유리코의 말대로라면 매우 존귀한 존재다. 즉 지금 고타로가 보기에는 상당히 정의로운 존재라고 할 수 있다.

"그래, 말이 태어나는 영역인지 뭔지를 지키고 있지. 난 그것도 마음에 걸려. 겨우 곰곰이 생각해볼 여유가 생겨서 그런지 신경쓰여서 죽겠구나."

쓰즈키가 고타로의 눈을 들여다보았다.

"미시마 군, '말'이란 대체 뭘까?"

고타로는 말문이 막혔다. 무슨 선문답도 아니고.

"'언어'와는 어감이 좀 달라. 언어는 문화를 빼놓고 생각할 수 없으니까. '문자'도 아니지. 문자는 '말'을 기록하는 도구니까."

쓰즈키는 가볍게 고개를 저으며 말을 이었다.

"말 자체는 눈에 보이지 않아. 실체도 없어. 존재하지만 현실에는 없지."

그건 이야기와 마찬가지다. 말은 이야기를 자아내는 재료니 그야 그럴 것이다.

"그런 걸 우리는 보통 뭐라고 부르지?"

쓰즈키는 대답을 기다리지 않고 자답했다. "'개념'이야."

가라는 개념을 지키고 있다. 존재하지만 현실에는 없는 그녀 자신 또한 개념이다.

"나는 오랜 경험을 통해서 잘 알아. 평범한 인간이 '개념' 같은 것에 너무 깊이 관여하면 제대로 되는 일이 없어."

그런 형체 없는 것과 연관되면.

"예컨대…… 사이비 종교집단의 세뇌나 종교 근본주의 같은 거 말씀이세요?"

고타로가 머쓱해한다는 것을 눈치챘는지 쓰즈키는 쓴웃음을 짓더니 "미안. 이렇게 골 아픈 이야기를 하려던 게 아니었는데" 하며 백발 섞인 짧은 머리를 긁적였다.

"아무튼 가라가 그런 모습으로 나타나는 건 '조심하라'는 뜻이야. 그리고 우리는 그걸 좀더 깊이 생각해야 했다 싶어 반성하게 돼."

"하지만 가고일은 악령을 쫓는 존재인데요. 악의 침입을 막는 힘이 있어요. 그래서 사원이나 교회처럼 성스러운 곳에 두는 거고요."

그 또한 정의, '올바른 것'만이 행할 수 있는 일 아닌가. 고타로 생각에는 그렇다.

"그렇지. 그런데 괴물이 왜 악령을 쫓는 역할을 하는 줄 아니?"

바로 '괴물'이기 때문이라고 쓰즈키는 말했다.

"악에는 악을, 독에는 독을. 이이제이지."

—너한테 무시무시한 송곳니가 돋아 있는데.

괴물에는 괴물을.

"그리고 로마네스크나 고딕 양식 건축물에 장식된 가고일 같은 괴물 조각상은 현실 세계에 만연한 퇴폐와 타락, 악덕을 상징적으로 나타내기도 한다는구나."

마물이지.

"나와 너는 마물을 만났어. 그리고 홀렸지. 마물이 쓰는 흑마술은 극적이니까. 하지만 이제 그만 깨어나야 해."

적절한 시기야. 쓰즈키는 그렇게 말하더니 고타로의 어깨를 잡고 세게 흔들었다.

"그 왼눈의 힘을 돌려주고 원래대로 돌아와. 넌 가라에게 너무 가까이 갔어. 올바른 일을 하려다가, 악을 없애려다가 너무 깊이 발을 들였다고."

뜻은 올발랐지만.

"네가 그런 뜻을 지닌 젊은이라서 가라가 선택했는지도 몰라.

너도 가라에게 끌리겠지. 하지만 상대는 마물이야."

사람과 마물이 가까워져서 좋을 리 없다.

"내가 너무 나쁜 쪽으로만 생각하는지도 모르지. 하지만 실제로 네가 데리고 있는 '말', 네 과거의 집적체는 송곳니가 길게 자란 괴물이 되고 말았잖아?"

고타로는 발치로 눈길을 떨어뜨렸다. 햇볕이 쨍쨍하지만 나무 그늘에 앉아 있는 두 사람은 그림자가 생기지 않았다.

지금 햇볕으로 나갔는데 그림자 모양이 바뀌었으면 어쩌지. 송곳니가 길게 자라고 뿔이 돋았다면. 기괴하게 구부러진 세번째 팔이 옆구리에서 뻗어나왔다면. 뾰족한 비늘에 뒤덮인 꼬리가 엉덩이에서 튀어나왔다면.

"그래서 저도 겁나요."

괴물로 변하는 것은 무섭다. 어떤 괴물이 될지 짐작되지 않는 것도 무섭다.

"하지만…… 미카 일도 있고 하니, 아직은 왼눈의 힘이 필요하지 않을까 싶고."

결심이 서지 않아서 망설이고 있다.

쓰즈키는 눈을 깜박였다. "미카라면 네 여동생 친구 말이냐. 그후로 무슨 일 있었어?"

고타로가 거미처럼 생긴 '말'의 잔재를 목격한 이야기를 해주자 쓰즈키는 몸을 부르르 떨었다.

"거미는 딱 질색인데."

"다행히 지금은 아무 일 없지만 앞으로가 걱정이에요."

"그 마음은 이해해. 하지만 미시마 군, 생각해봐. 지금의 그 걱정을 해소하는 데 네 왼눈의 힘이 무슨 도움이 돼? 그저 무시무시한 형상을 보고 혼자서 동요할 뿐, 미카한테는 아무 힘도 되어주지 못하잖아."

확실히 그렇다. 미카는 물론 가즈미에게도 말 못하고 속으로만 끙끙 앓고 있다.

"왼눈의 힘이 도리어 방해되는 거 아닌가?"

본 것을 미카와 가즈미에게 설명할 수 없다. 믿어주지 않으리라는 생각에 답답하고 한숨만 나온다. 무슨 문제가 있진 않은지 물어보기조차 힘들다.

"미카에게는 네가 지극히 평범한 사람, 그러니까 곤란한 일이 있을 때 마음 편히 상담할 수 있는 사이좋은 이웃집 오빠인 편이 훨씬 낫지 않을까?"

반박할 수 없었다. 아저씨 말이 맞다.

"……알겠어요."

학생 한 무리가 벤치 앞을 지나갔다. 멋을 낸 여학생들과 청바지와 티셔츠를 신경써서 맞춰 입은 남학생들. 각자 스마트폰을 만지작거리거나 떠들썩하게 웃었다. 그들이 지나가고 나자 쓰즈키는 말했다.

“너, 대학교 생활이 따분하다면서?”

내가 아저씨한테 그런 이야기를 했던가.

“주위 사람 모두 저 학생들 같은 바보 천치로 보인다고 했어.”

“네? 그렇게 심한 말은 안 했어요.”

인기라고는 없는 남자가 열등감을 터뜨리는 것처럼 들린다.

“자신을 둘러싼 현실 생활이 경박하고 무가치해 보인다는 말을 한마디로 요약하면 그렇게 돼.”

모두 바보 천치.

“실제로는 전혀 그렇지 않아.”

그래서는 사회가 돌아가지 않으니까.

“사회현상의 표면만 훑어보면 요즘 세상은 가볍고 문제투성이에 좋은 점이라고는 하나도 없는 것처럼 보이겠지. 연일 뉴스를 접하고 쿠마 같은 곳에서 일하다보면, 이 사회가 악의 씨앗과 열매를 파는 가게처럼 보일 거야.”

하지만 그것은 불행한 착각이다.

“그러니 너 혼자 사회를 짊어지려고 너무 애쓸 필요 없어.” 쓰즈키는 말했다. “이 캠퍼스를 잘 봐. 지금은 여기가 네 인생의 일부지. 그리 나쁘지 않다고. 대학교는 참 좋은 곳이야. 나같이 가

방끈 짧은 아저씨도 학구적인 기분이 든다니까."

아저씨, 이 이야기를 하고 싶어서 일부러 학교에서 만나자고 한 건가. 여기가 미시마 고타로가 살아가는 곳이다, 그 삶의 터전을 똑바로 바라보라는 이야기를 하고 싶어서.

"가라에게 힘을 돌려줘. 이유는 설명 안 해도 돼. 변명도 교섭도 하지 마. 그냥 이제 용건이 끝났으니 돌려주겠다, 그 말이면 돼. 그렇게 할 거지?"

고타로는 고개를 끄덕였다. 이때는 진심이었다. 지금 바로 힘을 돌려주어도 괜찮다는 기분이 들었다. 마음을 정하자 차분해졌다.

쓰즈키가 돌아가고 고타로도 캠퍼스를 나서서 역으로 향했다. 결심은 흔들리지 않았다. 플랫폼에서 전철을 기다리다가 똑같은 디자인의 여름옷 차림으로 손을 잡고 서 있는 엄마와 아이를 보기 전까지는. 눈부시게 웃는 그들의 얼굴에 문득 그 아이가 겹쳐지기 전까지는.

—마지막으로 한 번만 더.

이 왼눈의 힘으로 좋은 일을 해보는 것도 괜찮지 않을까.

신주쿠 이다초의 허름한 연립주택에서는 무리였다. 예상보다 훨씬 힘들었다. 건물과 주위 길거리에 드나들거나 살고 있는 사람이 너무 많아서 남겨진 '말'이 뒤섞여 구분이 되지 않았다.

하지만 안심되기도 했다. 여기에는 다시로 게이코나 나카소노 고스케처럼 강렬한 '말'을 지니고 있는 사람이 없다. 온화하고 부드럽고 서로 쉽사리 섞이는 '말'을 지닌 사람뿐이었다. 마나와 마나의 어머니에게 위험한 사람이 서성거리지는 않았다고 확신할 수 있었다.

연립주택 앞에서 나가사키 댁에 전화하니 마나는 곧 어린이집에서 돌아온다고 했다. 오후 네시 오 분 전. 고타로는 서둘러 근처를 돌아다니며 근사한 케이크 가게에서 푸딩 알라모드를 사들고 나가사키 댁으로 향했다.

딱 맞게 도착했다. 모퉁이를 돌아 집 앞으로 나오자 마나가 하쓰코와 손을 잡고 맞은편에서 걸어왔다. 해바라기색 반소매 원피스에 같은 색 리본이 달린 밀짚모자를 쓰고 있었다.

"아, 오빠다."

마나가 하쓰코보다 먼저 고타로를 알아보고 웃었다.

지난번 만난 게 언제였더라. 이런저런 일에 시달린데다 왼눈으로 불쾌한 광경을 너무 많이 본 탓에, 신경독 같은 것에 중독되어 저도 모르는 사이 마음이 반도 넘게 마비된 듯했다.

마나의 웃는 얼굴을 보는 순간 그 마비가 풀렸다. 고타로는 달려갔다.

"안녕, 마나. 오랜만이네. 어린이집은 재미있어?"

"응!"

마나는 더이상 말 못하는 아이가 아니다. 체격은 여전히 작은 편이지만 뺨에 토실하게 살이 올랐고 심지어 볕에 그을리기까지 했다. 고타로가 놀란 것을 알아차렸는지 하쓰코가 웃으며 고개를 끄덕였다.

"마나가 수영장 가는 걸 좋아하거든."

"그렇군요……"

"어린이집 수영장이 마음에 드는 것 같더라고. 아주 즐거워하기에 시험 삼아 어린이 수영 교실에 데려가봤는데, 마나가 수영에 소질이 있대."

지난달 말에는 보육사 사토 선생님과 함께 이즈에 해수욕을 다녀왔다고 한다.

"덕분에 나도 이런 할머니가 다 돼서 수영복을 입었지 뭐야."

하쓰코가 쑥스러운 듯이 말했다.

마나의 방에서 푸딩 알라모드를 먹으며 근황을 들었다. 마나는 아버지와 정기적으로 만나며 나름대로 소통을 하게 되었지만, 아버지의 일이 잘 풀리지 않는 듯 생활이 불안정해 마나를 거둘 수 있는 상황이 아니다. 혼자 힘으로 아이를 키울 자신도, 그럴 생각도 없는 것 같다. 마나를 양녀로 받아줄 집이 있다면 그리로 가는 게 제일 낫다, 나가사키 씨가 어떻게 좀 해달라고 부탁했다고 한다.

부모로서는 영 글렀지만, 못하는 건 못한다고 거부하는 편이 차라리 떳떳해서 좋다. 괜히 체면에 연연해 마나가 고생하는 것보다는 낫지 않은가.

"그럼 마나는 계속 여기에?"

"그러고야 싶지만, 양녀로 삼기에는 좀. 오빠도 나도 이제 나이가 나이다보니…… 누가 병으로 덜컥 쓰러지기라도 하면 마나를 돌볼 수 없잖아."

빛의 집의 오바, 그리고 구청 아동복지과 담당자와 상담하면서 적당한 양부모를 찾는 중이라고 한다.

"물론 우리는 앞으로도 계속 마나를 후원할 생각이고, 입양 얘기도 지금 당장 어쩌자는 건 아니야. 좋은 집을 찾더라도 조금씩 익숙해져야겠지."

겨우 자리잡고 평온한 생활을 시작한 마나에게 급격한 환경의 변화는 금물이다.

"초등학교는 우리집에서 다닐 거야."

"내년 봄이군요."

"세월 참 빠르다니까. 괜찮으면 입학식에 올래?"

푸딩 알라모드의 휘핑크림을 입술에 묻힌 채 마나가 고타로를 올려다보며 웃었다.

"마나, 학교에 갈 거야."

"그래. 봄이 되면 마나도 오빠 같은 학생이 되는구나."

고타로도 웃어주었다. 이렇게 환하게 웃는 것은 참 오랜만인 듯했다.

"미시마 군—"

하쓰코가 어렵사리 말을 꺼내듯이 목소리를 낮추었다. "요전에 3월에 봤던가? 그후로 어디 아프기라도 했어?"

몸이 말랐다고 했다.

"수척해졌다고 해야 하려나. 뺨이 홀쭉해진 것 같아."

고타로는 당황해서 얼굴을 문질렀다. "아르바이트를 너무 열심히 하느라 성적이 떨어졌어요. 하마터면 유급당할 뻔해서 집에서도 엄청 혼났죠."

"어머나, 고생이었겠다."

네, 고생이었죠. 하지만 그것도 이제 끝이에요.

"오빠는 모임이 있어서 빛의 집에 갔어. 저녁에 오바 씨를 데려오겠다고 했으니까, 여기서 같이 저녁 먹지그래?"

오늘은 밤 열시부터 다음날 아침 여섯시까지 쿠마 근무다. 연쇄절단마 사건이 허상으로 밝혀지며 마무리되자 쿠마도 통상 업무체제로 되돌아왔지만, 몇 명이 그만둔 탓에 근무시간표는 더

빡빡해졌다.

"말씀은 고맙지만……"

"사양 말고 먹고 가. 오빠도 기뻐할 거야."

하쓰코는 장을 보러 나가고 마나와 둘만 남았다. 마나는 그림을 그리려고 스케치북과 크레파스를 꺼냈다.

고타로는 이때를 기다리고 있었다. 지금까지 오른눈만 감지 않으려 신경쓰는 바람에 눈을 깜박이는 게 부자연스러워졌을 정도였다.

—마나 옆에 어머니의 '말'이 남아 있지 않을까.

어린 딸을 남기고 떠난 어머니의 마음이 곁에 머물러 있지 않을까.

—내 왼눈에는 그게 보인다.

분명 아름답게 빛나고 있으리라. 미카가 다쳤을 때 직장에 있던 소노이 다카코의 등에 달린 아름다운 날개 한 쌍을 보았기에 고타로는 그렇게 확신했다.

—내 왼눈으로 할 수 있는 좋은 일.

가라에게 받은 이 힘으로는 악한 것뿐 아니라 선한 것도 찾아낼 수 있다. 마지막으로 선한 것을 확인하고 싶었다.

"오빠, 이거 마나가 그린 거야."

마나가 넘겨서 보여준 스케치북에는 해바라기 밭과 해수욕장 그림이 그려져 있었다. 즐거운 여름의 추억이다.

"잘 그렸네. 마나, 그림 실력이 더 좋아진 것 같은데?"

고타로는 호흡을 살짝 가다듬고 눈을 감았다. 그리고 천천히 왼눈만 떴다.

반짝이는 빛 알갱이나 레이스 조각 같은 것이 보이지 않을까 예상하고 기대했다. 마나의 어머니는 생전에 여기 온 적이 없다. 그녀의 '말'이 여기 있다 해도 마나에게 붙어온 것일 테니 그렇게 뚜렷한 형체를 띠지는 못할 것이다.

터무니없는 착각이었다.

주황색 크레파스를 쥐고 열심히 동그란 해님을 그리기 시작한 마나는 모를 것이다. 고타로가 한순간 숨을 멈추며 몸을 움찔했다는 사실을.

그만큼 그것은 가까이 있었다.

후광이다. 미나리아재비 같은 색깔로 희미하게 빛나고 있었다. 그냥 금색이라고는 하고 싶지 않다. 숨쉬는 것처럼 조금 진해졌다 연해졌다 하면서 물결치듯이 흔들렸다. 그리고 마나의 등을 지키듯이 꼭 달라붙어 있었다.

—마나의 엄마다.

어머니가 아이에게 쏟은 사랑의 잔재. 어머니가 아이에게 남긴 말의 집적체. 아침저녁으로, 잠이 오지 않는 밤에, 비가 내려

싸늘한 아침에, 의지할 데 없다는 사실이 가슴에 사무치는 가을 해질녘에.

어머니는 언제나 아이에게 말을 건다. 말로 애정을 전하고, 이 세상의 모습을 전한다. 그곳에 엄마가 언제나 너와 함께 있으면서 지켜주겠다고 약속하기 위해서.

"마나."

그림 그리기에 푹 빠진 마나는 크레파스를 움직이며 "응?" 하고 대답했다.

"마나의 엄마 이름은 뭐야? 오빠가 한 번도 안 물어봤네."

마나는 손을 멈추고 고타로의 얼굴을 올려다보았다.

"유리코."

마나가 대답하자 미나리아재비 색깔의 후광이 다시 물결쳤다.

"그렇구나. 예쁜 이름이야."

유리코 씨. 마나를 비추는 따스한 빛. 고타로에게도 그 온기가 느껴졌다.

—처음 뵙겠습니다.

당신은 계속 마나와 함께 있었군요. 앞으로도 쭉 그럴 거고요. 미처 몰라봐서 죄송해요.

이 후광은 마나가 성장하면서 점점 형태를 띠는 그녀의 '말' 속에 녹아들다가 마침내 하나가 되어 계속 마나를 지켜볼 것이다.

고타로의 시선을 따라 마나가 뒤를 돌아보았다. 어머니가 발하는 희미한 빛이 사랑스러운 딸의 뺨을 비추었다.

"뭔데?"

오빠가 뭘 보고 있는지 신기하다는 듯이 물었다. 마나에게는 아무것도 안 보여. 고타로는 마나의 머리를 쓰다듬었다.

"마나, 오빠가 요즘 공부를 많이 했어."

"공부?"

"응. 전에 약속했지? 마나 엄마가 어디 갔는지, 언제 돌아오는지 알게 되면 알려주기로. 그래서 알 때까지 공부했어."

마나의 얼굴이 환해졌다. "알아냈어?"

"알아냈어. 엄마는 마나 곁에 있어. 모습은 보이지 않지만 엄마는 아무데도 안 갔어. 언제나 마나와 함께 있어."

오빠는 공부했으니까 알아. 비싼 수업료를 치렀지만.

"그렇구나."

마나는 고개를 끄덕이고 작은 새가 지저귀는 것처럼 웃었다. 유리코 씨의 후광도 물결쳤다. 마치 그녀도 웃는 것 같았다.

선한 것, 성스러운 것. 결코 상실되지 않는 것.

천사의 고리를 보았다고 고타로는 생각했다.

—가라, 왼눈의 힘을 돌려줄게.

나가사키 댁에서 신주쿠역으로 밤길을 걸으며 고타로는 가라에게 말했다.

—이제 필요 없어. 그리고 나 같은 게 더이상 이 힘을 사용해서는 안 될 것 같아.

신주쿠교엔의 바깥 해자를 따라서 난 좁은 외길이다. 고타로 말고 다른 사람은 없었다. 주오선이 지나가는 가도교가 왼쪽 시야를 막았다. 이제 막 여덟시가 지났는데 한밤중처럼 어두웠다.

—가라?

앞쪽 어둠 속에 가라의 모습이 보였다. 차통빌딩 옥상에서 처음 만났을 때처럼 천천히 날아내려왔다. 그리고 소리 없이 착지해 날개를 접었다. 이제는 한 쌍이 된 낫이 등에서 한순간 얼음 같은 빛을 내뿜었다.

—네 사냥이 끝났다는 말이군.

고타로는 오른눈을 감아보았다. 은빛 실이 보이지 않았다. 가라의 말은 처음 만났을 때와 마찬가지로 귓속에 울려퍼졌다.

가라가 빌려준 힘이 사라졌다.

—그렇다면 끝내자.

고타로는 가라에게서 몇 미터 떨어진 곳에 멈춰 서서 자세를 고치고 말했다.

"결국 당신한테 큰 도움은 주지 못했어. 미안해."

가라는 눈을 반쯤 감고 고개를 가볍게 갸웃했다.

"하지만 나는 야마시나 사장님의 복수를 했어. 아무리 감사해도 모자랄 거야. 고마워."

전철이 굉음을 내며 가도교 위를 지나갔다. 고타로는 어둠에 대고 말하고 있었다.

가라는 사라지고 없었다.

2

알고 보면 엉큼한 구석도 있는 쓰즈키 아저씨의 말대로였다. 왼눈의 힘을 버리자 거짓말처럼 마음이 편해져서 고타로는 스스럼없이 미카에게 메일을 보냈다.

'요즘 어떻게 지내? 아직 좀 걱정되는데, 아무 문제 없지?'

그러자 미카도 스스럼없이 답장했다.

'오빠는 학교 비밀 사이트에 내 험담 나돌았던 거 알지? 할머니한테 들었어.'

이어서, '잠깐 이야기하자. 데이트 안 할래?'

점심시간에 역 근처 맥도날드에서 만나기로 했다. 연식 테니스부 여름 합숙을 마치고 돌아온 미카는 하나코 아주머니의 표현을 빌리면 '이를 드러내며 웃지 않으면 어디가 얼굴이고 어디가 뒤통수인지도 모를' 만큼 가무잡잡했다. 아주 건강해 보인다.

"오늘 가즈미 언니는?"

"엄마랑 시부야에 쇼핑하러 갔어."

그렇구나, 하고 미카는 안심한 듯한 표정을 지었다.

"뭐야, 가즈미가 알면 안 되는 일이야?"

미카는 "으음" 소리를 냈다. "가즈미 언니만이 아니라, 엄마도 지금은."

"그만큼 미묘한 이야기다?"

"……가쿠 선배 일이야."

이름만 들어도 알지? 그런 표정이었다. 확실히 고타로와는 그것만으로 이야기가 통한다.

"테니스부 선배지? 분위기 파악 못하는 멍청한 녀석. 아직도 미카한테 치근거려?"

"안 그래. 치근거린다거나 그런 건 아니야."

어이쿠, 두둔하네. 왜 태도가 바뀌었담?

짚이는 구석이 있었다. 가즈미보다 훨씬 순진한 미카는 고타로가 가만히 바라보자 순정만화의 내성적인 캐릭터처럼 우물쭈물했다.

"미카가 비밀로 해달라면 아무에게도 말 안 해."

"응, 알아."

미카는 숨을 내쉬고 콜라를 한 모금 마시고 나서 말을 이었다.

"4월 말 연휴 시작 전에 가쿠 선배한테 메일을 받았어."

고등학교 생활도 이제 익숙해졌다. 내가 멋대로 말하고 행동한 탓에 마음고생이 심했을 텐데 만나서 사과하고 싶다는 내용이었다고 한다.

"난 가쿠 선배한테 메일 주소를 알려준 적 없거든. 그래서 깜짝 놀랐어."

"오지랖 넓은 사람이 있었나보네."

미카는 답장했다. 이제 괴롭힘을 당하지 않는다. 당시는 힘들었지만 지금은 아무렇지도 않다. 그러니 굳이 사과하지 않아도 괜찮다.

"그랬더니 용서해준다면 그…… 그러니까……"

"역시 미카랑 사귀고 싶다는 거야?"

미카는 또 우물쭈물하다가 고개를 끄덕였다.

고타로가 보기에는 영락없이 '치근거리는' 짓이다. 하지만 여자 입장에서는 또 다른가.

"난 아직 중학교 2학년이라."

"중1이든 중2든 사귀는 애는 사귈 텐데."

"하지만 우리집은 엄마 혼자뿐이고."

미카는 허둥지둥 덧붙였다. "싱글맘이니까 안 된다는 뜻은 아니야. 엄마는 지금까지 혼자 열심히 살아왔고, 고생하며 날 키워줬어."

"응. 다카코 아주머니는 훌륭한 커리어우먼이지."

"……그러니까 나도." 미카의 목소리가 작아졌다. "지금부터 남자친구를 만들어서 싱숭생숭해지면 안 될 것 같아. 열심히 공부해서 좋은 고등학교랑 대학교에 가야 하니까."

고타로는 감탄했다. "대견하네."

기특하고 귀엽지만, 너무 착실해 옆에서 보기에는 좀 딱하기도 하다. 괜찮아, 괜찮아. 벌써부터 그렇게 장래 걱정을 하진 마.

"네가 연애하고 청춘을 즐겨도 다카코 아주머니는 기뻐하실 거야. 엄마한테 미안하다는 이유로 억누르고 참으면 오히려 슬퍼하실걸."

"그런가……"

"그럼. 그렇다고 가쿠 선배와 사귀라고 권하는 건 아냐. 엄마를 위한답시고 괜히 움츠러들 필요는 없다는 거지. 가쿠 선배가 싫으면 거절해. 그래도 자꾸 치근대면 내가 대신 거절해줄게!"

"아니야, 그러지 마."

미카는 엉겁결에 말렸다. 무척 진지한 얼굴이었다. 고타로가 웃음을 터뜨리자 이번에는 그 얼굴이 새빨개졌다.

"그래서, 가쿠 선배한테는 이미 그런 뜻의 답장을 했다는 거구나. 나는 지금 아무하고도 사귈 마음이 없다고."

"……응."

"그랬더니 뭐래?"

"메일은 가끔 보내도 되겠느냐고. 친구로서."

그후로 메일을 주고받기 시작했다. 처음에 미카는 거의 답장을 하지 않았지만,

"선배가 학교에서 있었던 일이나 공부 이야기도 해주고 읽은 책 내용도 알려주는 게 재미있어서, 점점 답장을 보내게 됐지."

그러다 마음의 변화가 생겼다. 가쿠 선배는 자기가 생각했던 사람이 아니었을지도 모른다. 성적이 좋고 연식 테니스부의 인기 선수라 여학생들에게 둘러싸여 선망의 눈길을 받기를 즐기는 오만방자한 사람인 줄로만 알았는데, 실은 혼자 음악을 듣거나 책을 읽기 좋아하고 여럿이서 떠들썩하게 어울리는 것은 딱 질색이라고 한다.

"그래서 메일 친구가 된 거야?"

"으응."

"아직 만나지는 않았고?"

미카는 의자 위에서 몸을 움츠렸다. "—만났어. 그, 계단에서 떨어진 것도 아마 그 때문일 거야."

"뭐?"

"그 전날 가쿠 선배한테 메일이 왔거든. 서점에 들렀다 가는 길인데 우리집 근처라고. 그래서."

"나가서 만났구나."

"4번가 모퉁이에 있는 공원 알아?"

미카 집에서 걸어서 오 분쯤 걸리는 곳이다.

"거기서 만나 책을 빌렸어. 전부터 말했던 책. 가쿠 선배가 나도 분명 읽어보면 감동할 거라고 했거든."

미카의 시각이 바뀌었기 때문인지 오랜만에 만난 가쿠 선배는 일 년 전보다 훨씬 멋져 보였다. 가슴이 두근두근하고 눈앞이 밝아지는 것 같았다. 선배와 헤어지고 나서도 두근거림이 좀처럼 가라앉지 않았다.

"아마 그래서…… 멍한 상태였나봐."

다음날, 학교 계단에서 발을 헛디뎠을 때 머릿속에는 다른 세상이 펼쳐져 있었다는 건가. 과연. 고타로는 한숨을 쉬었다.

"미카, 그런 걸 '반했다'고 하는 거야."

흐뭇하기도 하고, 어처구니없기도 하고, 부럽기도 했다.

"너 사랑에 빠졌어."

그뒤로 한동안 고타로는 미카가 가쿠 선배와 (중학교 2학년 여학생 나름대로) 알콩달콩 시간을 보낸 이야기를 들어야 했다.

그래봤자 두 사람은 아직 데이트한 적이 없다. 그저 매일 연락을 주고받고, 일주일에 한 번꼴로 공원에서 만나 책을 교환하고 좋아하는 음악과 최근에 본 영화 이야기를 하다가 헤어지는 식이다. 뭐, 지금은 그렇겠지. 당연히 관계가 점점 진전되겠지만, 그 속도는 분명 거북이걸음처럼 느릴 것이다.

이야기를 듣자니 가쿠 선배도 그렇게 나쁜 놈은 아닌 듯하다는 생각이 들기 시작했다. 아니면 지망하던 학교에 떨어져 좌절을 겪고, 그 순간 추종자들도 등돌리고 떠나자 '인기인'이라는 꿈에서 깨어나 성장했는지도 모른다.

요즘 찾아보기 힘들 만큼 건전하고 적당한 거리를 유지하는 남녀교제다. 자기보다 어린 상대의 마음을 헤아려 절도를 지키고 있다. 고백 소동을 들었을 때는 청춘 드라마에 심취한 멍청이인 줄 알았는데, 그것도 그가 시대에 뒤떨어진 순정파라서 저지른 실수였는지 모른다.

현상황이 이렇다면 미카가 왜 다카코 아주머니에게 미안해하고 가즈미도 몰랐으면 하는지 알 만하다. 면목이 없다고 할까, 까딱 잘못하면 가즈미만 바보 꼴이 된다.

고타로는 일부러 과장되게 얼굴을 찌푸리고 말했다. "그런데 미카, 괜찮을까? 늘 그렇게 새 책을 빌려주다니 수상해. 어쩌면 서점에서 슬쩍하는지도 몰라."

미카는 매우 진지하게 화를 냈다. "아니야! 가쿠 선배는 아르바이트해서 번 돈으로 책을 산단 말이야."

그렇지만, 하고 미카가 목소리를 낮추었다. "소문으로 들었는데, 가쿠 선배네 집은 굉장한 부자래."

아버지가 대형 식품회사의 중역이라고 한다. 회사 이름을 듣고 고타로도 놀랐다. 텔레비전을 틀면 매일같이 그 회사 광고가 나온다.

"그런 대단한 사람의 아들이 왜 공립중학교에 다녔어?"

"아버지 방침이래. 의무교육제도가 있는 나라에서 아들을 특별 취급할 필요는 없다나."

가쿠 선배에게는 형이 둘 있는데, 그들도 그 방침에 따라 학교를 다녔고, 큰형은 웬걸 아직 취업준비생이라고 한다.

"자기도 평사원으로 입사해서 혼자 힘으로 여기까지 올라왔으니 연줄에 기대지 말라고 한대."

참 엄격한 아버지다.

"하지만 이야기만 들어봐도 역시 부자구나 싶을 때가 있어. 어릴 적부터 가족끼리 자주 해외여행을 다닌 모양이더라고."

그렇다면 역시 이 동네 토박이가 아니라 외부에서 유입된 부유층이리라.

"그래서 선배도 아르바이트 월급을 아무렇지 않게 책이나 CD

에 쏟아붓는 거겠지. 그런 쪽으로는 나랑 감각이 좀 달라."

"요즘도 CD를 사는 애들이 있어?"

"오빠도 참. 클래식 좋아하는 사람은 여전히 CD를 모은다고. 레코드판을 찾아서 사는 사람도 있는걸."

"아, 그렇구나. 클래식이라. 난 클래식의 클 자도 몰라서. 죄송합니다."

둘이 함께 웃었다. 하지만 이렇게 되니 고타로는 줄곧 걱정되던 이야기를 하지 않을 수 없다. 미카의 방 창문으로 스르르 들어간 오싹한 거미.

"앞장서서 널 괴롭히던 '반짝반짝 키티'는 요즘 어때?"

아아, 하며 미카도 웃음을 거두었다.

"그 사람은 선배랑 같은 학교에 갔어."

고타로는 눈이 휘둥그레졌다. "확실해?"

"응."

"그럼 '반짝반짝 키티'가 누구인지—"

"다들 알고 있었어. 3학년 누구라고. 적어도 연식 테니스부에서는 공공연한 비밀이었지."

올리는 글로는 미카와 같은 학년 같았는데 위장이었다. 이래서 인터넷은 방심할 수 없다.

"가쿠 선배를 따르던 여자애들 중 하나겠지."

"응. 하지만 제 딴에는 가쿠 선배의 여자친구라고 생각했나봐."

웬일로 가시 돋친 말투였다.

"그래서 널 괴롭힌 거구나. 대놓고 질투하고."

"원래 그런 사람이지. 나한테만 그랬던 게 아니야. 아무한테나 시샘을 부려. 뭐든 자기가 제일이 아니면 성에 차지 않는 타입이랄까."

짜증나는 성격이다. 그런데도 당시는 '반짝반짝 키티'에게 합세해 미카를 괴롭힌 사람이 제법 많았다. 주모자가 3학년이라 거스르기 두려워서 장단을 맞춰준 1, 2학년도 있었을지 모르고. 여자들의 관계는 그런 점이 성가시고 또한 무섭다.

"가쿠 선배랑 같은 학교에 다닌다면 너랑 가쿠 선배가 요즘 어떤 분위기인지 눈치채지 않았을까?"

"눈치챘어." 미카는 툭 내뱉듯이 대답했다. "여름 합숙 들어가기 전에 졸업생 자격으로 연습하러 왔을 때 말하더라고."

—가쿠한테 꼬리치지 마.

고타로는 미카의 책에 끼워져 있던 메모지 내용을 떠올렸다. 가쿠 선배한테 꼬리치면 죽여버릴 거야.

"넌 뭐랬는데?"

"선배랑은 상관없는 일이라고 했어."

미카는 얌전하지만 강단이 있다.

"그래서 그후에는?"

"아무 일도 없는데. 그때 그게 다였어."

고타로는 무심코 눈살을 찌푸렸다. "정말이야? 정말 그걸로 끝났어?"

"가쿠 선배도 고등학교에 입학하자마자 기바 선배가 사귀자고 해서 딱 잘라 거절했대."

"걔 이름이 기바야?"

미카는 테이블에 한자를 썼다. 한자로는 '木庭'라 쓰는 성씨다.

"이걸 '키티'라고 읽을 수도 있잖아. 그래서 유치원 때 별명이었는데, 다들 그렇게 부르라 하더라고."

자기 별명을 직접 정해서 알려주다니. 고타로는 손으로 눈을 가렸다. "아아, 알겠다. 그 얘기만 들어도 어떤 타입인지 알겠어."

그렇다면 '반짝반짝 키티'가 품은 질투심의 잔재가 거미 형태로 미카에게 들러붙어 있었던 걸까. 본체에서 떨어져나왔으니 큰 해는 끼치지 않으려나. 실제로 미카는 건강하고 행복해 보인다.

"그런데 왜 같은 고등학교에 간 걸까?"

"선배 탓이 아니야. 그 사람이 선배가 지망한 학교에 모조리 원서를 넣었어."

십대 중반 여자애가 한 남자에게 그만큼 집착하다니 놀랍다.

"가쿠 선배는 키티를—"

“전부터 별로 안 좋아했어. 싫어했지. 그쪽이 멋대로 자기 여자친구라는 말을 퍼뜨려서 골치가 아팠대.”

고타로는 반쯤 후회하고 반쯤 안도했다. 왼눈의 힘을 지니고 있었다면 키티를 한번 보고 싶었다. 하지만 다행히 보지 않아도 된다.

“키티도 근처에 살지?”

“응. 한때는 매일 아침 개찰구에서 선배를 기다리고 있어서, 일부러 한 정거장 더 가서 전철을 탔대.”

키티는 원래부터 성격이 제멋대로고 질투심이 강한 모양이니, 가쿠 선배가 매정하게 대해서 오히려 집착이 강해진 것 아닐까.

“지금은 잠잠해졌어?”

“나한테는 아무 일 없고, 선배도 아무 말 안 하니까……”

고타로는 그래도 조심하라고 말하려다 그만두었다. 상대는 열여섯 살 소녀다. 남자라면 폭력사태로 이어질 우려도 있지만, 여자가 할 수 있는 일은 자연히 한계가 있다. 신경을 끄면 언젠가 포기하고 떨어져나갈 수밖에 없으리라.

—하지만 다시로 게이코 같은 사례도 있다.

그만, 그만. 나쁜 쪽으로 상상하면 한도 끝도 없다. 쓰즈키 아저씨도 말했지 않은가. 혼자서 전부 짊어지려고 애쓰지 말라고.

“오빠, 햄버거 하나 더 먹을래?”

미카의 얼굴은 밝았다. 그러니 됐다고 고타로는 스스로를 타일렀다.

8월 31일, 여름방학 마지막날이었다.

수험생이면서 4박 5일 여름 합숙까지 참가하며 테니스 삼매경이었던 가즈미는 이제 와서 마음이 급해졌다. 그래놓고 공부에도 휴식이 필요하다며 거실 컴퓨터로 합숙 때 찍은 사진을 시간 가는 줄 모르고 정리하다가 어머니에게 야단맞았다.

이날은 고타로도 하루종일 집에 있었다. 심야 근무를 마치고 아침에 돌아온데다, 작년 말부터 쌓인 피로가 한꺼번에 몰려왔는지 아무리 자도 졸렸다. 어머니와 동생이 어이없어할 만큼 곤히 잤다.

꿈은 꾸지 않았다. 그게 무엇보다 기뻤다.

저녁으로 불고기를 하겠다기에 고타로도 식사 준비를 거들었다. 셋이서 핫플레이트에 둘러앉은 것이 오후 여섯시 반. 고기를 실컷 구워 먹고 창문을 열어 환기하는데 집전화가 울렸다.

어머니가 받았다. "어머, 어쩐 일이야?"

밝은 음색이 바로 바뀌었다.

"미카? 아니, 우리집에는 안 왔어."

수화기를 귀에서 떼고 물었다. "가즈미, 오늘 미카 만났니?"

"안 만났는데."
"연락은?"
"없었어. 미카가 왜?"
"집에 없대."
고타로는 벽시계를 보았다. 오후 여덟시 오 분 전.
가즈미가 의자에서 일어났다. "어제, 오늘은 하루종일 머리 싸매고 국어 숙제를 할 거라고 했는데."
"도서관에 있는 거 아니야?"
"시간이 이런데 도서관은 무슨."
가즈미가 전화를 받았다. "다카코 아주머니, 가즈미예요. 아주머니한테 연락도 없이 나갔나요?"
고타로는 작은 목소리로 어머니에게 물었다. "하나코 아주머니는? 집에 계실 텐데."
"감기로 열이 나서 어젯밤부터 드러누워 계신대. 심한 건 아닌 모양이다만."
고타로는 가즈미의 옆얼굴을 자세히 살폈다. 수화기를 귀에 대고 네, 네, 하며 고개를 끄덕거렸다.
어머니가 달래듯이 말했다. "잠깐 편의점이라도 갔나보지."
가즈미가 사진을 인쇄하다 말고 내버려둔 거실 컴퓨터는 절전 모드였다. 고타로가 마우스를 움직이자 모니터 화면이 밝아지더니 운동복 차림으로 테니스라켓을 들고 웃고 있는 가즈미와 미카가 떴다.

덜커덕 소리가 났다. 가즈미가 수화기를 거칠게 내려놓은 것이다.

"어쩌지, 엄마?"

"아직 그렇게 허둥댈 건 없잖니."

"아니야, 너무 이상해."

가즈미는 고개를 세게 저었다. 하나로 묶은 머리가 마구 흔들렸다.

"아파서 누워 있는 하나코 아주머니한테 아무 말도 없이 나갔어. 다카코 아주머니가 부탁했는데 장도 안 봐놨고. 미카답지 않아. 그리고 아주머니가 돌아와보니 불을 안 켜놔서 현관이랑 거실이 캄캄했대."

잠깐 나간 게 아니다. 나간 지 몇 시간이 지났을지도 모른다.

고타로는 일어섰다. "야야, 너무 흥분하지 마. 내가 가볼게."

"부탁하마."

어머니가 뻣뻣하게 굳은 가즈미의 어깨를 감싸안았다.

맞은편 집에서는 다카코 아주머니가 여름 정장 재킷도 벗지 않고 스마트폰으로 통화중이었다. 식탁 의자에 하나코 아주머니가 파자마 차림으로 힘없이 앉아 있었다. 무척 나이들어 보였다.

"아아, 고 왔구나."

목소리에도 힘이 없었다.

"미안하다. 난 계속 누워 있느라 몰랐어."

"열이 나니까 누워 계셔야죠. 아주머니, 미카를 언제 보셨어요?"

"아침 열시쯤이었나. 미카가 죽을 끓여줬어. 그때 얼굴을 본 뒤로는—"

다카코가 통화를 마치고 돌아보았다. 방금 전의 가즈미처럼 표정이 심상치 않았다.

"아빠한테는 안 갔어"라고 느닷없이 말했다. "혹시 찾아갔나 싶어서 전화해봤는데, 안 왔대."

"아주머니, 걱정 마세요. 잠깐 뭐 사러 나갔다가 친구 만나서 수다떨고 있을 거예요."

그렇게 말하고 나자 고타로는 더이상 입단속을 할 수 없었다. 섣불리 감추다보면 도리어 일이 커져서 미카가 곤란해질 것이다. 미카, 미안해. 나중에 나도 같이 사과할게.

"아주머니. 실은 최근에 미카한테 남자친구가 생겼어요. 지금도 걔랑 함께 있을 것 같은데요. 둘이서 시간 가는 줄 모르고 재미있게 놀고 있겠죠."

다카코는 그다지 놀라지 않았다. 놀라기는커녕 눈을 깜박이더니 이렇게 중얼거렸다.

“어머, 역시.”

어머니의 감이다.

“연식 테니스부 선배인데, 미카는 가쿠 선배라고 불러요. 이름이 뭐더라.”

바로 떠오르지 않아서 조바심이 났다.

“시모카와 가쿠예요. 가정환경도 멀쩡하고, 고등학교 1학년이에요.”

다카코는 스마트폰을 든 채 가까이 있는 의자에 털썩 주저앉았다.

“4번가 모퉁이 공원에서 가끔 만나요. 아직은 그 정도가 다예요. 요즘 애들답지 않게 귀여운 커플이죠.”

다카코는 한숨을 쉬었고, 하나코 아주머니는 아직 사정이 이해 안 되는지 두 사람의 얼굴을 번갈아 바라보았다.

“우리집은…… 딱히 통금시간은 없지만.”

“말도 없이 나가서 늦게 들어오면 안 되죠. 미카답지도 않고요. 두 사람도 그건 알 테니 멀리 가지는 않았을 거예요. 제가 근처를 한번 둘러볼게요.”

고타로는 서둘러 집으로 돌아가서 자전거를 타고 4번가 모퉁이 공원으로 달려갔다.

야단났다, 미카. 엄마랑 할머니한테 절대 걱정 끼치지 않는 네가 이렇게 막 나갈 만큼 가쿠 선배한테 폭 빠진 거야?

고타로가 품은 가장 낙관적인 예측은 공원 벤치에 붙어 앉아 담소를 나누는 미카와 가쿠 선배를 발견하는 것이었다. 아, 고 오빠. 시간이 벌써 그렇게 됐다고? 진짜야? 그럼, 진짜지. 사방이 캄캄하잖아!

그리 넓지도 않은 공원을 자전거로 한 바퀴 돌아보고 그 예측이 빗나갔음을 알았다. 미카는 없었다.

둘이서 편의점이나 서점, 아니면 맥도날드로 자리를 옮겼나. 여름 해는 기니까 좀더 있다 가도 괜찮을 거라는 생각으로. 하지만 미카. 어디 갈 거면 아주머니한테 연락부터 좀—

그때 왜 주변을 '왼눈'으로 보려고 했는지 고타로 스스로도 잘 설명할 수 없다. 그냥 즉흥적이었다기에는 앞뒤가 맞지 않는다. 가라에게 빌린 힘은 이미 돌려주었다. 이제 왼눈에는 말이 보이지 않는다. 알고 있는데 왜 시험해보았을까.

기척을 느껴서? 고타로는 강렬한 '말'의 잔재와 수없이 접촉하며 경험을 쌓았으니 가라의 힘 없이도 어느 정도 그 존재를 감지할 수 있게 된 것이다. 제법 그럴듯한 가설이다.

하지만 '습관이 들어서'가 좀더 정답에 가까울 것이다. 뭔가를, 누군가를 찾다가 지침이 필요할 때면 고타로는 가라의 힘을 사용했다. 그러므로 여기서도 조건반사처럼 그랬다.

결과를 따지자면 잘한 일이었다.

사이좋은 십대 커플의 흔적은 보이지 않았다. 하지만 미카와 가쿠 선배가 어느 벤치에 앉아 있었는지는 단박에 알 수 있었다. 거기에 어떤 '형체'가 있었으니까.

거미와 비슷한 오싹한 괴물. 등받이 없이 평평한 벤치 한복판에 떡하니 앉아 있었다.

가까이서 관찰해보니 다리는 여덟 개였다. 원치 않아도 잘 보였다. 미카 방 창문으로 들어갔을 때보다 커졌기 때문이다. 두 배도 넘는다. 세 배 정도로 커졌다. 새까맣고 억센 털이 빽빽한 등이 작은 산처럼 두두룩했다. 복부는 등보다 더 통통했다. 불룩하게 부풀어올랐다.

먹이를 배불리 먹어 움직이지 않는다. 그저 빨간 눈알만 되록되록 굴리고 있다.

벤치는 새빨간 피에 젖어 있었다. 피처럼 보이는 '말'의 잔재에.

누구 피지?

고타로는 혼란에 빠져 벤치로 달려갔다. 순간적으로 발이 나갔다. 괴물을 걷어차서 떨어뜨리고 짓밟을 작정이었다.

운동화를 신은 발로 걷어차자 쾅하고 요란한 소리가 나고 발목이 시큰했다. 거기 있는 것은 벤치뿐이다.

—쓸데없는 짓 하지 마라.

왼눈 속에 은색 실이 빛났다.

"가라!"

고타로는 소리쳤다.

"왜 보이는 거야! 왜 아직도 이런 게 보이는 거냐고!"

운동화에 튄 피가 왼눈에 보였다. 괴물은 고타로의 공격을 피해 재빨리 벤치 아래로 기어내려갔다. 탁구공만큼 커다란 빨간 눈알이 숯덩이처럼 빛났다.

—그 힘은 이미 네 일부다.

필요해서 빌려 썼고, 이제 볼일이 끝났으니 돌려주겠다. 그렇게 마음대로 할 수 있는 힘이 아니었다.

—네가 진정으로 필요로 하면 힘은 언제든지 나타난다.

거미가 빨간 눈알을 장난치듯이 빙글 돌려 고타로를 보았다. 분명히 보았다. 눈이 마주쳤다. 마치 '그렇다는군' 하고 웃는 것 같았다. 보는 자와 그 대상은 표리일체야. 나는 괴물이고 너도 괴물이지.

"누구 마음대로!"

고타로의 성난 고함에 놀란 듯이 거미 괴물이 벤치 아래서 튀어나왔다. 다리를 꾸물거려 눈으로도 좇지 못할 만큼 빠르게 달아났다. 그 발자국—축축한 흔적이 공원을 가로질러 뻗어갔다.

"—쫓을 텐가?"

가라다. 고타로 바로 뒤에 나타났다. 여름밤의 공원, 날벌레들이 모여드는 가로등 아래, 가라가 있는 곳만 빛이 지워져 캄캄했다.

어둠으로 이어지는 입구다. 현실 세계가 아닌 영역으로 통하는 문. 가라의 존재 자체가 이계로 이어지는 문이다.

"쫓지 않을 건가." 이번에는 또렷한 목소리로 물었다. "녀석이 뭘 배불리 먹었는지 궁금하지 않나?"

미카가 위험에 빠졌다. 지금 이 순간에도. 아직 늦지 않았을지도 모른다. 제발 늦지 않았기를.

"쫓아야지." 고타로는 대답했다. "미카를 구할 거야."

어둠이 날개를 펼치자 칠흑의 물살이 고타로를 휩쓸었다.

이 지저분한 집은 뭐지.

1차선 도로에 면한 단독주택. 비싸 보이지는 않지만 낡은 집은 아니다. 청소고 손질이고 하지 않는지, 콘크리트를 깔아 주차장 겸용으로 쓰는 앞뜰에도, 현관 주변에도, 정면에서 보이는 1층과 2층 베란다에도 쓰레기봉지와 종이상자, 잡동사니가 산더미처럼 쌓여 있었다. 부분적으로 산이 무너져내려 내용물이 비어져 나왔다.

베란다에 매달린 플라스틱 빨래건조대에 바싹 마른 수건이 몇

장 널려 있었다. 난간에는 밑창 닳은 운동화가 놓여 있다.

누가 살고 있다.

여기는 가라의 결계 속이 아니다. 다른 영역도 아니다. 고타로가 사는 현실 세계의 어딘가다. 둘러보니 근처 전봇대에 치과 광고가 붙어 있었다. 현실 외의 그 어디도 아니다.

그런데도 고타로는 공중에 붕 떠 있는 기분이었다. 가라의 결계 속에서도 그곳이 현실이 아니라 '차통빌딩 옥상을 모방한' 것임을 바로 눈치채지 못할 만큼 신체감각에 위화감이 없었는데 이번에는 달랐다.

몸이 가벼운 것이 아니다. 몸이 없다. 어째서인지 자신이 투명해진 느낌이 들었다.

—빛이 나를 통과하잖아.

뒷집 문등, 창문의 불빛. 경차 한 대가 다가왔다. 그 자동차의 전조등 빛도 그대로 통과했다.

고타로는 경차를 피하지 않았다. 예상대로 차는 고타로를 뚫고 지나갔다.

고타로는 가라처럼, 존재하지만 현실에는 없는 것으로 변했다.

한 발짝 내디뎠다. 자기 몸이 보이지 않았다. '걷는다'는 동작을 했다는 실감도 나지 않았다.

어느 순간 여기 있다. 다음 순간에는 조금 떨어진 곳에 가 있다. 그러기를 되풀이하며 이동하는 기분이었다.

현관 위에 문패 대신 나무판이 걸려 있었다. 'IMAZAKI.'

고타로는 문을 통과했다. 현관에 구두와 샌들 몇 켤레가 발 디딜 틈 없이 난잡하게 놓여 있었다. 남자 신발과 여자 신발이 뒤섞여 있다.

복도에도 쓰레기봉지와 잡동사니가 가득했다. 오래된 잡지를 몇 뭉치씩 쌓아놓았다.

—컴퓨터 잡지야.

상당히 전문적인 내용을 다루는 잡지다. 쿠마에서 본 잡지도 있었다. 그런 사실을 기억하고 있는 것으로 보아 나는 아직 미시마 고타로다.

복도는 어두웠지만, 왼쪽 방에서 불빛이 새어나왔다. 템포 빠른 음악이 작게 흐르고 있었다.

고타로는 벽을 통과해 그 방에 침입했다.

실내는 입이 떡 벌어질 만큼 난잡했다. 상당히 넓은 서양식 방이 물건으로 가득했다. 뒷면을 이쪽으로 향한 커다란 가죽소파. 일인용 의자 몇 개. 의자 등받이에 걸어놓는 것으로 모자라 여기저기 벗어던져둔 옷들.

잡지 뭉치는 여기에도 있었다. 하지만 이 방에서 제일 눈에 띄는 것은 대형 랩톱컴퓨터다. 소파 반대쪽 벽 앞의 컴퓨터 책상

위에 놓여 있다. 밝은 화면에 창이 몇 개 열려 있었다. 지도를 띄운 창이 있었다. 그 아래쪽 창에서 글자들이 오른쪽에서 왼쪽으로 흘러갔다.

한숨 소리가 들렸다. 고타로는 보이지 않는 몸을 움찔했다.

가죽소파에 누가 앉아 있었다.

고타로는 천천히 소파 앞으로 돌아갔다. 어지러이 널린 가구와 가재도구에 부딪쳐도 그냥 통과할 뿐 소리도 나지 않고 아무것도 움직이지 않는다. 그래도 고타로는 자연스레 숨을 죽이고 살금살금 다가갔다.

젊은 여자가 소파 깊숙이 몸을 묻고 다리를 꼰 채 앉아 있었다. 옆에 지퍼가 열린 근사한 숄더백이 놓여 있었다.

여자는 화장을 하고 있었다. 무릎에 파우치를 올려두고 내용물을 벌여놓았다. 작은 손거울을 들여다보며 한창 눈화장을 하고 있다.

—애잖아.

성인 여자가 아니다. 아직 소녀다. 화장이 진하지만 앳된 얼굴과 가녀린 체격. 기껏해야 열대여섯 살이리라. 대담하게 등이 파인 원피스를 입고 귀고리와 목걸이를 했다.

고타로는 있지도 않은 몸에 전류 같은 것이 흐르는 느낌이었다. 냉기를 띤 전류.

—이애는 분명.

이번에는 소녀가 코를 훌쩍였다. 눈시울이 약간 붉었다. 파우치를 더듬어 아이라이너를 꺼냈다.

발소리가 들렸다. 집 어딘가의 계단을 내려온다. 탁, 탁, 탁 리듬 있게. 곧 운동복 차림에 긴 흑발을 아무렇게나 묶은 여자가 방으로 들어왔다.

"어휴, 아직도 울어?"

쉰 목소리였다. 이쪽은 삼십대 중반에서 마흔 살 전후. 비쩍 마른 몸이 영 건강해 보이지 않는다. 얼굴에 화장기는 없고, 눈썹도 없다.

"이제 괜찮아요."

소녀가 파우치를 닫고 여자를 올려다보았다.

"속눈썹 이상하지 않아요?"

"잘 붙였네."

여자는 컴퓨터 책상으로 다가가 담뱃갑과 라이터를 집어들었다. 한 개비 뽑아 불을 붙였다.

"이만 포기해."

"알았다고요."

"너도 이제 만족했잖아."

소녀는 화장품 파우치를 숄더백에 쑤셔넣고 입을 삐죽였다.

"하지만 이야기가 다르지 않아요? 난 가쿠까지 데려와달라고 부탁한 적 없는데."

여자는 컴퓨터 책상에 걸터앉아 담배 연기를 길게 뿜어냈다.

"이런 일은 밀어붙일 때 확 밀어붙여야 하는 법이거든. 어쩔 수 없잖아. 남자친구만 공원에 남겨뒀으면 당장 경찰에 신고했을걸."

"하지만."

"덕분에 개랑 실컷 이야기했잖아?"

"응……"

소녀는 립글로스를 잔뜩 발라 번들거리는 입술을 깨물었다.

"전혀 대화가 안 되는 기분이었지만."

운동복 여자가 코웃음 쳤다. "그럴 줄 알았지. 대화가 잘되는 상대라면 네가 우리를 고용할 필요도 없었을 테니까."

고용했다고? 이 장소와 상황, 그리고 두 여자의 조합에 전혀 어울리지 않는 말이었다.

운동복 여자는 담배를 끄고 컴퓨터 책상에서 일어나 모니터 쪽으로 몸을 돌렸다. 왼손을 책상에 짚고 몸을 앞으로 구부리더니 오른손으로 마우스를 움직였다. 창이 새로 열리고 아이콘과 글자들이 떴다.

"—잔금 오십만 엔은?"

여자가 쌀쌀맞게 묻자 소녀는 예쁘게 그린 눈썹을 찡그렸다.

"낼 수 있어요."

"안 들켰어?"

"걱정 마요. 아빠도 엄마도 내가 금고 비밀번호를 아는 줄 모르니까. 금고가 있다는 것도 모르는 줄 알걸요."

딸을 너무 얕봤네, 하고 여자가 등을 돌린 채 웃었다.

"그러니까 가쿠는 나랑 함께 돌려보내줘요. 걔 집에서 돈을 받을 수는 없을 거예요."

"그애 집 부자잖아?"

"아빠 성미가 대쪽 같대요. 유괴하면 당장 신고할 거예요."

"무슨 소리야. 유괴는 벌써 했잖아."

운동복 여자가 어깨 너머로 소녀를 노려보았다. 흰자위가 많이 보이는 삼백안이다.

"이제 너도 엄연한 공범이야. 그러니까 얌전히 돌아가서 잔금이나 내고 가만있어."

소녀는 목을 살짝 움츠리더니 아양 떨듯 치뜬 눈으로 여자를 보았다.

"내가 고용했다는 사실은 정말 비밀로 해주는 거죠? 통화 기록도 꼭 지워야 해요."

"잔금 받으면."

"그런데 정말로 아무 문제 없는 거 맞아요? 난 경찰에 잡혀가기 싫다고요."

"우리도 그건 사양이야. 나랑 그이는 지금까지처럼 '청소년 고민 상담실'의 유쾌한 삼촌과 이모로, 넌 귀여운 여고생으로 지내야지."

여자가 씨익 웃었다.

"뭐, 앞으로 도움이 필요하면 네게 부탁할지도 모르지만. 이런 인연은 질긴 법이거든."

감각이 없어도 마음만 있으면 몸이 떨릴 수 있다. 고타로는 벌벌 떨렸다.

사정을 알았다. 구역질날 만큼 분명하게 알았다.

이 소녀가 '반짝반짝 키티'다. 그리고 이 여자는 그녀에게 고용됐다. 여자가 말한 '청소년 고민 상담실'이란 이 여자와 남편이 운영하는 사이트의 이름이리라.

'키티'는 시모카와 가쿠와 같은 고등학교에 들어간 뒤 그에게 또 퇴짜를 맞았고, 나아가 그가 소노이 미카와 교제를 시작했다는 사실을 알았다. 그래서 '고민 상담실'에다 자기한테 유리한 글을 올렸으리라. 남자친구와 저 사이에 어떤 여자가 끼어들어서 고민이에요. 남자친구는 그 여자한테 홀랑 넘어가서 저를 버렸어요. 어쩌면 좋을까요.

아오바중학교의 비밀 사이트에 '키티'가 어떤 글을 올렸는지 고타로는 똑똑히 기억하고 있다. 강박이 심하고 이기심과 악의가 고스란히 드러나는 공격적인 글들이었다.

사이트 운영자는 그 사실을 알아차렸다. 그리고 그들, 삼촌과 이모는 '반짝반짝 키티'에게 친절한 조언과 위로의 말이 아니라 다른 것을 팔 수 있겠다고 판단했다. 표면에 내세운 '고민 상담실'이 아니라 비밀 사업이 나설 차례임을 꿰뚫어본 것이다.

복수 대행.

BB섬 업무를 도울 때 복수 대행 사이트가 무엇이고 어떤 활동을 하는지 자세한 설명을 들었다. 대놓고 감시 대상이 되는 사이트는 귀여운 편이고, 요즘은 그들도 다양한 위장막을 친다. 연애관계의 트러블, 직장 상사와의 충돌, 고부갈등 등 다양한 인간관계의 마찰에서 비롯된 문제로 상처받은 '피해자'를 카운슬링하거나, 진행중인 다툼을 중재하는 식이다.

하지만 하는 짓은 범죄나 범죄 일보 직전이다. 끈질긴 간섭, 협박, 강요. 처음부터 폭력을 휘두를 때도 있다. 의뢰인은 인터넷을 통해 신원이 불분명한 '복수 대행인'에게 금전을 건네고, 그 결과 속이 풀리면 그만이라고 가볍게 생각한다.

'청소년 고민 상담실'의 삼촌과 이모는 지극히 친절하고 다정한 조언자인 척하며 그물을 쳤으리라. 그리고 '키티' 같은 손님을 발견하면 단숨에 낚아올린다.

대상이 청소년이니 건당 보수는 그렇게 높게 매길 수 없다. 하지만 일이 잘못될 위험성도 확 낮아진다. 인생 경험이 많은 어른보다 위협하거나 다루기 쉽기 때문이다.

'키티'는 제대로 걸려들었다. 삼촌과 이모에게 선금을 지불하고 일을 부탁했다. 소노이 미카를 떼어내주세요. 두 번 다시 가쿠에게 접근 못하게 해주세요.

그 계획이 오늘 실행됐다. 시모카와 가쿠와 미카는 4번가 모퉁이 공원에서 납치되어 이 집으로 끌려왔다—

"이런 인연은 질기다니, 그게 무슨 소리예요?"

'키티'는 제법 어른같이 화를 냈다.

"난 그냥 의뢰인이잖아요."

운동복 여자는 몸을 이쪽으로 돌리고 얼굴 한쪽을 일그러뜨리며 '키티'에게 웃음을 지었다.

"그렇지. 우리는 네 의뢰대로 여자애를 정리했으니까. 그저 의뢰대로 말이야."

고타로는 자신의 존재가 깜박이다 사라지는 느낌을 받았다. 다시 나타났을 때는 이동한 뒤였다. 계단을 올라와 2층에 있었다.

1층과 달리 복도가 텅 비어 있었다. 척 보기에도 청소를 제대로 하지 않았다. 뭉친 먼지와 머리카락이 여기저기 널려 있다.

문은 세 개. 양옆과 정면. 정면의 반쯤 열린 문 안쪽에 불이 켜져 있었다. 사람 목소리가 들렸다.

울음소리다.

"……정말, 이죠."

고타로는 목소리가 들리는 방으로 다가갔다.

침실인 듯했다. 침대는 없고 매트리스 한 쌍이 깔려 있었다. 그 위에 시트와 요, 이불이 흐트러져 있다.

시모카와 가쿠는 방구석에 웅크리고 있었다. 흰색 티셔츠에 청바지, 맨발이다. 티셔츠 가슴께에 핏자국이 점점이 남아 있었다. 그것 말고는 폭력을 당한 흔적이 없었지만, 겁에 질려 핼쑥해진 얼굴로 입술을 바르르 떨고 있었다.

양손에는 싸구려 수갑이 채워져 있었다. 두 발목은 포장용 끈으로 단단히 묶였다.

"제가, 집에서, 현금카드를 가지고, 오면, 소노이, 를, 풀어, 주시는 거죠?"

어린아이처럼 울먹이며 확인했다.

안쪽 매트리스 가장자리에 아랫배가 튀어나온 중년 남자가 책상다리를 하고 앉아 있었다. 이놈이 삼촌인가. 이모와 같은 운동복을 입었다. 그리고 시모카와 가쿠의 대각선 방향에서 웃통을 벗은 젊은 남자가 옷상자 같은 바구니에 걸터앉아 다리를 달달

떨고 있었다. 오른쪽 어깨에서 위팔까지, 그리고 얼룩진 청바지 자락 아래로 보이는 발목에 화려한 문신이 있었다. 양쪽 귀에 조그마한 링 귀고리를 몇 개씩 달았다. 무슨 재미있는 구경이라도 하듯이 희미한 웃음을 띤 채 껌을 씹고 있었다.

"똑같은 말을 몇 번이나 하게 만들지 마."

삼촌이 입을 열었다. 퉁퉁한 얼굴에 눈이 부리부리하게 컸다.

"약속 지켜. 아빠 엄마의 현금카드를 가지고—"

"비밀번호 잊지 말고. 알겠냐?" 젊은 남자가 끼어들었다. 연기인가 싶을 만큼 전형적인 양아치 말투였다.

"비밀번호가 없으면 땡이야, 땡."

"우리는 돈만 받으면 돼. 거래가 성립될 때까지 미카는 잘 보호하고 있을게."

아래층 여자는 여자애를 '정리'했다고 했다. 시모카와 가쿠는 그 사실을 모른다.

"소, 소노이를, 보고 싶어요."

젊은 남자가 느닷없이 화를 냈다. "그러니까 현금카드가 먼저라고, 이 덜떨어진 새끼야!"

고타로는 그 방을 나섰다. 남은 방은 두 개. 미카는 어디 있지.

오른쪽 방. 완전히 창고다. 종이상자와 옷상자가 어수선하게 쌓여 있었다. 창문에는 커튼이 쳐져 있었다.

다음으로 왼쪽 방.

아까와 달리 이 방은 휑뎅그렁했다. 문 반대쪽 벽에 창문이 하나 있지만 베니어판으로 막고 가장자리에 비닐테이프를 발라 틈새를 봉했다.

감금실. 이자들이 '목적'을 달성하기 위해 사용하는 방이다. 그 무엇보다도 확고한 증거가 벽 앞에 있었다.

천장의 전등은 꺼져 있었다. 벽 아래쪽 콘센트에 꽂힌 작은 취침등이 희미한 노란빛을 밝히고 있었다. 불빛이 그것뿐이라 처음에는 뭔지 잘 몰랐다. 둘둘 말린 카펫인가—

머리부터 엉덩이 아래까지 파란색 비닐시트로 대충 감쌌다. 그 위에다 접착테이프를 아무렇게나 둘둘 감아놓았다.

맨다리 한 쌍이 비닐시트 밑으로 나와 있었다.

엎드린 자세다. 무릎 뒤쪽의 부드러운 피부와 운동으로 단련된 탄탄한 장딴지. 매일 동아리 활동을 하느라 볕에 탄 건강한 다리. 뒷부분만 뽀얗다.

이 더러운 건 뭐지. 허벅지 언저리에 문지른 듯 몇 줄기 묻어 있는 이 더러운 건.

말라붙은 핏자국이다.

확인하지 않아도 죽었음을 알 수 있었다. 저렇게 비닐시트와 접착테이프에 둘둘 감긴 채 미동도 하지 않는다. 숨도 쉬지 않는다.

늦었다.

감각은 없어도 마음이 있으면 절망으로 통곡할 수 있다.

고타로는 명멸하면서 이동했다. 이제는 똑똑히 안다. 출현, 소멸. 출현, 소멸을 반복하고 있다. 심장박동과 리듬이 같다. 그 간격이 점점 줄어들었다. 빨라지는 심장박동에 맞춰 불길한 큰북을 울리듯이.

사냥해라, 사냥해라, 사냥해라—

아래층에서 '키티'가 총총 올라왔다. 때마침 소멸한 고타로를 통과해 안쪽 방으로 뛰어갔다. 고타로는 '키티'의 뒷모습을 바라보았다.

"아, 진짜. 이모하고는 이야기가 안 통해!"

'키티'가 소리를 빽 질렀다.

"가쿠, 가자. 이 사람들 너무 깝죽거려."

"말버릇하고는."

"가쿠한테 돈 뜯지 마요. 나도 규정 요금만 낼 거니까 그렇게 알고요!"

남자들이 제각기 웃었다.

"아, 웃겨라. 야, 너 지금 뭐가 어떻게 돌아가는지 아는 거냐?"

젊은 남자가 놀리듯이 말했다. '키티'는 더 흥분했다.

"왜 가쿠를 울렸어요? 원래는 데려오지 않았어야 맞잖아요. 삼촌이 가쿠는 손대지 않겠다고 했으면서."

고타로는 정면 방으로 돌아갔다. 원피스를 입은 '키티'의 뒷모습이 보였다. 가녀린 어깨에 힘을 잔뜩 주고 씩씩거렸다.

소녀다. 겉모습은 전혀 무해해 보인다. 이 몸속에 거미 괴물을 기르고 있는 줄 누가 알겠는가.

"우리 프로그램으로는 네 남자친구 스마트폰만 추적할 수 있어. 몇 번이나 설명했을 텐데."

뚱뚱한 삼촌의 목소리는 아직 온화하다. 말귀를 못 알아듣고 툴툴거리는 딸을 타이르는 아버지 같았다.

"그럼, 그럼. 이게 다 최신형 스마트폰을 가지고 있지 않았던 미카잉의 잘못이야."

미카잉. 문신한 젊은 남자가 미카를 그렇게 불렀다. 그리고 고타로는 깨달았다. 이놈의 청바지에 묻은 얼룩. 저건 미카의 피다.

이 자식, 미카에게 무슨 짓을 한 거야.

"가쿠도 참, 콧물이 줄줄 흐르잖아. 표정은 또 왜 그래?"

대놓고 업신여기는 말투였다. 시모카와 가쿠는 두 손으로 머리를 감싸안고 잔뜩 움츠렸다. 이건 현실이 아니다. 악몽이다. 빨리 깨어나라, 깨어나라, 제발 깨어나라.

"다 가쿠가 나한테 심술궂게 굴어서 그런 거야. 알았어? 알았으면 같이 돌아가자."

"남자친구는 잠시 더 빌려야겠어. 나중에 집까지 바래다줄게."

젊은 남자가 장난치듯이 말했다.

"아가씨 혼자 돌아가. 갈 수 있을 때 가는 게 신상에 좋을걸."

"뭐라고요. 그게 무슨 소리예요?"

'키티'의 기가 꺾이고 목소리에도 두려움이 섞였다.

"결국 네가 차였다는 뜻이지. 외로우면 내가 상대해줄까?"

"헛소리 마요! 누가 당신 같은 사람이랑."

고타로의 온몸에 감각이 되살아났다. 손가락과 발가락 끝까지 뜨거운 피가 내달렸다.

나는 출현한다. 고타로이자 고타로가 아닌 완전체가 되어서. 쌓아온 '말'들의 모습으로.

으르렁거리는 소리가 들렸다. 보금자리가 망가지고 친구를 도륙당해 분노한 짐승의 울음소리다. 내 세계. 내 친구. 내 소중한 것을 너희가 잡아먹었다. 그렇다면 이번에는 내가 너희를 잡아먹겠다.

—여자아이는 네게 주마.

가라의 속삭임.

고타로는 포효로 답했다.

자신이 송곳니를 드러낸 것을 알았다. 쳐든 두 팔은 인간의 것이 아니었다. 강인한 근육이 불거지고, 길고 반질반질한 칠흑빛 털로 덮여 있었다. 손끝에는 갈고리발톱이 달렸다. 둔중하게 빛나는 발톱끼리 부딪쳐 잘그락 소리가 났다.

고타로는 우렁차게 부르짖으며 '키티'를 덮쳤다.

뒤돌아보는 '키티'의 목을 손으로 움켜잡았다. 동시에 가라가 나타났다. 한 쌍의 낫이 춤추었다. 섬광이 번쩍였다. 우선 삼촌의, 뒤이어 문신한 젊은 남자의 몸이 두 동강 나더니 낫이 일으킨 바람에 휘말려 상반신이 붕 떠올랐다. 경악의 표정이 서리고, 두 눈이 찢어질 것처럼 휘둥그레졌다. 젊은 남자의 입가에는 아직 비열한 웃음이 희미하게 남아 있었다. 다음 순간 되돌아온 낫을 맞고 잘리더니 새까만 먼지로 변해 온 방에 자욱하게 피어올랐다.

가라는 멈추지 않았다. 검은 먼지가 소용돌이치며 한 쌍의 낫에 빨려들어갔다.

고타로는 '키티'의 목을 조르는 팔을 높이 쳐들었다. 거의 천장에 닿을 듯했다. 이쪽을 보게 했다. 소녀는 제정신이 아니었다. 마구잡이로 양팔을 휘두르며 발로 고타로를 걷어차려고 했다.

고타로는 다시 울부짖고 소녀의 머리를 콱 깨물었다. 송곳니가 소녀의 눈구멍을 파고들었다. 피가 솟았다. 그래도 아직 왼발이 움직였다. 경련하듯이 움찔거렸다.

고타로는 '키티'의 머리를 뜯었다. 그리고 피와 함께 뱉어냈다. 가벼운 소리를 내며 벽에 부딪힌 '키티'의 머리가 공처럼 튕겼다. 가라의 낫이 그것을 베었다.

눈이 멀 만큼 강렬한 섬광이 낫에서 뿜어져나왔다. 그 빛 속에서 아주 잠깐, 고타로는 보았다. 공포로 일그러진 '키티'의 얼굴을. 시커먼 피에 물든 그 얼굴이 정수리부터 녹아내리며 낫에 빨려들어가는 모습을.

"아, 좀. 뭐가 이렇게 시끄러워!"

이모의 목소리였다. 계단을 올라와 복도에 멈춰 섰다. 고타로는 몸을 돌리자마자 여자에게 '키티'의 몸뚱어리를 집어던졌다. 반사적으로 받아냈지만 버티지 못하고 엉덩방아를 찧은 이모는 머리 없는 시체를 보고 비명을 질렀다. 목이 터져라 소리지르며 시체를 밀어내고, 다리가 풀렸는지 기어서 달아나려고 했다.

고타로는 성큼성큼 따라잡아서 배를 짓밟았다. 이모의 입에서 두꺼비 울음 같은 신음소리가 튀어나왔다. 그 소리가 탁해지는가 싶더니 속의 것을 잔뜩 게워냈다.

고타로가 발을 들어올리자 여자는 여전히 도망가려고 꼴사납게 발버둥쳤다.

가라가 소리 없이 고타로를 통과해 앞으로 나섰다. 양손에 낫을 들고 있었다. 날 바로 아래를 쥔 손을 양쪽으로 벌렸다. 날 위쪽의 둥그스름한 부분이 좌우 벽에 닿았다. 가라가 이동하자 벽에 한 줄기 선이 깊이 새겨졌다.

이것이 현실과 비현실을 가르는 선이다.

가라는 이모를 내려다보며 이모의 몸이 다리 사이에 오도록 벌리고 섰다. 그리고 오른손에 든 낫을 손안에서 미끄러뜨려 날을 여자의 오른쪽 귀에 댔다. 왼손에 든 낫도 똑같은 방식으로 여자의 왼쪽 귀에 댔다.

낫은 인광처럼 차갑고 보석처럼 눈부신 빛을 뿜어냈다. 그 빛이 여자의 추하고 더러운 얼굴을 비췄다.

"사, 살려, 살려줘."

미카도 분명 네게 그렇게 애원했겠지. 몇 번이고, 몇 번이고 계속해서.

가라는 교차한 낫 사이에 끼운 여자의 머리를 천천히 들어올렸다.

"살려, 줘."

가라가 눈썹을 살짝 찡그렸다. 둔탁한 소리가 났다. 여자의 목이 부러졌다.

가라는 축 늘어진 여자의 시체를 그대로 쳐들었다. 눈높이가 같아지자,

"그럼."

들으라는 듯이 고타로에게 말했다.

"나도 이걸 정리하도록 하지."

섬광이 번뜩였다. 목이 잘리고 다시 섬광이 번뜩이자 이모의 몸도 검은 먼지로 변했다. 그리고 낫의 먹이가 되었다.

마지막 먼지 한 톨까지 사라지자 방안 공기가 달라졌다. 맑고 깨끗한 기운이 넘쳤다. 불결함이 정화됐기 때문만은 아니다. 가라의 낫이 뿜어내는 빛 때문이었다.

호를 그리는 날이 쭉 늘어났다. 낫자루도 두 배로 굵어지더니 무늬가 그려지기 시작했다. 복잡하게 뒤얽힌 당초무늬 같기도 하고, 한 줄로 이어진 상형문자 같기도 했다.

날과 자루가 연결되는 부분에 꽃잎 같은 것이 돋아났다. 순식간에 둥글어지더니 꽃이 아닌 다른 모양을 이루었다.

해골이다. 입을 크게 벌린 해골. 절규하는 해골의 입속에서 얼어붙은 초승달 같은 칼날이 뻗어나왔다.

"—이 해골은 둘이면서 하나다."

가라는 고타로에게 등을 돌린 채 말했다.

"그 이름은 '장소라는 이름의 해골'. 하나는 테두리가 어디서 오는지를 나타내고, 또하나는 테두리가 어디에 다다를지를 나타내지."

낫의 날은 해골의 혀다.

가라는 일단 오른손의 낫을, 다음으로 왼손의 낫을 가볍게 휘둘러 등에 멨다. 단지 그뿐이었는데도 고타로는 낫이 일으키는 진동을 느낄 수 있었다.

가라가 등에 멘 한 쌍의 낫은 처음 가지고 있었던 것보다 크다. 성장해서 완전체가 됐다. 초승달처럼 생긴 날이 푸르스름하게 빛나며 천천히 깜박였다. 그렇다, 숨을 쉬고 있다.

"—완성됐군."

가라는 몸을 돌려 고타로의 눈을 보고 고개를 끄덕였다.

그리고 말했다. "나는 떠나겠다."

비탄의 문으로.

고타로는 아무 생각도 하지 않았다. 그래서 망설임도 없었다.

"나도 데려가줘."

가라는 말없이 고타로를 바라보았다.

"나는 더이상 이 세상에 있을 수 없어. 아니."

스스로에게 고개를 저었다.

"이 세상에 있고 싶지 않아."

미카 같은 소녀가 비닐시트에 둘둘 말려 쓰레기 취급을 당하는 세상. 야마시나 아유코 같은 여자가 손가락을 전부 잘리고 그 시신이 빈터에 버려지는 세상.

그런 세상을 조금이라도 낫게 만들고 싶었다. 구하고 싶었다.

—그래서 난 괴물이 됐다.

이제 돌아갈 수 없다.

그 순간. '키티'의 머리를 입으로 뜯어낸 그 감촉.

앞으로 아무리 오래 살든, 아무리 행복해지든, 아무리 멋진 경험을 하든, 그 순간만큼 엄청난 쾌락은 두 번 다시 맛볼 수 없으리라.

고타로는 송곳니가 자라난 겉모습뿐만 아니라 알맹이까지 이미 괴물이 되고 말았다.

"어디든 상관없어. 나도 당신을 따라갈게. 당신이 싸우는 모습을 지켜보고 싶어. 당신이—아들을 되찾아 다시 만나는 그 순간 함께 있고 싶어."

어느덧 고타로는 울고 있었다.

"내가 원하는 건 이제 그게 다야."

그후에는 어디로 가든 상관없다. 어디에도 가지 않고 현실과 비현실의 틈새를 떠도는 신세가 되어도 좋다.

언젠가 차통빌딩 옥상에 모리사키 유리코와 그녀의 스승인 애시라는 늑대가 나타났을 때, 차원 사이에 사는 사냥개가 그들을 뒤쫓아온 적이 있었다. 그것은 '틴달로스의 사냥개'라고 애시가 말했다.

나는 어쩌면 그 사냥개들과 같아질지도 모른다. 그때는 등에 발바닥과 발톱의 꺼림칙한 감촉만 느꼈을 뿐이지만, 지금 고타로는 틴달로스의 사냥개들의 모습이 눈앞에 선한 기분이었다.

가라는 가볍게 고개를 갸웃했다. 긴 흑발이 방금까지 공들여 손질한 것처럼 향기롭게 어깨에서 흘러내렸다.

가라의 머리카락 향기를 맡은 것은 처음이다.

"너는 정의를 바랐고, 복수를 이루었다. 전혀 부끄러워할 것 없어."

용서를 바라는 갈망. 평안을 원하는 갈망. 욕심을 채우려는 갈망. 타인을 먹어치우려는 갈망. 그것들을 사냥해서 모아온 전사가 말했다.

고타로는 스스로를 설득하려 했다. 무리다. 오열이 더욱 세차게 터져나왔다.

"—하지만 난 괴물이야. 괴물이 되고 말았어. 올바른 일을 했는지, 그릇된 짓을 했는지, 지금은 그것도 모르겠어."

늦었다. 구하지 못했다. 뒤늦게 휘두른 폭력의 쾌감에 취했다. 아는 것은 그뿐이다.

"당신은 오래전부터 내게 경고했어."

—너는 후회할 거다.

"그런데도 나는 전혀 귀기울이지 않았지."

쓰즈키 아저씨도 몇 번이나 충고했는데. 모리사키 유리코도 걱정해주었는데.

가라가 가벼운 턱짓으로 고타로의 뒤쪽을 가리켰다. "상태를 봐줘라."

무슨 소리인지 바로 짐작이 가지 않았다. 시모카와 가쿠! 고타로는 허둥지둥 복도 끝 방으로 뛰어들어갔다.

소년은 기절했다. 수갑을 차고 발목을 묶인 채 태아처럼 몸을 웅크리고 쓰러져 있었다.

"얘가—봤을까."

방은 난장판이었다. 난투의 흔적이 뚜렷하게 남아 있었다. 하지만 삼촌과 이모, 문신한 남자, '키티'의 시체는 없다. 핏자국도 없다. 그저 홀연히 사라졌다.

이 집에 남은 것은 미카의 시신뿐이다.

가라가 다가와 몸을 구부리고, 시모카와 가쿠의 핼쑥한 뺨과 이마를 만졌다. 그리고 세 손가락으로 세게 눌렀다.

꼭 감고 있던 시모카와 가쿠의 눈꺼풀이 떨렸다.

"이제 우리에 대한 기억은 지워졌다."

하지만 미카에 대한 기억은 남는다. 미카가 무슨 일을 당했는지. 그 원인은 무엇인지. 그 자신이 경험한 공포도 기억에 남는다. 엄청난 공포감, 그리고 그것으로도 천칭의 균형을 맞출 수 없을 만큼 커다란 무력감과 죄악감도.

—미안해.

사죄의 말은 어째서 이렇게 짧을까.

방에 하나 있는 창문에는 커튼이 이중으로 쳐져 있었다. 살짝 젖혀서 밖을 내다보자 바로 옆집 창문에 전부 불이 켜져 있었다. 그 앞 4층 맨션 창문에도 여기저기 불이 켜져 있고, 베란다에 사람이 돌아다녔다. 이 집의 정황을 살피는 것 같았다. 비명과 고함소리가 이웃에 들린 것이다.

"곧 경찰이 올 거야."

이해할 수 없는 실종사건이 또 발생했다. 한 번에 네 명, 게다가 조사해보니 네 명 모두 유괴살인사건의 용의자다. 혼자 살아남은 소년의 증언은 꾸며낸 이야기처럼 현실감이 없다. 기절했다 깨어났더니 범인들이 사라지고 없었어요—

무슨 일이 있었는지 알 만한 사람은 두 늑대를 제외하면 쓰즈키 아저씨뿐이다. 또 화를 내겠지.

경찰차 사이렌 소리가 가까워졌다. 고타로는 눈을 감고 귀를 기울였다.

이것이 이 세상에서 마지막으로 듣는 이 세상 소리다.

3

어디를 걷고 있을까.

가라를 따라 걸은 지 얼마나 지났을까. 고타로는 어둠 속에 있었다.

자기 발소리가 들렸다. 발밑은 땅이 아니다. 단단하고 매끈하고 서늘한 감촉. 발끝이 닿을 때마다 작게 잘가닥대는 소리가 났다. 갈고리발톱이다. 사냥감의 살 깊숙이 파고들어 놓지 않는 육식공룡의 것과도 같은 발톱.

자신이 이형의 존재로 변했음이 실감났다. 송곳니와 갈고리발톱, 그리고 이 커다란 몸. 누가 코를 쥐어도 모를 만큼 짙은 어둠 속이지만 감각으로 알 수 있다. 내 몸은 거대하다. 한 걸음 내디딜 때마다 등, 어깨, 팔, 장딴지의 두꺼운 근육이 움직이는 것이 느껴졌다.

가라의 모습도 어둠에 녹아들었다. 눈에는 보이지 않는다. 하지만 놓칠 일은 없다.

어둠 속에서 빛나는 물체 때문이다. 가라의 완성된 낫 한 쌍에 생겨난 '장소라는 이름의 해골'. 그 눈구멍 안쪽이 빛났다. 푸르스름한 빛. 깜박거리지는 않고 가끔 흔들린다. 불길이다. 고타로는 해골의 눈구멍에 켜진 도깨비불 같은 불길을 따라 칠흑 같은 어둠 속을 나아갔다. 도깨비불은 가라의 걸음에 맞추어 위아래로 흔들리며 어둠에 궤적을 남겼다. 그 우아하고 아름다운 곡선이 고타로에게 손짓했다.

문득 생각났다. 십 년 전쯤이었다. 신슈 지방으로 가족여행을 갔다. 온 가족이 즐길 수 있는 트레킹 코스를 답파하고 유서 있는 온천여관에 묵을 예정이었다.

여관 옆에 반딧불이가 사는 계곡이 있었다. 투숙객들은 밤늦게 여관 주인의 안내를 받아 반딧불이를 보러 갔다. 어린 가즈미가 어두운 산길을 무서워해서 손을 잡아주었다.

작은 계곡에 반딧불이 불빛이 가득했다. 저멀리 은하수의 별들을 한 움큼 떠와 계곡에 놓아둔 듯한 광경이었다. 다만 이 별들은 살아서 날아다니며 숨쉬듯이 빛을 깜박거렸다.

부모님은 빛의 무리에 매료됐다. 가즈미도 놀라서 눈을 크게 뜨고 좋아했다. 꾹 쥐고 있던 고타로의 손을 놓고 춤추듯이 날아다니는 빛 쪽으로 가만히 손을 내밀었다.

고타로의 시선은 빛의 무리 바깥으로 이끌렸다. 한 쌍의 빛. 반딧불이 부부일까. 무리에서 둥실 빠져나와 숲속으로 날아갔다. 지켜보고 있자니 점점 멀어졌다.

—어디 가는 거지?

고타로는 호기심이 동해 그 빛을 쫓아갔다. 반딧불이 부부가 자신만 콕 집어 어딘가 더 아름다운 곳으로 안내해주려는 것 같았다. 고타로가 쫓아가면 나아가고, 멈춰 서면 멈추면서 은근하게 유혹했다. 이리 오렴, 이리 와.

처음에는 불안해서 발밑을 확인하며 한 발짝씩 나아갔다. 얼마쯤 지나자 더이상 신경쓰이지 않았다. 이 특별한 반딧불이를 따라가면 무섭지 않다. 이들은 아주 친절하니까. 고타로의 얼굴 바로 옆까지 날아오기도 했다. 자, 자, 어서 오렴.

그러다 한층 높이 둥실 떠올랐다. 고타로는 그 빛을 쫓아 뛰어오르듯 발을 힘껏 내디뎠다.

그때였다. 뒤에서 누가 꽉 끌어안았다. 다부진 팔뚝이 고타로를 붙잡았다.

—얘야, 위험해!

여관 주인이었다. 광산에서 쓸 법한 라이트 달린 헬멧 아래의 얼굴이 딱딱하게 굳어 있었다.

—아래를 봐.

고타로는 라이트가 비추는 곳을 보았다. 어느새 계곡 옆 비탈에 올라와 있었다. 앞쪽은 흙이 부분적으로 무너져 생긴 벼랑이었다. 고타로는 벼랑 끄트머리에 서 있었다.

—반딧불이를 쫓아왔어요.

—녀석들은 이런 장난 안 쳐. 분명 뭔가 다른 것이겠지. 산에

는 별게 다 있거든.

어둠 속에는 별게 다 있단다.

왜 지금 그 기억이 난 거지. '장소라는 이름의 해골'에서 새어 나오는 빛을 좇으면서.

"—가지 마."

뚜렷한 목소리가 들렸다. 고타로는 발을 멈추었다. 옛날 기억이 비눗방울처럼 사라지고 거대한 몸의 무게감이 돌아왔다.

"미시마 고타로, 여기서 더 가지 마."

누구지. 들어본 적 있는 남자 목소리다. 발소리를 내며 걸어온 어둠 속의 길. 그 뒤쪽에서 들려왔다.

"이게 마지막 충고야. 더 가면 안 돼."

예상보다 가까이서 가라의 목소리가 답했다. "썩 꺼져라, 부정한 자여."

남자의 목소리도 그 말에 응했다. "전사여, 나는 테두리의 연약한 아이에게 말하고 있습니다."

"여기 연약한 자는 없다. 이 어둠을 빠져나갈 수 있는 것은 우리와 동등한 힘을 지닌 자뿐."

가자. 가라가 고타로를 재촉했다. 고타로는 멈춰 선 채 입술을 깨물었다. 송곳니의 감촉이 느껴졌다.

—유리의 스승이다.

애시. 검은 망토를 두르고 쌍검을 쓰던 남자. 늑대.

"생각났나."

모습이 보이지 않는 목소리. 그저 호소하는 음성만 들렸다. 그리고 안도하는 낌새가 더해졌다.

"그건 네가 아직 인간이라는 증거야. 미시마 고타로, 너 자신을 기억해내."

고타로는 우두커니 선 채 굳어버렸다.

"유리도 떠올려봐."

수수께끼처럼 신기한 이야기만 하던 검은 머리 미소녀.

"유리 오빠 이야기를 들었지? 넌 그와 똑같은 길을 걸으려고 해. 그래서 유리가 걱정하고 있어."

그 거짓말 같은 이야기는 진실이었다. 이제는 고타로도 안다.

"유리도 거기 있어?"

"그애는 못 와. 내 힘과 자격으로도 이 어둠의 기슭까지 오는 게 고작이니까."

늑대의 힘으로는 수호전사 가라를 당해낼 수 없다—

"그러니까 이게 마지막이야. 미시마 고타로, 기억해내. 넌 인간이야. 부모님에게 사랑받고 자라 친구들과 웃고 떠들면서 하루하루를 살아가는 인간이라고."

고타로는 생각했다. 멈춰 서서 생각했다. 하지만 사고보다 더 선명한 것에 사로잡혔다. '반짝반짝 키티'의 머리를 뜯어냈을 때의 그 감촉.

—나는 이제 인간이 아니다.

"나는 살인자야."

고타로는 뒤쪽의 어둠을 향해 대답했다.

"난 괴물이 됐어."

그 사실을 뒷받침하듯이 말할 때마다 송곳니가 움직였다.

"네가 보고 느끼는 게 전부 진실이라는 보장은 없어."

애시가 연신 호소했다.

"넌 홀렸어. 테두리에서 가장 강한 존재에게. 너무나 강대하고 근원적이라 선악을 초월한 존재에게."

홀렸다. 누가 똑같은 말을 한 적이 있다.

—나와 너는 마물을 만났어. 그리고 홀렸지.

—마물이 쓰는 흑마술은 극적이니까.

고타로는 비틀거리다가 헛발을 디뎠다. 발끝의 갈고리발톱이 둔탁한 소리를 냈다.

—이런 몸이 돼버렸는데.

양손을 들어 확인해보았다. 너무 어두워서 보이지 않았다. 아무것도 보이지 않는다. 그저 묵직하다. 거대한 몸. 그리고, 정체 모를 냄새.

짐승 냄새. 피 냄새. 그것이 온몸에 뱄다.

이런 내가 어떻게 인간이야.

모리나가 겐지와 똑같다. 그러니 나도 그처럼 결단을 내려야 한다. 내가 저지른 짓의 대가를 치러야 한다.

하지만 후회는 하지 않는다.

"못 돌아가."

애시에게 대답하고 등을 돌렸다. '장소라는 이름의 해골'에서 새어나오는 빛이 앞쪽에서 흔들거렸다.

"기다려, 미시마 고타로."

"유리에게 인사 전해줘. 걱정해줘서 기쁘다고."

"지금이라면 돌아갈 수 있어. 인사는 직접 해."

"나는 안 돌아가."

이것은 미시마 고타로의 선택이다.

"미시마 고타로!"

애시의 목소리가 갈라졌다. 잡음 섞인 라디오처럼. 점점 약해지는 전파처럼.

"미, 시마, 고, 타로."

부르는 소리가 사라지고 침묵이 돌아왔다. 어둠의 침묵. 중력을 동반해 이곳을 지배하는 고요.

눈을 감고 그 침묵에 몸을 맡겼다. 마음이 무척 편안하다.

고타로는 다시 걸음을 옮겼다. '장소라는 이름의 해골'이 이끄는 대로.

길이 점점 오르막이 되면서 호를 그리기 시작했다. 시계 방향으로 구부러졌다. 발바닥에 전해지는 단단하고 차가운 감촉에 익숙해지자 고타로는 드디어 깨달았다.

—회랑이다.

가라와 둘이 거대한 회랑을 걷고 있다. 눈이 어둠에 익숙해진 것이 아니라 어둠과 일체화됐다. 그래서 보였다.

진행 방향 왼쪽에는 아무것도 존재하지 않았다. 허무한 암흑이 펼쳐질 뿐이다. '무無'의 우주다.

하지만 오른쪽에는 원기둥이 숲처럼 빽빽하게 서 있었다. 하나하나가 초고층빌딩만큼 높았다. 개미의 눈으로 올려다보는 풍경처럼 까마득했다.

고타로는 감탄스럽게 그것을 올려다보았다. 괴물이 되었어도 마음만 있으면 감동할 수 있다.

아름답다. 이 아름다움과 크기는 인간의 이해력을 초월했다. 인간을 놀래주거나 인간을 초월하려는 거대함이 아니다. 이것은 애초부터 인간의 감각을 척도로 삼지 않았다.

그리고 인간의 손으로는 만들어낼 수 없는 형태다. 얼핏 보기에는 직선이지만, 다시 보면 완만한 곡선이다. 흑요석처럼 빛나는가 싶다가도 대리석처럼 화려한 빛을 발한다.

원기둥은 회랑 가장자리를 감싸서 회랑과 원기둥 너머 세계를 구분하는 경계선 역할도 했다. 회랑에는 가라와 고타로뿐이지만 원기둥 너머는 무수한 기척으로 가득했다.

날개를 퍼덕이는 소리가 들린다. 속삭이는 말소리가 들린다. 짧은 환성. 놀라는 말소리. 무슨 말인지 알아들을 수는 없다. 인간의 말소리가 아니다.

새가 지저귀는 소리, 짐승이 으르렁대는 소리, 바람 소리, 부서지는 파도 소리. 생물이 내는 음성과 자연이 자아내는 소리. 그 모든 것을 담고 있지만 그 어느 것과도 같지 않다.

뭔가가 다가왔다. 옆쪽 원기둥 뒤에서 고타로를 보다가 바로 사라졌다. 날개 끄트머리가 시야를 스쳤다. 아주 잠깐 눈에 들어온 그 모습은 가라의 진짜 모습과 흡사했다.

그렇다면 이 안쪽의 세계는—

"이것들이 바로 시원의 대종루를 떠받치는 기둥이다."

가라가 등을 보인 채 대답했다. 걸음을 늦추지는 않았지만 서두르는 낌새도 없었다.

"이 기둥 너머가 내 영역이지."

방금 지나친 원기둥이 눈부신 하얀빛을 뿜어냈다. 아래에서 위로 달려가는 빛의 궤적에 신비한 무늬가 떠올랐다가 금방 어둠 속으로 가라앉았다.

한순간의 빛은 원기둥 자체는 비추어도 숲처럼 빽빽이 솟은 원기둥 너머를 비추지는 않았다. 그 어둠은 너무나 짙고 광대했다. 그야말로 끝이 없었다.

고타로의 가슴속에 당혹감이 피어올랐다.

"왜 이렇게 캄캄하지?"

두 늑대도 경외할 뿐 이곳 수호전사에게는 거역하지 못하는 존귀한 세계. 그곳이 어둠 속이라니. 지금까지 고타로가 막연하게 품고 있던 이미지와 너무나 달랐다. 말이 태어나는 장소는 좀 더 청정하고 밝고 천국 같은 곳일 줄 알았는데.

"우리에게는 어둠이라는 사명이 있다."

어둠이어라. 그래야 빛을 지탱할 수 있다.

"이 회랑을 다 올라가면 대종루가 나온다. 테두리의 근원을 관장하는 두 곳 중 하나지."

우리는 그 그림자다—

뭔가가 발치를 재빨리 가로질러 왼발 발등을 밟고 지나갔다. 고타로는 깜짝 놀랐다. 어디서 와서 어디로 사라졌지? 그리고 이 감촉은?

그 꺼림칙한 발바닥. 불결한 숨결. 틴달로스의 사냥개 아닌가.

"그 괴물이 여기도 있어?"

"이 회랑은 놈들이 지나다니는 길이기도 하다."

가라와 다른 전사들이 지키는 영역 바로 바깥을 제집처럼 활보하는 건가.

"걱정하지 마라. 이제는 놈들도 널 공격하지 않을 테니."

"—나도 괴물이니까."

그리고 앞으로는 놈들과 함께 이 어둠 속에서 살아간다. 아니, '산다'는 표현을 써도 될까. 그저 '존재'할 뿐이지 않을까?

어둠에 갇힌 '영역'에서 가라의 동족은 어떻게 생활할까. 사회생활이란 게 있을까. 얼핏 떠오른 의문을 고타로는 고개를 흔들어 털어냈다.

무의미한 의문이다. 존재하지만 현실에는 없는 것이 어떻게 사회를 구성하겠는가. 테두리 속에서 인간들이 '존재한다'고 마음으로 인식했을 때만 나타나는 것이 인간처럼 생활할 리 없다.

—하지만 그렇다면.

가라와 그녀의 아들은 무슨 관계일까. 가라가 '나의 분신'이라고 한 오조라는 이름의 전사.

인간과 같은 어머니와 자식 관계일까. 어머니 아사코와 고타로처럼? 소노이 다카코와 미카처럼? 피를 나눈 어머니와 아이. 행복도 불행도, 기쁨도 슬픔도 함께한다.

괴물이 되었는데도 미카를 생각하니 가슴이 욱신거렸다. 그 아픔을 견디기 위해 고타로는 일부러 기억을 불러와 어금니로 꼭꼭 씹었다. '키티'의 머리에서 전해진 감촉. 싱겁게 부러진 목뼈. 넘쳐흐른 뜨거운 피. 그리고 그 비명.

마음이 흐트러졌다. 사고가 끊겼다. 가라, 그리고 사랑스러운 아들. '이름 없는 땅'으로 추방당한 자식을 되찾기 위해 인간들의 생생한 갈망을 사냥하고 모은 가라.

사랑스러운 아들. 저 어둠 속, 무수한 괴물이 날갯짓하는 세계일지언정 애정으로 묶인 가족관계가 성립한다—

성립할까? 사회를 구성하지 못하는 '현실에는 없는 것'에게 사랑이 있을까.

고타로의 발걸음이 무거워졌다.

원기둥 너머 가득한 어둠. 이것이 가라의 세계.

고타로가 가슴속에 그리던 '이야기'와는 전혀 달랐다.

돌아가.

들리지 않는 목소리가 괴물의 심장박동을 흐트러뜨렸다.

그때 갑자기 어둠이 사라지고 빛이 나타났다.

—종이다.

암흑이 가득한 회랑의 세계를 봉인한 두터운 어둠을 빠져나오자 빛의 세계가 저멀리까지 펼쳐져 있었다. 그 중심에 그것이 존재했다.

이것이 바로 '시원의 대종루'.

밑에서 떠받치는 순백의 돌기둥과 위를 덮은 돔 모양의 수정 지붕 사이에 위엄 있고 아름답고 우아한 곡선을 띤 종이 있었다. 색깔은 백은에 금가루를 희미하게 묻힌 듯했다. 표면은 조각 없이 물처럼 매끈하다. 종의 모양을 손상하는 장식은 하나도 없었다.

종은 부드럽게 원을 그리며 흔들리고 있었다. 보는 사람이 도취될 만큼 우아하고 아름다운 움직임. 흔들리는 종이 그려내는 완벽한 원은 세계에 단 하나뿐인 미와 정의와 진실을 내포하고 있었다.

소리는 나지 않았다.

이 장엄한 종은 소리를 낳지 않는다. 낳는 것은 '말'뿐이다.

하지만 그 '말'도 눈에 보이지 않는다. 종은 그저 유유히 흔들릴 뿐이다.

"……정말 여기가 말이 태어나는 곳이야?"

고타로가 저도 모르게 솔직한 의문을 입에 담았지만 가라는 걸음을 멈추지 않았다.

"누가 종을 치고 있는 거야?"

인간은 물론 생물 같은 것은 전혀 눈에 띄지 않는다.

하늘은 대종루보다 훨씬 높다. 유백색 구름 틈새로 희미한 금색 빛이 몇 줄기로 나뉘어 쏟아져내렸다. 하늘을 가로지르는 새는 없다.

생물의 숨소리도, 바람 소리도 없는 세계.

절대 정적은 참으로 청정하구나.

고타로는 움직이는 종을 넋 놓고 바라보다 깨달았다. '말' 말고도 이 종이 만들어내는 것이 하나 더 있다.

그림자다. 그 거대한 존재가 빛을 차단해 아래쪽에 드리우는 그림자. 그 또한 종이 그려내는 완벽한 원을 따라 움직였다.

시원의 대종루 바로 아래 펼쳐진 세계. 이곳을 지탱하는 토대나 마찬가지인 세계를 둘러싼 원기둥의 행렬이 하얗게 빛났다가 어둠으로 가라앉기를 되풀이하는 것은 위쪽에 있는 이 종의 그림자가 이동하기 때문 아닐까. 가라의 영역인 저 세계는 종이 만들어내는 그림자로 이루어져 있다.

어둠이어라. 그래야 빛을 지탱할 수 있다.

존재하지만 현실에는 없는 것이 만들어내는 그림자. 그것은 존재하지만 현실에는 없는 어둠.

가라는 그 어둠의 수호전사.

차통빌딩 옥상에서 가라와 처음 만난 후로 고타로는 그녀와 이야기를 나누고 의사를 교환하며 나름대로 그녀를 이해해왔다.

동시에 그녀가 지키는 시원의 대종루가 어떤 곳일지 이따금 상상했다. 어린아이의 꿈처럼 막연한 이미지이기는 했지만, 고타로와 같은 문화권의 또래 청년이 같은 입장에 처한다면 분명 비슷한 이미지를 떠올릴 것이다.

그리스신화에 나올 법한 신전. 그 깊숙이 한층 장엄한 종루가 세워져 있다. 그 종루를 수많은 신관과 무녀가 모시고 있다. 그리고 다양한 무기와 방어구로 무장한 늠름하고 용감한 전사들이 종루를 지킨다.

하지만 여기 그런 것은 하나도 없다.

인간이 마음속에 품을 만한 이미지는 여기 없다. 마음이 자아내는 것,

—그래, 이야기.

이야기는 눈곱만큼도 존재하지 않는다.

그래서 청정한가. 어떤 줄거리에도 좌우되지 않으니까. 그저 '존재할' 뿐이니까.

여기서 지극히 무구한 말이 태어난다. 어떤 이야기에도 물들지 않고, 어떤 의미도 지니지 않는다.

그 무구하고 무의미한 말에 의미를 부여하고 생명을 줄 수 있는 것은 인간뿐.

그러므로 이곳은 청정해야 한다. 의미라는 티끌이 있어서는

안 된다. 여기 소리가 존재하지 않는 것도, 소리에는 필연적으로 의미가 따르기 때문이다.

여기는 허무와 똑같다.

그에 비해 대종루 아래 펼쳐진 어둠은 부산하고 활기 넘쳐서, 그 이미지가 영상으로 떠오를 듯했다. 틴달로스의 사냥개 같은 존재조차 형체가 있고 이름을 얻었다는 점에서 이 대종루보다 훨씬 인간적이다.

망설임과 당혹감이 고타로라는 괴물의 몸속 깊은 곳에서 희미하게 꿈틀거렸다.

인간이 삶의 의미를 표현하고 사회를 쌓아올리는 수단으로 삼는 '말'이 이런 허무에서 태어난단 말인가.

아니, 사실을 따져서는 안 된다. 나는 스스로에게 물어야 한다. 이 허무에서 태어나는 것이 우리 인간의 '말'임을 나는, 미시마 고타로는 인정할 수 있는가.

—그런 문제가 아니야.

세차게 고개를 저었다. 두 번, 세 번. 머리를 끌어안고 눈을 감고서.

—인정할지 말지 나는 선택할 수 없어.

몇몇 선택을 반복한 결과 이렇게 여기 서 있다. 그러니 받아들일 뿐이다.

고개를 들고 발치에 시선을 떨어뜨렸을 때 깨달았다. 어느새 허공을 걷고 있었다. 회랑에서처럼 발바닥과 갈고리발톱이 바닥에 닿는 감촉이 없었다.

흠칫 놀라 주변을 둘러보았다. 희미하게 빛나는 흰구름이 감싸고 있다. 언제 대종루를 지나쳤지. 벌써 거기보다 더 높이 올라온 걸까.

가라의 칠흑 같은 날개가 구름을 가르고 나타났다. 큰 키와 흑발. 뚜렷하게 알아볼 수 있는 것은 가라뿐이었다. 오른쪽을 보고 왼쪽을 보고 뒤돌아봐도 구름뿐이다. 희고 상쾌하게 빛나는 첫눈 내린 아침 같다. 실존이 결여되어 오로지 청정할 뿐이다.

되돌아가려고 해도 길은 없다.

"—돌아가면 길을 잃고 헤맬 뿐이다."

고타로의 생각을 읽고 말로 표현해 퇴로를 막으려는 듯 가라가 입을 열었다.

"여기서 돌아갈 길은 없다. 네 영역으로도, 다른 어디로도."

이름 없는 땅으로 향하는 길밖에 없다.

"이 맑은 허무를 빠져나와 이름 없는 땅에 다다르려면 '장소라는 이름의 해골'이 꼭 필요하지. 그리고 일단 그것을 손에 넣은 이상 다른 곳으로는 갈 수 없다."

가라도 '맑은 허무'라고 했다. 고타로는 눈을—괴물의 일부인

눈을 깜박였다.

"당신도 여기가 아무것도 없이 텅 빈 곳이라고 생각하지?"

"생각하는 게 아니라 안다. 여기는 허무의 층대다. 시원의 대종루와 이름 없는 땅을 이어주는."

하지만 '장소라는 이름의 해골'의 인도가 없으면 수호전사라도 여기서 길을 잃는다. 그리고 어디로도 돌아가지 못한다.

고타로는 걷는 것이 아니었다. 나아가는 것도 아니었다. 떠돌고 있다. 이 희붐한 허무에 삼켜지지 않게 고타로를 붙들어주는 것은 가라뿐이다.

그러니 돌아갈 수 없다.

하지만 고타로는 겁먹지 않는다. 비명을 지르지 않는다. 달아나지 않는다.

이제 그런 인간다운 반응을 보일 자격이 없기 때문이다. 그래도 아직 무슨 여운처럼 어렴풋하게 '고타로다움'이 남아 있기에, 괴물 고타로는 여기서 달아나지 않는다.

잘 안다. 고타로는 자기 자신을 기억하고 있다. 애시의 말은 친절했지만 빗나갔다.

미시마 고타로는 스스로의 의지에 따라, 큰 바다에 뜬 유일한 부표처럼 가라라는 어둠의 힘에 이끌려 표류한다.

발바닥에 부드러운 흙의 감촉이 느껴졌다.

그 순간 희고 맑은 허무가 뒤로 물러났다.

순백과 청정함이 고타로를 스치며 뒤로 빨려들어가 사라졌다. 앞쪽에 새로운 세계가 펼쳐졌다.

땅. 그리고 바람이다. 마른풀 냄새를 머금은 산들바람이 뺨을 어루만지고 지나갔다. 고타로는 무심코 손을 들어 바람 냄새를 확인하듯이 제 뺨과 코를 만졌다.

봄철 마른풀의 향기로운 냄새. 함초롬하게 젖은 가을철 초저녁 공기.

초원이다. 다른 어느 곳도 아니었다.

밤이었다. 별도 달도 없다. 하지만 이것은 그냥 어둠이 아니라 밤임을 직감으로 알았다.

드넓은 초원 저편에 무수한 불빛이 있었다. 깜박거리며 흔들리는 불빛. 저것은 인가의 불빛이다. 거리의 불빛이다.

초원은 마치 세계의 끝에서 끝까지 펼쳐져 있는 듯했다. 군데군데 완만한 기복이 있지만 시야를 가로막는 것은 없다. 고타로는 마치 신의 눈을 얻은 양 이 세계를 한눈에 둘러볼 수 있었다.

"여기가……"

가라가 곁에서 천천히 두 다리를 모아 자세를 바로 한 후 턱을 가볍게 들고 말했다.

"이름 없는 땅이다."

가라는 꼼짝 않고 서 있었다.

고타로도 그 옆에 섰다.

두 사람은 어깨를 나란히 하고 있었다. 말 그대로 어깨 높이가 똑같다. 괴물 고타로는 일찍이 자신이 '거인족 같다'는 생각에 두려워하며 올려다본 가라와 체격이 같아졌다.

이야기의 원천. 모든 이야기가 태어나고 돌아오는 곳. '이름 없는 땅.'

하지만 고타로는 이 초원도, 밤하늘도, 바람 냄새도 친숙했다. 명칭을 안다. 말로 표현할 수 있다. '이름 없는'이 아니다. 원기둥에 둘러싸인 어둠의 세계와, 그 어둠을 낳는 소리 없이 빛나는 종, 희붐한 허무를 지나쳐온 눈과 귀와 온몸이 느끼기로 이곳의 자연은 편안했다. 밤의 촉감마저 편안했다.

그리고 밤의 저편에서 한데 뭉쳐 깜박거리는 불빛의 무리. 가라의 결계 속에서 올려다본 초고층빌딩들처럼 멀다. 다만 이 공간은 전혀 휘어져 있지 않다. 고타로가 오랫동안 알고 지낸 현실의 원근법 그대로고, 자연환경도 현실과 똑같다.

그래서 고타로는 자신이 더는 인간이 아니라는 사실을 잠깐 잊고 외국으로 순간이동한 대학생 같은 기분을 맛보았다. 여기는 어디지? 유럽이나 남미인가. 이 넓은 초원은 세계자연유산?

불이 켜진 곳에는 사람이 있다.

"저건 성이다."

가라가 손을 들어 불빛 쪽을 가리켰다.

"정확한 명칭은 '만서전'이지. 테두리에 나타난 서적 중 여기 보관해야 한다고 판단된 수많은 책을 지키고 있다."

"도서관 같은 건가?"

가라가 미소지었다. "그렇다."

"세상에서 제일 큰 도서관이네."

불빛의 수와 규모로 보건대, 시원의 대종루보다 거대한 건조물 같았다.

불빛 하나가 만서전을 벗어나 어른거리기 시작했다. 이어서 또하나, 그리고 또하나. 점과 점이 이어져 한 줄로 이동했다.

"무명승들이다." 가라가 말했다. "울력을 가는 모양이군."

"울력? 일을 한다는 건가."

가라가 고타로에게 눈을 돌렸다.

"이곳에 '노동'은 존재하지 않는다."

그래? 하지만 유리—모리사키 유리코가 말했다. 무명승들은 이름 없는 땅에서 죄업의 대륜을 돌리고 있다고. 그것은 노동이 아닌가.

"……노역인가."

유리의 이야기를 떠올리며 고타로는 말했다. "무명승은 잘못을 저질러 여기 갇힌 인간이니까, 보통의 노동자보다는 교도소 수감자에 가까운 건가?"

가라는 그 질문에 대답하지 않고 다른 말을 꺼냈다.

"무명승은 인간이 아니다. 원래는 인간이었지만. 그 늑대의 오빠도 무명승이 됐다고 했지."

그리고 가볍게 고개를 기울여 밤의 초원을 지나는 바람에 흑발을 늘어뜨리고 걷기 시작했다.

고타로도 한 걸음 내디뎠다. 이름 없는 땅에 내디디는 걸음. 괴물로서. 원래는 인간이었던 몸으로서. 원래는 미시마 고타로였던 존재로서.

'인간이 아닌 존재' 둘은 어깨를 나란히 하고 밤이슬에 젖은 풀을 밟으며 나아갔다. 그 자비로운 감촉에 고타로는 남몰래 감사했다. 덕분에 자신의 발자국을 보지 않아도 된다.

가라는 싸울 태세가 아니었고 긴장한 기색도 없었다. 비탄의 문은 어디 있을까. 더 멀리 가야 하나.

고타로가 작게 중얼거린 말에 대답하듯 밤하늘 한쪽에서 별이 흘러갔다.

"별똥별이다!"

무심코 어린아이처럼 소리를 질렀다.

고타로의 환성이 스위치를 누른 듯 밤하늘에 별이 차례차례 나타나기 시작했다. 하나하나는 만서전의 불빛보다 흐릿하고 보잘것없었다. 하지만 하늘을 뒤덮은 밤의 베일을 수놓은 아주 작은 보석 같은 그 별빛들은 아름답고 고귀했으며, 또한 고타로에게 매우 친숙한 현실의 자연 풍경과 똑같았다.

초원 저편에 숲이 보였다. 울창한 숲. 약간 높직한 언덕. 몸을 웅크려 자세를 낮춘 듯이 줄기가 구부러지고 가지는 옆으로 뻗은 고목. '초원'이라는 무대에 하나, 또하나 배치되는 대도구처럼 밤의 배경에 나타났다. 괴물로 변한 고타로의 눈은 잠깐 소년의 눈으로 되돌아가 그 모든 것에 놀라움과 기쁨을 느꼈다.

잠시 후—

이국 경치에 푹 빠진 소년의 눈빛에 깃든 순수한 호기심과 기쁨을 지워버릴 만한 것이 싸늘하고 불길하게 모습을 드러냈다.

칠흑의 철책. 이름 없는 땅의 중심인 만서전으로 다가가려는 자를 막는 경계선.

한 발짝, 또 한 발짝 다가갔다. 가라의 걸음걸이는 달라지지 않았다. 하지만 고타로는 마음이 다급했다. 발걸음이 빨라졌다.

빽빽이 늘어선 저것은 보통 철봉이 아니다. 창이다. 아무리 올려다봐도 끝을 확인할 수 없을 만큼 길고 강대한 창이 땅에 박혀 있었다. 그것들을 옆으로 연결하고 있는 것은 역시 칠흑의 방패다. 이쪽을 향한 앞면에 둔중하게 빛나는 은색 선으로 오망성이 그려져 있었다.

칠흑은 잘 단련된 쇠. 은색은 수은. 앞길을 막은 창과 방패의 행렬 사이로 불어오는 밤바람에 납 냄새가 희미하게 섞였다.

이것은 성을 지키는 철책이 아니다. 거리를 둘러싼 철책도 아니다. 쇠창살이다. 이런 것으로 바깥세상과 격리된 곳은,

—감옥이다.

"멈춰라."

가라가 그렇게 말하고 자신도 멈춰 섰다.

4

고타로는 밤의 밑바닥에서 시선을 집중했다.

숲처럼 솟은 창 너머로 만서전의 불빛이 보였다. 계속 한데 뭉쳐서 흔들리고 있지만 물리적인 거리는 조금도 줄어들지 않았다. 이렇게 바라보자니 만서전을 둘러싼 철책도 초원에 차례로 나타난 숲과 고목처럼 어느 순간 홀연히 나타난 듯한, 혹은 자신이 머릿속으로 인식한 환상에 지나지 않는 듯한 기분이 들었다.

이곳 또한 존재하지만 현실에는 없는 장소다.

그때 깨달았다. 철책을 옆으로 연결한 무수한 방패. 그중 가라와 고타로 정면에 있는 방패 두 개에만 오망성이 그려져 있지 않았다. 그냥 매끈한 칠흑이었다.

가라가 오른손을 부드럽게 들어 낫 하나를 뽑더니 그 끝을 방패로 향했다.

"—여기서 테두리가 시작되고."

가라의 목소리? 그녀가 입을 움직인 것 같지는 않았다. 주문처럼 나지막이 중얼거리는 목소리가 공명을 일으켰다. 그러자 정면의 검은 방패 중 오른쪽 것이 '눈'을 떴다. 마치 잠들었던 칠흑의 거인이 깨어난 것처럼.

금색 흰자위. 양끝이 뾰족한 원기둥 모양의 검은색 눈동자. 악마의 눈이다. 언젠가 가라의 눈도 이렇게 변한 적 있다는 것이 생각났다.

가라는 이어서 왼팔을 들어 나머지 낫을 뽑았다. 그 끝은 정면으로 향했다.

"—여기서 테두리가 끝난다."

왼쪽 방패도 눈을 떴다. 흑요석 같은 흰자위에 금색 눈동자.

창과 방패로 이루어진 철책에 두 눈이 생겼다. 눈빛이 너무 강렬해서 고타로는 무심코 한 손을 들어 눈을 가렸다. 이걸 똑바로 바라보면 안 된다는 느낌이 들었다.

양손으로 가볍게 낫을 뻗은 채 가라가 낭랑하게 말했다. 이번에는 틀림없이 가라의 목소리다.

"이 땅을 지키는 자에게 고한다. 나를 인정하라. '장소라는 이름의 해골'의 인도를 받아 '비탄의 문'을 통과해, 만서전을 방문하고자 하는 결투자가 여기 있다."

결투자?

크게 뜨인 문의 두 눈에 더욱 강렬한 빛이 깃들었다. 동시에 땅이 울리기 시작했다. 고타로는 황급히 몸을 낮추었다. 커다랗고 투박한 오른손을 땅에 댔다.

흔들린다. 발밑의 땅이 진동한다.

아주 오랜 시간 침묵과 어둠에 갇혀 있던, 터무니없이 커다란 뭔가가 움직이기 시작했다—

무수한 창과 방패로 이루어진 철책 정면, 빛나는 두 눈을 중심으로 좌우 각각 10미터쯤 되는 공간이 내려앉기 시작했다. 철책이 땅 아래로 빨려들어간다.

놀라 휘둥그레진 눈으로 지켜보고 있자니, 문도 다시 잠든 것처럼 두 눈을 감고 삼켜지듯 지하로 내려갔다.

가라가 낫을 내리고 머리 위를 쳐다보았다. 고타로도 철책 위쪽을 올려다보았다.

—이렇게 열리는 건가.

아니다. 땅이 울리는 소리와 진동은 멈추지 않았고, 내려가는 철책도 완전히 사라지지 않았다.

이윽고 새카만 그림자 같은 덩어리가 보였다. 철책에 감겨 있다. 쇠사슬인가?

몇 겹으로 구불구불 감겨 있다. 아니, 걸려 있는 건가. 철책이 계속 내려가자 그 그림자의 질감을 알아볼 수 있었다.

쇠사슬이 아니었다. 금속이 아니다. 상상하기 힘든 굵기의 밧줄도 아니다. 그렇다고 생물도 아니다.

돌이다.

그리고 이 모양, 이 형태는.

용이다. 이름 없는 땅을 지키는 동시에 그곳을 가두는 철책에 거대한 몸을 감아서 빗장 노릇을 하고 있다.

석상이 아니다. 직감적으로 그런 생각이 들었다. 이 용은 여기 감긴 채 돌로 변했다. 사납게 드러낸 송곳니. 한쪽은 반쯤 접혔고 한쪽은 반쯤 펼친 한 쌍의 날개. 왼쪽 앞다리는 철책에 날카로운 발톱을 걸고, 오른쪽 앞다리는 허공으로 내뻗었다. 뒷다리는 당장이라도 반동을 가해 날아오를 것처럼 철책을 꽉 붙잡고 있다.

"물러서라."

가라가 말했다. 자신에게 한 말인지 확인하려고 고타로는 가라의 얼굴을 보았다.

"내게서 떨어져."

고타로는 꿈쩍하지 않고 스스로도 무슨 말을 하려는지 모르는 채 어중간하게 입을 벌렸다.

"가라?"

"이것이 '비탄의 문'의 문지기다."

돌로 변한 이 용이.

가라는 고타로를 보고 고개를 끄덕였다.

"나는 지지 않는다."

고타로는 부자연스럽게 움직이다가 비틀거리며 엉덩방아를 찧었다. 갈고리발톱으로 땅을 긁고 발뒤꿈치로 밀어내며 몸을 질질 끌듯이 뒤로 물러났다.

가라는 양손의 낫자루를 고쳐 잡고 문지기를 향해 두세 걸음 다가가 정면으로 마주섰다.

"불행한 문지기여."

목청을 돋워 외쳤다.

"여기서 테두리는 시작되고—"

가라는 단단히 버티고 선 자세로 오른손의 낫을 쳐들더니, 온몸의 근육을 긴장시켜 혼신의 힘을 다해 돌로 변한 용에게 던졌다. 커다란 낫이 장난감 부메랑처럼 빙글빙글 돌면서 날아갔다. 쩡, 하고 갈라지는 소리가 정신이 번쩍 들 만큼 크게 울려퍼졌다. 낫의 날이 용의 한쪽 날갯죽지 깊숙이 박혔다. 긴 낫자루가 떨리며 신음하듯 웅웅 소리를 냈다. 고타로는 마코가 데리고 있던 거인의, 그 수많은 독충의 날갯짓 소리를 떠올렸다.

"불길한 문지기여."

더욱 낭랑하게 외치더니 가라가 왼손에 든 낫도 들어올려 내던졌다.

"여기서 테두리는 끝난다."

낫은 용의 다른 쪽 날갯죽지에 푹 꽂혔다.

두 개의 낫이 칼날 밑동까지 돌로 변한 용의 몸에 박혔다. 그래서 입을 떡 벌린 '장소라는 이름의 해골'이 용의 날갯죽지를 물고 늘어진 것처럼 보였다. 눈구멍 속에서 흔들리는 도깨비불은 먹잇감을 얻은 환희에 떨고 있는 것 같았다.

고타로는 몸이 부르르 떨렸다.

그리고 웃음소리.

누구지? 누가 웃고 있다. 해골의 웃음이다. 역시 이 녀석들은 기뻐하고 있다!

'장소라는 이름의 해골'은 이를 드러내고 자지러지게 웃으면서 부스러지기 시작했다. 눈구멍 속 도깨비불이 꺼지고 정수리부터 미세한 검은 가루로 변해 바람에 날려갔다.

해골이 완전히 사라지자 연결목을 잃은 낫자루가 털썩 넘어지더니, 돌로 변한 용의 등을 미끄러져 발밑에 떨어졌다.

덜그럭, 툭탁.

"자, 너는 갈망을 얻었다."

가라의 목소리가 울려퍼졌다.

"부정한 문지기여, 되살아나라!"

돌로 변한 용의 몸 이곳저곳이 일제히 풀려나기 시작했다. 색채가 되돌아온다. 질감이 되돌아온다. 돌로 변했던 괴물에게 생명이 되돌아온다.

가라는 이 때문에 갈망을 모았던 건가. 이 문 위에서 거대한 몸이 돌로 변해 굳어버려 누구보다도 강대한 문지기가 된 용을 살아 있는 괴물로 되돌리기 위해서.

용의 두 눈이 제일 마지막에 되살아났다. 눈꺼풀이 뜨이고 눈알이 움직였다. 그 칠흑의 눈동자. 우주 가장 깊은 곳에 있는, 우주에서 제일 작은 블랙홀.

용이 몸을 뒤틀며 머리를 쳐들고 날개를 펼쳤다. 그 눈이 가라를 보고 사납게 빛났다.

가라, 무기도 없이 어떻게 싸우려고.

우렁찬 부르짖음이 울려퍼졌다. 다시 땅이 흔들리고 바람이 휘몰아쳤다.

용만이 아니었다. 가라도 고함을 질렀다. 양팔을 펼쳐 싸울 태세를 갖추고 용을 노려보며 변신했다. 본래 모습으로 되돌아간다.

발밑의 그림자가 부풀어올랐다. 그 실루엣이 고타로의 시야를 뒤덮었다. 지금까지 딱 한 번 보여준 그녀의 '정체'도 일종의 의태에 지나지 않았음을 고타로는 깨달았다. 가라의 진짜 정체는 고대 사람들이 그 힘과 괴이한 모습을 경외해 가고일을 만들면서도 형상을 충실하게 재현하기 꺼렸던 마물의 모습을 넘어섰다. 그보다 훨씬 무섭고 강하고 꺼림칙하다. 힘과 어둠과 혼돈에서 태어난, 살아 있는 것들을 초월한, 현실에 없는 존재.

고타로는 땅에 납작 엎드려 지켜보았다. 이형의 결투자 둘이 격돌하는 광경을.

그 순간—

쓰즈키는 오한에 목을 움츠렸다.

오후 아홉시 삼십오분. 쓰즈키는 노로와 함께 차통빌딩 앞에서 있었다. 곁에는 싹싹한 청년 아이자와도 있었다. 세 사람에게서 조금 떨어진 곳에서는 경비회사 담당자가 접사다리를 의자 삼아 통용문 앞에 앉아 무릎 위에 노트북을 펼치고, 새로 도입한 보안장치가 잘 작동하는지 확인하는 중이었다.

어제 오후 아이자와가 노로에게 연락했다. 차통빌딩은 여전히 불량채권 등의 문제가 해결되지 않아 비어 있는 상태지만, 옥상의 가고일에 얽힌 소문이 퍼진 탓인지 연말 이후로 수상한 사람과 침입자가 끊이지 않았다. 그래서 보안장치를 설치하고 정문과 통용문의 자물쇠를 교체했다. 보안장치는 이미 가동을 시작했다.

"저희가 센트럴 라운드 빌딩의 관리를 소홀히 해 주민회 여러분께 심려를 끼쳤습니다. 일단 조치를 취했으니 직접 확인해주셨으면 합니다. 보시고 안심되면 이제 야간 순찰을 할 필요는 없지 않겠습니까?"

회사의 의향이 아니라 아이자와가 개인적으로 친절을 발휘해 정중하게 연락을 준 눈치였다. 연락을 받은 노로는 쓰즈키도 불렀다. 같이 이야기를 듣고 다음 모임 때 쓰즈키 씨가 간부들에게 설명해줘. 나는 기계에 약하니까.

그래서 지금 이렇게 여기 와 있는데.

—뭐지, 방금 그건.

찌는 듯한 한여름 더위는 한풀 꺾였지만 열대야는 여전하다. 요 며칠 특히 습도가 높아서 니시신주쿠는 길에 서 있기만 해도 땀이 맺힐 만큼 무덥다.

그런데 등골을 타고 올라온 이 냉기는 뭐람.

"쓰즈키 씨, 왜 그러나?"

노로가 묻자 쓰즈키는 몸을 움찔했다. 얇은 폴로셔츠 등 쪽이 땀으로 축축하게 젖었다.

"아무래도 여름감기에 걸린 모양입니다."

"그러고 보니 안색이 좋지 않군."

노로는 고개를 갸웃했다.

"……여기 조명 탓인가."

경비회사 담당자는 인체 감지 전등 시스템을 설명하는 중이었다. 꺼졌다 켜졌다 하는 LED전등에서 뻗어나오는 강한 불빛이 눈부신지 아이자와는 눈을 깜박거렸다.

"별것 아닙니다. 아무튼 아이자와 씨, 이렇게 밝으면 밤에도 안심이네요."

쓰즈키는 아이자와의 넓은 등을 탁 쳤다. 몸을 움직이자 한기가 가셨다.

"네, 감사합니다." 아이자와가 싱긋 웃었다. "그런데 정말 안은 안 보셔도 되겠어요?"

"그러면 또 자네가 한동안 상사 눈치를 봐야잖아."

오랜만에 만나 이야기를 들어보니 지난번 쓰즈키와 함께 이 건물 내부를 조사했다는 이유로 상사가 아이자와를 야단쳤다고 한다. 독단적으로 결정해 외부인을 들이다니 무슨 짓이냐고.

"안 들키면 괜찮습니다. 이번에는 저도 입다물 테니까요."

노로가 어처구니없다는 표정을 지었다. "뭐야, 본인 입으로 말한 거였나?"

"유령이 무서워 주민회 방범 담당을 대동했다고 보고했어요. 선배는 엄청 웃었지만, 담당 부장님은 불호령을 내리시더군요."

"어이구, 참."

두 사람이 웃자 별로 사근사근하지 않은 경비회사 담당자도 살짝 미소지었다. 쓰즈키는 다시 목덜미를 문지르고 어깨를 들썩여보았다.

"그런데 그 부장님, 화를 냈으면서 또 자네 혼자 보냈군. 이렇게 성가신 건물에 관여하기는 귀찮다 그건가."

노로의 분석에 아이자와는 매우 진지한 얼굴로 목소리를 낮추어 말했다. "실은 부장님도 유령이 무서워서 그럴 거예요."

그 말에는 예의 선배만큼 노로도 웃음이 터져버렸다. 밤이 내린 번화가 뒷골목에 웃음소리가 울려퍼졌다.

"방범장치도 달았겠다, 어서 팔리면 좋겠군."

"그러게 말입니다."

경비회사 담당자가 모니터를 가리키며 차통빌딩 안팎에 설치한 감시카메라 영상을 보여주었다. 화면을 분할해 한 번에 네 군데 영상을 확인할 수 있다고 한다.

"시간도 시간이지만 돈이 많이 들었겠어."

"정문으로 가보겠습니다."

모니터 화면을 보는 세 사람을 두고 쓰즈키는 정문으로 걸어갔다.

"제가 보이면 소리치세요."

"알았네."

노로의 쾌활한 대답을 뒤로하고 건물 벽면과 담장 사이를 빠져나와 차통빌딩 정면으로 돌아갔다.

바로 그 순간, 쓰즈키는 걸음을 멈췄다. 그 충격에 허리가 욱신거렸다.

흉물스러운 체인과 자물쇠를 걷어내 정문은 말끔해졌다. 그런데 검은색 재킷에 검은색 부츠를 신은 검은 머리 소녀가 두짝문에 기대서 있었다. 귀여운 얼굴과 가녀린 실루엣이 낯익었다.

"……넌!"

소녀는 자세를 바로 하고 입 앞에 손가락을 세웠다. 조용히 하라는 뜻이다.

쓰즈키는 뒤를 슬쩍 보고 소녀에게 뛰어갔다. 소녀의 하얀 얼굴 입가에 희미한 웃음이 맺혔다.

"걱정 마세요, 다른 사람들은 몰라요. 저는 아직 스승님보다는 현실에 존재하지만 안 보이는 사람한테는 안 보이니까요."

무슨 소리인지 모르겠다. 쓰즈키는 기억났다. 이 소녀는 미시마 고타로와 쓰즈키가 이 건물 옥상에서 두번째로 가라와 만났을 때—쓰즈키가 가라를 추궁할 때, 불길하게 시커먼 옷을 입은 남자와 어디선가 홀연히 나타나 역시 알아듣지 못할 말을 하고 갔다. 이름이 유리코였나, 유리였나.

"미시마 군만큼은 아니지만 아저씨도 수호전사 가라의 힘에 영향을 받았어요. 그래서 제 모습이 보이는 거예요."

마음이 급한 탓인지 목소리를 낮추려다 숨이 찼다.

"너, 누구야?"

"지금은 다시 설명할 시간이 없어요. 미시마 군한테 들으세요."

그리고 소녀는 손을 뻗어 쓰즈키의 손을 꽉 쥐었다. 가느다란 손가락이 의외로 강인한 힘을 숨기고 있었다.

"그 부탁을 하러 왔어요. 나중에 미시마 군이 이야기를 해줄 수 있도록, 그를 계속 생각해주세요. 그가 돌아올 수 있도록 계속 염원해주세요."

아저씨 목소리라면 닿을지도 모르니까.

"……도대체 무슨 일이냐."

마주보고 나서야 쓰즈키는 이 소녀의 눈에 걱정이 가득하다는 것을 알아차렸다.

"미시마 군이 가버렸어요."

중얼거리자 눈시울에 고인 눈물이 아른거렸다.

"말리려고 했지만 가버렸어요. 그리고 시작됐어요."

쓰즈키에게는 그저 허튼소리로 들렸다. 무슨 뜻인지 모르겠다. 전혀—

짐작이 가지 않는 것은 아니라서 더 무섭다.

"그애가 가라와 함께 어딘가로 간 거야?"

소녀는 고개를 끄덕였다. 눈물이 한 방울 흘러내렸다. 입은 야무지게 꾹 다물었다.

"뭐가 시작됐다는 거지?"

통용문 쪽에서 노로의 쾌활한 목소리가 들렸다. "쓰즈키 씨, 잘 보여. 좀 움직여봐."

소녀가 손을 놓아주자 쓰즈키는 제자리에서 체조하듯이 두 팔을 올렸다 내렸다 했다. 아이자와가 아하하 웃는 소리가 들렸다.

"수호전사 가라는 반드시 문지기를 쓰러뜨릴 거예요." 소녀는 말했다. "그게 이름 없는 땅의 섭리니까. 비탄의 문을 지나가려는 자가 문지기에게 패하는 일은 없어요. 그러니까."

소녀는 입술을 깨물었다.

"……미시마 군은 돌아올 수 없어요."

쓰즈키는 양팔을 들어올린 채 소녀를 보았다. 이제 됐어, 쓰즈키 씨. 노로가 재미있다는 듯이 소리쳤다.

"그래도 염원해주세요. 지금 할 수 있는 일은 그것뿐이에요."

이번에는 쓰즈키가 소녀의 가느다란 팔을 잡으려 했다. 하지만 그 손가락은 허공을 휘저었다.

소녀는 사라졌다. 방금 전까지 여기 있었는데.

쓰즈키는 몸을 부르르 떨고 바지 뒷주머니에서 휴대전화를 꺼냈다. 미시마 고타로. 서둘러 버튼을 눌렀다.

신호가 가기 시작했다. 세 번 울리고 자동응답 서비스로 넘어갔다.

학생들의 여름방학 마지막날, 니시신주쿠 거리 한구석에서 쓰즈키는 얼어붙었다.

―미시마 군.

어른의 충고를 듣지 않는, 고집 세고 건방진 꼬맹이의 얼굴이 눈앞에 선했다.

도대체 무슨 일이 생긴 거냐.

누가 부른 것 같아 마나는 잠이 깼다.

작은 등롱 모양의 취침등 불빛이 방 한구석을 부드럽게 밝혔다. 마나의 침대 머리맡에는 색색깔의 동물 봉제인형이 가득 놓여 있다. 얇은 여름이불에서 어깨를 꺼내고 푹신푹신한 베개에서 머리를 돌려 그쪽을 보았다. 인형 중 누군가가 불렀을 리는 없다.

—얘들도 이제 다 잔대.

하쓰코 할머니는 늘 그런 말로 마나를 재운다. 인형들과 순서대로 인사를 시킨다. 페페, 잘 자. 쿠우, 잘 자. 판다, 잘 자.

예전에 마나는 자주 밤중에 깨서 울었다. 그러면 하쓰코 할머니가 와준다. 하지만 하쓰코 할머니가 졸리고 춥고 피곤해 보여서 마나는 점차 베개에 얼굴을 묻고 몰래 울게 됐다. 피곤한 얼굴로 졸려하는 하쓰코 할머니를 보면, 늘 지치고 졸려 보이고 비바람이 무섭던 그날 밤 잠에 빠져 다시는 깨어나지 않았던 엄마가 생각나기 때문이다. 하쓰코 할머니도 다시 깨어나지 않으면 어떡해.

하지만 요즘 마나는 밤중에 울지 않는다. 한번 잠들면 아침까지 푹 잔다. 그 오빠가 마나의 엄마는 언제나 마나와 함께 있고 앞으로도 쭉 함께 있을 거라고 알려줬으니까.

그런데 오늘밤은 왜 잠이 깼을까.

마나는 침대에서 몸을 일으켰다. 파란색 에어컨 램프가 작게 빛났다. 마나가 덥지 않도록 이 파란 눈이 지켜줄 거라고 하쓰코 할머니가 그랬다. 하지만 마나는 안다. 사토 선생님한테 배웠는

걸. 저건 그냥 램프다.

눈이 점점 말똥말똥해지고 목이 말랐다. 마나는 무릎을 감싸안았다. 그리고 숨을 한 번 내쉬고 알아차렸다.

이 나이대 아이에게만 있는, 마음과 몸을 직접 연결하는 회로. 어떤 나이에 다다르면 자연스레 끊어지는 전달장치의 스위치. 그것이 작동해 마나에게 알렸다.

—오빠다.

무슨 일이 일어났다.

잠든 엄마가 눈뜨지 않게 된 그날 밤처럼.

뭔가 무서운 일이 일어났다.

—괴물.

마나는 여름이불을 걷어내고 무릎을 세우고 서서 품안 가득 인형들을 끌어안았다. 페페, 쿠우, 판다. 다정하고 매끈하고 동그란 얼굴과 동그란 눈동자.

이름 붙일 길 없는 불안을 마나는 그들과 함께 나누고 달랬다. 여름밤은 짧지만 어린아이가 느끼기에는 아직 한참 남았다.

인간과 전혀 다른 괴물들의 싸움. 거대한 몸이 서로 격돌한다.

고타로는 느꼈다. 이렇게 거대한 에너지가 부딪치고 미친듯이 날뛴다. 이 싸움은 생물의 기준으로는 가늠할 수 없다. 태풍이나 회오리바람, 지진이나 해일, 화산 폭발 같은 것이다. 자연현상이다. 인간은 그 앞에서 멍하니 눈만 크게 뜨고 진정되기를 기다리는 수밖에 없다.

고대 사람들은 맹위를 떨치는 자연을 분노한 신들에 비유했다. 한없이 파괴를 자행하는 신들은 사람들의 머릿속에 무시무시한 모습으로 그려졌고, 결국 사신이라는 독자적인 지위를 얻어, 이윽고 거기서 수많은 괴물이 탄생했다.

모든 괴물은 영락한 신들의 후예다.

그중 둘이 지금 고타로의 눈앞에서 싸우고 있다. 울부짖음이 사방에 울려퍼지고 격한 몸놀림이 회오리바람을 일으키며 땅을 진동시키자, 괴물의 일원이 된, 짐승의 몸뚱어리와 갈고리발톱을 지니고 꺼림칙한 냄새를 풍기며 어둠을 거니는 것들의 권속이 된 고타로도 제대로 서 있을 수 없었다. 눈조차 뜨고 있기 힘들었다.

이것이 가라의 진정한 모습. 시원의 대종루 세번째 기둥을 지키는 수호전사의 모습. 질릴 만큼 잘 알 수 있었다. 그만 하찮은 낫이 왜 필요하겠는가. 그것은 무기가 아니었다. 어디까지나 열쇠에 불과했다.

작은 산만한 가라의 주먹이 굉음을 내며 허공을 갈랐다. 용의 등은 검의 산이다. 유연하게 몸을 비틀어 주먹을 받아내고 튕겨냈다.

긴 꼬리가 땅을 때리자 흙먼지가 피어오르며 쩍 갈라졌다.

숲처럼 솟은 검은 창은 조금도 흔들리지 않고 꼿꼿했다. 그 너머에 갇힌 세계도 쥐죽은듯이 고요했다. 멀리서 깜박이는 만서전의 불빛은 우주 저편, 태양계가 아닌 은하처럼 잠잠했다.

칠흑 같은 피부의 가고일. 시퍼런 칼날처럼 번쩍이는 송곳니와 손톱. 공중을 가르고 채찍처럼 용의 목에 감겨드는 꼬리. 가라는 싸운다. 그 모습에 매료되어 고타로는 넋을 놓고 지켜보았다.

가라가 용의 한쪽 뿔을 부러뜨리자 호각이던 싸움의 형세가 단숨에 바뀌었다. 의지와 힘을 드러내며 물결치듯 약동하던 용의 몸이 중력에 밀리기 시작했다. 세계를 휘감아 들어올릴 수 있을 법한 꼬리가 위아래로 헛되이 땅만 두드렸다. 송곳니를 드러내고 가라에게 덤벼들던 입으로 허공을 깨물었다. 그 틈을 노려 가라는 용의 다른 뿔도 잡아뗐다. 뿔과 함께 머리 피부 일부가 벗겨지자 선혈이 사방에 튀었다. 용의 포효가 비명으로 바뀌었다.

가라가 양손으로 용의 목을 붙잡았다. 밤이 내린 이름 없는 땅의 어둠 속에 이빨들이 빛났다. 가라는 용을 물어뜯으려 했다.

고타로의 마음속 시야 가득 그때의 광경이 되살아났다. 스스로 체험한 일이라 제삼자의 입장에서는 볼 수 없었던 광경이 똑똑히 보였다. 아니, 왼눈에 보였다.

'키티'의 머리를 입으로 뜯어낸 고타로. 지금 가라는 이름 없는 땅을 지키는 문지기에게 그와 같은 형태의 죽음을 안겨주려 했다.

목덜미를 깨물어 이를 박아넣는 동시에 머리와 몸을 양손으로 잡고 혼신의 힘을 다해 잡아뜯는다.

푸른 하늘 아래 공원 잔디밭을 굴러가는 공. 튀어나온 땅에 부딪혀 가볍게 튀어오른다. 그래, '키티'의 머리도 그랬다. 얼마나 어이없이 가볍게 허공으로 떨어져나왔던가. 직전까지 인간의 일부였다는 사실을 잊어버린 것처럼 간단히.

가라는 포효하며 용의 목을 물어뜯고 머리를 붙잡아 높이 쳐들었다.

한 박자 늦게 용의 거대한 몸이 옆으로 쿵 쓰러졌다. 굉음의 여운이 사방에 메아리치는 가운데 가라가 외쳤다. 뭐라고 외쳤다. 고타로가 알아듣지 못하는 언어로. 혹은 아예 언어가 아닐지도 모를 소리로.

가라에게 빌렸지만 이제는 고타로의 내면에 뿌리내린 왼눈의 힘이 그 음성을 '말'로 보여주었다.

"만서전이여, 나를 인정하라!"

가라는 멀리서 깜박대는 불빛의 무리에 승리를 선언했다.

"내 이름은 가라. 시원의 대종루의 세번째 기둥을 수호하는 전사이자, 전사 오조의 어머니다. 지금 비탄의 문 문지기를 쓰러뜨렸으니 문을 열지어다!"

패배한 용—문지기의 거대한 몸뚱어리와 가라가 쳐든 머리가 동시에 다시 돌로 변하기 시작했다. 차가운 잿빛 돌로 변해 가장자리부터 부스러졌다. 암석이 먼지로 풍화되는 시간을 빨리감기 한 것처럼 용이 사라져갔다.

그와 동시에 가라도 변하기 시작했다. 고타로가 가장 먼저 알아차린 것은 그녀 발밑의 그림자였다. 그림자가 작아진다. 올려다볼 만큼 큰 키, 칠흑 같은 머리, 하얀 얼굴, 날개가 달린 등. 고타로가 익히 아는 모습, 사람은 아니지만 사람과 비슷하고 아름답고 신비한 여자 모습으로 되돌아왔다.

멀리서 깜박대는 만서전의 불빛들이 일제히 흔들렸다.

그리고 바람이 한바탕 불어왔다. 가라의 머리가 나부꼈다. 고타로도 온몸으로 그 바람을 맞았다. 바람에 감싸였다. 차갑고 맑은 물 같은 감촉. 마치 씻겨나가는 듯하다—

손을 내려다보니 원래대로 돌아와 있었다.

인간의 손이다. 인간의 다리다. 인간의 몸이다.

얼굴을 만져보았다. 십구 년간 익숙해진 미시마 고타로의 얼굴. 송곳니는 없다. 짐승 냄새도 사라졌다.

티셔츠에 청바지. 뒤축 닳은 운동화. 미카를 찾으러 자전거를 타고 4번가 모퉁이 공원으로 달려갔을 때의 차림새 그대로였다.

"거기 가만있어라."

가라가 만서전에 시선을 고정한 채 자세를 가다듬고 말했다.

"곧 마중할 자가 올 거다."

고타로는 무릎 힘이 빠져서 제대로 서 있을 수가 없었다. 몇 번 시도하다가 넘어져서 땅에 손을 짚었다. 똑바로 서야지. 가라의 동료다. 이름 없는 땅을 방문한 손님이다. 칠칠치 못한 모습을 보여서는 안 된다.

겨우 무릎을 세우고 얼굴을 들자 만서전의 불빛에 변화가 생겼다.

여기 도착했을 때 가라가 손을 들어 알려준 것과 똑같은 광경이다. 하나, 또하나. 만서전에서 빛나는 점이 나타나고 점점 그 수가 늘어나더니 열을 이루어 이동했다.

이쪽으로 다가온다.

"……저것도 무명승들이야?"

가라는 실눈을 뜨고 불빛 행렬을 지켜보며 고개를 끄덕였다.

"이 땅에 존재하는 것 중 스스로 움직이는 것은 무명승뿐이다."

그 밖에 사람은 없다. 살아 있는 것도 없다.

"무명승들은 '무'다. 몇만 명이 존재하지만 한 명밖에 없지. 만이자 하나, 하나이자 만. 그러나 그것도 실은 무의미한 말장난에 지나지 않는다."

'무'를 헤아리기란 불가능하니까.

고타로는 간신히 두 발로 섰다. 티셔츠의 주름을 펴고 무릎을 털었다. 무명승 행렬이 다가왔다.

희미하게 삐걱거리는 금속음이 들렸다. 그리고 땅이 가볍게 흔들렸다.

숲처럼 솟은 창과 그 창을 연결하는 방패로 이루어진 철책. 혼을 뒤흔드는 듯한 땅울림과 함께 그것이 안쪽으로 열렸다. 돌로 변한 문지기 용이 막고 있던 '비탄의 문'. 그 문이 열릴 때가 왔다.

이제 가라와 고타로, 무명승의 사이를 막는 것은 없다.

검은 집단이 이름 없는 땅의 밑바닥을 걸어왔다.

저마다 손에 횃불을 들고 있다. 민머리. 하얀 얼굴. 간소한 검은 옷으로 몸을 감쌌다. 맨발로 초원을 밟으며 걸어온다. 목소리는 없다. 발소리도 없다. 기척조차 느껴지지 않는다.

검은 물결이 차츰 밀려온다. 무명승 하나하나의 얼굴을 구분할 수 있을 만큼 가까워졌다. 고타로는 놀라서 숨을 삼켰다.

모두 얼굴이 똑같았다.

똑같은 얼굴. 어디서 본 듯한 단정한 이목구비. 유리의 눈동자. '키티'의 뺨. 마코의 눈썹. 가즈미의 입. 누군가와 닮았으면서 그 누구도 아니다.

무명승들은 세 줄로 서서 마치 은밀한 장례 행렬처럼 다가왔다. 활짝 열린 비탄의 문이 그들이 든 횃불의 빛에 길고 예리한 그림자를 무수히 드리웠다.

가라는 제자리에서 꼼짝하지 않고 무명승들이 오기를 기다렸다. 고타로도 그 옆에 섰다.

무명승들이 걸음을 멈추었다. 이토록 많은데 움직임이 일사불란하다. 만이자 하나. 아무리 많아도 단 하나다.

제일 앞줄에 선 세 명의 무명승 중 가운데 있는 사람이 앞으로 나섰다. 가라를 향해 천천히 머리 숙여 인사했다.

"시원의 대종루 세번째 기둥의 수호전사, 가라 님."

입에서 청년 같은 목소리가 나왔다.

가라의 옆얼굴에 희미한 표정이 떠올랐다. 눈빛이 흔들렸다.

"귀하는 비탄의 문을 여셨습니다. 무슨 까닭으로, 그리고 무슨 용건으로 이름 없는 땅의 만서전을 찾아오셨습니까?"

가라도 앞으로 한 발짝 성큼 나섰다.

"내 아이를 돌려받으러 왔다."

무명승이 물었다. "그 아이의 이름은."

"전사 오조. 내 외아들이다."

"죄명은."

"우리에게 주어진 규율을 어겼다."

"그 규율이란."
"어둠이어라."
가라의 대답이 채찍처럼 밤공기를 때렸다.
"오조는 빛을 원해 우리 어둠의 영역에서 도망치려 했다. 시원의 대종루를 떠받친다는 우리의 존재의의를 배신했지."
그렇구나—
고타로는 회랑 원기둥 너머 어둠의 나라를 떠올렸다. 청정한 허무 속에 떠올라 있는 시원의 대종루보다 훨씬 활기차고 떠들썩해 인간적이라고까지 느껴졌던, 심해처럼 깊고 짙고 광대한 암흑.
고타로가 받은 느낌은 틀리지 않았다. 그 암흑 속에는 분명 인간적인 존재가 있다. 그리고 그 인간적인 존재는 어둠에 지치고 싫증나서 빛을 원했다. 가라의 아들인 전사 오조는 다른 영역을 동경해서 등의 날개를 펼치고 어둠 밖으로 날갯짓을 한 것이다.
—그것이 죄인가.
다른 세계에 동경을 품는 것이? 어둠에 갇혀 어둠이길 강요당하는 처지를 거스르는 것이?
"우리는 어둠." 가라는 말을 이었다. "말이 태어나는 청정한 시원의 대종루를 지키기 위해 어둠을 책임지는 것이 우리의 사명. 그 사명을 버리는 것은 용서받을 수 없는 죄. 자신이 바라는 이야기에 살고자 욕심을 부린 대죄다."

일렁거리는 횃불의 빛을 민머리에 받으면서 무명승은 고개를 끄덕였다.

"말씀대로 그 대죄를 범했기에 전사 오조는 만서전에 갇혔습니다."

"돌려주길 바란다."

바란다는 표현과 정반대로 가라의 목소리는 매서웠다.

"우리는 어둠. 영원한 어둠이기 위해 수호전사는 '무'가 되기를 면할 수 있다. 그것이 테두리의 섭리일진대."

"하지만 대가가 필요합니다." 무명승이 답했다. "전사 오조가 지은 이야기의 죄를 대신 갚을 자는 준비되었습니까?"

가라가 대답했다. "그렇다. 여기."

여기.

고타로는 그저 우두커니 서 있었다. 가라의 말이 무슨 뜻인지 이해하지 못했다.

여기?

수없이 많은 무명승의 눈빛이 고타로에게 쏟아졌다. 모두가 고타로를 바라보았다. 작은 인간의 모습으로 돌아온 미시마 고타로를 보았다. 이 세상이 아닌 곳에 우두커니 선 무력한 인간을 바라보았다.

무명승이 말했다. "그럼 받아가겠습니다."

그와 동시에 무명승 몇이 앞으로 나왔다. 고타로에게 가까이 왔다. 다가붙었다. 검은 옷에 감싸인 야윈 팔을 뻗었다.

"자, 잠깐 기다려."

잠깐만. 도대체 뭐야.

"뭐야, 가라. 죄를 대신 갚다니, 그게 무슨 소리야?"

가라는 멀리서 깜박이는 만서전의 불빛을 바라보고 있었다. 단정한 옆얼굴. 긴 흑발.

고타로는 무명승들에게 팔을 붙잡히고 어깨를 짓눌린 채 끌려갔다. 활짝 열린 비탄의 문 안쪽으로.

"이거 놔. 왜 이러는 거야."

무명승들의 똑같은 얼굴. 똑같은 몸. 똑같은 동작. 똑같은 의사. 똑같은 목소리. 똑같은 말.

"죄업을 진 자여."

"이야기의 죄를 저지른 죄인이여."

"너의 시간은 여기서 멈춘다."

"너는 여기서 영원을 얻는다."

"죄업을 진 자여. 자, 어서 가자."

"영원히 이야기를 풀어내고 되감는 죄업의 대륜으로."

멈춰, 이거 놔! 고타로는 소리지르고 팔다리를 버둥대며 달아나려고 했다. 하지만 중과부적이었다. 당해낼 수 없었다. 고타로를 붙잡아 끌고 가는 무명승들은 힘이 셌고, 그 모습은 그림자처럼 종잡을 수 없었다. 대항하려 해도 내뻗는 주먹이 허공을 가를 뿐이다. 발길질을 해도 발끝에 닿는 것이 없다. 이 녀석들은 '무'다. 그저 강력한 의사를 지녔을 뿐, 이들도 허무다.

"가라, 도와줘!"

땅에 쓰러진 고타로는 목덜미와 팔, 어깨와 셔츠 뒷부분을 붙잡혀 질질 끌려가기 시작했다. 운동화 끝이 헛되이 땅을 찼다. 손가락으로 마른풀을 쥐었다. 틀렸다. 점점 끌려간다. 횃불 빛이 그려내는 철책의 그림자 안쪽으로.

이것이 미시마 고타로를 기다리던 결말이다.

"가라, 나한테 이럴 수는 없어!"

이제 울부짖는 것이 고작이었다. 가라는 점점 멀어졌다. 멀어져간다.

"난 죄를 대신 갚을 자가 아니야! 그렇게는 안 돼! 그런 약속은 한 적 없어!"

눈물로 흐려지는 시야 속에서 키 큰 가라가 날개 달린 어둠의 덩어리로 변해갔다.

"—미안하다."

처음 만났을 때처럼 가라는 사과했다. 그리고 그때와 마찬가지로 그 사과는 억양 없이 담담한 투였다.

무의미하기 때문이다.

"난 네게 후회할 거라고 말했다. 그리될 줄 알았기 때문이다."

그리될 수밖에 없다는 걸 알았기 때문이다.

"넌 네가 바라는 이야기를 살았다. 원하는 대로 악을 사냥했지. 그 이야기가 다다를 곳은 이 땅이다. 나는 알고 있었어."

—미안하다.

"처음에는 내가 널 선택했다. 마지막에는 네가 널 선택했다."

후회할 거다. 몇 번이나 그런 경고를 받았는데도.

말이 태어나는 허무를 수호하는 전사는 허무의 어둠이다. 허무는 의미를 곁에 두지 않는다. 허무는 의미를 추구하지 않는다.

허무에는 마음이 없기 때문이다.

고타로는 드디어 이해했다. 너무 늦게 깨달았다.

쓰즈키 아저씨 말이 옳았다.

—그 전사는 '개념'이야.

인간은 형체 없는 개념과 싸울 수 없다. 그저 그것에 물들고, 삼켜질 뿐이다.

—나와 너는 마물을 만났어.

수호전사 가라의 정체는 인간을 인간이 아닌 것으로 바꿔버리는 '개념'이었던 것이다.

부드러운 마른풀에 덮인 땅에 끌려가면서, 고타로는 여전히 헛되이 발길질하고 저항하며 외쳤다. 말로 표현할 수 없는 분노와 공포에 사로잡혀 소리질렀다.

나는 올바른 일을 하고 싶었다. 악을 용서할 수 없었다. 살인자를 방치할 수 없었다. 단지 그뿐이었는데.

괴물이 되어도 좋다. 어둠 속에 숨어 살아도 상관없다. 이 손으로 붙잡은 정의가, 이 손으로 지킨 작은 행복이 멀리서 희미하게 빛나는 광경을 볼 수 있다면 그것이 보답이라고 생각했다.

하지만 아무것도 모르고 아무것도 느끼지 못하는 '무'가 되기는 싫다. 그런 거래는 한 적 없다.

속았다. 함정에 빠졌다. 미시마 고타로가 바로 가라의 가장 큰 사냥감이었다. 제 아이를 대신할 죄인을 찾던 가라에게 고타로는 불에 날아든 여름벌레였다.

밟아버린 것조차 알아차리지 못할 만큼 작고 하찮은 날벌레.

—미안하다.

의미 없는 단순한 말.

—너는 후회할 거다.

고타로의 마음을 뒤흔들고 사로잡은 수수께끼 같은 예언.

전부 미끼였다. 고타로는 그 미끼를 힘껏 물었다. 정말이지 멍청했다. 돌이킬 수 없는 어리석은 실수를 범했다.

"이 거짓말쟁이!"

이제 가라의 모습은 보이지 않는다. 고타로는 무명승들에게 애원했다.

"이봐, 잠깐만! 난 속았어!"

하지만 고타로는 속아넘어가기를 자청했다. 악을 사냥하는 쾌감에 취하고, 그 쾌락을 탐닉한 장본인은 바로 고타로다. 돌아갈 기회에서 눈을 돌리고 누구의 충고에도 귀기울이지 않았다.

스스로 자아내는 정의와 심판의 이야기가 마음에 들었으니까. 그 이야기 속에 자신이 살아갈 의의와 목적이 있다고 믿었으니까.

아니다, 믿음을 주입당했다.

"거짓말쟁이 같으니! 전사는 무슨 전사! 넌 그냥 마물이야!"

고타로는 울며불며 가라를 욕했다. 목소리가 거기까지 들리는지도 이제 알 수 없었다. 무명승들은 사정없이 고타로를 끌고 갔다. 등에 마른풀의 감촉이 느껴졌다. 머리 위에서 밤하늘의 별이 반짝였다. 횃불에서 튄 불티가 허공에 날렸다.

내내 아무 말이 없던 무명승들이 목소리를 맞추어 나지막하게 노래하기 시작했다. 염불하듯이 신비로운 말의 나열이었다. 알아들을 수 없었다. 귀를 막고 싶을 만큼 불길한 음률이었다.

"시끄러워, 닥쳐! 놔줘, 용서해줘!"

울면서 부르짖지만 그 목소리는 어디에도 가닿지 않는다. 아무도 도와주지 않는다.

여기는 테두리의 근원. 그리고 테두리의 끝.

말이 탄생할 때, 의미를 지녀서는 안 된다면.

말이 탄생할 때, 완벽하게 청정해야 한다면.

인간이 어찌 말을 바라겠는가. 어떻게 말을 자아낼 수 있겠는가.

시원의 대종루. 말이 태어나는 근원인 땅이 한없이 아름답고 맑은 무음의 장소임은, '말'의 존재의의 자체를 배신한 것이다.

자신이 드리우는 그림자 속에 어둠을 가두고 오로지 청정하고자 하는 존재는, 그 자체로 기만에 가득차 있다.

말이 청정할 리 없다. 말이 의미를 지니지 않고 태어날 리 없다.

그것은 테두리 속의 커다란 거짓말이다.

그 또한 하나의 이야기에 불과하다.

수호전사 가라는 활짝 열린 비탄의 문 옆에 섰다. 무수한 창으로 이루어진 문과 밑동에서 길게 뻗은 그림자. 그것을 밟고 선 가라도 마치 그림자의 감옥에 갇힌 죄인 같았다.

그리고 기다리고 있다. 해방될 때를.

밤바람이 초원을 스쳤다. 만서전의 불빛이 눈부시게 깜박인다.

가라는 기다린다. 전사는 기다린다. 자신이 있어야 할 곳으로 돌아갈 때를.

지금 이 순간에도 빛이 넘쳐흐르는 대종루에서 무수한 말이 태어나고, 태어나는 말과 똑같은 수의 어둠이 그 아래 가두어진다.

우리는 그것을 지킨다. 말의 어둠이 테두리를 침범하지 않도록. 어둠이어라. 어둠과 한몸이라면 어둠에 해를 입지 않는다.

우리는 암흑을 책임진다. 우리가 있는 한 테두리의 영광은 계속된다.

그 또한 하나의 이야기에 지나지 않을지라도.

—어머니.

말을 느끼고 가라는 눈을 들었다.

내 아이, 내 아들, 전사 오조다.

오오, 그 모습이 어찌 이리도 흐릿한가. 밤공기 속에 떨리는 그림자에 불과하다. 게다가 가라 자신의 그림자보다 희미하고 공허하다.

이름 없는 땅에는 시간이 없다. 그래도 여기 갇히는 자는 금세 본래 모습을 잃고 만다.

가라는 인간을 모방한 화신의 모습을 풀었다. 죄를 대신 갚을 젊은이에게 마지막으로 예의를 차리고자 유지하던 모습을 버렸다. 진짜 수호전사의 용맹한 모습을 되찾았다. 문지기와 싸우던

때의 모습이다.

오조여, 떠올려라. 이것이 네 모습이다.

—어머니.

오조의 목소리가 아니다. 그냥 말이다. 그의 의사를 전달하는 울림이다.

"오조, 넌 해방됐다."

가라는 그에게 호소했다.

"시원의 대종루로 돌아가자. 우리의 사명을 다하러."

테두리가 시작되고 테두리가 끝날 때까지 우리는 그 어둠 속에 있다.

—안 됩니다.

자고로 사람들에게 마물이라고 불려온 괴이한 모습. 비탄의 문이 드리우는 그림자 속에서 날개 달린 어둠 둘이 마주섰다.

—어머니, 안 됩니다.

당신은 인간의 아이를 기만해 이 땅으로 이끌었다.

—그것은 잘못입니다. 그자는 저를 대신할 수 없습니다.

어리고 무지하고 너무나 약하다.

—저는 이 땅에 머물겠습니다.

가라는 물었다. "왜냐, 오조."

흐릿한 그림자가 떨면서 대답했다.

—한순간이지만 저는 테두리에 가득한 빛을 보았습니다.

빛의 세계를 훔쳐보았다.

—어머니, 그리고 저는 당신이 가질 수 없는 것을 얻었습니다.

마음이라는 것을.

—그러므로 저는 이 땅에서 무가 되겠습니다.

가라는 눈을 가늘게 떴다.

하지만 동요는 없다. 슬픔도 없다. 놀라움도 없다.

마음이 없다. 존재할 뿐. 가라가 어머니이고 오조가 아들인 것은 그 세계에 자리했을 때 그랬기 때문이다. 마주선 둘은 그저 서로가 서로의 분신이다. 본래 하나의 존재다.

—저는 무명승이 되겠습니다. 기꺼이 저의 죄를 지겠습니다.

아주 잠깐 바깥세상을 탐한 대가로.

—어머니, 안녕히 계십시오.

오조의 기척이 멀어졌다. 만서전으로 물러갔다.

가라는 제자리에서 움직이지 않았다. 비탄의 문이 드리우는 긴 그림자에 갇힌 죄인. 그림자의 일부로 변한 마물 형상의 어둠.

오조는 돌아오지 않는다.

가라는 눈을 들어 이름 없는 땅의 광대한 밤하늘을 우러러보았다.

만서전 쪽에서 또 한차례 바람이 불어왔다. 그 바람이 발치를 휩쓸자 뭔가가 가벼운 소리를 내며 굴러와서 마물의 발톱에 부딪혔다.

낫자루다. 칼날을 잃고 '장소라는 이름의 해골'도 사라져서 평범한 막대기로 보였다.

주워들려고 몸을 구부린 가라가 마물의 손을 멈췄다.

이제 그럴 필요 없다.

낫자루가 끄트머리부터 재로 변했다. 순식간에 바람에 휩쓸려 사라졌다.

수호전사의 무기가 없어지고 사명도 없어졌다.

가라는 마물의 발을 움직여 걸음을 돌렸다. 비탄의 문이 기다렸다는 듯이 땅을 진동시키며 닫히기 시작했다.

무수한 창이 드리우는 그림자가 이형의 얼굴에 줄무늬를 그렸다. 문이 점점 닫히자 줄무늬도 흘러갔다.

이 문을 통과하는 자 모든 희망을 버릴지어다.

가라는 허공을 향해 마물의 두 팔을 벌렸다. 등의 날개를 펼쳤다. 한 번, 또 한번 강하게 펄럭였다. 갈고리발톱을 잘그락거렸다. 그 온몸을 비탄의 문이 드리우는 줄무늬 그림자가 스쳐갔다.

내 아이 오조는 돌아오지 않는다. 바람은 사라졌고, 나는 갈망을 잃었다.

문을 연 대가를 치러야 한다.

칠흑의 마물은 드높게 포효한 후, 땅을 힘차게 박차고 이름 없는 땅의 밤하늘로 날아올랐다.

나락에 떨어진다—

하도 울고불고한 탓에 숨이 차고 의식도 흐려졌다. 하지만 고타로의 기억은 흐려지지 않았다. 무명승들에게 영원히 이렇게 끌려가는 걸까 싶었을 때쯤 등과 엉덩이에 닿는 감촉이 딱딱하고 울퉁불퉁한 길로 바뀌었다. 동시에 염불 같은 무명승들의 노랫소리도 멈췄다.

그리고 위쪽 시야를 등불이 가득 채웠다. 만서전에 도착한 것이다. 곳곳에서 등불이 흔들렸다. 그 등불의 빛 속에 떠오른 서가, 서가, 또 서가.

줄지은 책들이 벽을 가득 채웠다. 빽빽이 늘어선 책등 사이의 미세한 틈은 어둠이 메웠다.

천장이 보였다. 거대한 돔이다. 한눈에 전체를 파악할 수 없다. 등불이 이렇게 많은데도 모자란다. 지나쳐가는 서가. 굵은 기둥과 들보. 무늬가 가득 그려진 벽. 빛과 어둠이 혼재하는 가운데 정겨운 헌책 냄새가 어렴풋이 풍겼다.

바닥이 매끈하다. 무명승들의 맨발이 스치는 소리가 났다. 어느새 수가 줄었다. 고타로를 끌고 가는 사람은 두 명이었다. 그리고 발치에서 따라오는 사람이 한 명. 횃불은 어디로 치웠는지 손을 가슴 앞에 깍지 끼고 있다.

고작 세 명이다. 끌고 가는 두 명의 팔을 떨쳐내고, 뒤의 한 명을 걷어차고 달아날 수 없을까.

다리가 움직이지 않는다.

복도를 돌았다. 또 돌았다. 서가, 서가, 서가. 복도에까지 책이 줄지어 있다. 촛대에 양초가 켜져 있다. 방금 지나치면서 눈에 들어온 가느다란 화장기둥*에는 한자가 돋을새김되어 있었다.

몸부림치자. 자, 지금이다. 저항하자. 도망치는 거다.

역시 몸이 움직이지 않았다. 팔다리에 감각이 없었다. 이제는 끌려가고 있다는 느낌조차 거의 들지 않았다.

앞쪽에서 쇠사슬 감기는 소리가 났다. 이어서 뭔가 묵직한 물건이 삐걱거리면서 올라가는 소리도 들렸다.

그리고 느닷없이 끝이 찾아왔다. 고타로는 내팽개쳐졌다. 캄캄했다. 하지만 이번에는 별빛도 등불도 없다. 완벽한 암흑이다.

그냥 내팽개쳐진 것이 아니다, 어딘가 캄캄한 곳에 내던져졌다고 깨달은 순간 또다시 쇠사슬 소리가 나더니 문이 내려와 닫혔다. 세 무명승의 실루엣이 위쪽으로 사라졌다.

* 벽 속에 넣지 않고 드러낸 기둥.

고타로는 떨어져내렸다.

떨어진다. 표류하는 것처럼 느릿느릿 떨어진다. 몸이 말을 듣지 않는다. 여기에 내던져졌을 때와 똑같은 자세로, 익사체처럼 팔다리를 펼치고 위를 보며 떨어진다.

아니, 가라앉는 거다.

한없이 깊은 구덩이. 그 안에 암흑이 가득하다. 물보다, 피보다 진한 어둠. 고타로는 작은 돌멩이처럼 가라앉았다.

—어떻게 되는 거지?

아직은 생각할 수 있다. 팔다리가 움직이지 않지만 눈은 보이고 귀도 들린다.

입을 벌리고 소리치려고 했다. 목소리가 나오지 않았다. 어둠이 잔뜩 몰려왔다. 무심코 삼켰다. 삼킨 만큼 어둠이 된다.

가라앉으면서 녹아간다.

두 눈으로, 귓구멍으로, 손톱과 피부 사이로 어둠이 스며든다. 어둠의 삼투현상. 차갑지는 않다. 춥지도 않다. 통증은 없다. 무섭지도 않다.

그저 침입해온다. 그리고 고타로는 그것과 한몸이 되어간다.

머리 한복판까지 이 어둠이 들이차면,

—'무'가 되는 거다.

떨어져나가는 것이 아니다. 지워지는 것도 아니다. 그저 몸이 가벼워진다.

잃어간다.

지금까지 죽을힘을 다해 붙잡고 있던 것이, 붙잡으려는 의지와 함께 사라져간다.

미시마 고타로라는 '개체'의 경계선이 녹아간다. 외부의 어둠과 융화된다.

자신이란 뭐지? 나는 누구지? 지금까지 뭘 해왔지?

찻잔 속의 각설탕처럼 소리 없이 허물어진다.

누구를 죽였다고? '사냥'이 뭐더라. 누가 밉다고? 저 피는 누구 것이지?

자꾸 멀어진다. 점점 가라앉는다. 어둠의 수면은 이제 저멀리 위쪽에 있다. 깊다, 깊다.

참으로 편하구나.

참으로 기분좋구나.

'무'란 궁극의 행복이었다. 아무 느낌도 없고 아무 생각도 나지 않는다. 그렇다면 무엇에도 책망당할 필요 없다.

인간이기를 그만두면 이렇게나 행복하구나—

덜커덩.

진동. 그리고 정지. 고타로는 어둠의 나락에 매달렸다. 녹아내리던 윤곽이 흔들렸다.

그리고 느닷없이 시간이 되감기기 시작했다. 끌려올라간다. 낙하에서 상승으로. 가라앉다가 떠오른다. 바닥에서 수면으로.

그것이야말로 고통이었다. 누구야? 왜 이런 짓을 하지. 돌려보내지 마. 돌아가기 싫어. 가라앉고 싶어. 녹아내리고 싶어.

소리 없는 고함을 지르기 위해 고타로는 입을 벌렸다. 그 동작을 자각했다. 답답해서 가슴을 쥐어뜯었다. 그 동작도 자각했다.

미시마 고타로라는 존재를 형성하는 경계선이 다시 생겨난다.

손가락이 움직인다. 머리가 흔들린다. 발이 버둥대며 허공을 긁는다. 떠오른다, 계속 떠오른다. 주변의 어둠이 급강하한다.

그리고 튀어나왔다. 만화경처럼 눈부시게 빛나는 등불과 줄지은 서가가 한순간 시야를 메우고 지나가더니—

날고 있었다. 바람이 눈에 정통으로 들어갔다. 손으로 얼굴을 가리려다가 온몸으로 바람을 가르고 있다는 사실을 알아차렸다.

날고 있다. 기류를 타고 밤하늘을 흘러간다. 자기 자신의 윤곽이 점점 뚜렷해진다. 침입하고 몸을 잠식하던 '무'를 떨쳐내며 고타로는 흘러갔다.

만서전이다. 멀어진다. 줄지어 나아가는 무명승들이다. 그들이 향하는 언덕 위에 보이는 저건 뭐지? 횃불이 동그랗게 늘어서 있다. 동네 하나만큼 커다란 원 한 쌍. 거기서 수많은 무명승이 돌고 있다. 아니면 그들이 저기서 뭔가를 돌리는 건가?

—죄업의 대륜.

모든 이야기를 자아내고, 모든 이야기를 회수하는 한 쌍의 거대한 수레바퀴.

고타로의 조그마한 몸은 만서전도 거대한 횃불의 수레바퀴도 지나쳐 더 높이 솟아오르면서 날아간다. 이렇게 힘차고 빠르게 날아가면 금방 다다르리라. 창들이 늘어선 곳에. 비탄의 문에.

—테두리에 사는 아이여.

고타로를 감싸고 하늘을 가로지르는 기류가 말을 걸었다.

—너를 네 세계로 돌려보내주마.

누구 목소리지. 아주 가깝다. 그냥 들리는 게 아니다. 진동하는 커다란 뭔가에 귀를 대고 그 울림을 온몸으로 느끼는 기분이었다.

—무사히 돌아가려면 네 의지가 필요하다.

기억해내라. 진동이 전해졌다.

—네가 지금껏 살아오면서 본 것 중 가장 눈부시게 빛나는 것을. 가장 아름답고 고운 것을.

반드시 기억해내라.

—네가 가장 고귀하다고 느낀 것을 기억해내라. 그것이 길잡이가 되어 너를 이끌 터이니.

그러더니 갑자기 기류가 사라지고 고타로는 밤하늘에 내던져졌다. 다부진 검은 날개가 한순간 시야 한구석을 스치고 사라졌다.

—미안하다.

또 사과의 말이다.

'무'에서 되찾은 미시마 고타로의 몸은 중력에 이끌려 포물선을 그리기 시작했다. 이 땅에 떠오른 달이 새벽을 맞이할 때까지 그리는 궤도와 똑같다.

가짜임이 들통난 동전. 쓸모없는 대체품. 가볍게 내버려진다. 이 땅에 불필요하다고 판단된 것은 비탄의 문에 아무 의미도 없다. 문은 막지 않는다. 문을 열기 위한 대가도, 문을 닫을 힘도 필요 없다.

하지만 고타로는 보았다. 현실 세계에서 짧은 시간이나마 함께하며 고타로가 얻었다고 믿은 공감의 잔재가 보여주었다.

비탄의 문에 새 문지기가 있었다. 온몸이 돌로 변한 이형의 괴물. 초원에 선 방문자에게는 보이지 않는 높은 문의 꼭대기에, 움직이지 않는 빗장으로 고정되었다.

돌로 변한 가라의 모습이다.

이것이 이 문이 여닫히는 섭리인가.

문지기를 쓰러뜨리고 이 문을 통과한 자가 다음 문지기를 맡는다. 바람이 이루어지든 이루어지지 않든, 목적을 달성하든 달성하지 못하든 비탄의 문은 그를 소비해 강제로 문지기를 교체

한다.

모든 희망을 버릴지어다.

—가라.

배신당했는데도, 속았는데도, 고타로의 가슴속에 슬픔이 솟구쳐올랐다.

—이렇게 될 줄 알면서도 당신은 여기 온 건가.

아이를 위해서. '하나뿐인 내 아이'를 위해서.

그것은 마음이 시킨 거잖아.

당신에게도 마음이 있었잖아.

"가라!"

힘껏 소리지른 고타로는 정신없이 빙빙 돌며 밤하늘에서 떨어져내렸다.

이제 여기는 어디도 아니다. 떨어진다. 그저 떨어진다. 너무 빨라서 아무것도 보이지 않는다. 자신이 위를 보고 있는지 아래를 보고 있는지도 모르겠다.

—무사히 돌아가려면 네 의지가 필요하다.

어쩌라는 거야.

—네가 가장 고귀하다고 느낀 것을. 기억해내라. 그것이 길잡이가 된다.

그런 게 있었나. 있다고, 발견했다고 믿었더니 덧없이 사라지고 말았다. 그 기억만 선명하다.

야마시나 아유코는 살해당했다. 마키 세이고를 향한 존경심에는 의심이라는 흠집이 생겼다. 이제 아무도, 무엇도 믿을 수 없다. 그러니까 뭘 어쩌든 상관없다. 그런 마음으로 친구를 한번 협박해서 이용하고 나니 누구의 지혜도, 누구의 배려도 더이상 받아들일 수 없게 되고 말았다.

아무도 믿지 않으려고 하기 때문에 아무도 믿지 못하는 것이다. 그러자 남의 피로 손을 더럽히기까지는 금방이었다.

아름다운 것, 따스한 것, 고귀한 것.

미카를 구하지 못한 고타로에게 그렇게 선한 것이 남아 있을 리 없다.

—난 어디로도 돌아갈 수 없어.

길잡이는 보이지 않는다.

다시 괴물이 되고 싶다. 괴물이 되어 땅에 부딪혀서 산산조각 나고 싶다.

그래, 이제 됐다. 됐으니까 날 죽여줘.

—기억해내라, 고귀한 것을.

아무것도 없어.

—한 번쯤, 좋은 일을 하고 싶다.

오빠.

고타로는 눈을 크게 떴다.

—엄마는 언제나 마나와 함께 있어.

마나와 함께였다. 그 아이의 웃는 얼굴을 희미하게 비추고 있었다.

고타로의 눈에서 눈물이 넘쳐흘렀다.

나는 그때 천사의 고리를 보았다.

그 고리가 뿜어내는 빛이 주위의 밤을, 어둠을 지우고 찬란하게 고타로를 감싸안았다.

—일어나, 꼬맹아!

누군가가 소리질러서 벌떡 일어섰다.

그러려고 했다. 하지만 몸은 움직이지 않았다. 상반신을 일으켰을 뿐이다. 머리가 지끈거렸다.

여기는 어디지. 내가 왜 땅바닥에 누워 있지? 이 액체는 뭐야?

내 피다. 코피. 이런, 티셔츠 가슴팍이 새빨갛네.

입속에 뭔가 느껴졌다. 퉤 뱉어내니 무릎 위에 떨어졌다. 깨진 이다. 입술 가장자리에서 피가 섞인 침이 떨어졌다.

아프다. 피가 짭짤하다. 눈이 빙빙 돈다.

여기는—현실 세계다. 4번가 모퉁이 공원. 눈앞에는 그 벤치.

거미 괴물은 눈에 띄지 않았다. 벤치를 물들인 핏자국도 사라졌다.

머리가 아프다. 코피가 흐른다. 이것은 환영이 아니다. 살아 있는 고타로가 흘리는 피다.

가까이서 개가 리듬 있게 짖고, 깜짝 놀란 목소리가 들려왔다.

"우왓! 얘야, 거기서 뭐하니?"

시바견을 데리고 산책하던 노인이 눈을 동그랗게 뜨고 서 있었다. 벗어진 머리에 가로등 불빛이 밝게 비쳤다. 고타로가 고개를 돌리자 표정이 경악에서 공포로 바뀌었다.

"어이구, 저 피 좀 보게."

달려와서 부축해 일으키려고 했다. 고타로는 그 팔에 매달렸다. 내가 문제가 아니다. 미카다. 미카는 어떻게 됐지.

"죄, 죄송해요. 여기서 중학생 여자애 못 보셨어요? 남자친구랑 함께 있다가 무슨 문제에 휘말렸을지도 몰라요."

노인은 척 보기에도 몹시 당황한 표정을 지었다. "문제라니, 싸움 말이냐?"

"아니요, 그, 그런 게 아니라."

고타로는 고개를 휘휘 저었다.

"넌 어쩌다 다쳤는데?"

"모르겠어요. 기억이 안 나요. 아무튼 빨리 구하지 않으면 큰일나요."

말을 하자 숨이 차고 뱃속의 것이 올라올 것 같아서 구역질을 했다.

"이거 큰일이군. 구급차를 불러야겠다."

노인의 모습이 일그러져 보였다. 주인 주변을 어슬렁거리던 시바견이 멀어졌다 가까워졌다 했다. 현기증이 심하다.

그때 다른 목소리가 들렸다.

"저, 저기예요, 순경 아저씨!"

이번에는 조깅복을 입은 여자다. 순경과 함께다. 둘이서 뛰어왔다.

"얘, 괜찮니?"

"움직이면 안 돼. 누워 있어."

고타로는 공원 바닥에 눕혀졌다. 지직거리는 무전기 소리가 들렸다. 시야가 빙빙 돌았다.

"곧 구급차가 올 거야."

조깅복 여자가 고타로의 손을 꼭 잡았다. 그리고 급한 말투로 격려하듯이 덧붙였다. "나, 그 차 번호판 봤어. 순경 아저씨가 조치해주신대. 친구는 걱정 마. 금방 찾을 수 있을 거야."

친구? 차를 봤다고? 이 사람이 무슨 소리를 하는 거지. 시바견이 짖었다. 순경이 무전기에 대고 뭐라고 말했다. 도주 차량—젊은 남녀가 끌려갔음—목격자가 신고—부상자 한 명—

현기증에 속이 메슥거리는 와중에도 고타로는 서서히 깨달았다. 미카와 가쿠 선배가 그놈들에게 납치되는 장면을 이 여자가 목격했다. 그리고 파출소에 신고했다.

그놈들. 누구였더라. 기억이 있을 텐데 뇌가 온통 새카맣게 칠해진 것처럼 아무것도 떠오르지 않았다.

"순경 아저씨, 구급차는 안 와요?"

조깅복 여자가 목에 걸고 있던 수건을 고타로의 얼굴에 댔다.

"이 아이, 친구를 구하려다 얻어맞았어요. 범인은 맨손이 아니었어요. 무슨 공구 같은 걸 들고 있더라고요."

충격으로 목소리가 떨렸다. 짖는 시바견의 목을 누르고 있던 노인이 여자를 달랬다.

"진정해요. 젊은 사람들이잖아. 술에 취해서 싸움이라도 난 거겠지."

"그런 게 아니에요! 얘 친구들을 끌고 간 건 뚱뚱한 중년 남자와 양아치 같은 사람이었다고요! 도와달라고 외치는 소리를 제가 들었어요."

뚱뚱한 중년 남자와 양아치 같은 사람. 그 쓰레기장 같은 집에 있던 세 사람 중 두 명. '키티'와 함께—

기억이 돌아오려고 했다. 그것을 저지하듯이 구역질과 현기증의 캄캄한 파도도 밀려왔다.

"얘, 정신 차려! 곧 치료해주실 거야. 친구도 찾을 거고!"

이제 무리다. 눈을 못 뜨고 있겠다. 밀려오는 큰 파도에 삼켜진다.

하지만 그 직전에 고타로는 보았다. 조깅복 여자의 손목시계. 눈앞의 문자판에 표시된 숫자를.

'PM 6:32.'

시간이 되감겼다.

—미카.

나는 늦지 않았나. 미카와 가쿠 선배가 끌려가는 현장으로 늦지 않게 달려왔나. 그리고 두 사람을 구하려다 얻어맞고 여기 쓰러졌다—

블랙아웃. 고타로의 의식이 끊겼다.

반쯤 고장난 오래된 텔레비전 같았다.

이따금 유령처럼 흐릿한 영상이 떠올라 잠깐 비친다. 그것도 띄엄띄엄. 화면 가장자리가 일그러지는가 싶으면 아무것도 비치지 않고 소리만 똑똑히 들린다.

"심한 뇌진탕이래. 이마를 맞았는데 머리 반대편에 작은 혈종이 생겼어. 외상성 경막하 혈종."

부웅. 잡음이 나고 목소리가 끊겼다.

"그래도 아무튼 목숨을 건져서 다행이야."

어머니의 목소리다. 엄마, 나—

갑자기 눈부실 만큼 밝아지더니 가즈미의 얼굴이 선명하게 보였다.

"오빠, 정신이 들어?"

깜짝 놀란 목소리다. 고타로는 대답하려고 입을 열었다. 목구멍에서 그르렁 소리가 났다. 고양이가 기분좋을 때 그러듯이 골골거리는 소리가 아니라, 비둘기가 꾸르륵거리는 소리 같다.

"걱정하지 마, 미카는 무사해. 가쿠 선배도 괜찮고. 범인도 붙잡혔어."

차가 검문에 걸렸다고 뭐라뭐라 말하는 가즈미의 얼굴이 희미하게 흐려졌다. 목소리도 멀어졌다. 고타로는 의식을 유지하려고 숨을 깊이 들이마시려 했다. 미카는 무사하다, 무사하다, 무사하다.

머리가 아프다. 코도 아프다. 등도 허리도 아프다.

범인이 붙잡혔다고? 그 쓰레기장 같은 집 앞에 뭐라고 적혀 있었더라.

'IMAZAKI.'

저도 모르게 소리내어 말한 모양이다. 맞다고 대답하는 목소리가 들렸다.

"그 부부, 이마자키라고 해. 우리 이야기 들렸어? 정말 몹쓸 인간들이야. 하지만 제일 몹쓸 인간은."

'반짝반짝 키티'다. 나는 안다. 안다, 안다고 되풀이하면서 고타로는 수렁에 빠져들듯 잠들었다.

다시 눈을 뜨자 마키 세이고와 아시야 가나메가 나란히 서서 내려다보고 있었다.

"고타로, 나 가나메야. 알아보겠어?"

알아보겠는데, 왜 그렇게 눈이 부었어? 혹시 울었어?

"고대시, 한 건 했구나."

마키의 눈이 다정하게 웃었다.

"역시 넌 정의의 편이야."

아니에요, 마키 씨. 나는 정의와 정반대편에 있다. 아니면 정의의 편 최전방이었나. '키티'의 머리를 뜯어냈으니까.

"마코도 고타로를 보고 싶어했어. 얼마나 걱정했는지 몰라."

"지금 그애가 청소년 고민 상담실을 열심히 조사중이야. 예전에도 수상한 글이 몇 번 올라오긴 했는데 감시 대상에 들지는 않았거든. 이렇게 됐으니 구석구석 철저하게 털어줘야지."

"고타로, 듣고 있어?"

지금은 아픔보다 졸음이 심했다. 자고 또 자면서 현실을 도피한다. 미카는 살았다. 범인은 붙잡혔다. 하지만 나는 짐승 같은 괴물이 되어 사람을 죽였다—

아니, 아닌가.

시간이 되감겼으니 그런 일은 일어나지 않은 거다. 미카와 가쿠 선배는 그 집에 끌려가 감금되기 전 경찰에 발견되었다. 이마자키 부부도, 문신한 양아치 남자도, '키티'도 살아 있다. 분명히 존재한다. 행방불명되지 않았다.

하지만 기억이 나지 않는다. 4번가 공원에서 내가 뭘 어떻게 했는지도 기억이 없다.

—그리고 가라는?

전부 없었던 일인가. 미시마 고타로가 겪은 일들이 몽땅 초기화된 걸까.

아니면 처음부터 환각이었나. 4번가 공원 벤치에서 타오르는 숯덩이 같은 눈알을 뒤록뒤록 굴리던 거미를 발견한 후의 일은.

—네가 보고 느끼는 게 전부 진실이라는 보장은 없어.

애시가 한 말이 귓속에 되살아났다.

—하지만 가라는?

새된 기계음이 울리고 주변이 소란스러워졌다. 고타로의 상태를 체크하는 기기가 경고음을 낸 것이다. 혈압과 심박수가 급상승했다.

몸 탓이 아니다. 마음 탓이다. 강렬한 비탄이 솟구쳐 고타로의 심장이 비명을 지른 것이다.

가라는 이제 없다. 수호전사 가라였던 마물은 두 번 다시 만날 수 없다. 전부 끝났다. 최악의 결과는 면했다. 미시마 고타로는 마지막 선을 넘지 않고 돌아왔다.

하지만 가라는 이제 없다.

"역행성 건망이야."

병실의 의자가 딱딱해 쓰즈키는 엉덩이가 아픈 눈치였다.

"머리에 강한 충격을 받으면 그 전후의 기억이 날아가. 그래서 네가 미카와 남학생을 구하려고 했던 일이—실제 있었던 일이 기억나지 않는 거지."

전직 형사는 그렇게 말한 후 콧숨을 한 번 내쉬더니 작은 목소리로 덧붙였다.

"네가 간직하고 있는 기억도 날아가버리면 좋았을 것을."

사건이 일어난 지 일주일 후, 고타로는 일반 1인실로 옮겨 침대에 앉아 있었다. 머리에는 아직 붕대와 그물망이 감겨 있다. 그래도 통증이 많이 가라앉아 편해졌다.

덕분에 이렇게 쓰즈키와 만날 수도 있다. 아저씨는 병문안에는 역시 이거라며 큼지막한 과일바구니를 들고 왔다.

고타로는 이야기했다. 쓰즈키에게밖에 이야기할 수 없는 그날 밤의 일을. '시원의 대종루'를 보고 '이름 없는 땅'에 도착해 '비탄의 문'을 올려다본 것을. 그리고 그후에 무슨 일이 있었는지를.

아저씨는 그 체험을, 그 기억을 날아가버리면 좋았을 일로 생각하는 건가.

"제 생각은 달라요."

고타로의 대답에 쓰즈키는 의아한 표정을 짓지 않았다.

"제게는 그쪽이 사실이니까. 실제로 일어난 일이니까."

쓰즈키는 고타로의 얼굴을 보고 천천히 고개를 저었다. "아니, 그건 잘못된 생각이야. 이쪽이 사실이야."

오늘도 텔레비전 뉴스쇼에서는 '청소년 고민 상담실'을 무대로 한 사건의 새로운 소식을 떠들썩하게 전했다. 사이트 운영자 이마자키 도시키, 46세. 자칭 시스템 엔지니어. 내연녀 나카이 미에코, 40세. 이마자키의 집 근처에서 작은 스낵바를 운영했으며, 고타로가 본 문신한 남자는 그곳 단골손님이었다. 하노 신지, 31세, 무직. 상해와 성폭행 전과가 있다. 컴퓨터에도 인터넷에도 문외한인 이 남자는 '고민 상담실'이 복수 대행 사이트라는 이면의 얼굴을 드러낼 때만 이마자키와 미에코를 도왔다.

마키의 말에 따르면 '고민 상담실'은 오 년 전 4월에 개설됐다. 처음에는 정말로 학생들의 고민을 상담해주는 사이트였고, 그 내용도 연애와 우정, 외모, 학업 고민 등이 대부분이었으므로

'사이트 이름에 걸맞았다'고 할 수 있었다.

그런데 재작년 초봄쯤 사이트의 성격이 변질되기 시작했다. 왕따 중학생의 상담에 응해 가해자 리더를 불러내서 '반성문'을 쓰게 하고 위자료 명목으로 금품을 뜯어낸 것이 계기였다고 한다. 하노 신지가 가담한 것도 이 무렵이다. 세상 물정 모르는 청소년에게 겁을 주고 공갈을 칠 때 그의 전과와 그 외모는 분명 도움이 됐으리라. 그런 까닭에 이 사이트는 일부 학생들 사이에서 '왕따 문제로 상담하면 바로 해결해준다'고 유명해졌다.

—우리 '학교섬'이 감시 못했던 건 엄청난 실수야.

마키는 착잡하게 말했다.

이번만큼 난폭한 수법은 아니라도, 이마자키 패거리는 종종 상담자가 복수나 제재를 의뢰한 젊은이와 청소년을 차에 태워 돌아다니거나 자택에 몇 시간씩 감금했다. 현재 그런 유의 피해를 당했다는 제보자가 하나둘 나타나기 시작한데다, 작년 가을 도쿄에서 발생한 남자 대학생 실종사건에 이마자키 패거리가 관여했을 가능성이 부각되어 매스컴의 보도는 한층 과열되고 있었다.

여기에는 물론 '키티'도 한몫했다. 열여섯 살 여고생이 짝사랑 상대의 여자친구를 납치해서 몹쓸 짓을 해달라며 '업자'에게 돈을 주고 의뢰했다. 여고생과 업자가 인터넷에서 만났다는 사실도 인터넷 사회를 비판할 절호의 명분을 기존 미디어에 안겨주었다. 하지만 텔레비전과 신문에서 익명으로 보도한 '키티'의 사진, 집주소, 부모의 직업까지 모조리 까발려진 곳은 되레 인터넷이었다. 이 또한 뜨거운 논쟁을 불러일으켰다.

'키티'는 원래부터 지고 못사는 성격이었다고 한다. 그애가 괴팍하고 이상하리만치 오기가 세고 고집불통이라는 사실은 주위 사람들에게 잘 알려져 있었다. 초등학교 5학년 때 여자 담임선생님을 몹시 싫어해서 반항한 끝에 그 선생님이 휴직한 적도 있다고 한다.

초기화된 그날 밤의 경험에서 고타로가 짐작했던 대로, '키티'는 집안이 유복하고 본인도 그 사실을 자랑스러워했다. 외부에서 이 동네로 유입된 부유층이다. 그래서 고타로네나 미카네 같은 '토박이'를 깔보는 성향이 강했는데, 이번에 미카를 이렇게까지 심하게 공격한 것도 밑바탕에 그런 심리가 있었기 때문이리라.

그러저러한 일이 이쪽의 사실이다.

고타로는 자초지종에 더이상 흥미가 없었다. 미카는 무사하다. 놈들은 체포됐다. 그걸로 됐다.

하지만 만족할 수는 없었다. 매우 불만스럽다.

"테두리의 섭리인지 뭔지 모르겠지만, 이왕 시간을 되감을 거라면 고작 몇 시간 말고 훨씬 예전으로 되감아주든가."

야마시나 아유코가 살해당하기 전으로. 모리나가 겐지가 세이부신주쿠선 부근에서 노숙자들이 실종된다는 사실을 알아차리기 전으로. 그렇다면 자기 인생이 전부 초기화되어도 상관없다.

그러나 쓰즈키는 그런 투덜거림에 엄하게 꾸중했다. "고작 몇 시간이라고 하면 못써. 그 몇 시간 덕분에 미카가 무사할 수 있었잖아."

유감스럽지만 그 말이 옳다. 아저씨는 늘 옳다. 그래서 저도 모르게 거스르고 싶어진다.

"미카는 참 귀엽더구나. 네 동생은 고전적인 미인상이고. 어머님을 많이 닮았더군."

쓰즈키가 커다란 과일바구니를 들고 낑낑거리며 들어왔을 때, 마침 병실에는 어머니와 가즈미 외에 다카코와 미카 모녀도 있었다. 쓰즈키는 천연덕스럽게 고타로가 아르바이트하는 데서 알게 된 사이라며 자신을 소개했고, 여자들은 그 말을 곧이곧대로 믿었다. 어머니는 쓰즈키가 쿠마에서 마키보다 높은 사람이라고 생각했는지 아주 공손하게 인사했다.

"내가 말하려니 주제넘는다만, 자식이 이런 일을 당했을 때 어찌 보면 본인보다 부모가 더 타격을 입는 법이야. 소노이 다카코 씨가 좀 걱정이군."

확실히 고타로 눈에도 다친 곳이 거의 없고 안색도 좋아진 미카보다 다카코가 더 초췌해 보였다.

"분명히 말한 적은 없지만, 다카코 아주머니는 제가 이렇게 된 것도 본인 탓으로 돌리는 것 같아요. 자기가 무력하고 부모 노릇을 못해서 저까지 말려들었다고요."

그렇겠지, 하고 쓰즈키는 고개를 끄덕였다.

"아니라고 꾸준히 말해드리렴. 이번 사건은 피해자 쪽에서 어떻게 통제할 수 없었어."

너라면 설득할 수 있지? 하고 말했다.

"열 달이 채 못 되는 동안 속이 메슥거리는 악의 광경만 봐왔으니까. 마치 지옥을 순례하듯이 말이야."

"아니에요."

고타로가 부정하자 쓰즈키가 놀란 듯이 눈썹을 움찔했다.

"제가 가라의 힘을 빌려서 본 건 악이 아니에요. 그건 전부 '말'이었어요. 인간의 마음에서 생겨난 말."

말은 내놓은 순간부터 과거가 된다. 그러므로 모든 말은 '말의 잔재'이기도 하며 낙엽처럼 쌓여가는 것이다.

쓰즈키는 고타로의 얼굴을 빤히 바라보았다.

"나도 딱 한 번 봤지."

나카짱 앞 칠석 단자쿠를 물들인 핏빛을.

"그후로 많이 생각해봤어. 그래서 말인데, 가라가 알려주고 네가 여러모로 경험했을 그 '말'과 '말의 잔재'를 예부터 사람들은 이렇게 불러오지 않았을까."

업이라고.

"인간의 업. 인간이 살아가면서 반드시 남기는 것이야. 그 자체에는 선악이 없어. 다만 업이 작용해 나쁜 일이 일어날 때가 있지."

고타로가 본 거인과 두 머리 괴물은 그것의 형상화다.

"……가라는 '악'이었을까요?"

모르겠다고 쓰즈키는 대답했다.

"그 여자에 대한 내 생각은 변함없어. 그건 개념이야. 그러니 실재하지 않지. 더이상은 모르겠어. 하지만 넌 그 여자에게 속아서 이용당했으니까—"

"그게 아닐지도 모르겠어요."

가라는 말했다. 처음에는 내가 널 선택했다. 마지막에는 네가 널 선택했다.

"그건 제 선택이었어요. 가라 탓이 아니에요."

그 잘못된 선택을 전사 오조의 선택이 구제해주었다.

"그래서 네 마음이 편하다면야 그런 셈 치자꾸나."

쓰즈키는 그렇게 말하고 스스로를 타이르듯이 고개를 한 번 끄덕였다.

"차통빌딩을 매입하려는 사람이 있는 것 같더라."

쓰즈키가 딱딱한 의자에서 일어섰다.

"네가 입원해 있는 동안 계약될지 몰라."

"가게가 생기면 저희도 당당하게 들어갈 수 있겠군요."

"옥상에는 올라갈 수 없겠지만."

"1층 구조를 보니 레스토랑이 들어올 수 있겠더라고요. 만약 레스토랑이 생기면 퇴원하고 기념으로 한턱낼게요."

"그래, 기대하마. 그때쯤이면 너도 빠진 앞니 대신 새하얀 이를 해넣었겠군. 그러면 좀더 남자다워 보이려나."

놀리듯이 웃었지만 쓰즈키의 눈에는 웃음기가 없었다. 분명 고타로도 마찬가지일 것이다.

—이제 만나지 않는 편이 좋겠다.

서로를 위해 그러는 것이 좋다. 말 밖에 그런 뜻이 있음을 고타로는 느꼈다.

쓰즈키는 병문안을 온 것이 아니다. 이별을 고하러 왔다. 사건은 끝났다. 나는 이만 돌아가겠다. 꼬맹이, 너도 네 인생으로 돌아가라.

정말이지 형사다운 행동 아닌가.

두개골 안쪽에 생긴 혈종은 다행히 수술할 만큼 크지 않았으므로, 혈종이 체내에 저절로 흡수되어 사라질 때까지 신중하게 경과를 보기로 했다. 그래도 결국 입원 기간은 보름을 넘어섰다.

끈질긴 막바지 더위도 드디어 물러갔다. 계단을 올라 병동 옥상에서 가을바람에 펄럭이는 빨래를 지나쳐 올려다봐야 할 만큼 높은 철망 펜스를 따라 어슬렁어슬렁 걷고 있는데 마키 세이고가 불쑥 얼굴을 내밀었다.

"간호사한테 물어보니 옥상에서 운동중이지 않을까 하길래."

"운동은 아직 무리예요."

"여기는 옥상이 개방되어 있네."

"빨래 너는 곳이지만, 몰래 담배 피우는 사람들의 천국이기도 하죠."

마키는 가을바람과 햇살에 실눈을 떴다.

"오 년 전쯤인가. 아유코가 충수염에 걸려 입원한 적이 있어."

당시 야마시나 사장은 담배를 피웠다고 한다.

"몸이 좀 괜찮아지자마자 몰래 담배 피울 수 있는 곳을 찾기 시작했지. 그리고 그걸 또 알려주는 사람이 있단 말씀이야. 나는 좋은 기회니 끊으라고 했는데."

고타로는 마키의 얼굴을 바라보았다. 사장이 세상을 떠난 후 마키가 먼저 그녀를 화제로 삼는 것은 처음이었다.

이야기는 이어지지 않았다. 마키는 바로 고타로에게 등을 돌리고 펜스를 붙잡았다.

"꽤 높네. 눈앞이 아찔해."

사건은 끝났다. 나는 돌아가겠다. 쓰즈키는 떠났다. 하지만 고타로에게는 한 가지 의문이 남았다. 그 대답을 얻지 못하면—적어도 질문이라도 던져보지 않으면 고타로는 돌아갈 수 없다.

"마키 씨."

여기에는 두 사람뿐이다. 이런 기회는 또 없으리라.

"왜?"

마키가 흘끗 돌아보았다. 표정을 보아하니 고타로가 뭘 물으려는지 눈치챈 모양이다. 다시 등을 돌렸다.

"다시로 게이코 씨라는 여자는—"

"아직 소재가 밝혀지지 않았어."

"마키 씨, 그 사람이랑 사귄 적 있지 않아요?"

마키의 뒷모습이 수척해 보였다. 야마시나 아유코가 죽자 인생의 소중한 부분을 빼앗기고 목숨도 일부 깎여나가서 쪼그라들었다.

이제 원래대로 돌아갈 수 없다. 그렇게 생각하자 고타로는 목이 멜 만큼 슬펐다.

그래도 물었다. "다시로 씨와 가까운 사이였죠?"

긍정과 부정, 둘 중 하나다. 달리 대답할 길은 없다. 고타로가 내리친 칼을 받아내든 피하든 둘 중 하나다. 그렇게 생각했는데.

"아유코는 몰랐을 거야."

마키는 그렇게 대답했다.

"내 잘못이야. 하지만 아유코에게 상처 주려고 그런 건 아니야. 아유코에게 들킬 만한 실수는 하지 않았어. 정말로 잠깐 뭐에 씌었다고 할까. 바보 같은 짓을 했다며 후회했어."

거기까지 말하고서야 돌아서서 고타로와 눈을 마주쳤다.

"하지만 다 쓸데없는 변명이지. 다시로 게이코가 아유코를—해코지한 건 나와의 관계 때문이니까."

고타로는 말했다. "저도 한때는 그렇게 생각했어요."

"그러냐."

"지금은 아니에요. 생각이 바뀌었어요."

마키의 표정이 살짝 일그러졌다가 금세 원래대로 돌아왔다. 그러냐, 하고 또 한번 말했다.

"하지만 내 생각은 변함없어."

잃어버린 것은 돌아오지 않으니까.

"알았어요. 버릇없이 굴어서 죄송합니다."

"경야 자리에서 눈치챈 거야? 그 사람도 왔었는데."

"기억이 안 나네요."

"고대시만 의심한 게 아니야. 이런 일은 숨겨도 결국 들통나게 되어 있지. 경찰에게는 이미 다 이야기했어. 그러니까 미안해할 것 없다."

"네."

마키는 펜스에서 물러나 옥탑 쪽으로 갔다.

"병문안 김에 급여명세서를 전해주러 왔어. 병실에 놔뒀어."

"감사합니다."

마키가 옥탑 문을 열고 나간다. 쓰즈키와 똑같이 떠나간다. 이번에는 고타로도 말없이 배웅하지 않았다.

"마키 씨, 저 또 아르바이트하러 가도 돼요?"

마키가 문에 얼굴이 반쯤 가려진 채 대답했다.

"도쿄 지사는 올해 말에 문 닫아."

"그럼 그때까지요."

"알았어. 마에다한테 연락해. 근무시간을 조정해보자."

가파른 계단을 내려가는 발소리가 났다. 캉, 캉, 캉. 멀어졌다.

"바보 같기는."

여자 목소리가 들려서 돌아보자 빨랫줄에 널려 펄럭이는 하얀 시트 사이에서 모리사키 유리코가 나타났다.

"이제 와서 그런 걸 뭐하러 물어보니?"

변함없이 검정 일색이지만, 여전히 미소녀다. 얄미울 정도로.

"이제 물어보지 않아도 되는 일이니 물어볼 수 있었던 거야. 아직 미숙해서 스승에게 야단맞으며 수행하는 누구는 잘 모르겠지만."

늑대 유리는 제대로 기분이 상한 모양이었다. 입을 삐죽였다.

"말이 좀 심하네."

"네 힘으로는 그 회랑까지 올 수도 없었다며?"

"너도 네 힘으로 간 건 아니잖아?"

고타로는 어쩐지 유쾌한 기분으로 그녀에게 다가갔다. 둘은 나란히 펜스에 몸을 기댔다.

"이름 없는 땅에서—나, 네 오빠를 봤을까?"

유리가 이쪽으로 고개를 돌렸다. 작게 한숨 쉬고 대답했다.

"그곳에 오빠 개인은 없어."

다정한 말투였다. 절반은 고타로를 향한 다정함. 절반은 오빠를 향한 다정함이다.

"네가 만난 건 무명승이야. 그 누구도 아닌 '무'를 만난 거지."

"그렇구나."

"돌아와서 참 다행이야."

"고마워."

순순히 말이 나왔다. 유리가 고개를 젓자 묶은 머리가 흔들렸다.

"난 아무것도 안 했어. 아무것도 못했지. 널 여기 데려온 건 너와 이어져 있던 이야기의 힘이야. 감사인사를 하려면 그쪽에 해."

"응. 퇴원하면 제일 먼저 만나러 갈 거야."

의식불명으로 중환자실에 있는 동안 고타로의 휴대전화에는 수도 없이 전화가 왔고, 메일도 산더미처럼 쌓였다. 제일 많이 연락한 사람은 나가사키 남매였다. 답장할 수 있을 만큼 회복되자 고타로는 바로 하쓰코에게 연락했다. 놀라셨죠, 죄송해요. 뉴스 보고 심장이 멎는 줄 알았어, 마나도 얼마나 걱정했다고—

"세상에서 제일 귀여운 애를 만날 거니까, 세상에서 제일 맛있는 슈크림을 사가야지."

"어머나, 들떴네." 유리가 웃었다.

그 밝은 웃음소리가 가슴에 스며들었다. 고타로는 갑자기 마음이 무너져내려 고개를 숙이고 양손으로 얼굴을 덮었다.

"난 네 충고를 듣지 않았어. 잘못만 저질렀어."

엎지른 물처럼 돌이킬 수 없는 짓을 저질렀다.

유리는 대답하지 않았다. 기척이 소리 없이 멀어졌다.

"그렇지 않다는 위로를 받고 싶은 거라면 번지수 잘못 찾았어. 난 이만 가볼게."

잘 있어.

"잠깐만!"

당황해서 불렀을 때는 이미 사라지고 없었다.

"너무해. 뭘 하러 온 거야."

물어보고 싶었는데. 다른 누구에게도 물어볼 수 없다. 하지만 네게는 물을 수 있다. 꼴사납게 우는 얼굴로 매달려서라도 물어보고 싶었다.

"앞으로 난 어떻게 해야 해?"

고타로의 물음만 홀로 남겨졌다.

—살아가면 돼.

대답이 들렸다.

—살아라, 살아라, 살아라.

고타로는 고개를 들어 주위 풍경을 둘러보았다. 현실을 둘러보았다. 세상을 둘러보았다.

여기가 테두리다. 이야기가 이어지고, 생명이 순환하고, 염원이 닿고, 한탄이 울려퍼지는.

—테두리의 작은 아이여, 살아가렴.

고타로는 아주 오랫동안 혼자 옥상 한구석에 우두커니 서 있었다. 마침내—

"미안해."

고타로는 말했다.

"미안해."

바람 소리에 섞여 그때 무명승들이 읊조린 노래, 혹은 주문 같은 것이 희미하게 들린 듯했다. 이름 없는 땅에서 맡았던 밤의 초원 냄새가 느껴졌다.

이제는 일찍이 가라앉았던 마물이 지키는 비탄의 문 너머의 땅. 테두리의 끝을 향해 미시마 고타로는 작게 말했다.

살아갈게.

지은이 **미야베 미유키**
1987년 단편 「우리 이웃의 범죄」로 올요미모노 추리소설 신인상을 수상하며 데뷔했다. 1993년 『화차』로 제6회 야마모토 슈고로 상, 1999년 『이유』로 나오키 상, 『모방범』으로 2001년 마이니치 출판문화상 특별상과 2002년 제6회 시바 료타로 상, 제52회 예술선장 문부과학대신상 등을 수상했다. 그 외의 작품으로 『영웅의 서』 『낙원』 『솔로몬의 위증』 등이 있으며, 다수의 작품이 텔레비전 드라마와 영화로 만들어졌다.

옮긴이 **김은모**
일본 미스터리 번역가. 옮긴 책으로 『명탐정에게 장미를』 『메르카토르는 이렇게 말했다』 『영웅의 서』 『달과 게』 등이 있다. 드넓은 일본 미스터리의 바다에서 색다르고 재미있는 작품을 건져올리기 위해 항해중이다.

문학동네 세계문학
비탄의 문 2

1판 1쇄 2018년 10월 19일 | 1판 3쇄 2018년 11월 19일

지은이 미야베 미유키 | 옮긴이 김은모 | 펴낸이 염현숙
책임편집 양수현 | 편집 황문정 | 독자모니터 양은희
디자인 엄자영 유현아 | 저작권 한문숙 김지영
마케팅 정민호 정진아 함유지 김혜연 박지영 | 홍보 김희숙 김상만 이천희
제작 강신은 김동욱 임현식 | 제작처 한영문화사(인쇄) 경일제책(제본)

펴낸곳 (주)문학동네
출판등록 1993년 10월 22일 제406-2003-000045호
주소 10881 경기도 파주시 회동길 210
전자우편 editor@munhak.com | 대표전화 031) 955-8888 | 팩스 031) 955-8855
문의전화 031) 955-8896(마케팅) 031) 955-2684(편집)
문학동네카페 http://cafe.naver.com/mhdn
북클럽문학동네 http://bookclubmunhak.com

ISBN 978-89-546-5321-3
978-89-546-5319-0(세트)

www.munhak.com